浙江省哲学社会科学规划课题成果

进退之间：

本杰明·狄思累利的"青年英格兰"三部曲研究

管南异 著

Guan Nanyi

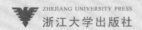

ZHEJIANG UNIVERSITY PRESS

浙江大学出版社

我就是《旧约》与《新约》之间的那一页空白。

——本杰明·狄思累利

序

　　酷暑时节，得知南异的论文即将付梓，仿佛看到骄阳下的一棵树，冠未必大，荫未必浓，却婆娑摇曳，望之而生清凉之感。

　　这清凉首先来自南异的主题：进退之间。启蒙运动以来，"进步"就是世界的太阳。在它的照耀下，全世界争先恐后，只争朝夕。可是回头检讨，在这些前赴后继、热火朝天的"进步"背后，是否还应该增加一些反思，降低一些代价？另一方面，刻舟求剑式的复古口号也一直此起彼伏，同样令人烦热。人们忍不住会想：古老的英格兰真的快乐吗？脱掉的长衫还穿得回去吗？把范仲淹所发出的"是进亦忧，退亦忧"的叹息用在这里，也十分贴切。南异在另一个时空中生动地展示了我们似曾相识的场景，这场景激发了冷静的思考，撑起了一片荫凉。

　　南异带来的凉意还在于他妥善地处理了文学与政治的关系。英国文学素来与政治有缘，而政治家狄斯累利以自己领导的"青年英格兰"运动为题所写的这个三部曲，经常被认作英国政治小说的滥觞。政治跟文学一旦相逢，往往就构成了莱昂纳尔·特里林所谓的"该死的十字路口"，而在这个十字路口，评论者往往喜欢"政治挂帅"，把小说看作政治的注解。南异没有落入俗套，而是将文本与具体的历史语境穿插起来加以细致的阅读。在叙事人貌似鲜明的观点背后，南异穿透了小说的迷雾重重的文字，令人信服地捕捉到了一个转型时代的含混复杂的情感结构，从而进入了只有文学才能把握的审美境界。与此同时，南异也带我们走进了小说的"想象力的游戏场"，看狄斯累利如何摆脱当下的"进退"之争，在深邃阔大的历史与地理背景中体味人类对于超越精神的永恒追求。如此神游，令人豁然开朗。

从本科生到博士生，南异与我有多年的师生之缘。他的这部论著在一定程度上来自我们之间的一次碰撞，那时他认为我的一篇关于狄斯累利小说的论文重在质疑，却没有深入，所以他想要以博士论文的规模作更为全面的研究。我欣然应允，并一再与他讨论，但年复一年，眼见南异因筚路蓝缕而人渐憔悴，我开始担心他力有不逮，作茧自缚。可是苍天不负有心人，他终于破茧而出，并在匿名评审和答辩中表现不俗，如今著作即将面世。看着南异一路成长，冠渐大，荫渐浓，不亦快乎！

愿南异得遂参天之志。

是为序。

殷企平
2010 年夏

前　言

在维多利亚时代，以理性进步为标志的现代化潮流浩浩荡荡，但也受到了复古主义的激烈抵抗。在进步与回归之间何去何从，是那个时代面临的重大问题。本杰明·狄思累利创作于维多利亚早期的"青年英格兰"三部曲就是对这个问题所作的一种反应。由于狄思累利本人当时有着保守党议员和封建色彩浓厚的"青年英格兰"运动重要人物这样的政治身份，此后又长期作为保守党领袖和首相叱咤政坛，他的小说往往被当作政治观点明确的保守主义文献加以阅读和引用，而小说作为虚构文学作品的复杂、含混之处则被忽略。本书旨在通过仔细的阅读和分析表明，"青年英格兰"三部曲超越了政治文献，是内涵丰富的文学作品：它一方面犀利地讽刺、揭露了打着"进步"大旗的功利主义精神对维多利亚时代的英国政治、社会和精神生活所造成的危害，另一方面并未旗帜鲜明地提出具体的政治主张，而是利用小说的广阔空间充分展示了处在扑朔迷离的历史进程中的人面临着进退抉择时的犹疑心态，并在小说这个"想象力的游戏场"中努力试探着出路。

本书共分五个部分。

"绪论"部分主要介绍了"青年英格兰"三部曲的接受历史与本书的主要观点、理论依据和现实意义。其中指出，三部曲发表以来，一直陷于现实政治的纠葛之中，被当作"开口见喉咙"式的复古宣传。虽然近年来有些批评家开始把三部曲真正当作文学作品来研究，但大多未能以细读来发掘其中的复杂意义。本书试图从雷蒙·威廉斯的"情感结构"理论出发，将"青年英格兰"三部曲看作一种正在记录着现代化发生过程的新型史书，其中充满了矛盾和不定，却在混乱中有着一定的主张，并正在努力寻找方向。对于同样在现代化进程中探索着出路的当代中国读者，这样一种"史书"不仅让我们更清晰地看到彼时彼地的英国状况，而且能帮助我们反思此时此地的中国状况，因此具有现实意义。

第一章旨在说明，"青年英格兰"三部曲的第一部《康宁思比，或新的一代》是一部超越了小说化政治宣言的文学作品。《康宁思比》虽然产生于"青年英格兰"运动的政治语境中,却表现出比政治运动本身更为复杂的情绪。一方面,这部小说嘲讽、抨击了英国政坛中精于算计的功利精神;另一方面,小说在赞扬传统贵族的责任意识的时候,也微妙地讽刺和批评了封建传统的不合时宜;小说既传达了"废墟的时代已经过去"的进步思想,又表现了工业革命激发出的巨大能量,而且对掌握了先进生产力的大资本家寄予改善社会的希望,却同时对大工业所携带的破坏力量和资本家根深蒂固的功利精神感到忧虑;小说既将英国的未来交给了新一代贵族,希望他们在把握了先进生产力之后依然能以充满理想的骑士精神去对抗功利主义,又隐约对这种可能性表现出怀疑。这种矛盾的态度很好地体现了作者在英国政治处于贵族与资产阶级权力更迭的混乱变局中寻找出路时的复杂思考,但是他以追求卓越的贵族精神来对抗机械算计的功利思想这种根本态度却是明白无误的。

第二章试图说明,三部曲的第二部小说《西比尔,或两个民族》的价值不仅在于为当时工人阶级的苦难生活和尖锐的阶级斗争留下了一份现实主义的画卷,小说也并没有一味宣传回归中世纪的黄金时代,而是与《康宁思比》一样在复杂的历史乱流中努力把握着未来的方向。小说固然以令人震惊的画面展示了人民的贫困和社会的分裂,其目的却是要指出贫富对立的根源在于宗教改革以来产生的一代代弃神绝圣的"伪贵族"阶级及其深入骨髓的功利精神。但是,在以远比《康宁思比》尖刻的笔法揭露了处于社会领导地位的伪贵族的本质之后,小说却并未给出一个明确的解决之道。对于工人阶级争取权利的"宪章运动",小说既表现出极大的同情,又把它看作一个混乱的暴民运动;对于向往进步的社会主义者,小说既赞扬他对社会状况的洞见、对生产力发展的积极态度和对理想的真诚,又将他的理想贬为具有功利主义色彩的机械设计,并时常将其人描写为一个嫉妒心极强的恶棍;小说既赋予怀念修道院时代和撒克逊时代的工人领袖以真正的高贵血统和高贵气质,却又让他因为蔑视生产力进步和青睐暴力手段而失败;小说既描写了宗教衰落后的荒原景象,并希望通过神秘的想象来激发神圣精神以拯救社会,又对复辟神权统治的倾向感到不安并加以嘲笑;小说最终让一位"伪贵族"的后代接受了启示并成为在议会中为人民呐喊的斗士,却让他显得异常孤独,使读者难以想象这样一个茕茕孑立的理想贵族如何能力挽狂澜,济世救民。因此读者在《西比尔》中再次感受到了前途未卜的历史潮流中的复杂情感。可是,《西比尔》虽然只表现出朦胧的理想,而且叙事人一直对这个朦胧的理想保持着反讽距离,但小说对功利主义的批判与对精神力量的肯定却是清晰而一贯的。

本书第三章的目的同样是要阐明:三部曲的压轴之作《坦克雷德,或新十字军》并非简单的宣传,而是含混与明确的统一。这部小说过去一直被认为在宣扬复古、宣扬宗教和宣扬犹太种族方面比前两部小说更为极端，最近又受到了一种截然不同的评论，认为其中隐藏的反讽使它成为一部抨击复古思想和宗教狂热的《堂吉诃德》式的作品。但本书指出上述两种观点都失之偏颇：小说的确嘲弄了一个贵族青年的天真幼稚的宗教理想，却肯定了他的精神追求，并借他的追求来揭露整个英国上层社会极端功利、世俗的人生观与世界观；在对主人公一意孤行的圣地之旅的叙述中，作者一方面对复古思想和宗教狂热保持着适当的反讽距离，另一方面却在极富想象力的旅程中先后描写了保存着原貌的希伯来文明和希腊文明，借此探讨这两个西方文明的源头对于在进步中失落了根本的现代世界的价值与局限。小说试图通过这两个文明源头的完美融合来为现代人创造出一种理想的信仰。这种结合的尝试最终失败了，主人公的精神追求也在小说的突然结束中不了了之，使小说受到了"虎头蛇尾"的批评，本书却认为这正表现了在复杂的历史进程中想象完美的困难，也表现了作者的诚实与清醒。

"结语"部分指出"青年英格兰"三部曲是围绕一个主题逐渐深入的和谐整体，并重申了全书的观点：内容丰富、意义含混的三部曲既超越了纯粹的宣传目的，又在含混的同时表达了一个鲜明的立场，即国家应该由富有想象力和责任感的精英来统治。这种立场的缺陷与价值也在文中得到了分析。全书的最终结论是："青年英格兰"三部曲因其对"进步历史"的成熟把握，以及在想象与现实之间实现平衡的努力，而具有持久的价值。

本书的创新之处在于将文本细读与语境研究结合起来，分析"青年英格兰"三部曲所表达的复杂情感结构，并始终保持了作为中国批评者的本土意识与现实关怀。

Abstract

The Victorian Age was a time torn between the progress of modernization and the bitter reaction of tradition. The choice between the two tendencies thus became the most urgent issue of the age. It was in response to this issue that appeared Benjamin Disraeli's "Young England" Trilogy.

Owing to Disraeli's heavily political identity as an active Tory MP and a dominant figure in the "Young England" movement, which has been considered strongly feudalist, and his later longtime role as the Conservative leader and twice Prime Minister, the Trilogy has often been read as political documents for clearly stated party lines and Conservative thoughts, while the complicated vagueness contained within those fictional works tends to be ignored. It is this vagueness particular of literary works that draws attention of my book, which seeks to illustrate through closer reading that the Trilogy is far more than a set of political pamphlets under the disguise of novel forms, that it is in fact literary creation rich with possibilities, that at the same time when it harshly scorns and attacks the utilitarianism which was damaging Victorian political, social and spiritual life in the name of "Progress", it also shrinks from the idea of returning to an imagined the Golden Age in the past, that it honestly expresses the difficulty of making choices at the crossroads of history, and also explores the possible ways out in fiction's "playground of imagination".

The present book consists of five parts.

Introduction provides a history of the Trilogy's acceptance and the argument of the present book, its theoretical basis and the relevance of this study to China. It points out that the Trilogy has long been entangled in the context of the contemporary political struggles, and has been read mainly as propaganda; although recent studies tend to regard these novels with more literary interest, there has been few efforts to do them justice. This book uses Raymond Williams' theory of "structures of feeling" to examine the complicated contradictions, uncertainties and laborious explorations as well as firm beliefs and loud appeals within these novels, thus rendering them as histories documenting the great and confusing historical changes being lived rather than simple and clear political propagandas. Such kind of histories are of relevance to the present conditions in China, which has found itself in a similar process of modernization, capable of helping us to reflect on our own situations and explorations.

Chapter One seeks to show that *Coningsby, or the New Generation*, the first novel of the Trilogy, is a literary fiction instead of a propaganda as has long been labeled. Though the novel grew out of the political context of "Young England" movement, it does express more complicated feelings than the political movement itself does. On the one hand, the novel lashes the utilitarianism in English politics; on the other hand, when it praises the sense of duty of good old noble class, it also subtly mocks the feudal tradition that was regarded by many as an ideal alternative to the modern progress. In fact, the novel never resists the idea of change, recognizing "the age of Ruin is past", understanding the huge energy released from the Industrial Revolution and describing the potentials of social improvement by industrialists with their advanced productive forces; but at the same time it is concerned about the destructive forces carried by modern industry and the utilitarian tendency inherent in capitalists. The future of Britain is finally put into the hands of the "New Generation" of aristocrats, with the hope that they would combine their chivalric ideals with the advanced productive force to fight utilitarianism, yet this dream is again overcastted with some doubt. In spite of all these contradictory feelings, which is typical of a time of "change of guards", the author explicitly shows his basic idea of countering the calculating and mechanical utilitarianism in British politics with a sublimity-seeking noble spirit.

Chapter Two deals with *Sybil, or the Two Nations*, the second novel of the Trilogy. It rejects the traditional comments that the novel simply draws a realistic picture of the suffering working class and the consequent sharp class struggle, that it advocates medievalism when the church was able to protect the people. It shows that *Sybil*, like *Coningsby*, is a difficult exploration in the confusing rapid of history. The novel does display shocking pictures of the people's poverty and social conflicts, but the purpose of describing "the Two Nations" of the Rich and the Poor is to point to the root of this social disaster, namely the utilitarian spirit characteristic of the "pseudo-aristocracy" that originated from the 16th century Reformation which started the process of secularization and modernization. However, after the revelation of the selfish and mean nature of this "pseudo-aristocracy", the novel does not try to offer a clear solution. While the novel shows great sympathy to the working class Chartist Movement, it also regards the movement as a mobbing riot; and when it praises the socialist leader of the Chartism for his insight of social condition, it also rejects his design of the future society for its mechanical utilitarianism; it tints the nostalgic chartist leader with true noble colour, but again rejects him for his total despising of material progress and his favour of violent means; it describes a wasteland image of England when the sea of faith was retreating, and hopes to revive the life of social community by reviving sacred spiritual life through mysterious imagination, but at the same time expresses uneasiness about restoring theocracy. The novel finally makes a child of the "pseudo-aristocracy" an inspired advocator of the people's rights, but he is so lonely in his struggle that readers find it difficult to imagine in him a savior of the divided nation. Therefore readers are again brought to the complicated structures of feeling in a historical process far before its dust is settled, but again they see, in spite of its vagueness, an everlasting "no" to utilitarianism and an everlasting "yes" to man's spiritual power.

In similar ways Chapter Three dwells on the unity of vagueness and clarity in *Tancred, or the New Crusade*, the last novel of the "Young England" Trilogy. It starts by introducing the general unfavorable comments on *Tancred* as propaganda of regression and Hebrew racialism, and a recent favorable review of the novel as a great work of irony ridiculing regression and religious fever, then it points out that neither argument shows Disraeli's complete vision, which becomes the argument of this chapter. It first reveals the novel's subtly ironic tone to keep a distance from the hero's religious adventures, and immediately reveals the author's balanced sympathy with hero's criticism of the extremely utilitarian and secular attitude omnipresent in the upper class of England. Then it discusses the hero's incredible adventures in the Holyland, pointing out that in those highly imaginative and Romantic trips the author tries to capture the essence of the original Hebrew and Hellenistic cultures, and to explore the potentials of these two origins of the European civilization, particularly through their combination, to the modern world that has lost its profound values in the rapid material progress. It concludes that although the experimental efforts fail to create a faith that suits the modern world, and the hero's adventures come to nothing, yet this description of an unsuccessful experiment is an honest and sober confession of the difficulty in finding an ideal way toward a bright future.

3

The Conclusion of the book affirms that the Trilogy is a coherent whole with one continuously deepening spiritual theme, that these novels, with their complicated vagueness, are more than propagandas of immediate interests, that the vagueness does not dim the author's clear appealing for true elitism of great imagination and strong sense of duty, and that such appealing has its flaws and values. Finally, the Conclusion declares that the Trilogy does possess lasting value for its mature understanding of progress in history and its efforts to keep balance between imagination and reality.

This book is the first effort to combine close reading and context study to provide an analysis of the complicated structures of feeling in the "Young England" Trilogy. Also, this book always contains the author's consciousness of responsibility, as a Chinese critic, to his own country and his own age.

目　录

绪　论

　　本书旨在研究本杰明·狄思累利创作于 19 世纪 40 年代的"青年英格兰"三部曲，即《康宁思比》(*Coningsby*, 1844)、《西比尔》(*Sybil*, 1845)和《坦克雷德》(*Tancred*, 1847)。

　　狄思累利是维多利亚时代最重要的政治家和政治思想家之一。与此同时，狄思累利又是一个小说家。从 19 岁发表第一部小说《维维安·格雷》(*Vivian Grey*, 1826)开始，到 77 岁去世时尚在写作中的《弗肯尼特》(*Falconet*, 1881)，他终身都在从事小说创作。除去最后没有完成的《弗肯尼特》，狄思累利共独立创作了 11 部小说(见附录一)，另有一部早年与他的姐姐莎拉·狄思累利合作的小说《在哈特伯利的一年，或选举》(*A Year at Hartlebury; or The Election*, 1834)。在他所有的作品中，"青年英格兰"三部曲显然是最著名而且公认最好的作品。但是，尽管他的小说多为畅销与争议之作，后世对于狄思累利的研究，却集中于他的政治生涯，而他的小说则往往被当作他的政治语录，较少得到细致的文学研究，难以与同时代其他重要作家所受的关注相比，以致一位研究者感叹，在这个属于文学批评的时代，当二流作家的东西全都被从故纸堆里翻检出来，充作学位论文的研究材料的时候，狄思累利的作品为什么还是鲜有文学研究者问津？(Schwarz, 2)

第一节　政治瓜葛中的三部曲

　　"三部曲"之所以难得被当作严肃的文学作品对待，原因其实不难理解，因为文学史上很少有一个作家其人其文与政治有如此多的瓜葛。狄思累利在创作"青年英格兰"三部曲的时候正是一个非常活跃的保守党议员，在下院保守党团内领导着一个青年贵族组成的自称为"青年英格兰运动"的小团体，反对保守党领袖与首相罗伯特·皮尔及其内阁，而且颇具声势，连马克思也在《共产党宣言》

中颇加关注,特意为其打造了一个"封建的社会主义"的标签[1]。狄思累利本人则在1849年版的《康宁思比》序言和1870年出版的全集总序中两次明明白白地说:朋友们敦促他将他们当时正在热烈讨论的政治思想用某种文学形式表现出来,而"作者的本意并不要采用小说形式作为传播意见的工具;但是,经过思考,他决定对这种合乎时代精神的、能够最好地影响观念的办法加以利用"(Blake, 193-194);同时,这些小说本身也的确政治味十足:其中不但人物的口中经常冒出关于政治的长篇大论,叙事人也经常中断故事,直接跑到前台来整章整章地发表政见;再加上此后狄思累利在英国政治舞台上站在保守党的最前线与自由党领袖格拉斯通多年唇枪舌剑,被视为现代保守主义思想的教父,[2] 因此,当时以及后来的评论者多将他的政治言论从小说文本中抽取出来加以阅读讨论,这实在很正常。劳合·乔治的工党政府的教育大臣、弗吉尼亚·伍尔芙的表兄费歇尔(H. A. L. Fisher)在20世纪20年代曾经说过,狄思累利的小说是载道工具,因为整个工党的思想主张就在他的小说中(Stewart, 70);有趣的是,相隔不久,保守党首相斯坦利·鲍德温(Stanly Baldwin)也说:"我的党没有政治经文。我们的理想也许可以在狄思累利的某本小说中找到最好的表达。"(Tucker, 2)直到近年的英国与加拿大的政治中,"青年英格兰"小说还一再被保守党的政客们抬出来作为一种理想的表述。

    文学评论界对待这三部曲虽然有褒有贬,却也比较一致地将它们看作裹着故事糖衣的政论或宣传作品。法国批评家路易·卡扎米昂(Louis Cazamian)在1903年出版的《英格兰社会小说:1830-1850——狄更斯、狄思累利、盖斯凯尔夫人与金斯利》(*The Social Novel in England 1830-1850—Dickens, Disraeli, Mrs. Gaskell, Kingsley*, 1973)是第一部对"三部曲"作了系统研究的著作。该书强调了这样一个观点:狄思累利为了弥补自己的政论文章和新闻报道的不足而将社会小说用作宣传工具,因为他此前发表的长篇政论《为英格兰宪法辩》无法接近广大的读者群体,而接近普通读者的报纸对他的议会演说所作的报道又无法向读者传递一个严肃、连贯的主题,况且"青年英格兰"运动还缺乏一个宣言,而小说形式又经过狄更斯、布韦尔和玛提纽(Harriet Martineau)之手,已经成为最流行

---

[1] 马克思在《共产党宣言》中批评"青年英国"(即"青年英格兰")运动为"半是挽歌,半为谤书,半是过去的回音,半为未来的恫吓,有时以辛辣的、巧妙而尖锐的评论打中资产阶级的心,由于完全没有能力理解近代历史的进程而总是令人感到可笑"的"封建的社会主义"。(马克思、恩格斯,1978,第48页)

[2] Gelernter, David. "The Inventor of Modern Conservatism", *The Weekly Standard*, Feb.7, 2005; April 4, 2006<http://www.weeklystandard.com/Content/Public/Articles/000/000/005/198cdapm.asp>.

的文类和最好的载道工具，加上狄思累利已有丰富的小说写作经验，所以用小说来宣传是再自然不过的(Cazamian, 183)；著名的丹麦批评家勃兰兑斯(Georg Brandes)说狄思累利"独创了政治小说的形式，他可以借此自由地发挥他的创造力和修辞方面的感染力，可以在娱乐读者的同时宣传观点、宣泄热情、谈论政治"(Stewart, 40)；兰顿-戴维斯(Langdon-Davis)提出，人们当时阅读狄思累利的小说的目的也是为了了解他所宣传的政治思想，因此，若不全面地理解、研究其中完全政治的章节，就只读了一半(Stewart, 200-201)；1924 年，斯比亚(Morris Edmund Speare)在《英美政治小说的发展》(*The Political Novel—Its Development in England and America*, 1924)中说，狄思累利开创了政治小说的形式是为了寻找一种当时的小说形式所没有的"为社会事业的发展、为发表宣言、摧毁敌手、公布复兴英格兰的方案提供的载体"(Speare, 61-62)；布莱克勋爵(Lord Blake)在 1967 年出版的被认为是迄今最好的狄思累利传记《狄思累利》(*Disraeli*, 1967)中专辟相当篇幅的一章讨论三部曲。他认为小说是表达政治观点而不让作者本人过度卷入的理想形式，而且重要的不在于这些观念本身，而是狄思累利作为一个充满行动力的议员发表这些观念的行动本身(Blake, 210)；希拉·史密斯(Sheila Smith)在她编辑的 1982 年牛津版《康宁思比》的导读中称狄思累利在小说中"用青年英格兰宣言来回应皮尔的塔姆沃斯宣言"(xi)；默思理(Charles Mosley)在 1988 年的论文"狄思累利的发明"(Disraeli's Invention)中称赞他"干净利落地将一个政治宣言植入了小说文本之中，在英国文学中堪称独创"(Mosley, 48)。

可见，在狄思累利的小说所受到的并不算十分丰富的评论中，关于"青年英格兰"三部曲的这种"宣言论"不绝于耳。1990 年，哈尔维(Christopher Harvie)在《事物的中心——从狄思累利迄今的英国政治小说》中依然强调，狄思累利所开创的政治小说传统，其重要性就在于"将意识形态与娱乐结合起来"，从而为"正在经历变革的传统社会创造一种政治话语"(Harvie, 2)，而这样一种小说，其手段必然与巴尔扎克式的清醒的现实主义小说不同，不是要像"在白厅门口的道路上放一面镜子"那样地记录政治生活，而是要将"行动、事件和传奇混合起来"，再"用粗大的刷子抹上政治涂料"，做成"英国人长幼皆宜的圣诞童话剧(Pantomime)"(Harvie, 10-11)。

类似的评价中说得最干脆、最极端的，也许要数《早期维多利亚小说》(*Early Victorian Novels*)的作者戴维·塞西尔勋爵(Lord Daivd Cecil)的著名论断："狄思累利的小说，尽管才华横溢，却不是严格意义上的小说，也就是说，它们不是要描绘生活的现实图画，而是在小说的形式中放入政治和宗教议论。"(Blake, 211)

既然人们普遍将"三部曲"看做"专欲发表区区政见"式的[1]的载道政治工具，读者从中梳理、提炼清晰明确的政治思想而不必费力通过系统细致的文本分析来发掘其中的复杂丰富的内涵，也是合乎情理的做法。对这些小说喝彩的和批判的都是冲着其中的"主义"和"宣言"而展开的。

同时，从讨论现实政治的角度出发，很容易产生这样的观点：前两部小说《康宁思比》和《西比尔》之间比较一致，但是第三部小说《坦克雷德》要加入三部曲中就比较勉强。布莱克就明确提出，狄思累利在创作之初并没有统一的规划，所谓"三部曲"是他自己事后的杜撰，因为三部小说中有两个不同的主题：《康宁思比》和《西比尔》主要宣传的是托利历史观和"青年英格兰"的政治主张，而《坦克雷德》承载的却是狄思累利自己的宗教思想和犹太种族优越论（Blake，194）。事实上，三部曲中《坦克雷德》受到的研究最少、评价也最低，显然跟这种将它排除在三部曲之外的观点有关。

如果是宣传之作，那么人们在这些作品中读到的是些什么清晰明了的政治思想呢？答案基本上是一致的。例如，卡扎米昂将狄思累利的思想命名为"社会托利主义"（Social Toryism），将这种新的托利政治思想的特征描述为"坚持王权的尊严和国教的光荣，弘扬民族传统和悠久的历史感，并努力通过恢复封建的社会团结将社会各阶级更加密切地联系起来"（Cazamian，180）；布莱克看到这些小说中表达了狄思累利"反议会、反进步、反理性"的、宣扬"实行仁政的君主制"的政治哲学（Blake，209）。总而言之，就是回归传统政治以恢复社会团结。

由于狄思累利在历史上的巨大政治影响，后人对"青年英格兰"三部曲中明确表达的政治思想及其所产生的背景进行深入研究当然是很有价值的。然而，这样一种将小说当作政治图解的读法是否会削弱对于小说作为一种文学作品所具有的审美特征呢？是否会削弱对这种特征可能携带的丰富内涵的理解呢？

第二节　超越宣言的研究

其实，并不是没有批评家注意到狄思累利的作品可能具有超越"宣言"层面的内涵。就在狄思累利第二次当选为首相那一年（1874），著名批评家莱斯利·斯蒂芬（Sir Leslie Stephen）就曾感叹，狄思累利从政实在是英国文学的一大损失。他认为狄思累利的小说极为有趣，因为他的文字往往模棱两可，令读者难辩其认真或反讽，而正是"这认真与反讽之间的广阔区域构成了读者的自由天地"：

---

[1] 借用梁启超为自己的政治小说《新中国未来记》所做的定位。(陈平原，117)

其哲学理论可以是真正的信仰，或只是一点虚张声势，或是对朋友甚至自己的戏拟。其华丽的段落，可能是有意的过分着色，或代表了他的真切的品味。其铺张恰到好处，既可以说是讽刺家故意采取的荒诞笔法，也可说其中的荒诞是他看到的人皆有之的常情。不幸的评论家犹如《威尼斯商人》中的求爱者，无论作何选择，都不免碰壁。（Stewart, 37）

1924 年，斯比亚在《政治小说在英国和美国的发展》中提出，狄思累利的这些表达政治思想的小说的成功并不完全在于其思想本身，而在于他既能让读者感到思想的力量，又能保持小说的感性、热情的因素，而不超出小说的边界，因此他掌握了"一种更需要艺术手段的文类……其中的政治思想，好像曙光一样，只是给故事染上了色彩，却没有如日中天地刺眼"（Speare, 61）。

1971 年，出现了第一本研究狄思累利全部小说的专著——施瓦兹（Daniel R. Schwarz）的《狄思累利的小说》（*Disraeli's Fiction*, 1971）。施瓦兹在承认"青年英格兰三部曲也许没有构成美学或论点上的统一体"的同时，却指出它们

拥有审美和智力上的连续性。缺乏连续性的地方也不完全是失误……小说的差异给读者呈现了连续的、多角度的关于英格兰从改革法案到 40 年代后期的道德和政治争议的看法。小说之间的形式与主题的变化使读者不至于对复杂的政治和宗教问题得到一种自我满足的单平面的观点。（Schwarz, 84）

施瓦兹还说，在三部曲中，狄思累利将注意力从《康宁思比》中的人物中心转向《西比尔》中的公共事件中心又转回到《坦克雷德》中的人物中心，"并在每部小说中将焦点在政治和个人的道德生活之间来回移动，则强调了三部曲的一个主题，即个体生活如何被织入社会"。施瓦兹不但找出了三部曲中共同的"在一个功利主义的世界中追寻伟大事业"的英雄主题，还通过对三部曲各自的审美形式的分析发现了它们之间的相互关系：《康宁思比》是一部获得伟大思想和英雄情感的成长小说，《西比尔》这部社会小说的目的是要以实例说明人民在缺乏卓越领袖的情况下可以崇拜自己最恶劣的本能，而在《格列佛游记》和《鲁滨逊漂流记》之类虚构游记传统中的《坦克雷德》则要补偿前两部小说中表现出来的英国当代文化中想象力的匮乏。施瓦兹从三部小说的结局部分得出结论认为，三部曲的连续性表现的是狄思累利日益增长的怀疑精神（Schwarz, 78-104）。

如果说施瓦兹从审美的角度宏观分析了三部曲之间的主题联系，那么布劳恩

(Thom Braun)的《小说家狄思累利》(*Disraeli the Novelist*, 1980)则对三部曲中的"政治"问题作了更深入的理解。布劳恩认为,"三部曲"的焦点并非实际政治,而是关注民族性格、英雄理想、崇高原则以及通过这些性格、理想和原则获取权利的问题。布劳恩认为狄思累利的小说的力量不在于他的政治思想本身,而在于他的小说内部的矛盾张力:尽管狄思累利在小说中频频表达了他在诸如《为英国宪法辩》(*Vindication of the English Constitution*, 1835)之类的政论文章中所表达过的观点,但是他的小说"却并非只是重复在议会演讲中发表的主张……小说的巨大优势不在于为政治说教提供了一个平易近人的舞台,而是使狄思累利有机会发表一些未必完整的,或者未必有说服力的观点"。布劳恩进一步提出,狄思累利实际上与小说中青年贵族表达的那种思想和情感保持着一定的审美距离。所以,对于让那个曼纳斯勋爵感到不安并一再被后来的批评者提起的著名问题:"关键是他到底是否相信这些?"布劳恩的答案是肯定的,但是他同时认为:"当信仰和被接受为真实的原则通过小说表达的时候,就不必等同于一套庄严肃穆的明确界定的静止价值。小说就是想象力的游戏场。"(Braun, 73-90)

可惜的是,这些研究虽然看到了"三部曲"作为文学作品所潜藏的可能性,却只是提出了观点;尤其是施瓦兹和布劳恩的著作,因为在有限的篇幅内要覆盖狄思累利的全部作品,未能对三部曲的文本展开细读,为自己的论点提供充分的论据。

比沃纳(Naniel Bivona)发表于 1989 年的论文"狄思累利的政治三部曲与帝国欲望的矛盾结构"(Disraeli's Political Triology and the Antinomic Structure of Imperial Desire, 1989)通过细致的阅读,干净利落地将三部曲统一在一个"螺旋式上升的结构里"(Bivona, 257)。比沃纳认为从《康宁思比》到《西比尔》到《坦克雷德》是吸纳异质文化的、逐步增大的向外拓展过程:《康宁思比》表现的是贵族对中等阶级的吸收,《西比尔》是富有的统治阶级对劳动阶级中积极因素的吸收,而《坦克雷德》是英国文化对中东异域文化的吸收。而每一次这样的吸收过程中都是一次想象的过程,是一次浪漫主义的主体精神照亮了客体中的某些特征而对其加以改造,使之能够在想象中与主体统一的过程。狄思累利的想象的每一次向外扩展都是在一种"虚假的回归"的掩护下进行的,最终在想象中逼近一个大一统的国家。所以,比沃纳指出,从三部曲可以看出,狄思累利的"将英格兰内部的阶级关系的改善的计划与一个隐含着帝国的吸纳同化的计划密切联系着"(Bivona, 257),因此,"这位将英国人的帝国使命感的情感基础最好地表达出来的首相,同时也是启动英国历史上第一个全面的社会福利立法(1875)的首相,这并非偶然。两个计划都是为了增强新近获得选举权的中等阶级和劳动阶级的选民对托利党的支持。正是这个政治联系，三部曲就是其彩排，巩固了后来托利党将英国本土和整个帝国更紧密地联系起来的计划（如张伯林的帝国联邦）"（Bivona, 267）。

　　比沃那的阅读和评论对后人的研究很有启示。不过，他的论文虽然建立在充分阅读的基础上，而且对三部曲统一性的建构似乎也滴水不漏，却同样有从狄思累利后来的政治生涯出发来阐释从前的文学作品的嫌疑，将小说变成一种明白清晰的帝国思想的"彩排"，而撇开、掩盖了小说中大量的矛盾、含混之处，可正是这些矛盾、含混使小说产生了丰富的可能性，而不只是"托利民主"的政治宣言、对"犹太种族优越性"的鼓吹和为"东方的事业"呐喊。

第三节　狄思累利在中国

　　在中国，对"青年英格兰"三部曲的研究和介绍更显稀少、单薄。

　　狄思累利在中国其实并不是一个非常陌生的名字，对英国历史略有了解的人都知道他是维多利亚时代的两大名相之一（另一位是格拉斯通）。据陈平原先生的研究，狄思累利作为一个擅长文墨的政治家，其名声早在晚清就进入了中国。林乐知（Young J. Allen）主编的《万国公报》13 卷 609 号（1880 年 10 月 9 日）上，刊有《大英国侯爵相臣的士累利略传并像》，称颂其"学问渊博，著作等身"；半年多后，这位前首相刚刚去世，范约翰（John M. W. Farnham）主持的《画图新闻》第二年第一卷（1881 年 5 月）上，就刊出短文《英相考终》，用的是同一张画像，在"学问渊博，著作等身"后，添上一句"每出一编，读者俱叹为奇才"。不过两文的关键都在于："的相当国，先后凡七年，多所建树，英国大为昌盛，亦一时豪杰也。"不管是生前的表彰，还是死后的追忆，传教士主办的《万国公报》和《画图新闻》都只字未提其小说写作。[1] 只是由于梁启超等人在新小说运动中大力鼓吹"欲新政治，必新小说"（梁启超, 153），狄思累利方才成了"以小说改良群治"的代表，而在晚清声名远扬。可是陈平原却发现："有趣的是，大家都在争说狄思累利，却未见任何一部'的相'小说的中译本。时人所看重的，其实是狄思累利之贵为首相而撰写小说；而单是这一点，就足以颠覆'小说不登大雅之堂'的传统。"（陈平原, 2003）因此，狄思累利的小说在明末清初的中国文学运动中只是暂时被打出来当了一下旗帜，实际上并未真正与中国读者相遇。

---

[1] 陈平原："怀念小说的世纪——《新小说》百年祭"，《文化研究》2003 年第 5 期（10 月）；2006 年 9 月 1 日<http://www.culstudies.com/rendanews/displaynews.asp?id=1722>。

在 1949 年以后，也许因为《共产党宣言》中对"青年英格兰"的批判，狄思累利的小说被彻底冷落了。近年出版的两部英国小说史虽对他有所涉及，但也只有简单的介绍：高继海先生的《英国小说史》以不到一页的篇幅介绍了狄思累利的生平和作品，其中只用一句话提到了"青年英格兰"三部曲"都是政治寓言，表现了他的政治主张，他试图运用这些政治主张来教育和改造保守党"（高继海，145）；刘文荣先生在《十九世纪英国小说史》中关于狄思累利的内容占了 4 页，对"青年英格兰"三部曲的小说情节都有介绍，但存在重大误解，比如认为"'青年英格兰党'目的就是要在英国促成一个代表富裕市民利益的政府"（刘文荣，84）。而 2006 年最新版的五卷本《英国文学史》中对狄思累利干脆不着一字。[1]

迄今国内唯一一篇研究狄思累利小说的专题论文，是殷企平先生发表于 2003 年的论文"一段'进步'的历史——浅谈狄思累利的小说"[2]。殷先生指出狄思累利的功绩在于他最早用小说的形式质疑了工业革命中英国的进步观念及其背后的功利思想，在于他跟其他工业小说家一起写成了一部关于当代的新型史书（殷企平，105-107）。

关于狄思累利对功利主义思想的批判，不少研究中都曾提到，因为这是"青年英格兰"运动的基本特色。例如，卡扎米昂的整个讨论就是在反功利主义的语境中，将狄思累利的小说和狄更斯、盖斯凯尔夫人和金斯利的小说放在一起，认为它们都表现了理想主义并反对放任主义政策："功利主义和政治经济学都是抽象的……而社会小说将现实主义植入了英国人的思想"（Cazamian, 2-3）；施瓦兹也发现"三部曲"的共同主题也是"在一个功利主义的世界中追寻伟大事业"（Schwarz, 87）。另外，不少评论家也都曾提到狄思累利对进步的质疑。例如，米尔恩斯（Monckton Milnes）就指出狄思累利"将人类三百年来的一切进步贬得一钱不值"（Blake, 207）。不过，如前所述，这些评论往往停留在抽象的政治讨论的层面上，多是从狄思累利的政治理论出发，按图索骥，在他的小说中寻找对得上号的政治言谈，并未从文学形象的角度加以深入研究，而殷先生的研究则更多地从文本出发，力图捕捉小说文本中的只言片语所表露的功利精神对整个社会的渗透，然后在"进步的异化"中加以阐释；殷先生的另一个与前人研究的不同之处是运用雷蒙·威廉斯（Raymond Williams）关于小说书写历史的理论来观照狄思累利的小说，看到这些小说表现了一种与占据正统地位的进步史观截然不同的历史。

---

[1] 钱青：《十九世纪英国文学史》，北京：外语教学与研究出版社，2006 年。
[2] 殷企平："一段进步的历史——浅谈狄思累利的小说"，《外国文学评论》，2003 年第 3 期。

不过，殷先生的研究虽然强调了威廉斯的理论，但他的主要目的在于质疑、"矫枉"，在于指出时代的尖锐问题，所以没有深入探究威廉斯所说的那种在历史的过程中用"现在时态"写就的、尚未定型的、流动的"情感结构"（Williams, 128-129）。但是殷先生的工作却指出了对狄思累利作进一步研究的方向，因为此前尚无一位研究者对狄思累利用小说书写的历史及其所表露的情感结构做过研究，而这却正是狄思累利的小说最重要的价值所在。

第四节　情感结构中的三部曲

雷蒙·威廉斯在《马克思主义与文学》（*Marxism and Literature*, 1977）中指出：

> 在大多数描述与分析中，文化与社会往往是用一种**过去时态**来表现的，而这种不断将经验立即转化为完成形式的做法非常严重地妨碍了我们对人类文化行为的认识……在那个完成了的过去中，只存在凝固的清晰的形式，而活生生的现场却总是在不断远离我们。（Williams, 128）

威廉斯认为这样一种用"过去时态"表现的社会文化将一个正在形成中的、一切将定未定的过程简化为一个已经形成的整体事物，将"一切当下的、变动的……此事、此地、此刻的鲜活的、积极的、'主体的'"东西变得"确定、明白——各种已知的关系、典制、结构、位置"。威廉斯指出前者是个体的，而后者是社会的（128-129）。

在威廉斯看来，这种以个体经验表现出来的"正在经历"中的意识总是更为丰富，因为在这种意识中频繁地产生被接受了的社会阐释与实际经验之间的矛盾张力。如果这种张力得到直接而清晰的表达，那么它依然处于相对明确的社会形式的领域之内。但是这种张力往往表现为一种不安、紧张和一种情感转移，一种潜伏的东西：那种被人们清楚意识到的矛盾对立尚未发生，甚至还远为露面，那些经验是现有的、确定的形式所无法表述，乃至无法识别的。这种与社会定论相对的东西并非个人的潜意识，而是处于萌芽阶段的、尚不能得到清晰表述的感受与思想（130）。

威廉斯告诉我们，传统的文化与社会描述总是试图将一种明确的"世界观"或"意识形态"加之于历史，这样做的问题在于"将分析的东西当作了实质的东西"，从而失去了我们所知道的真实经验中的所有复杂性以及各种正在被体验着的矛盾、转变和游移不定的因素。因此，威廉斯提出要用一套描述"正在被积极体验和感受的、与正规或系统的信仰之间存在着不确定关系的意义与价值"来取代"世界观"和"意识形态"这样的明晰而抽象的,而且很可能是僵死的东西。他称之为"情感结构"。不过,他要表现的并非与思想相对的情感,而是"感受中的思想与在思想中的情感:在一个活生生的、互相关系着的延续过程中的当下的一种实在的意识"(132)。

简而言之,威廉斯心目中的历史是一种对于正在过程中的、充满内在矛盾而前途尚未明了的经验的描述,这种描述是鲜活的,是血肉丰满的。而如前所述,这样的一种社会意识必定以个体经验表现出来,因此表现个体经验的小说就成了这种新历史的最好载体。

威廉斯之所以如此关注这种区别,不光是为了还原真实生动的历史,更是因为当我们将一种固定的眼光投射在历史上的时候,同时也习惯性地将那种眼光投射到我们的当代生活上(128)。威廉斯的言外之意应该是,历史与今天息息相关。确实,威廉斯所关注的 18 世纪末以来"文化与社会"的问题是整个欧洲乃至全世界现代化过程中的问题,而我们直到今天尚未走出现代化的进程。因此,当我们试图把握英国在那个时代的生动矛盾的情感结构的时候,我们也是在努力理解自己今日的处境。

归根到底,现代化就是"世俗化"与"理性化"两股潮流的合流:随着资本主义商品经济的发展,"工具理性与功利谋划紧密锁合⋯⋯成本-收益的精确计量,使企业经营不断提高这规范化和标准化水平;反过来,市场逻辑的强力驱使又给工具理性的蔓延以巨大的刺激,从而帮助它成功地启动了社会生活全盘数字化的进程"(张凤阳,10)。这个进程带来了巨大的物质发展和法律改善,使"进步"成为这个时代最伟大的口号和神话。在英国,连持保守倾向的司各特也禁不住称赞"全民族品味和文雅的进步"(Briggs, 1);而著名的保守派骚塞也从未不相信社会进步本身,他在《对话录》中"盼望出现一种状态,那时一切都已完美,物质臣服于思维的无所不能"(伯瑞, 163)。可是这个进程同样杀死了上帝,造成人心的冷漠与灵性的丧失,以及社会趣味的日益平庸。因此一股强大的"怀念中世纪"的复古思潮发出了与这个"进步"时代很不和谐的异响。当萨克雷说"我们属于骑士精神和瓦特·曼尼的黑骑士的时代,也属于蒸汽时代"(Houghton, 3)的时候,他就是在试图表达身处两个时代之间的分裂感觉。这种既强烈又朦胧的个人感受就是威廉斯试图在小说中捕捉的历史。

要说用小说书写历史,狄思累利在维多利亚时代的众多小说家中应该有着比较特别的位置,因为他对英国政治史有过相当深入和系统的研究和著述。早在 1835 年狄思累利就在他的长篇政论文章《为英格兰宪法辩》中发表过一套完整而独特的对英国历史的阐释理论,这在同时代的小说家中并不多见。他的历史观归根到底就是将亨利八世宗教改革以来的历史描述为一个具有强烈功利精神的贵族集团——尤其是光荣革命以后的辉格党人——为了在英国建立威尼斯式的贵族寡头统治而先后破坏教权和君权的过程，这是一个在斤斤算计中不断谋取更大权力的"伪贵族"集团为了巩固、扩张私利而与清教徒和功利主义激进派联合向传统的英国宪政发难、使人民失去保护的过程，而这个过程却在以麦考莱为代表的辉格党宣传家的笔下变成了一段不断走向"自由"的"进步"史。

这样一种观点本身自然还是雷蒙·威廉斯在前面所说的抽象的"意识形态"。如果狄思累利将这种历史观与当代政治现实结合起来，用虚构人物、场景呈现出来，那么这只是小说化的历史叙事和政治宣传，完全在他的批评者们的"宣言论"的火力范围之内。但是如果对小说文本进一步加以探讨，可以发现在这种历史阐释和政治宣传背后有一种强烈而复杂的情感贯穿"三部曲"的始终，并逐步从政党政治层面向精神层面深化：在辉格和托利伪贵族的攀登、进取的精神背后，狄思累利实际上看到的是世俗对宗教的胜利，是整个社会尤其是政治精英阶层的实用态度的弘扬和想像力的衰落，而这正是狄思累利所认定的的当代英国社会动荡的深层原因。深受浪漫主义影响的狄思累利对实用、功利的精神深恶痛绝，在小说中对功利主义所代表的进步的批判生动而深刻；但另一方面，他又赞美理性，并深切感受到工业文明的力量，同时在当代声势浩大的复古思潮中，他又含蓄表达了对退回封建时代的忧虑。

正是这种"进退之间"的犹疑使"三部曲"实际上超越了当下的政治，而进入了对欧洲在走出中世纪之后的几百年里一直争论不休的精神与物质问题的感受与思考。它们因此就没有变成纯粹的政治宣言，没有变成 G. H. 刘易斯所怒斥的那种"像上个星期的报纸那样毫无生命的东西"（Stewart, 195）。狄思累利在小说中表现出一个成熟作家对自己的信念所保持的审美距离，从而成功地表现了只有优秀的文学作品才能捕捉到的一个时代的理想与现实之间厚重复杂的情感结构。

本书的目的便是在细读的基础上把握狄思累利在"青年英格兰"三部曲中所理解、表达并力图引导的当代社会情感结构。本书试图说明，狄思累利一方面在小说中很好地刻画了弥漫于英国社会的功利思想，尤其是上流社会政治精英阶层的精于现实算计和缺乏理想的庸俗状况，从而试图让读者相信英国当代的动荡源于贵族阶级因为注重实利而放弃了精神领导的责任，同时也为资产阶级争取政治权力和工人阶级争取生存权利的正当性辩护；但是另一方面，他又或明或暗地表现了对这种斗争的忧虑，因为他看到这种斗争造成了社会动乱，而且斗争者的政治设计本身也往往表现出功利主义的色彩。与此同时，他用青年一代的贵族理

11

想来表达对功利主义的反抗，但是又有意识地表现他们的追求所具有的天真幼稚的一面，从而使得他的小说的内容表现出矛盾和复杂性。正是这种复杂性使得小说没有成为一种清晰固定的政治思想的载体，而成为一种处于转型阶段的社会的流动变迁的情感结构的表达。不过，狄思累利尽管通过反讽表现了现实与理想之间的差异，并保持了与生活的审美距离，却并未放弃贵族精神的理想。这种通过青年人表现出来的理想，尽管天真，却依然是对抗世俗功利精神、保持政治精英阶层社会责任感和维系共同体的重要武器。

　　本书作者希望通过这样的揭示来彰显威廉斯希望"小说史书"所能表现的那种情感结构，那"一套有着具体的内在联系的、既盘根错节又剑拔弩张的东西……一种只是被当作个人的、别具一格的，甚至遗世独立的东西"，而实质上是"依然在过程中的社会经验"（Williams, 132）。这样，狄思累利的"三部曲"就能够让历史如詹姆逊在《政治无意识》中所说的那样："如同吸血的提瑞希阿斯……暂时恢复了生命和温暖，再一次被允许讲话，在完全陌生的环境里传达那早已被人忘记的信息。"（詹姆逊, 10）

第一章 《康宁思比》——新生代的骑士梦

　　《康宁思比》出版于 1844 年 5 月。这是狄思累利自从发表上一部小说以后时隔七年才产出的作品，也是他当选议员以后的第一部小说。

　　《康宁思比》的情节并不十分复杂，在 1832 年议会改革的大背景中叙述了一个少年贵族逐渐理解英国的历史和政治并成长为能够融合贵族和新兴工业阶级力量的领袖人物的过程。

　　主人公哈里·康宁思比虽然出身高贵，却早早失去父母，记忆中没有家庭的温暖。他唯一的亲人是祖父蒙贸斯侯爵。可是老侯爵并不管他，只顾自己常年在气候温和的意大利寻欢作乐，一面冷眼旁观并遥控国内的政局，而将康宁思比扔在伊顿公学，并将他的管教任务托给自己的心腹、托利党的笔杆子利戈比。康宁思比在成长的过程中逐渐对利戈比向他灌输的的托利党的宗派观念产生了疑问；同时，他也逐渐表现出许多优秀的领袖素质，成了伊顿公学中一群少年贵族的当然首领；此外，他还因为在河里奋力拯救了溺水的同学、曼彻斯工业巨头的儿子奥斯瓦德·密尔班克而赢得其崇拜，并成为密友，还从他那里听说了崛起中的工业阶级的政治理想。

　　1834 年，康宁思比从伊顿毕业的那年暑假，正好赶上辉格党下台、托利党摩拳擦掌准备登台的混乱时刻。蒙贸斯勋爵从意大利回国就近操纵选举，于是康宁思比前去英格兰北方的康宁思比城堡探望多年未见的祖父。途中，他在一个森林中的小客店避雨时邂逅一位高贵的外乡人。在谈论中，康宁思比对这位先知般的陌生人充满敬仰，并像信徒一样地接受了他的"崇拜英雄"的教导。

　　康宁思比接着又去了好朋友亨利·锡德尼家的庄园，并在亨利的父亲白朗克公爵身上看到了充满仁爱的传统贵族制度的模范。在那里他还结识了公爵的邻居、世代坚奉天主教的青年大地主尤施塔斯·莱尔，从他那里看到了天主教和修道院传统的复兴如何能保护贫苦的人民。不过后来，在这个仿佛回到中世纪的地方，他记起了林中陌生人的话："废墟的时代已经过去"，于是他离开了公爵的庄园，去参观新兴的工业城市曼彻斯特。在曼彻斯特，特别是看到了曼彻斯特附近密尔班克家的工厂和工人新村之后，他受到了充满活力的工业文明的巨大感染。老密尔班克告诉康宁思比自己的政治理想，即领导英格兰的不应该是好吃懒做的世袭贵族，而应该是勤奋能干的"天然贵族"。康宁思比在那里还结识了奥斯瓦德的可爱的妹妹伊迪丝。最后，他来到祖父的城堡，看到蒙贸斯勋爵和他的托利党贵族和政客朋友们正在豪华奢侈的宴会与沙龙之间策划操纵竞选的事宜。在客人们中间康宁思比又一次遇到了曾在森林中邂逅的那位陌生人，了解到这个名叫希多尼亚的神秘犹太人掌握着一个无所不能的金融帝国，欧洲各国的政府都在他的股掌之间；但这个金融帝国的主人却同时是一个具有最高文化修养的人，"穷尽了一切人间的学问"。在他和希多尼亚促膝长谈的时候，希多尼亚告诉他，目前英格兰的问题表面上是阶级斗争的问题，其实质却是"民族性格"（national character）的衰落。带着希多尼亚的"成为民族领袖"的期望，康宁思比离开了祖父的城堡，去剑桥继续自己的学业。

他在剑桥的第一年，保守党再次失势，利戈比在竞选中败于密尔班克所支持的辉格党候选人；密尔班克还捷足先登，抢先买下了蒙贸斯侯爵为了增加在议会中的席位而一直谋求购买的邻近庄园。不过，出乎利戈比的预料，他并没有因为丢了席位而受到蒙贸斯那"可以使人血液凝固"的冷眼一瞥，因为年老勋爵虽然年届古稀，却看上了一位常年在他府上"做客"的很穷却很有心计的意大利公主，正好用得上利戈比的拿手本事，将心怀醋意的公主继母悄无声息地送往国外。

不久，康宁思比就接到邀请，去巴黎看望正在那里度蜜月的老侯爵夫妇。他在巴黎再次遇见已经出落得十分美丽、变成了社交新星的伊迪丝·密尔班克，并与她相爱。但是当他登门向老密尔班克求婚的时候，却遭到了坚决的反对。康宁思比由此了解了两家多年的宿怨，明白自己的母亲曾经是老密尔班克的恋人，却被父亲横刀夺爱，而祖父又因为这桩不般配的婚姻而将父亲扫地出门，并使他父母先后在贫困中死去。

康宁思比大学毕业的时候，又一次选举开始了。蒙贸斯勋爵命令康宁思比出马，与密尔班克争夺一个选区的议席。康宁思比拒绝了祖父的要求，从此失去了勋爵的宠爱。不久，蒙贸斯侯爵死了。在他的遗嘱中，康宁思比被彻底剥夺了继承权。他在绝望中再一次接受了希多尼亚的教诲，决心从事律师职业，自力更生。但是，看到朋友们一个个进了议会，即将大展宏图，而自己却蛰居在律师协会里苦读，十分惆怅。可是不久情况就发生了戏剧性的转变：原先接受了蒙贸斯勋爵全部遗产的弗洛拉（蒙贸斯的私生女）突然去世，并在遗嘱中将遗产全部赠还给康宁思比；接着，密尔班克在从儿子那里得知康宁思比的情况之后，不但同意了康宁思比与女儿的婚姻，而且全力支持康宁思比竞选。康宁思比顺利地击败了竞争对手利戈比，当上了议员。小说在叙事者对康宁思比和朋友们的未来的遥想中结束。

第一节　热门小说中的热门话题——
《康宁思比》与"青年英格兰"的封建理想

《康宁思比》出版之后非常畅销。3000 册很快销售一空。狄思累利得意地写信给姐姐莎拉："第一版 1000 册两周就卖光了，三个月内光是英格兰就再版了两次，还畅销欧洲大陆，而在美国很短的时间里就订掉了 50000 册。"（Monypenny, 1968, 597）

林德赫斯特勋爵在给某人的信中写道："我读了《康宁思比》——谁没有读过呢？"蒙克顿·米尔恩斯在年底从柏林写来的信中说："从普鲁士公主以降，这里的每一个人都在阅读、谈论《康宁思比》。"（Monypenny, 1968, 598）

华兹华斯对《康宁思比》的流行很生气。他写信给自己的出版商说："在这样一个追捧狄思累利的垃圾小说的时代，要是不写当今热门的人物或话题，又怎能得到一点公众的注意！"（Disraeli, 1982, xvi）的确，《康宁思比》的读者普遍认为小说就是在单薄的伪装下写了闹得沸沸扬扬的"青年英格兰"运动以及其中的人物。小说出版后不久就有类似《人物索隐》的小册子问世，帮助读者猜度小说中众人物的原型：康宁思比就是"青年英格兰"中的乔治·司马史（George Smythe），亨利·锡德尼就是约翰·曼纳斯（John Manners），巴克赫斯特就是亚力山大·贝利·考可林（Alexander Baillie-Cochrane），等等（Monnypeny, 1968, 597）。这几位年轻人都是门第高贵的世家公子。其中司马史是第六代斯特朗福子爵（Viscount Strangford）之子，后来成为第七代斯特朗福子爵；曼纳斯是第五代拉特兰公爵（Duke of Rutland）之子，后来成为第七代拉特兰公爵；考克林的祖、父两代都是海军上将，他自己后来成为第一代拉明顿男爵（Baron of Lamington）（Disraeli 1982, ix, xvi）。他们三人在伊顿同学，又在剑桥同学，并在 1841 年先后进入议会，成为保守党议员，并形成了一个被人戏称为"青年英格兰"的圈子。而小说中的那个被康宁思比奉为先知的无所不晓、无所不能的犹太智者，不正是仿佛"青年英格兰"的导师般的狄思累利自己吗（Monypenny, 1968, 620）？

而"青年英格兰"之所以成为一个热门话题，是因为这些贵族青年在下院激烈地批评流行于世的功利主义社会和政治价值观，提倡回归和谐有序的封建生活以矫正现代社会的秩序混乱（Cazamian, 98）。

"青年英格兰"活跃的时候，正值英格兰面临重大社会危机的时代。在工业革命带来巨大物质财富的同时，社会急剧分化，贫困状况日益加剧，从而产生了托马斯·卡莱尔所谓的"英格兰现状问题"(the Question of the Condition of England)。1842年5月，英国的1600万人口中有100万在接受救济，而在有些地方，三分之一的人口靠救济生存。利兹的15万人口中有两万人平均每周只有11个便士的生活费用。托马斯·胡德在《衬衫之歌》里所说的"面包昂贵，血肉低廉"并非不实之辞(Bradford, 117)。当时一份杂志取名《危机》(*Crisis*)，很好地表达了社会氛围中所充斥的感觉。19世纪40年代初期的经济危机只是使酝酿已久的政治危机和社会危机突破1832年议会改革以来英国社会的表面繁荣，浮现到人们意识和想象的前景中。形势已经到了引发革命的程度：1830年代后期至1848年，英国工人阶级为了取得政治权利从而解脱贫困，连续三次举行了大规模的宪章运动，使恩格斯预言只要"稍加推动"即能"引发雪崩"，而丁尼逊则忧心忡忡在诗中说：

> 缓缓地一个饥饿的民族走来，
> 仿佛狮子葡萄逼近，
> 恶狠狠地盯着他
> 打盹在渐渐熄灭的篝火旁边。(Briggs, 295)

"青年英格兰"对民众的苦难抱着深切的同情。他们认为功利主义和自由主义是造成"英格兰现状"的罪魁祸首，希望回归封建生活，重建理想中的慈善领主与庄园农夫之间的那种融洽关系。他们捍卫家长制的封建秩序，尊崇斯图亚特王朝的诸王(Murrow, 4)，为艾希礼勋爵的《十小时工厂法》呐喊，支持费兰对工厂老板的揭露攻击，支持为工人分配菜园的计划，投票反对本党在爱尔兰采取的严厉政策(Girouard)。

这些世家公子显然以拯救世界的骑士自居。就在《康宁思比》出版的那一年(1844)，司马史将自己新近完成的著作《历史的幻想》(*Historic Fancies*, 1944)献给"仿佛司各特笔下的英雄复活"的曼纳斯，称他为"我们这一代人中的菲利普·锡德尼"；此前他还在写给曼纳斯的一首十四行诗中说：

> 你本该，亲爱的朋友，活在古代，
> 当骑士伟业的高尚行动
> 在赏识勇武的目光中生成，
> 在带着棕榈叶朝圣归来的吟游者
> 歌唱的回旋诗中得到称赞。

彼时在普罗旺斯古老的故事中
讲述着锡安和圣战，讲到了你的
骑士英名，还有你的千种高贵仪态。(Girouard, 82)

因此萨克雷曾经在《吉姆斯·德·拉·普鲁契的日记》(*The Diary of Jeames de la Pluche*)中称他们为一群"老爱写些战斧啊骑士道啊什么的小家伙们"(Braun, 73)。

但这些"小家伙们"的"战斧啊骑士道啊什么的"并非空穴来风。"恢复骑士精神"正是这个时代的一个呼声。1762 年，当启蒙运动如火如荼、工业革命正在兴起的时候，里查·赫德(Richard Hurd)就发表了《骑士精神与罗曼司信札》(*Letters on Chivalry and Romance*)来怀念那个逝去的时代；司各特的小说将对骑士精神的热情想象充满了读者的心灵；而"小家伙们"的剑桥学长克奈尔姆·迪格比(Kenelm Digby)在 1822 年发表的《荣誉的布劳德斯通，或骑士精神的真谛与实践》(*The Broadstone of Honour, or the True Sense and Practice of Chivalry,* 1822)在贵族青年中影响尤为巨大。迪格比的目标是将骑士精神的精髓在现代社会发扬光大，"让从未上过战场的现代绅士也能够将自己看作骑士"，向宗教改革以来日益"统治了英国的精神生活，并正在迅速征服英国政治"的世俗精神，尤其是向当代的功利主义"发动一场反攻"(Girouard, 60)。1839 年的艾格林腾骑士比武大会(the Eglinton Tournament)则是 19 世纪骑士复兴的一次高潮。26 岁的第十三代艾格林腾伯爵决定在自己的苏格兰庄园举办一场盛大的骑士比武大会，以恢复古老习俗。持矛对撞的骑士要"人戴锁子甲，马披华彩衣"，比武大会还要选出一位"花魁"(Queen of Beauty)，由众贵妇人伺候，总之，一切照中世纪的规矩。开场之日，英国上流社会群贤毕至。从庄园门前的埃尔至格拉斯哥的道路连绵三十英里车水马龙，演武场边挤满了十万看热闹的平民，许多人远道而来，要看司各特的小说如何变为现实。可惜天不作美，让比武大会在一场不期而至的滂沱大雨中狼狈收场(Girouard, 87)。虽然艾格林腾比武大会不乏闹剧色彩，它所代表的情绪却是认真而持久的。这种情绪在从普金(Augustus Welby Pugin)所倡导的哥特式建筑、纽曼(John Henry Newman)领导的牛津运动，到科贝特的散文、柯勒律治的政论文章、骚塞的《对话录》、卡莱尔的《过去与现在》直到丁尼逊的《君王叙事组诗》中处处可见。迟至 1863 年，理查德·科布登(Richard Cobden)依然愤愤地说："在这个瓦特、阿克莱特和斯蒂芬森的时代，封建主义却依然猖獗"，他甚至发现"封建主义每天都在政治和社会生活中上升"(Gilmour, 1994, 5)。

"青年英格兰"所受的影响清晰可辨。他们将迪格比的《荣誉的布劳德斯通》看作自己的行动手册(Braun, 77)；而且司马史明白地指出，"青年英格兰"的思想受到罗伯特·骚塞的《对话录》(the *Colloquies*)的极大影响(威廉斯, 1988, 47)。更为重要的是,司马史和曼纳斯在剑桥读大学的时候,曾在1838年的一次湖畔地区(the Lake District)读书旅行中结识了纽曼的高足弗里德里克·费伯(Frederick Faber),并受到他的启示,"对十八世纪的国教提出怀疑,决心用一种更多彩更温暖的信仰来消除国教一个世纪以来所染上的'令人生厌的'理性主义"(Morrow, 4)。

司马史宣称,恢复英格兰教会的"真正的僧侣制度"就等于建造了一道牢固的堤坝来抵御现代社会中那些"正在对美好而古老的固习进行侵蚀和革新"的势力(Morrow, 4);而曼纳斯的理想是"只有修道院制度才能使曼彻斯特得到教化"(Bradford, 122)。因此,《晨报》(*The Morning Herald*)指责"司马史先生和约翰·曼纳斯勋爵是'青年英格兰'的主力,而这个愚蠢无聊的运动正是书册派的政治分支"(Faber, 125),而布莱克则称"青年英格兰"为"将牛津运动从宗教引入政治的一次努力"(Blake, 171)。

曼纳斯在1841年发表的一首颇受争议的诗歌《英格兰的托付》(*England's Trust*)中悲叹宗教改革用"他们刺耳的不和之音"制造了

> 数不清的宗派,撕裂了
> 我们曾经血脉相连的岛国

他还认为宗教改革为"独立之人"这种"违背自然的思想"奠定了基础:

> 在自然父母和国家之间
> 可寻见清晰可辨的关联,
> 当人们蔑视这象征的时候,
> 且看人类如何被摘去王冠。(Morrow, 127)

"青年英格兰"由赞美传统教会进而赞美传统的封建社会,相信"世界惟一的希望在于实行一种新的仁慈的封建制度,建立工人阶级与一个负责任的、有理想的贵族阶级之间的联盟来反对工厂主的铁石心肠的物质主义"(Bradford, 122)。

于是,曼纳斯在《英格兰的托付》中呼吁:

> 让人人知道自己的位置
> ——国王、农夫、贵族或教士,
> 最伟大的与最卑贱的都有着联系,
> 阶层与阶层之间流动着高尚的情感,
> 将人与人结合在一起。

他甚至在诗歌的结尾发出一个惊世骇俗的宣言：

> 任财富、商业与法律学识灭尽，
> 只要还留给我们古老的贵族！（Morrow, 116-117）

一群青年贵族议员在这个日新月异的"进步"时代如此放肆地鄙薄"财富、商业和法律"，不加掩饰地为封建社会辩护，并希望回到"人人知道自己的位置"的过去，自然引起了轩然大波。

《笨拙》杂志一再尖刻地讽刺"青年英格兰"（Cazamian, 98）。其中一首"查尔斯·克莱夫利勋爵"（Lord Charles Cleverly）说：

> 立法是他的一大乐趣，
> （尽管让许多人厌倦！）
> 在前次会期中他提出
> 要将古老的五朔柱恢复，
> 而且他亲切地与人民
> 交流，参加他们的会议，
> 建议他们不要莽撞行事
> 反对他们的主人和朋友！……
> 他用慈善消除了怨恨，
> 他建立了一些学校
> （那些校服和校徽最为迷人！）
> 亲自定下了所有的校规。
> 教室四周张贴着他选定的经文：
> 服从和谦恭是青年最好的美德。
> 看到如此前程无量的宝玉
> 真是令人欢欣鼓舞——
> 一位勋爵——他害怕民主
> 有力挽狂澜的才能！
> 贵族，他们说，只关心大众，
> 连自己的钱财也不放心中！
> 眼前就有一位年不过二十
> 却要亲手来经营这个民族！（Disraeli, 1982, X）

华兹华斯也写了一首十四行诗来教训这些"嘴上无毛的孩子"；而《晨报》

批评这个运动是"愚蠢而无聊的精神纨绔"。[1] 连蒙克顿·米尔恩斯这样同情"青年英格兰"的人士也忍不住作了一首著名的讽刺打油诗：

> 哦！把我绑在大车的车尾鞭打吧，
> 我定会享受
> 那童年时代目睹过的
> 古老英格兰的美妙惩罚！
> 我不理会人群嘲弄，
> 我不觉得任何苦痛，
> 只要有一个古老英格兰的传统
> 　　得以再次光大！（Braun, 78）

但是他们也获得了不少支持。《泰晤士报》和《晨邮报》的舆论就经常站在他们一边（Faber, 121; Morrow, 2）。一度还出现了一份《青年英格兰人》周刊，尽管它与"青年英格兰"运动没有直接的关系，却也表明了他们的影响（Weintraub, 232）。

《康宁思比》就产生在这场争论的喧嚣之中，而狄思累利本人正处在这场喧闹的中心。1842 年议会开始后不久，已经年届不惑的狄思累利在给妻子玛丽·安的信中说自己已经"毫不费力地成为一个主要是青年人和新议员的党派的领袖。"（Feuchtwanger, 47）。

狄思累利自从 1837 年当选为保守党议员以来，虽然因为在下院辩论中表现出高超的口才和辩术而在党内颇受赏识，却从未受到重用，十分失意。而且他对于托利党在党魁皮尔的领导下转变为保守党的过程中日益向辉格党的自由主义政策与哲学靠拢十分失望。1842 年的一次议会辩论中，他在一场精彩的对攻中击败了辉格党最杰出的演说家、外交大臣帕默思顿，成为托利党中难得的一位"与帕默思顿交锋之后居然能得胜而归的人"，赢得一片赞誉，"青年英格兰"也对他十分钦佩（Bradford, 118）。而且他的许多观点与青年英格兰合拍：曼纳斯就在一则日记中写道，"他那些历史观点跟我很一致"（Disraeli, 1982, i）。狄思累利与司马史的父亲素有往来[2]，因此很早就认识司马史，喜欢他的机智和才气；而通过司马史与"青年英格兰"成员的交往，也使他被贵族青年的华丽和热情所陶醉。

---

[1] Cannon, J. A. "Young England", *The Oxford Companion to British History*. Ed. John Cannon. Oxford University Press, 1997. Oxford Reference Online. Oxford University Press. May 2006; July 2006 <http://www.oxfordreference.com/views/ENTRY.html?subview=Main&entry=t110.e4638>.

[2] 司马史的父亲第六代斯特兰福德勋爵是狄思累利的忠诚读者，对他的《康泰里尼·弗来明》极为崇拜（Blake, 123）。

1842 年冬天议会休会期间，狄思累利夫妇在巴黎度假，他在那里与司马史和考克林作了几次长谈，商定以后在议会中一起坐在党魁、首相皮尔（Sir Robert Peel）的身后，协调立场，在重大问题上投票一致。1843 年议会开会期间，他们支持激进派提出的保护童工法案和反对在爱尔兰实行镇压措施，在一系列问题上与自己所属的保守党政府对立，被皮尔视为背叛（Bradford, 130）。一向对手下态度倨傲的皮尔认为"三个娃娃的胡闹"都是因为狄思累利的教唆。当年 8 月 9 日皮尔在议会辩论中公开严厉指责狄思累利，而狄思累利在感激"尊敬的从男爵阁下将他的礼仪悉数留给了自己的支持者"，从而在保守党议席中引起一片窃笑（Maurois, 164）之后，对皮尔展开犀利的反击，将他驳得哑口无言，由此拉开了他与保守党正统之间直接对立的序幕，直到他在 1847 年奇迹般地成为驱逐皮尔之后的新保守党的领袖。"狄思累利和他的火枪手们"因为在皮尔的后院放火而名噪一时。《晨报》称"狄思累利和他的雄心勃勃的战友们驾着'青年英格兰'的神奇战车从大臣们沮丧的精神上辗过"（Bradford, 133）；皮尔的内政大臣詹姆士·格雷厄姆（Sir James Graham）则在写给克洛克信中说："要说'青年英格兰'，那几只小狗都是被狄思累利蛊惑的，他是其中最能干的人。"（Bradford, 133）

在这样一个语境中，特别是因为狄思累利不但在小说的扉页上注明作者的身份是"下院议员"（Monypenny, 1968, 596），而且在 1849 年版的序言中说明本书的目的是要"表达作者和朋友们正在热烈讨论的思想"（Blake, 193），因此当时的读者在翻开《康宁思比》的时候一定已有先入之见，准备将它读作一部小说版的《英格兰的托付》。事实上，小说所受到的批评也多在这一方面。《笨拙》杂志（Punch, 28 December, 1844）上的一首打油诗就将曼纳斯代表的"青年英格兰"与本杰明·狄思累利创造的康宁思比拴在一起加以挖苦：

> 哦，青年英格兰的背心那样雪白，
> 裁剪得多么合体，穿得如此贴切，
> 让我们的青年英格兰们光彩灿烂，
> 从稚嫩的曼纳斯到康宁思比·班。[1]

《爱丁堡评论》认为小说中的思考"轻浮而愚蠢"（Stewart, 177）；萨克雷在《朝闻报》（*Morning Chronicle*）上发表了未署名的评论讽刺道：

> 公子王孙们在这里担负起了重任，要振兴世界——要医治千疮百

---

[1] "Young England.", Wikipedia, 2005. Answers.com 30 Sep. 2006. <http://www.answers.com/topic/young-england>.

孔的国家——要为老态龙钟的传统制度注入新鲜血液——要实现古代世界和现代世界的和解——要解决目前使我们窘迫的种种疑虑和困惑——并且要将至高无上的真理介绍给人民,仿佛剧院经理举着一对蜡烛将穿着长统丝袜的君王微笑着引入戏剧。(Stewart, 184-185)

《中庸评论》(*Eclectic Review*)的评论文章将"青年英格兰"比喻为死而复活的"钟形轮虫"(vorticella rotatoria),欲开历史的倒车,而封建主义则在狄思累利的笔下带上了彩虹的色彩,充满着温情与优雅,在实际生活中横征暴敛的、不让人民分享政治权利的贵族在小说中扮起护民官的角色,荒唐之极。评论者认为,《康宁思比》这本书好就好在可以做一本反面教材,与"牛津运动"一起,让人民看到贵族的复古之心不死,因而要提高警惕(Stewart, 172-176)。

这些评论的激烈与尖刻和小说的连续脱销的热闹情况形成了有趣的对照,很好地表现出当时社会关于"进步"与"保守"的争论。在对《康宁思比》逆历史潮流而动的批评的背后,是对历史进步的信仰;而欣赏小说的人,除了英国社会特有的对贵族生活的兴趣之外,很可能也在表达自己对业已消失或即将消失的农业社会的稳定秩序的留恋。

不过,如果读者走进小说的时候不带这样一种非此即彼的定见,也许不会将《康宁思比》贸然看作"开口便见喉咙"[1]的复古宣传。因为事实上,《康宁思比》固然猛烈抨击了流行于世的功利精神,并用一种与麦考莱的强调世俗进步的辉格史观针锋相对的观点对英国近代的政治历史作了清晰明白的整理,它所传达的身处历史中的真切感受却要比宣传、议论更为丰富、复杂。

第二节 《康宁思比》中的"名利场"——党派斗争中的功利政客和最会算账的贵族

《康宁思比》的开场就表现出狄思累利对当代具有平庸而功利特质的贵族政治的失望:

大约 12 年前的一个的明媚 5 月的上午,一位年齿尚稚的少年——因为他肯定还未满十二足岁——被引入了圣詹姆斯广场附近的一座宅子里。这房屋虽然约莫是私家住宅的格局,而且也不十分大气,却显

---

[1] 借用晚清小说读者对政治小说的批评。见陈平原 2003,第 117 页。

示出一些征兆，表明它眼下正充作公共事业之用。[1](1)

从小说写作的时间 1843-1844 年来看，小说开头所说的"12 年前"是指 1832 年，也就是英国历史上意义重大的第一次议会改革前夕。这一次修改选区划分和选举权资格的改革对贵族制度造成了根本的动摇。而这里所说的"圣詹姆斯广场附近的一所宅子"，从后文来看，指的是当时的托利党总部。英国的政党政治虽然由来已久，却历来比较松散，直到 19 世纪 30 年代两党斗争到了一个新的阶段，需要改进组织形式的时候，托利党上层人物威灵顿等为了抵制改革方案，在托利党议员普兰塔（Joseph Planta）的位于圣詹姆士广场附近、查尔斯二世大街的府邸集会，在那里建立了保守党院外总部，并请普兰塔等人处理日常党务（阎照祥，1999, 304）。狄思累利对房子的形容显然喻有深意。狄思累利在小说前言中明确说道："作者的主要目的是要为'托利党就是英国人民的政治联盟'这个正确的主张辩护，这是作者很早就开始致力的一个目标。"（Monypenny, 1968, 596）他理想中的托利党既然是"英国人民的政治联盟"，所做的当然应该是一项真正意义上的公共事业；但是眼前的托利党总部却一望而知是"私家住宅"，暗示着它抛弃了自己的原则，或是狄思累利理想中的托利传统，将全民的利益变成了贵族的私家宅业；同样糟糕的是这贵族机构还"不十分大气"(1)。

而这样一个平庸而自私的贵族政党却正面临着百世不遇的巨变。

不久叙事者就告诉我们，"光荣革命"以来一直歌舞升平的英国政治此时正面临着空前的考验。贵族的浮华虚荣的生活依然在继续，"贵妇们还在品尝她们的松茸馅饼，或乘着敞篷马车风风火火地巡回，做着伦敦社交季节的每早必做的功课，做些视而不见的的拜访，买些并不想要的东西"；与此同时，"这个世界已经在喧嚣激荡之中。目前这个世界和其中的混乱还只限于圣詹姆斯街和蓓尔美尔街[2]，但是这个世界的边界和这场骚动正在向目标中的都市选区扩展；明天就会传遍工业地区。非常明显，在 48 小时之内，这个国家就会处于一种可怕的危机之中"(20)。

这段描写中最为重要的是边界正在变动的"这个世界"。在传统的贵族社会里，一切是封闭的。"这个世界"原来只是所谓的"最上面那一万人"（Harvie, 3），此外的芸芸众生，虽然在大街上熙熙攘攘，在"这个世界"的眼中却仿佛不存在一样。但是一切却即将改变。现在，大量的中等阶级人士要从模糊不清的"人民"

---

[1] 本书采用的版本为 Disraeli, Benjiamin. *Coningsby, or the New Generation*, Oxford: Oxford University Press, 1982. 下同。

[2] Pall Mall，伦敦一街名，街上多俱乐部。

中一跃而跻身这个贵族占据的"世界"了。

这场即将打破贵族世界的宁静的喧嚣，就是与狄思累利同时代的读者非常熟悉，而且尚在其震荡之中的议会改革运动。1815 年对法战争结束后，英国国内的政治改革呼声日益高涨。1830 年辉格党上台之后，在格雷伯爵领导下制定了一个改革方案，提出取消一大批人口不足两千的"衰败选邑"的选区资格，把议席重新分配给人口众多但代表人数不足甚至没有代表的城市，尤其是工业城镇；并提出扩大选举权，实行财产资格制，在原有的选民之外，农村中年收入 50 镑以上的租地经营者，以及城镇中年收入 10 镑以上的房产拥有者都被增加为选民。这个方案受到中等阶级的普遍欢迎，但是受到主要代表土地贵族利益的托利党的顽强抵抗。法案在下院仅获一票多数。辉格党决定解散议会，举行新的大选。大选中辉格党得到 130 票多数，使得法案在下院顺利通过，但是托利党占据优势的上院却否决了该法案。1832 年 4 月，法案第三次在下院通过，但是托利党扬言要再次在上院加以否决。于是格雷伯爵觐见国王，要求他在必要时册封足够多的辉格党贵族，使法案能在上院表决时得以通过。但是国王拒绝了这一要求；第二天，辉格党政府集体辞职，托利党领袖威灵顿公爵受命组阁。于是全国出现了大动荡。伯明翰政治同盟举行十万人大会，几天中全国共召开 200 多次大规模集会，反对威灵顿组织政府；伯明翰政治同盟甚至开始策划由伯明翰发难、全国响应的武装起义。在威灵顿受命组阁的当晚，一个"取黄金、阻公爵"的口号一夜间贴满伦敦，并传遍全国。到 5 月 18 日，英格兰银行黄金储备的一半被兑走，以至银行代表告诉国王，如果不迅速结束危机，英国的黄金将在 4 天中告罄。为了防止危机的总爆发，托利党让步了。威灵顿交回了组阁任命书，国王则向辉格党领袖保证可以册封任何数目的改革派贵族使改革法案可以在上院强行通过。最终，在上院开始审议法案的时候，托利党自动退出会议，使法案顺利通过。(钱乘旦，247；阎照祥，1999，291)

这一段疾风暴雨的历史，很大程度上反映的是工业化进程中已经在经济领域内积累了巨大能量的中等阶级的政治要求。英国的传统阶级关系面临着考验。

不过，这场声势浩大的社会动荡一直停留在后台，前台仍然在表现着传统"精英世界"的活动，也就是托利党和辉格党这两个贵族党团之间和政坛人物个人之间的利益之争。小说开卷，就在托利党总部利戈比的办公室里，突然传来了辉格党政府辞职的消息："门被撞开了，冲进来两个人，都处于一种亢奋状态，同时高喊着：'利戈比！利戈比！千真万确，他们出去了！'"(2) 这两个快乐的报信者是泰德波尔先生和泰泼尔先生。他们是托利党议员，"在旧制度下溜入了财政署"(4)，现在听说托利党上台在即，他们又有官可当了，喜悦之情溢于言表。

第二天，当威灵顿与林德赫斯特勋爵一起去觐见国王、受命组阁的消息得到确证之后，辉格党和保守党的俱乐部成了两个截然不同的世界。辉格党总部所在的布鲁克斯"一片惊恐"，"所有那些期待着被封为贵族的绅士们都认定这个国家要被拱手奉送给贪婪的寡头贵族了"（19）；而托利党俱乐部所在的卡尔顿街则"充满了热切的希望"（20）。有一位绅士在前一届托利党政府任内得到了封爵的许诺，可是文书尚未签署托利党就下台了，此时感动得大叫"苍天有眼"，而泰德波尔和泰泼尔则心态比较复杂，"满怀希望和恐惧"：

> "如果国王坚定，国家健康，"泰德波尔说，"蒙贸斯勋爵能保住
> 他的选邑，我想利戈比要去枢密院当官了。"
> "从次官跳到枢密院还没有先例呢。"泰泼尔说。
> "可是我们生活在一个革命的时代呀。"泰德波尔说。
> "我一直相信国王会坚定的。"泰德波尔先生说。
> "不知道谁会拿到印度署。"泰泼尔先生说。（21）

狄思累利在这里表现出了绝佳的讽刺。以改革党自居的辉格党人士痛斥"贪婪的寡头贵族"无非是因为自己封爵的愿望落了空，托利党绅士高喊"苍天有眼"，是感谢上帝终于让他封了爵。泰德波尔和泰泼尔愿意相信国王的"坚定"，那样他们就有做官的希望了；而他们的"恐惧"是怕在这个"革命的时代"一切没了章法，有人可以超过他们，青云直上。虽然一边是绝望，另一边是希望，但是辉格和托利的本质似乎是一样的，人人紧紧盯着的无非是自己的官爵、利禄。所以后来当泰德波尔提出"托利政府的时代已经过去了；国家需要的是一个健康的保守党政府"的时候，泰泼尔会若有所思地说："健康的保守党政府，这个我明白：不就是托利党的人加上辉格党的手段吗？"（91）

泰德波尔先生和泰泼尔先生这两位政客最大的梦想是"进得议会，一起好好干，不让别人上来"，有朝一日能当上"联合财政大臣"（90），并相信"如果他们一年得一千二，英国就有救了"。叙事人接着进一步向读者解释：

> 在他们所属的这个古怪的阶层中，每年一千二百镑按季发放，就
> 是他们心目中的政治学和人类本性。每年拿一千二的是执政党，试图
> 拿一千二的是反对党，幻想拿一千二的就是雄心。假如有人想要进议
> 会而不想拿一千二，那就是傻子，是未受启蒙的蠢物。于是他们就大
> 眼瞪小眼，互相询问："某某人想进议会干什么？"（229）

可是好景不长，威灵顿政府成立一周就下台了，改革法案随即通过，而利

戈比和泰德波尔、泰泼尔诸公也在按新法案进行的选举中纷纷落马。

两年之后，当托利党突然又有了组阁前景的时候，他们来到白朗克公爵的庄园开会，一个个"好像烈士，在苦难中满怀着希望"（74）；而当托利党新领袖皮尔准备受命组阁的消息传出之后，就更有趣了：

> 1834年冬天，多么热闹的季节！怎样的希望、怎样的恐惧、怎样的赌博！……人们像蘑菇般冒了出来，市面上突然变得熙熙攘攘，所有当过官的、想当官的、得到过什么的、盼望得点儿什么的人纷纷出现；当然他们都是碰巧来的；你可能在一个月的时间里每天碰到同样一些人，而他们都只是"刚好路过城里"……那些已经进入议会的托利党员则唯恐议会解散。他们忧心忡忡地看着那些可疑的新盟友，仿佛一群碰巧绊上了一堆珍宝的人惊恐地看着新来的同伴。（81-82）

当皮尔觐见过国王，正式开始组阁之后，街上车水马龙，俱乐部里人满为患，传言纷纷。在蒙贸斯勋爵的朋友、托利党内的大阔佬奥姆斯比先生举行的政界宴会上，挤满了探听消息的大大小小的争官者：

> "你听说了什么没有？"一位大贵族说。他想在混战中争到点什么，可是他却不知道自己到底要什么；只是模模糊糊地觉得，付出了如此巨大的牺牲之后，他应该得到点什么。
>
> "有消息说，克里弗德要做监察局秘书，"伊尔维格先生[1]说。这位先生的全部灵魂都在这种首相不屑考虑的二等官僚的人事安排上。"但是不清楚消息从哪里传出来的。"
>
> "不知道谁会去做他们的司马[2]。"大贵族说。他看不起嚼舌头的人，却最爱听人嚼舌头。
>
> "克里弗德什么也没有为党干过。"伊尔维格先生说。
>
> "我敢说朗姆布鲁克会得到猎鹿营[3]，"大贵族若有所思地说。
>
> "勋爵大人没有听人说起克里弗德的名字？"伊尔维格先生继续说。
>
> "我应该认为他们还没有开始考虑这一类事情，"大贵族几乎毫不掩饰他的轻蔑。"内阁组成之后，接下来该轮到宫内；你讲的那档子事

---

[1] 伊尔维格(earwig)，意为"偷听者"。

[2] Master of the Horse，英国王室的宫内官职，向来由贵族担任，在1782年之前一直是内阁成员。掌管王室的犬马狩猎等事务，是国王的近臣。

[3] the Buckhounds，英国王室的宫内官员，在司马属下，向来由贵族担任，1902年废除该职。

儿要到最后。"说着，他以脚跟为圆心，转了个身，却遇上了埃斯克德尔勋爵冷静的面容和讥笑的目光。

"你没有听说什么?"大贵族问他的贵族兄弟。

"从走进这个房间到现在，我已经听说得太多了，不幸的是没有一句真话。"

"有消息说朗姆布鲁克会得到猎鹿营，但是没有得到权威的确认。"埃克斯德尔勋爵嗤之以鼻。

"我看不出为什么朗姆斯布鲁克会比任何人更应该得到猎鹿营。他做过什么牺牲?"

"过去的牺牲不算什么，"埃克斯德尔勋爵说。"我们要的是现在的牺牲：我们要的是那些愿意牺牲自己的原则来加入我们的人。"

"你听人提起过朗姆布鲁克的名字吗?"

"当一个首相还没有组成内阁，而他在下院只有一百四十个支持者的时候，他除了宫内的职位，还有更重要的事情要考虑。"埃斯克戴尔勋爵说着，慢慢地转开了身。 (84-85)

这里人人都在想着自己的心事，算计着自己的地位变化。想当骑兵元帅的"大贵族"看不起想当监察局秘书的小角色，而关心内阁职位的埃斯克戴尔勋爵又看不起只想捞个宫内官职的贵族兄弟。两个人相继以优雅的姿态撇下欲望比他们低级的人，却没有什么实质区别。

而这些人物在各种沙龙、城堡、俱乐部之间奔走参加的全部政治活动，就是在各种势力之间拉帮结派，计算议会内部此消彼长的力量对比，设计、散播各种动人口号，玩"出去"和"进来"的游戏。

泰德波尔和泰泼尔就是长于此道的一对政客。泰泼尔最重要的家当是随身携带的一个小本本，上面是对双方力量的最新计算。这是他显示自己价值的法宝。他的炫耀有时候也会带上一些喜剧色彩：

狩猎与宴会结束了，女士们退出了，管家重新摆上红葡萄酒。

"你真认为可以给我们弄到一个多数吗，泰德波尔?"公爵问道。

泰德波尔先生庄严地从口袋里掏出一个记事本。他的修养良好的朋友们都微微笑了，略带点儿游戏的快乐。

"没了他的本本，泰德波尔就不成事儿了。"菲兹—波比勋爵偷偷地说。

"就在这儿，"泰德波尔说着郑重地拍了拍他那卷东西，"二十二

个，清清楚楚的足够多数。"(75)

而他们给本党"弄到一个多数"的办法就是在议会中给立场尚不明朗的人物一点封官授爵的希望：

> 泰德波尔先生问道："你算下来我们现在有几个？"
>
> 泰泼尔先生答道："你认为我们这边会有五十五人的多数吗？"
>
> "尾巴长短倒无所谓，主要是让他们有借口把那些处于中游的有理智的人搞过来。"泰泼尔说。"我们的朋友艾弗拉德爵士这样就可以搞定了。"
>
> "这个装模作样招摇撞骗的家伙！"泰德波尔先生接着说，"可是他是个从男爵，又是县里推上来的议员，很受卫斯理公会派的看重。但我知道别的人不肯给他封贵族。"
>
> "而我们也许可以继续让人们保持明智的希望。"泰泼尔说。
>
> "没有人能比你更擅长这个了。"泰德波尔说。"那种事情上我总是管不住嘴。"
>
> "我给自己订了条规矩，对此类话题总是三缄其口。"泰泼尔说。"一点头，一眨眼，那就意味深长了。亲热地用力一握手，有时候作用简直太大了；我给不少人开过贵族的支票，却从来不用背上负担：我只作出恭顺的样子，那些未来的贵族绝不会误解。"(89)

对于拉票这件事，贵妇人们更加在行。她们很清楚地看到新进来的中等阶级议员所追求的东西：

> "他还能想要什么？"圣·朱丽安夫人说。"人们进议会为的是往高处走；他们的目标并不明确。如果进议会之前还沉浸在对地位的幻想中，进了议会就很快会从这种胡思乱想中解放出来；他们发现自己不比周围的人能干，即便有点才能，却发现权力、官职、报酬都为我们和我们的朋友们留着。于是他们这些实实在在的人，就去找一些结果，就得到了这些结果。"(212)

所以圣·朱利安夫人的办法就是"不管他有没有太太，每个星期三给他发一张请柬"，于是"他得到了自己想要的，然后就皆大欢喜了"(212)。福朗西先生就是在她们的名单上"被恰如其分地标为'上品'"的一个人物。因为"他既无政治才能，也无政治观念，只有一些朦胧的想法，以为进了议会他和太太就有更多的舞会和宴会可以参加"(196)。

泰德波尔和泰泼尔的另一项工作是制作竞选口号。"在泰泼尔的哲学中，没有口号的重新大选就像一个没有太阳的世界"(229)。老国王的去世和年轻的维多利亚女王的登基给他们的口号设计出了个难题："年轻、美貌，加上女王！泰泼尔想到这个就脸色苍白。"(229)他们搜肠刮肚，想遍了可能打出的大旗，发现教会、谷物法等等都失去了号召力。最终，泰德波尔"带着严肃而得意的微笑"提出了一个口号："我们的年轻女王，我们的古老体制！"

> 泰德波尔两眼放光，仿佛看到了希腊先贤佩里安德或泰利斯的警
> 句，然后他转向泰泼尔说："你看把'古老'换成'悠久'如何？"
> "可是你不能说'我们的现代女王和我们的悠久体制呀'。"泰泼
> 尔先生说。(230)

泰德波尔与泰泼尔可谓两位"与时俱进"的宣传专家。在这个"世界的边界扩大"的时代，大量传统选民之外的社会成员被动员进入政治领域，成为日益强大的，又缺乏政治判断的不明力量。对这些政客来说，摆弄文字、打动听众、拉到选票，这是最关键的任务，也是自己的衣食所在。口号的实质意义并不重要，只要"实用"、能应一时之需即可。

要说政客中的头号人物，毫无疑问当属利戈比先生。这位托利党内的大笔杆子经常在报端发表一些"份量很重的鞭挞文章"来抽打托利党的敌人，而他的力量就在于他对信息的掌握和对细节、数据和分析推理的注重。小说开头，当泰德波尔和泰泼尔闯进来告诉他那个"他们出去了"的好消息时，他尽管喜出望外，却很嫉妒别人比他早知道消息。于是他就给两位朋友上了一堂推理课：先说他从最高权威那里知道格雷勋爵昨天还两次晋见国王，最后一次见国王的时候还一切未定，再说如果他今日又要去王宫的话，不可能在十二点钟之前到达，又说格雷勋爵一定会一回来就召集阁僚开会，又说如果要发生任何事情也肯定要隔一个钟头之后才会发生。然后他比较、批评了过去二十四个小时内各种流言的有关日期，"而在日期这点上利戈比先生是所向无敌的"；他甚至计算了首相去王宫时要上下的台阶数及上下台阶所耗费的时间。"注重细节正是利戈比先生的长处。"最后，他用自己掌握的日期、私人情报、他对王宫各处位置的知识，成功地让两位垂头丧气的朋友相信，"他们那点令人愉快的消息全无根据"，可是不久之后事实就证明利戈比错了(3-4)。

利戈比先生的"鞭挞文章"也是如此。叙事人说他的文章不是写出来的，而是"调制"(concoct)出来的(368)。他曾把自己关在别墅里，一个星期"调制"

出来的一篇抨击"便士邮政"必定破坏贵族制度的文章,"用的是他的最崇高的风格。他将征服阿尔玛提兹的罗兰·希尔和廉价邮政的发明人罗兰·希尔相提并论,简直妙不可言……文章充满了大段大段的斜体字,又有许多大写的小字,几乎令人热泪盈眶。其中的具体统计数据又非常有趣新颖……文章结尾处对不可阻挡的民主进程发出振聋发聩的预言,其气势几乎可与他本人关于某某的一篇演说媲美。没有谁能像利戈比这样打动人民的心灵"(368-369)。

马克·吐温在《自传》(1929)第二十九章中说狄思累利有过一句关于统计数据的名言:"世上有三种谎言:谎言、该死的谎言和统计数据。"虽然这句话难以考证出处[1],但是马克·吐温把它归于狄思累利的名下,显然是因为它不但符合狄思累利的语言风格,而且很符合人们对于狄思累利一贯反对让数字统治世界的强烈印象。

利戈比先生的理性是与他的实惠紧紧联系在一起的。他的实惠之处就是巴结贵族、为其所用,而他的"理性"力量为他获得了待价而沽的本钱。蒙贸斯勋爵的精明眼光早就在利戈比初露头角的时候就相中了他:

> 利戈比正是蒙贸斯勋爵要的那头牲口,因为蒙贸斯勋爵总是用骑手的无情眼光打量人类的天性。他将利戈比打量了一遍,就决定买下他。他买了利戈比,连同他清晰的头脑、不知疲倦的勤恳、大胆无耻的言语和那杆肆无忌惮的生花妙笔,还有所有那些他牢牢记住的日期、所有的讽刺文章、所有的个人回忆录和所有的政治诡计。这真是一笔好买卖。于是利戈比便当上了大人物,成了蒙贸斯的人。(9)

对利戈比来说,这笔买卖当然也是很划得来的。"成了蒙贸斯的人"之后,他就当上了蒙贸斯操纵的选邑的议员,"经营着蒙贸斯勋爵在议会中的影响"(8),还当上了政府次官,经常出入贵族府邸乃至温莎王宫,真的成了"大人物"。不过他为这些好处付出的代价是他的确成了蒙贸斯的"牲口"。他要"为勋爵的庞大庄园稽核账务。……当蒙贸斯勋爵在国内的时候,他为勋爵作伴,当勋爵在国外的时候,他为勋爵通风报信;他很难算作一个顾问,因为蒙贸斯勋爵从来不需要建议;但是利戈比可以在具体事务上帮他策划"(8)。利戈比能出力的地方还远不止这些:他最擅长的工作还是帮助大人物处理丑闻。他做得最漂亮的一件事情是向等着老勋爵向自己求婚的科洛那夫人通报勋爵与她女儿卢克利希亚的订婚。当勋爵向利戈比宣布自己的决定时,他尽管大吃一惊,却立刻遵命而去,干

---

[1] "Disraeli, Benjamin", *The Colombia World of Qotations*, Columbia University Press, 1996; August 20, 2006<http://www.bartleby.com/66/99/16799.html>.

净利落地地说服了气得发疯的夫人，把她无声无息地送出了国，使勋爵大人十分满意。所以，"尽管他号服鲜艳，在仆从室里架子十足，他在生活中真正干的向来就是脏活"（369）。

所以，利戈比早上去见蒙贸斯勋爵的时候，叙事人称之为"早朝"；而勋爵接受"早朝"的方式也很有主人的气派：他用的是"一种古老的宫廷风格，也就是说在床上见客"（13）；而当利戈比在密尔班克的进攻下丢掉了选区，回来见蒙贸斯的时候，蒙贸斯毫不掩饰他的不快，对他投去冷冷的一瞥，"仿佛亨利八世走进议会时用眼光一扫，顿时将寒意逼入令他不快的议员的心中，让他们瑟瑟发抖"（235）。

利戈比投身蒙贸斯勋爵门下，泰德波尔和泰泼尔先生也都是从博马努亚公爵的口袋选区里得到的议会席位，视公爵为他们的"恩公"（patron）（4）。这些精于算计的人士之所以甘愿成为叙事人所谓的"真菌族"（the fungous tribe）（63），也就是依附贵族而貌似发达，却没有根系、朝生暮死的政客阶层，是因为在这个时代，虽然工业革命业已完成，国家经济基础发生重大变化，而经过 1832 年的议会改革中等阶级已经登上了政治舞台，贵族却依然在英国拥有强大的势力。

蒙贸斯勋爵无疑是这个依然具有强烈贵族色彩的政治世界中的头面人物。不过，尽管他是英国最大的土地贵族之一，而且痛恨工业，却绝对不乏精于利益计算的工商精神。叙事人很早就告诉读者，"由于他的无比坚强的意志和无所不用的手段，他所继承的下院的四张票增加到了十张；而且从成为侯爵的当天开始，他就暗暗发展新的联盟关系，向草莓叶[1]掘进"（8）。当康宁思比与祖父谈起政治理想和责任的时候，蒙贸斯勋爵明明白白地告诉他："责任！哪里有什么责任？你唯一要负责的就是那些将你引入这个世界的亲戚。说到底，一切政党、一切政治的目的是什么？就是实现你的目的。我想要将我们家的爵冠变成一项公爵冠，并且将你去世的祖母的那份男爵领地归到你的名下。"（358-360）

在蒙贸斯勋爵为代表的贵族政治世界里，政治权力就是一种家族的事业。所以，当意大利的科洛那王子为英国这样一个美好的地方居然有一个下院在不停地鼓噪的时候，蒙贸斯的朋友埃斯克戴尔勋爵说："请不要诋毁我们的家业。就在你说的这个地方，还有二十票属于蒙贸斯勋爵和我呢。"（28）"家业"一词，再充分不过地说明了当时英国议会政治中的贵族寡头特色。

蒙贸斯经营"家业"，靠的就是精明实惠，这从他"用骑手的眼光"打量、相中并买下利戈比一事中就可见一斑。事实上，蒙贸斯的"相人如相马"是一以

---

[1] 指公爵爵冠上的草莓叶纹饰。

贯之的。对他来说,岂止利戈比是一匹马;保守党领袖罗伯特·皮尔同样是一匹马:他的坐骑就取名为"罗伯特爵士"(212);甚至孙子在他眼里也是一匹马。小说开始,当他从意大利回来,要见从未谋面的孙子,对利戈比说"要看看伊顿那孩子"时,"口气之冷静,仿佛说的是要遛一遛一匹新到的马"(13)。

蒙贸斯"相马"的标准当然就是供他驱驰的使用价值。因此,几年之后,当侯爵再次从意大利回来,见到康宁思比气宇轩昂,一表人才,他非常高兴,因为"他一眼就看出,这样一个亲属可以成为一个很有价值的追随者,一个在未来的选举中会所向披靡的候选人,一件谋取公爵爵位的利器"(162);又隔了几年,当他要康宁思比出场竞选的时候,说的还是马:"这场赛马需要最优秀的骑术。利戈比不行了,太老套了,他是匹筋疲力尽的老马,还是匹败过阵的家伙。"(356-357)

当然,蒙贸斯要能如此"致用",需要高超的算计能力,而他恰恰拥有这种能力。

小说刚开始不久,叙事人交待康宁思比的背景时就告诉读者,在康宁思比的父亲因为违背蒙贸斯的意愿,娶了出身平民的女子——也就是康宁思比的母亲——而被扫地出门,客死他乡之后:

> 他的遗孀带着孩子回到英格兰;她举目无亲,无奈中只好求救于先夫的父亲。蒙贸斯勋爵是英格兰最富有的贵族,经常一掷千金,偶尔也十分慷慨。过了一段时间,经历了许多曲折,在一次次急迫的、令人心碎的恳请之后,蒙贸斯勋爵的律师造访了他的客户的儿子的遗孀,将勋爵大人的决定通知她:只要她放弃孩子,并永远居住在一个最偏僻的郡里,他就授权提供给她一年三百镑,分季发放。这是蒙贸斯勋爵这位英国算账最精明的人计算出来的一个孤身女人在威斯特摩兰郡一个市场小镇上过体面的生活所需要的费用。(7)

这段短短的文字里面可以清晰地看到一个转型中的贵族形象。一方面,他依然能以传统的贵族"一掷千金"的派头来表明自己的高贵地位;另一方面,他却极有经济头脑,甚至是"英国最会算账的人"。

因此,蒙贸斯虽然身为最上层的贵族,却颇像一个商人:他所看透的"人类天性"实际上就是"买卖"二字。一切他需要的或对他不利的都是可以收买的。在1832年的改革法案动荡中,当伯明翰政治联盟在北方发难的时候,他马上就想到把它和其他类似的组织"买下来,花上二三十万镑就一切搞定了"(28)。既然他如此相信金钱的力量,那么尽管他可以在需要的时候"像哈里发一样挥金如土",却"崇拜黄金……甚至尊敬非常富有的人。"在蒙贸斯看来,"机智、权力、友谊、大众的爱戴、公共舆论、美貌、天才、德行，这些都可以买到，但是这并不意味着你可以收买一个富人：也许你不能够或者不愿意花足够的钱"。而无法收买的东西，在蒙贸斯勋爵的眼里甚至"带上了某种几乎神圣的光晕"（184）。

这样，在蒙贸斯身上，商业精神已经取得了彻底的胜利，使他成了一个几乎完全摆脱了艾迪森所谓的那种传统贵族和乡绅常有的"混乱的激情"（Gilmour, 1981, 11）的人。他"从来不爱任何人，除了自己的孩子也不恨任何人"（158）。他恨自己的儿子只是因为儿子情感太盛，居然敢不顾一切地娶一个平民女子为妻。为了同样的原因，他也会憎恨孙子。小说开始时，当祖孙第一次见面，蒙贸斯"朝康宁思比欠身一躬，仿佛路易十四在向联合省的大使施礼"，然后伸出右手，让孩子"战战兢兢地碰了一下"，接着就向他寒暄道："你觉得伊顿如何？"康宁思比发现自己日思夜想的亲人和"这位高贵冰冷的人物"之间毫无关系，不由得悲从中来，哭了起来。勋爵顿时不快。"他讨厌哭闹的场面。他讨厌感情。他立刻觉得把孙子找来是犯了个错误。他害怕康宁思比会像他父亲一样感情温柔。又一个温柔的康宁思比！不幸的家族！退化的种族！"（16）在他眼里，温柔的感情居然是一件值得害怕的事情，显然这是因为情感会妨碍精确算计的理智。

当蒙贸斯发现孙子有用的时候，他也曾表现出亲切和蔼的一面。数年之后，当他看到从伊顿毕业的康宁思比已经成长为一个具有领袖气质的优秀青年的时候，"要说蒙贸斯勋爵的心被触动了，未免有些夸张，但是他的良好品味深深地得到了满足"（162）。于是蒙贸斯变成了一个慈祥的爷爷，"招招手让他坐到身边"，跟他谈起即将开始的大学生活。他不但给了康宁思比一个明白的身份——"蒙贸斯勋爵最得意的孙子"，又给他开了一个户头，让他可以随时支取丰厚的零钱，更给了他"大量好建议"：

> 别喝酒，特别是在玩牌的时候，不过最好永远不要玩牌；告诉他永远不要向人借钱的好处，而要借钱给人也只是小数目，且只是借给希望能摆脱的朋友；最要紧的是永远不要让自己的感情跟任何女人有所纠缠；他向康宁思比保证说，没有人比女人自己更蔑视那种弱点。事实上，任何情感都不适于这个时代：感情不是良好的风度——在某种程度上，感情总是使人荒唐。康宁思比的面前总是会有"荒唐之灾"的可能。蒙贸斯勋爵说，这正是对行为的考验；而害怕"变得荒唐"正是人生的最好指导，会将人从各种各样的困境中解脱出来。（216）

蒙贸斯的这番话仿佛《哈姆雷特》中波洛涅斯为儿子送行时的谆谆叮嘱，把自己的人生智慧毫无保留地传递给下一代，简直令人感动。不过，和波洛涅斯一样，他的建议是最实惠的。更重要的是，他特别强调排除感情的干扰，强调感情很可能带来的危险，强调感情的不合时宜。

不过，养兵是为了用兵。一旦康宁思比不愿为爷爷去竞选议员，蒙贸斯居然"跳了起来，大声喊道：'天哪！哪个女人迷住他啦！把他变成辉格啦！'"(359)向来不动声色的蒙贸斯在小说中前后激动了两回，都是因为看到孙子是有感情的人。一旦他明白康宁思比不但有感情，而且有浪漫的理想，甚至为了理想与他的功利目标对抗的时候，他看透了孙子，反而恢复了冷静和冷酷：

> "实话告诉你，哈里，"蒙贸斯勋爵冷冷地说，"这个家族的成员可以随心所欲地思想，但是他们必须照我的意愿去做……"他用一种康宁思比从未见过的眼光盯着他，接着说："我毫不怀疑你会做一个理智的人，而不会打算牺牲生命中的一切目标，只为追求一些天真的幻想。"
>
> 勋爵大人摇了一下桌上的铃，然后继续看他的报纸。(363)

如前文所示，蒙贸斯的字典里是没有"爱"与"责任"这样的字眼的。"他对人生的全部要求就是作乐"(182)。为了作乐，他甚至可以逼着长子娶了一位与他关系密切、他打算与之再续前缘的贵妇人，使长子满怀怨恨(7)。另外，尽管他对"草莓叶"兴趣极大，即便常年远在意大利也时刻密切关注着国内的政局，却没有尽过任何作为贵族对领地人民应尽的责任，极少回到祖居的康宁思比城堡，"在本郡名誉极坏"(157)。

这样，蒙贸斯所代表的尸位素餐的贵族阶级实际上成了"新一代"青年贵族要在政治上有所作为的强大障碍，所以在适当的时候就该识趣地退场了：

> 当时他正在用一顿简单的晚餐，身边只有几个逗乐子的人。突然他发现自己无法将杯子举到唇边了，但是他极有礼貌，过了几分钟才请正在唱一首华丽的祝酒歌的克萝蒂尔德给他帮个忙。当她按照他的请求走到他身边的时候，已经太晚了。女士们吓坏了，尖叫起来：开始是绝望，可是转念间就显出趁火打劫的意图。不过管家维尔白克及时赶到，于是一个个都规规矩矩地伤心欲绝了。(392)

蒙贸斯的寻欢作乐与虚伪风度和那些企图趁火打劫的法国歌女相映成趣。而他的暴毙，连同利戈比先后在对密尔班克和康宁思比的竞选中失败，以及康宁思比拒绝为蒙贸斯竞选，这些都象征着那种抛弃了古老的民族理想的伪托利主义的失败。

第三节 回不去的中世纪——困惑的传统绅士与天真的青年贵族

既然蒙贸斯代表的伪托利主义不行，那么是否可以回到过去，回到那个尚未被功利精神污染的"纯洁"的封建时代？

康宁思比伊顿毕业那年暑假的北方之行就是一次返回封建时代的旅行。亨利勋爵的父亲白朗克公爵就表现为一个宽厚仁慈的封建领主形象，与蒙贸斯形成了鲜明的对照。叙事者在介绍公爵的一段不长的文字中，用足了"义务"、"牺牲"、"宽厚"、"慷慨"、"热心"、"礼仪"、"优雅"、"古老"、"善良"这些强烈折射着前工业社会，乃至骑士时代价值观念的词汇来说明"这片领地的高贵主人有着他的阶级的许多美德"，尤其是强调他身上依然留存的贵族阶级的"公共精神"，也就是其社会责任感(72-73)。

通过叙事者之口，我们知道公爵的领地乃是"英格兰北方森林地区的一片幽深僻静的所在"，在那里"依然流连着古老封建时代情绪"(130)，而且公爵十分清楚，"这种情绪如果得以很好利用，则是社会的至福"。他和家人们"深刻地意识到自己的地位所带来的责任……他们非常理解自己的义务，并怀着真诚、毫不做作地去尽他们的义务"(130)。亨利勋爵就是本地农业请愿委员会的热心主席，积极维护农民的利益；而他的丰姿优雅的姐姐艾弗林翰夫人到处督察办学、组织各种济贫社，使康宁思比对她的旺盛精力和对慈善事务的熟悉，以及在对具体的苦难和不幸的事件处理中表现的判断力钦佩不已(130)。在诸如此类的描写中，读者看到传统的社会制度依然表现出活力，依然保障着人民的幸福。

不过，公爵能够实现那个梦境般的封建理想的地方，似乎仅限于工业革命尚未触及的北方森林中那片世外桃源般的"幽深僻静的所在"。但是这个仿佛时间停止了进步的小世界里虽然散发着迷人的中古气息，却并未真的与世隔绝。公爵的女婿艾弗林翰勋爵就是一个"头脑清晰、心肠冰冷"的辉格党，一个"将'新济贫法'看作新的大宪章"(116)的与时俱进的人物。翁婿二人关于新济贫法的一段争论就说明古老的骑士理想在代表"时代进步"的理性思想面前多么局促：

　　"艾弗林翰，你在一个监护委员会当主席，可以告诉我一点情况吧。假如户外救助……"

　　"没有什么比这个更荒唐了，"女婿说。

　　"好吧，"公爵也不客气地回答说，"我知道你在这件事情上的观点，这当然是一个说不尽的话题。但是你是否在任何情况下都不会在贫民习艺所的外面进行援助，哪怕是为教区节约一笔相当可观的费用呢？"

"我希望我知道哪里有执行这样一种制度的习艺所，"艾弗林翰勋爵说；在女婿的注视下公爵阁下好像有些颤抖……

艾弗林翰勋爵对这个问题掌握得十分透彻。他自己就是英格兰最著名的一家贫民习艺所的主席。公爵要是有什么疑虑，要跟女婿辩论的话，是一点得胜的机会都没有的。艾弗林翰勋爵会引用委员会的规定、分委员会的报告、统计数据表和食堂菜谱，将公爵彻底击溃。有时候当公爵认为形势对自己有利而奋力反抗的时候，艾弗林翰勋爵尽管理屈词穷（这种情况十分罕见），却能通过攻击旧制度而批评丈人，并用济贫税超过地租这样的可怕景象来吓退他。（116-117）

值得注意的是，当艾弗林翰勋爵用各种文献、报告、数据等武装起来之后，公爵就"颤抖"了。尽管他从传统和信仰出发，对自己的贵族义务有着本能的认识，却在现代理性武器的攻势前失去了斗志，对自己本来觉得天经地义的行为丧失了信心。而公爵之所以输给女婿，是因为他"天生热爱文学"，"当年写了太多的拉丁文和英文的诗歌"，结果就没有能够"掌握相当多的信息"（116），连自己似乎都觉得落后了，不知所措。于是情感和艺术在理性和数据面前败下阵来。

同样仁慈慷慨的大庄园主莱尔先生则似乎更明白自己的仿古善举的不合时宜，因此不无尴尬之感。莱尔的家族是英国最古老，也是最富有的一个笃信罗马天主教的家族。他十分慷慨，每周两次赈济穷人，"希望人民以一种直接的方式明白田产的主人就是他们的保护者与朋友"（127）。他用与残酷的济贫院相对立的户外施舍活动直接恢复了教会济贫的古老的习俗。当他的庄园教堂的赈济钟声敲响之后：

老人牵着孙子、挂着拐棍来了。他对朝圣活动充满了与他的白发相适应的热情，不愿错过这样一个替代机会。寡妇也来了，怀里抱着孩子，身边还跟着孩子；有些面孔悲哀，有些苍白；许多人带着肃穆的神情，不时也有嬉闹的情景；许多太太穿着她们的红色大衣，许多少女挎着她们的轻巧的篮子；满头卷发的顽童摆出庄重的样子，有时一个高大的小伙子想要卖力献殷勤却被拒绝了。但是没有一颗心不在赞美着从圣·日纳维芙的塔楼里传出的钟声。（128）

在这段夸张得有些变形的描述中，天主教会仿佛恢复了中世纪朝圣时代的威信，再一次成为人民的保护者，同时也赢得了男女老少的忠诚和感激。狄思累利通过莱尔庄园刻画了一种甚至比公爵的领地上更强烈、更富信仰的社会联系。不过，当莱尔向客人们解释钟声的时候，居然"有点尴尬，脸也红了"（127），似乎颇为局促；而且，他力所能及的只是世界的一个角落。他告诉康宁思比自己的苦闷：虽然他是一个虔诚的天主教徒，毫不吝财地恪尽自己作为信徒和地主的职责，却不知道该如何尽对国家的责任。尽管辉格党和托利党都看重他的影响力，拼命拉拢他，可是，辉格党是"一个破坏性的政党"，它的行动目标有违莱尔的天性；另一方面，尽管公爵常跟莱尔谈起保守主义的原则，但却不能告诉他这些原则到底是什么，而莱尔只看到保守党的"治国之道是坚持以不变应万变，而一旦改革之声甚嚣尘上，就立刻妥协。但这不是保守，而是退守"。并无一个保守党的政治家能够"用一种信仰来指引我们，或者能够为我们点明一个伟大的政治真理，使我们树起远大的抱负"。莱尔知道自己有社会责任要尽，但是感觉"好像瘫痪了一样"，"糊涂了，迷惑了，厌烦了"（129）。

对于中世纪，亨利勋爵远比他的父亲和莱尔先生更有信心。仗着青春的热情，他与姐夫的功利主义交上了手：

> "亨利认为，"艾弗林翰勋爵说道，"人民只要围着五朔节花柱跳舞就能吃饱了。"
>
> "但是人民不围着五朔节花柱跳舞就能吃饱了吗？"亨利勋爵反问道。
>
> "这些过时的传统！"
>
> "为什么围着花柱跳舞过时，而召集嘉德骑士团就不过时？"（118）

嘉德骑士团（Order of the Garter）是中世纪著名的骑士国王爱德华三世在法兰西战场上仿效亚瑟王的"圆桌骑士"故事建立的一个以圣乔治为保护神的骑士团，到了19世纪初拿破仑战争期间被乔治三世恢复，因为"陛下特别希望尽可能多地保存古老习俗"，目的是借"精心设计的仪式……以缅怀在我们祖先的胸膛中燃烧的骑士精神"（Girouard, 24）。不过19世纪的这个骑士团实际上只是为达官贵人增添显赫，而没有多少实质上的骑士意味。"围着五朔节花柱跳舞"显然是指现实中的约翰·曼纳斯勋爵所提倡的"圣日活动"（holy-days）。曼纳斯受罗伯特·骚塞的影响，认为新教昌盛的一个结果就是社会不再关心对穷人的救济，不再支持穷人的纯朴健康的娱乐活动。因此他在一篇著名的文章《为全民圣日呼吁》（*A Plea for National Holy-Days*, 1843）中提出要恢复工业化之前英格兰的"圣日"。曼纳斯所说的"圣日"不只是"假日"（holidays），而且是将娱乐和宗教活动结合在一起的教会传统节日。这些"圣日"还有一个重要意义，就是为不同阶级间的交往接触提供一个机会，可能减少财富差距造成的社会影响。曼纳斯盼望在这样的活动中"强壮的学徒不怕超过师父的儿子，乞丐的儿子也不怕与救济委员的弟弟竞争。"这样做的根本目的就是恢复教会在共同体生活中的活力："只有教会才能将上层和下层、富人与穷人编织在一起——只有她才能在大地上用天堂的光辉为农夫的奴隶般的劳作祝福，也为机械工的手艺祝福。"曼纳斯认为，正是通过这样的手段，而不是通过将中等阶级的思想文化传播到下层社会的那种既不合适也不现实的手段，"古老的英国国性中的坦诚与温和、力量与光荣"才能得到恢复，使许多社会成员被宪章运动和社会主义所吸引的那种"愤懑不平与阴郁乖张的思想"也才能从英国人的思想中得以消除（Morrow, 15-16）。

"嘉德骑士团"当然是一个过时的东西，而且只是贵族的装饰而已。不过，亨利的反问——"人民不围着五朔节花柱跳舞就能吃饱了吗"——实际上也是强辩，未能真正回应艾弗林翰勋爵的挑战；亨利的美好理想在叙事的呈现中显得十分天真、鲁莽，隐约露出作者的暗讽。

这种对青年贵族的天真浪漫的暗讽有的时候会表现得十分明显。在参观公爵的邻居莱尔家的古老庄园的时候，一幅油画引起了大家的兴趣。油画上画的是内战时期莱尔的"骑士党"祖先在庄园里抵抗议会军围攻的事件。亨利勋爵大发感慨："我们博马努亚怎么没有遭到过围攻？真可惜！"而他姐姐艾弗林翰夫人的话就更妙了："我一直想，围城一定是一件令人兴奋的事情。"他们的怀旧情绪中颇有一点玩闹的感觉。

这种温和的讽刺到了莱尔庄园的热闹的圣诞夜场景中就变得有点尖刻了。亨利勋爵导演了一场古老仪式的恢复：夫人小姐们穿起白袍戴起花环，绅士们从墙上取下头盔和锁子甲披挂起来，另一些人挥舞起古老的战旗，随着一只盛在银盘中的猪头列队行进；公爵夫人扮作药草女（Herbwoman）在前头撒迷迭香；巴克赫斯特扮暴君（Lord of Misrule），"摆出帖木尔的威风昂首阔步"；两位公爵小姐唱起迷人的圣歌（388-389）。这个热闹开心的场面实在是贵族自娱自乐的一幕中世纪的彩排。

不过，尽管叙事声音中不时露出微妙的反讽，康宁思比却是一直沉醉在这个残存的中古世界里的。他在公爵庄园期间，与艾弗林翰伯爵夫人相与甚欢。优雅的伯爵夫人"妙语连珠、行止迷人"（131），情窦初开的康宁思比难逃她的魅力。接下去，似乎顺理成章地将要发生一段中世纪的骑士爱情。但是在这节骨眼上，亨利的哥哥突然回来了，并带来了一个风流倜傥的摩尔顿先生，这位先生立刻吸引了艾弗林翰伯爵夫人的注意力，让康宁思比大感失落。正是在这时，他想起那位在林中结识的陌生人对他说的话："废墟的时代过去了。你看过曼彻斯特吗？"（101）于是毅然离开了这片古意盎然的森林地区，前往那个"劳动的都市"（133）。

康宁思比的离开说明狄思累利对"退回中世纪"的清醒认识。中世纪只是一个梦幻而已，一个风流的摩尔顿先生就刺破了这个梦，使康宁思比顿生废墟之感。

那么，先知般的希多尼亚建议康宁思比去见识一下的那个象征工业进步的曼彻斯特是否应该是英国的发展方向呢？

第四节 曼彻斯特的辉煌与忧虑——工商阶级的进步理想

当康宁思比前往曼彻斯特的时候，他看到了一个与他所熟悉的那个优雅的贵族世界截然不同的充满力量和创造的新世界。他"经过了许多灯火通明的工厂，厂房上的窗户比意大利宫殿的窗户还多，浓烟滚滚的烟囱高过埃及方尖碑"（134）。

将工厂与意大利宫殿及埃及方尖碑的比较，呼应着当时一部盛赞"蒸汽的仁慈力量"的名作：安德鲁·尤尔的《工厂哲学》（*The Philosophy of Manufactures*, 1835）。尤尔在书中称在蒸汽的支持下，"顺应了阿克莱特体制，在短短五十年间，数量、价值、实用性和建筑天才方面都远胜亚细亚、埃及、罗马之专制主义骄傲纪念碑的宏伟大厦就在本王国矗立起来，表明资本、工业和科学可以在多大的范围之内不但改善民生，而且广增国富。充满了机械天才和政治经济学天才的工厂制度必将在未来的发展中成为地球文明的伟大掌管，成为其心脏，将科学和宗教的生命之血随着商业一起传播到依然躺卧在'死亡之国'中的兆民之中"（Neff, 74-75）。

在小说中的这个工业世界里，尤尔的声音成了最强音。因此，当康宁思比走进工厂参观里的时候，叙事者说他走进了"比《天方夜谭》里的房间更大的房间，里面住着比艾弗利特[1]和佩莉[2]更加令人吃惊的东西。在那里他看到了长长的一行又一行的结结实实而全无生命的神秘物事，正在轻巧地运行着，片刻间完成了人类要艰难工作多日才能做到的事情"（136）。他甚至在机器中感受到了愉快的情绪："凭什么人们可以说机器没有活着呢？它在呼吸着，因为它的呼吸形成了城市的大气。它的行动比人类更有规律。它不会开口吗？那锭子难道不像一个快活的姑娘干活时一边在唱着歌吗？那蒸汽机在欢乐地合唱中低吼，难道不像一位膀大腰圆的工匠在挥舞着他的粗大的家伙，在为一天诚实的劳作挣取一份诚实的工资吗？"（136）

在这个"被煤气灯照得雪亮"的"伟大的机械都市"里，康宁思比觉得"头脑仿佛在旋风之中"（135）。这个"奇妙的城市"（134）带给他的不仅是机器的力

---

[1] Afrite，阿拉伯神话中的恶魔。
[2] Peri，波斯神话中堕落天使的后代，需要赎罪后方可进入天堂。

量，而且是一个全新的世界。而代表着这个新世界之未来的，就是他的同学的父亲老密尔班克。

康宁思比在曼彻斯特的旅馆里遇上一位极为热心的厂主。听说康宁思比想在最后一天的时间里充分了解新兴的工业世界，这位"叼着一根牙签的先生"就告诉他，曼彻斯特虽然是工业化的母亲，现在却已经"像一份无法投递的死信"，"完全落在时代的后面了"。要了解工业时代，就一定要去看离曼彻斯特不远的一座工厂，"绝对是一等一的地方，很让人开眼，绝对是狮子级的；我要是你，就一定去看看密尔班克"（137-138）。

密尔班克一出场就与一种全新的交通工具和全新的时间观念密切相连。康宁思比打听如何去密尔班克的工厂。答案是"早上 7 点 25 分有一班火车，8 点 40 分就到密尔班克了"，"还有一趟下午的火车，3 点 15 分开，4 点 30 分到"。而提供消息的先生本人"坐 9 点 15 分的车走"。次日，当康宁思比参观过密尔班克的工厂之后，"在村里的钟敲五点的时候，与主人一起走进了他的花园中的宅邸"；当他结束了对密尔班克的访问之后，掏出表一看，发现时间过得很快，他还要走三英里的路，去赶那趟"昨天旅馆里的那个朋友称之为 9 点 45 分的火车"（153）。一连串精确到分的时刻，加上报告时刻所用的动词一般现在时态（My train goes at 9:15 等），都表现了小说其他地方完全没有表现过的崭新的时间观念，不断地敲打着现代社会的节奏。

而且，的确如陌生人所说，密尔班克的世界远远超越了曼彻斯特郊区还较为原始的工业化阶段。在去曼彻斯特的路上，康宁思比看到的是"在这片劳动的大地上，原野失去了草地和庄稼，到处是钢铁和煤炭，如冥府之门般黑暗，又从炉膛中吐出熊熊烈焰"这样一幅既令人兴奋又令人恐怖的工业化画面；但是密尔班克的工厂却环境优美，坐落在"兰开夏一条绿色的山谷里"的一片"有清澈湍急的溪流从中穿过"的"宽阔的草地"旁，而且厂房相当漂亮："深红色砖头砌成的房子尽管形状规矩单调，却不失匀称之美，偶尔的几处石工也颇显巧匠功力。房子的正面很宽，有一排排的小窗户，两侧突出同样风格的边房，构成一个大庭院，一堵矮墙将它围合，墙顶安着轻巧而雅致的栏杆；中间是大门，样式粗犷而漂亮"；这个工厂甚至十分环保，"整个地区没有那种让曼彻斯特羞耻的黑烟的污染烦扰：密尔班克先生想办法将他的烟自行消除了，因为他最喜欢发明"（140-141）。

> 接近我们提过的那些工厂所在的地区，一条清澈湍急的溪流从一片宽阔的草地中穿过。在草地的边上，耸立着一座庞大的建筑。几株古榆树因为离得太远而只能成为其装点，却不能成为其荫蔽。（140）

事实上，密尔班克对历史的发展有着强烈的意识。他在与康宁思比的谈话中明白地宣布：“我是进步的信徒……亲眼目睹了世界的前进。”（151）当康宁思比“望着绿色的寂静的山谷”，夸奖密尔班克的工厂和家园的所在“绝对是一个诗情画意的地方”的时候，这位工业家却“狞笑”着说：“我有时候试图想，我是在一个新世界里”（151）。

老密尔班克之所以会突然“狞笑”，是因为他所代表的新世界正在向旧世界发出挑战：

> “我父亲经常告诉我，在他年轻的时候，惹一位英格兰贵族不快，就等于被判了死刑。直到乔治二世统治时期，费拉斯勋爵因谋杀罪被处死还被当作是对公共舆论的巨大让步。一个新王朝的君主希望获得民众的欢迎，因此坚持要判费拉斯死刑。即便如此，他的绞索用的还是丝带……如今我倒要看看哪个贵族能把我碾死，尽管有一位非常想这么做。”（151）

密尔班克的信心首先是对工业力量的信心。他骄傲地给康宁思比举了一个例子来说明工业经济如何战胜农业经济：

> “你听说过罗森戴尔森林吧？”密尔班克说道，“如果你在这儿多待一阵子，应该去看看。此处方圆 24 英里，森林在 16 世纪早期就伐尽了，那时候只有 80 个居民。在詹姆斯一世的时代的地租收入是 120 镑。毛纺业引入北方之后，罗森戴尔就开始了一场梭子与犁头的竞争，大概 40 年前**我们**给**他们**送去了珍妮机[1]。那 80 口人现在增长到了 8 万人，而森林的租金收入，按照最近一次郡里的评定，达到了 5 万镑，是詹姆斯一世时代价值的百分之四万一千。要说撒克逊工业如何成功地与诺曼方式竞争，我说这就是一个很好的例子。”（148）

密尔班克的这番表述中，用“我们”和“他们”将一种崭新的阶级归宿感说得十分清楚。整个工业资产阶级已经被骄傲地认同为“我们”，而传统农业社会被指认为“他们”。一系列的数据充分体现了他所信奉的“进步”和其中被表现为“撒克逊”和“诺曼”之间民族竞争的工业化的胜利。

其实，狄思累利早在 18 年前就在自己的第一部小说《维维安·格雷》中表现了这个新近由工业获致巨富的阶级的气势：当百万太太（Mrs. Million）浑身绫

41

---

[1] The Jenny, 指珍妮纺织机。

罗貂裘，帽子上插了羽毛，耳朵上吊着钻石坠子，脖子上还挂着一条"黄澄澄的金索"，在"一大群医生、秘书和其他马屁精"的簇拥下走进卡拉巴斯侯爵的欲望堡[1]时，"所有的人都倒退了一步。挂着嘉德勋章的贵族、星章闪耀的大使、血统比创世纪更古老的从男爵和那些血管中流淌的悠久历史让混沌时代都显得太新的乡绅们，统统后退了，眼睛几乎不敢离开地面；甚至连纯种金雀花爵士(Sir Plantagenet Pure)——他的家族平均每个世纪都要拒绝一次授爵机会——都似乎怯阵了"(*Vivian Grey*, Book II, Chap. 8)。

同样在《维维安·格雷》中，主人公在大陆旅行时还遇上了新富的"织儿"先生(Mr. Fitzloom)：

> 这家人所属的人群，他们给大陆造成的震惊，远远超过你知道的任何一个伟大的公爵或伯爵。公爵伯爵们的财产尽管巨大，还是可以让人明白的，他们的等级人们也是理解的。织儿先生是一种完全不同的人物，因为30年前他还是一个刚满师的织纱工。某个神奇的机械发明让他有了一项专利，这项专利使他跻身英格兰最大的业主的行列。他最近被一个工业城市选为议会代表，正打算通过逐次垄断法国、德国、瑞士和意大利的主要城市的膳宿和抬升五千英里旅程中一路上各种供给和驿马的价钱，以恢复最初两年议会生涯的劳顿。(Book V, Chap. 7)

不过，这样的早年小说里的暴发户形象，在《康宁思比》中有了很大的改变。密尔班克绝不是一个暴发户的形象。他不仅有钱，而且有着明确的政治抱负。他甚至具有相当丰富的历史知识与一种清晰的、统一的历史视野，可以轻松击败受过良好的辩论训练的康宁思比。当康宁思比强调在英国贵族的"古老血统通过舆论而产生的影响"有利于国家的长治久安时，密尔班克大加嘲笑：

> "古老的血统！"密尔班克说，"我从来没有听说过一位血统古老的贵族……三十年玫瑰战争之后，我们就已经失去了那些绅士。我认为，在修克斯贝尔战役之后，诺曼贵族在英格兰已经像狼一样成为珍稀动物了。"
>
> "我一直认为，"康宁思比说，"我们的贵族阶级是欧洲最优秀的。"
>
> "那是他们自己吹的，"密尔班克说，"还有那些收了他们的钱为他们粉饰马车的纹章官。但是我只讲事实。当亨利七世召集他的第一届议会的时候，只能找到29个世俗贵族，其中甚至有的人位子还不算

---

[1] Château Désir, 法语，意为"欲望城堡"。

合法的，因为他们其实已经被剥夺了贵族身份。在这 29 家贵族中，留到现在的还不剩 5 家，而且他们，比如霍华兹家族，并非诺曼贵族。我们英格兰的贵族阶级其实有三个来源：或者是抢了教会的财产，或者是公开从斯图亚特王朝的前两个国王那里买的爵位，或者是通过我们这个时代的选区买卖。英格兰现存的贵族阶级主要就是这三个来源，在我看来，没有一个光彩的。"(149)

密尔班克对贵族血统的嘲笑，与小说的叙事声音是一致的，因为前面叙事者在盛赞白朗克公爵的时候曾经说过公爵的血管里流淌着古老的血液，但那却只是"英格兰贵族中偶然保存的一个难得的古老世系"(72)；同样重要的是，他的这番话充分表现出他对"知识"的掌握，至少是他对自己的知识的自信。这一点，与公爵形成了对照。公爵虽然为人善良，也希望多做善事，"但是他对世界的观察因为缺乏知识而混乱，因此他的行为也因为一种对眼前事务的责任感而前后矛盾"(117)。

密尔班克因为有了知识，故而思路清晰，逻辑缜密。当善辩的康宁思比指出，既然现在的贵族并非当年诺曼征服者的后代，就不能指责他们在操行诺曼方式时，密尔班克胸有成竹地应对说："我并没有说错。他们篡袭了诺曼爵位的时候同时也接受了诺曼方式。他们既没有诺曼人的权力，也没有履行诺曼人的责任。他们过去没有征服过这片国土，今天也不会保卫它。"(151) 当康宁思比认为英国贵族与大陆贵族相比还不算腐败堕落的时候，密尔班克并不否认这点，但是紧接着指出，这是远远不够的。因为贵族被赋予了巨大的立法权力，如果他们"并不比我们更富有，更博学，更有智慧，或者在公德、私德上更加优秀……如果一小群人，其中有几个公爵和伯爵的封号就来自我们附近城镇的地名，却从未见过这些城镇，而这些城镇既未曾听说他们的大名，也不是他们建设起来的，岂不荒唐透顶？"(148)

密尔班克甚至对当代政治组织机制都有着非常明确的设想：废除上院，由下院独揽权力。当康宁思比提出，上院作为一个具有长期统治经验的"元老院"，其"审慎的智慧"对"民众大会的莽撞冒进"会是一种有益的约束时，密尔班克予以断然否认："一个由民族精英选举产生的民众大会为什么就会莽撞冒进？如果它莽撞冒进的话，什么样的元老院又能够阻止如此选举产生的大会？"(149)

由此读者看到了一种与先进生产力相一致、能够充满自信地向土地贵族的统治发出有力挑战的新的社会力量。事实上，密尔班克的政治挑战已经开始。他在蒙贸斯勋爵控制下的许多选区发起进攻，并且成功地夺走了利戈比的位置，甚至抢先买下了蒙贸斯垂涎已久的庞大的海林施利地产，使蒙贸斯失去了他为得到"草莓叶"所急需的若干议席，表现出了令人生畏的力量。

但是，密尔班克虽然以代表工业文明的竞争者身份出现，却同时又表现出很强的传统价值与理想。在与康宁思比的谈话中，他表示自己并不反对贵族制度本身。他只是在财富、学识、智慧和道德、尤其是公共责任各方面对贵族提出了资格要求。当康宁思比说从他儿子处了解到他反对贵族制的时候，他明确地说："我支持贵族制度。只是我支持的是真正的贵族制度，我支持的是天然贵族。"他所说的天然贵族就是指一群具备"社会中其他各阶级所不具备的某些优秀素质"的人。简言之，"贵族阶级存在的唯一基础就是卓越"（148）。由此出发，他甚至认为"下院是一个比上院更具贵族色彩的团体"（148），因为"贵族制度只能通过作风才能维持。正是这些作风用我们的本质上的贵族制——也就是由公民中的卓越人士进行统治——替换了形式上的贵族制"（152）。

甚至密尔班克的姓氏也表现出传统社会的特征。当那个热情的工厂主推荐康宁思比去参观"密尔班克"时，康宁思比惊讶地问他："什么密尔班克？"那个人的回答是："密尔班克的密尔班克。"接着告诉他，早上有一趟 7 点 25 分的火车，8 点 45 分就可以到密尔班克了。也就是说，密尔班克既是人名，也是地名。所以"你应该去看看密尔班克"这句话中人和地是密不可分的。姓氏和地名的一致在传统农业社会中，尤其在贵族的名号中是很常见的。而当它发生在工业家的姓氏中的时候，无疑会悄悄地让读者在工业文明之中察觉某种农业社会的传统气质。

再看密尔班克的行为。他把工厂建立在一个充满田园气息的山谷之中，但更重要的还不是这座可以与 20 世纪的现代企业相媲美的与环境和谐的漂亮厂房，而是他在那里为工人建造的一个设施完整的真正意义上的"新村"：

> 往前约四分之一英里，出现了一个规模不小的村落，村里相当齐整，那些屋舍四周是鲜艳的花园，甚至可以说十分漂亮。在一个阳光灿烂的小山丘上立着一所教堂，用的是基督教建筑中最好的那种风格；旁边是风格相似的牧师住宅和学校。村里还有另外一幢公共建筑；那里是村会所，里面有图书馆和讲座室，还有阅览厅。这个地方有一定的开放钟点和一些合理的规定，任何人都可以来。（142）

叙事者并且通过充满崇拜之情的职员之口详细告诉读者密尔班克如何关注工人的身心健康，为他们建造教堂、学校和各种设施，建造有崭新的通风系统的屋舍，为他们分配菜园、组织歌唱班，等等（142）。这样，密尔班克就以一位仁慈的工业家的形象出现在读者面前，这就是曼纳斯勋爵在曼彻斯特盛赞的"现代领主"

(Morrow, 180)。他与公爵和莱尔先生一样清楚自己的社会责任，却因为他的清晰思想和他所代表的生产力发展的方向而超越了停留在"废墟"中的传统领主。

这不就是卡莱尔在《过去与现在》(*Past and Present*, 1843)中高声呼唤的不再以"剥人头皮"和"数金子"为乐事、转而倾心关怀工人福利的"工业头领"(Captain of Industry)吗(卡莱尔, 1999, 299)？卡莱尔认为传统的封建土地贵族已经丧失了存在的依据，只有在具备封建责任感的工业家身上才能实现传统与现代的对接。那么狄思累利是否在这里也是呼应着这位先知的召唤，要用这样一位"工业头领"来取代日薄西山的传统贵族阶级，成为社会的领袖呢？

但是小说的发展虽然给了密尔班克充分显示"天然贵族"的素质的机会，却最终让他放弃了政治权力，不但如此，还将他引以为豪的"撒克逊人的女儿"(147)嫁给了一个"诺曼"世家公子，为他的竞选出钱出力，"承担了融合的成本"(Cazamian, 189)。由此看来，狄思累利似乎并不要让工业家来领导英国。为什么狄思累利既给了他自然贵族的种种打动读者的素质，却又不给他权力呢？从表面上看，是因为康宁思比首先舍身拯救奥斯瓦尔德，后来又出于对伊迪丝的爱而拒绝与密尔班克竞选，深深地打动了密尔班克，使他作出了这样的决定。但是还有更深层的原因。

首先，狄思累利似乎总是对工业的力量感到不安：康宁思比在去曼彻斯特的路上看到自然被破坏，工业表现出地狱般的能量(134)；到了曼彻斯特，突然身处一个雪亮的煤气灯的世界，让他觉得晕眩。一方面，他觉得"这真是一个奇妙的城市"，可是当他打开窗户，闻到夏夜的空气里带着一股芳香的时候，他却有一种骚动不安的感觉，"好像里斯本和利马在大地震前那样"(136)。

关于密尔班克的工厂所在的描写也有深意。一方面，工厂在一条绿色的山谷里，在一片有清澈湍急的溪流从中间穿过的宽阔草地边，似乎在十分和谐的自然的环境之中；可是工厂的建筑十分"庞大"，而"几株古榆树因为离得太远而只能成为其装点，却不能成为其荫蔽"(140)。古老的榆树与庞大的现代建筑不成比例，只能略为装饰，暗示着工业文明对自然的传统农业文化之间的关系。工业文明因其巨大发展，不可能安身于农业社会的文化中，最终要将农业社会的价值挤开。

其次，密尔班克身上表现出过于强烈的数字理性。他一出场，一开口，就跟一连串的精确数据联系在一起。先是火车时刻，再是罗森戴尔森林地区由农业经济转变为工业经济过程中的许多数字，然后是关于英格兰贵族历史的调查数据。这跟小说的其他许多人物很不相同，只有亨利勋爵的姐夫，辉格党人艾弗林翰勋爵略有可比，因为这位"新济贫法"的坚定支持者在攻击反对者时也是用一连串的数据来代表自己以科学精神站在时代的一边。这种数字理性表现出现代特色，在辩论时也经常让人难以反驳，却时常显得严谨有余而想象不足。在他儿子与康宁思比的交往之初，叙事者就介绍小密尔班克的血统中固有一种严肃，并说他"颇有才能，却无纵横才气"。密尔班克本人也屡屡被描述为"严肃"和"不苟言笑"。而他的宁静朴素的趣味可以从他家客厅中挂的画像中看得出来。那些画"都是现代英国画派的东西"。"他喜欢李的一幅自由风景画，画的是他自己家乡的绿色乡间小道和潺潺溪流；兰德斯蒂尔画的一群牲畜，仿佛伊索的手笔，个个都会说话，都充满情感；他最喜欢的，还是维尔基笔下的家庭的情趣和家常的哀怨。"（152）这些画美则美矣，但是作者似乎暗示着它们太"本地"、太"家常"，而缺乏狄思累利所激赏的那种辉煌的想象力，而这些画的主人是否具有想象伟大事业的能力也值得怀疑。

因此，对如此优秀的一位工业家心存疑虑，实际上是对整个现代工业的本质抱有怀疑。而小说中得到表现的其他追随辉格党的中等阶级人物，则显得更为自私、庸俗。有一位工业市镇的激进店主乔斯特·夏普先生，"在 1830 年以来的每一次'危机'中都担当起所谓的'领导角色'，组织'捐便士、铸金杯'献给格雷爵士，高喊'我们要法案、完整的法案'的口号，参加那种还没说祷告就开始狼吞虎咽的公宴……也会在需要的时候为国王三呼万岁，或者为王后喝三声倒彩"，因此在改革法案通过后成功地选为议员。不过，"他在煽动民怨的光荣事业中，并不忘记为自己的小窝添砖加瓦……三个饥肠辘辘的乔斯特·夏普，也就是他的前程远大的儿子们，都变成了这个专员那个专员，又接连不断地临时担当各种职责；他的一个低教会的女婿舒舒服服地过着大臣一样的生活，几个表亲和侄儿都在国税局忙活"（155-156）。

还有一位历代经商的约瑟夫·瓦林格先生，"当辉格党还在荒野中流浪的时候就在自己的家乡忠心耿耿地支持他们，因此当他们终于征服了'应许之地'的时候，他就光荣地挣得了自己的牛奶与蜂蜜"（281）。于是他就进了改革后的第一届议会，而且每当辉格党政府遇到危机的时候，他"总是靠着他的高尚品格和壮实钱袋冲锋陷阵……对某个问题提出所谓'务实'的观点，发出一个所谓'独立的声音'，鼓舞大家对大臣们的信心，阻止哗变，为有倒戈倾向的人树立一个勇士的光辉榜样"。在辉格党上层看来，"他有财产，有品格，有健康的观点，如此务实，又如此独立，这正是一块做从男爵的好材料"，于是"时间一到，他就变成了约瑟夫爵士"（282）。

因此，像夏普先生这样一旦得势就完全为自己的利益算计的精明之徒和像约瑟夫爵士这样的虽然忠心耿耿，却既乏才干，亦无远志的平庸之辈，加上那位小说中第一个作为中等阶级形象出现的虽然热情却实在粗俗的"叼着牙签"的先生，狄思累利对中等阶级虽然着墨不多，却在表现了这个新兴阶级整体上的实力的同时，对他们的文化表现出鄙夷。

这样，除了精于算计、唯利是图的贵族和政客，我们看到流连在中世纪的公爵和莱尔虽然有令人感动的责任意识，却不能抵挡功利主义的进攻或担负起对国家的责任；向未来进步的工业领袖密尔班克不但富有责任感而且因为掌握了先进的生产力而充满自信，却在他的文化中暴露出他所在的阶级根深蒂固的务实和数字崇拜，缺乏想像力和超越性，尽管他个人超越了本阶级的自私和庸俗。那么，历史究竟该何去何从？具有什么样文化特征的人物能够成为新时代众望所归的领袖？这样的人物显然应该既能够解决当代最突出的社会责任问题，使社会稳定，又具有清晰的历史视野，能够充分看到并利用生产力的发展，但还必须从精神上和文化上彻底超越与工商业密切联系着的、从根本上影响社会和谐团结的功利精神。

狄思累利把答案放在高贵的犹太人希多尼亚那里。

第五节　在永恒的目光下——犹太人希多尼亚的超越精神

希多尼亚首先是充分意识到工业力量的人，这一点他与密尔班克相似。在森林客栈中与康宁思比相遇不久，当康宁思比表示渴望去雅典看看的时候，他就告诉康宁思比："废墟的时代已经过去了。你看过曼彻斯特了吗？"(101)他本人则是一个法力无边的大银行家，是"世界金钱市场的主人。南意大利的全部岁入实实在在地抵押在他的手里；所有国家的君主和大臣都求他指点"(187)。他在蒙贸斯的城堡里与康宁思比第二次见面后不久，就匆匆赶往伦敦，因为首相无力支付国债的利息，需要他的帮助(218)。因此，希多尼亚的力量完全就像拜伦在《唐璜》中所描写的罗斯柴尔德那样，"每笔贷款不仅是一宗投机生意，而且足能安邦定国，或者把王位踢翻"的"欧洲的真正主人"(陆建德，2005，214)。可以说，希多尼亚是一个现代经济生活中的巨人，牢牢把握着这个进步时代的脉搏。而且，他与密尔班克一样，对弱者有着深切的同情。他会悄悄地去"重建一座被烧毁的城镇，复原一个遭受天灾的村寨，为一大群俘虏赎回自由"(190)。

密尔班克的清晰而坚定的政治思想来自他的丰富的历史知识，而希多尼亚同样是一个博识的人。只是在这方面，他远远超过密尔班克。康宁思比曾"不眨眼地观察希多尼亚在社交中的影响力"，发现希多尼亚的秘密就在于他的知识："他对任何话题都有敏捷清晰的观点，这不仅是因为他天生的智慧和眼界，更是来自他所积累的知识。这些来自所有国家和所有时代的知识都在他的掌握之中，指导他的判断,阐明他的意义。"(226)他是一个既像文艺复兴巨人又像启蒙思想家的人物,"穷尽了人类的一切知识,掌握了东西方各民族的学问、各种已死的语言与活生生的语言和各种文学。他对科学思索到极致,并亲自用观察和实验加以阐明。他经历了各种社会秩序,看到了自然中和艺术中的各种组合,观察了各种文明阶段中的人类。他甚至研究过野蛮状态中的人。信条、法律、风尚、习俗、传统的各种各样的影响都受到过他的考察"(189-190)。尽管希多尼亚可以用财富控制世界,但是使他产生更大影响力、"令世界倾倒"(193)的却是他的头脑。"所有人都对希多尼亚折服不已,连不对任何人表示敬意的蒙贸斯勋爵也钦佩他的智力,向他请教,听他说话,受他的指引。"(226)因此,"知识就是力量"这句话用在希多尼亚身上是毫不过分的。

这样一个希多尼亚,一方面清醒地生活在现实之中,把握着先进生产力的方向,重视科学和理性;可是另一方面,与密尔班克不同的是,他的无所不知和无所不能却又将读者的想象引向神秘。

而且,尽管希多尼亚重视知识,他的知识却并非那种计较数字和纠缠细节的理性。他的谈吐中从来没有密尔班克和利戈比们的数据。他的知识是对世界的浑然一体的把握。叙事人告诉读者,希多尼亚"是一个大哲学家",也就是说,他掌握了获取真理的真道:他对人类的事务有着"全面的观察,将每一个事实与其他事实联系起来"(192)。换言之,他理解世界不是全凭培根所强调的感觉经验,也不是象边沁那样将问题分解到最小,加以条分缕析,而是对其加以综合的、整体的把握。正是这种叙事者所谓的"更高的理性",使他具有一种"能够穿透一切"的思想,能够用一种"仿佛直觉的力量"来深入探究旁人看来最艰难最高深的问题(190)。换言之,他的知识使他接近洞悉一切的无限。

的确,希多尼亚的整个存在,包括他的无比巨大的财富、他对人类本性的洞若观火、他的无所不知和无所不能,都在不断传递给读者一种"无限"的感觉,以致马尼潘尼在《狄思累利传》中称"希多尼亚实在是一个天神"(Monypenny, 1968, 620)。同样逼近"无限"的,还有他的古老而高贵的血统和信仰。希多尼亚来自最古老的希伯来民族,而且来自其中"非常古老而高贵的阿拉贡家族":"这些信奉摩西律法的阿拉伯人早在信奉穆教的阿拉伯人入侵欧洲之前就渡过海峡,从非洲迁到了西班牙。"(183)希多尼亚的信仰也当然也是远比英国人信仰的基督教古老的。他明白地告诉康宁思比,"我的信仰就是使信徒们在追随老师之前的信仰"(107),而叙事者在后面告诉读者,希多尼亚坚定地信仰"伟大的立法者[1]的约法,

---

[1] 指摩西。

仿佛那号角依然响彻在西奈山上"(192)。因此,希多尼亚是与亘古的历史紧紧相联的。

于是,希多尼亚就在一种近乎永恒与无限的背景中来把握、进入当代现实。在这样一种眼光中,以为数字和逻辑就是真理的那种工具理性就显得生硬和局促。而希多尼亚对当代功利主义精神的批评就有了一种厚重感。尽管他对功利主义哲学家的思考公共事业的努力表示赞许,"因为我们的政治家在很长一段时间里处于一种非常可悲的缺乏公共思考的状态",但是他认定这种"试图以物质动机和算计为基础重新构造社会"的努力已经失败,而且"其失败在一个古老的人口稠密的王国是不可避免的",因为人类的理智是有限的(210)。希多尼亚看到历史上的伟大事业都不是理性的功劳,连人们向来认定是崇尚理性的启蒙运动的果实的法国革命都不是理性创造的。"人类只有在热情的驱使下行动的时候才能真正伟大;只有当他诉诸想象的时候才能够所向无敌。连财神都比边沁有更多的信众。"(210)

从这样一个观点出发,希多尼亚看到当代英国的危机就是一个精神信仰的危机,只有具有天赋才能的英雄才能点燃人们的热情,激发人们的想象,从而拯救英国。

希多尼亚看到"英格兰面临的危险不在于其制度的式微,而在于其作为一个共同体的精神品格的衰亡",因此,"这的确是一个社会瓦解的时代",其后果要比政治腐败本身"远为危险,因为其范围要远为广大"(208);而这种"公共品德的衰败",就表现在"这个王国里各阶级之间的对立"(208)。

政治经济学对阶级对立的解释是当下流行的观点。比如密尔班克在资产阶级与土地贵族的对立中看到的是"撒克逊工业成功地与诺曼方式竞争",看到的是过去产出 120 镑的森林地区在工业家的经营下可以产出 5 万镑,"是詹姆斯一世时代价值的百分之四万一千"(148),说明工业家比土地贵族"卓越",更有资格来领导国家;另一方面,无产阶级与有产阶级之间的斗争也普遍被看作首先是由于经济上的剥削和压迫。

但是希多尼亚认为,尽管经济问题在一定程度上总是存在的,并且会在危机时代凸现出来,但是"如果相信革命是由经济原因引起的,那不但错误,而且庸俗"(209)。希多尼亚将当代情况与 17 世纪英国革命前的情况作了对比,"在英格兰没有一个时代比 1640 年物质舒适更为普及。英格兰当时人口不多,农业很大地改进了,商业发达,而她却处于空前绝后的剧变之前夜",因为那时候,在宗教运动中,"英格兰的想象力被激发起来反对政府"(209)。

19 世纪的英国社会同样处于动荡之中。与 17 世纪不同的是,现在的英国还没有达到整个社会"狂热地渴望政治变革"的程度:这个国家现在表现出来的还只是困惑，其想象力尚未被激发起来。但是像议会改革那样的"政治权力的某种重新安排"，不但不能消除这种困惑，反而会加重问题，使人重复过去的错误，以为必然能够在政治制度本身找到全体人民的满足。因为"政治制度只是是一台机器；推动这机器的是民族性格。不论这台机器是造福社会还是毁灭社会，都在于民族性格"（209-210）。希多尼亚举例说：元老院和陪审团都是历史上被人称颂的制度，可是，同一个元老院，在布雷努斯[1]入侵的时候曾在罗马广场上慷慨直面敌人，却在后来的岁月里为尼禄下达他的下流诏令；现在被看作自由守护神的陪审团制度就在并不遥远的查理二世统治时期还与中世纪的宗教裁判所同样无视公正。因此，如果不能复苏那个"比法律和制度更强大"的东西，也就是"民族精神"，那么"最好的法律和最完善的制度也不过是一纸空文"（208）。如果不触及这个原则性的精神问题，那么表面上的政治组织形式都是徒劳的。所以，当泰德波尔和蒙贸斯勋爵的老朋友奥姆思比先生一致认为"我们只要坚持登记制度，英国就有救了"的时候，希多尼亚只是淡淡地说："真是福佑之国！有一个好的登记制度就得救了！"（205）而当利戈比在痛斥改革法的甲表[2]（Schedule A）损坏了英国的政治原则，也就是"提名的原则"[3]的时候，希多尼亚会反驳说，"那只是一种做法，却不是一种原则"（206）。

所以希多尼亚不相信经过工业革命震荡的英国社会可以在近来受到大力宣传的"以纯理性为基础重构社会"的功利原则中找到重新组织的方式和精神。功利主义和自由主义在将牛顿力学引入伦理和政治领域之后，找到了人性中的万有引力，也就是趋利避祸、趣乐避苦的本性（张凤阳，231），而每个人是自己利益最好的裁判，国家和法律要做的事情就是调节个人逐利之间的矛盾，尽量实现"最大多数人的最大幸福"（Altick, 118）。希多尼亚却明白地告诉康宁思比，人在根本上是精神的动物，追求的是精神的满足，"人生来就是要崇拜和服从的"，也就是说，人在根本上需要具有神性的力量来统治他的精神世界，"如果你不对他司以命令，不给他任何崇拜的东西，他就会创造出他自己的神，并在激情中为自己寻找一个酋长"（211）。而 17 世纪的内战表明，"当一个民族的想象力被激荡的

---

[1] 布雷努斯(Brennus)，古高卢首领，390 年入侵意大利，攻占罗马。

[2] Schedule A：约翰·罗素勋爵 1831 年 3 月在下院提出的改革方案中，将需改革的旧选区分列甲乙二表。甲表中的选区是人口在两千以下，要被取消向下院推送议员的资格；乙表中的选区人口在四千以下，只能推送一名议员(Disraeli, 1982, 424)。

[3] 在英国的传统选举制度中，有一些选区是以地产权决定投票权的，因此富有的贵族往往通过买下这些地产来控制投票权，从而能够提名本区议员。1832 年改革法案的本意就是要在全英格兰确立一种统一的投票选举制度，以 10 镑收入为投票权的统一门槛，以此来取消贵族通过地产权来控制投票权和提名权(Disraeli, 471)。

时候，它会牺牲物质上的舒适去响应其精神的冲动"(209)。因此，希多尼亚看到，英国的社会问题的关键是在新的历史时期民众失去了"崇拜和服从"的对象，从而失去了崇高感和热情，开始在物质利益的低劣计算和争夺中分裂瓦解。

希多尼亚给康宁思比开出的药方因此就是恢复"英雄崇拜"的社会意识，用卡莱尔的话说，就是社会"发现并崇拜英雄"的能力(凯内，123)。而希多尼亚为这个时代召唤的英雄，是能"改变时代精神"、为"从君主到贫民"的困惑世人指明方向的先知式的英雄。

卡莱尔告诉当代英国人：英雄本质上就是上天派向人间的使者(凯内，45)。希多尼亚在小说中的出场好像就是在回应卡莱尔的呼唤，"一道闪电划过，照亮了整个乡野，只见一个人策马飞驰而来……"(100)，仿佛是在雷电中降临大地的天神或者半人半神的英雄。

希多尼亚本人所表现出来的就是一个弥赛亚式的英雄。当他第一次在林中客栈与康宁思比谈话的时候，"康宁思比从没遇见或读到过任何像这位邂逅的旅伴一样的人物。他的句子总是很短，语言总是有着强烈的风格，声音那么干净明朗，说话的风度那么完美"(102)；回想起来，康宁思比觉得

> 这位陌生人的话简直就是神谕，他能用一句话浓缩人生的精华，他随口说出的都是箴言。他仿佛是我们一生中幸运地遇到的一两本好书，当我们掩卷的时候，也不知道为什么，我们的思想似乎就往前远远地跳跃了一大步。上千个模糊的事情一下子亮堂了，大量莫名的感觉明确了。顿时，我们的思想在把握、对付各种对象的时候都有了一种前所未知的能力、灵活与元气。我们的思想掌握了迄今令人困惑的问题，而这些问题在刚刚合上的那本书里并没有涉及。这是什么魔法？这就是最卓越的作家的精神，以一种充满魅力的影响力，混合了我们的发出共鸣的思想，指引了它、启发了它。……他的天才会在一段时间里停留在我们身上。我们至少在人生中会有一次遭遇某个人物，他会说出让我们永远思索的话。(107)

因此，希多尼亚就像旧约中的先知，能够以寥寥数语使人顿悟生命的本质，从而对人的行为产生持久的影响。

于是，通过希多尼亚，狄思累利刻画了一个融理性思想与超越精神于一身的新时代英雄形象。这个英雄最显著的特征就是他的语言："伟大的事物就是一部伟大的书籍；但比一切更伟大的是伟大人物的话语。"(107)而且，这位英雄"空降"的地方也选得恰到好处。康宁思比与希多尼亚的初次相遇，是在"阳光灿烂

的夏日里的某个古老的绿色森林中",而且"这是一片森林之神统治的广大地区,诺曼人的国王曾在此狩猎,撒克逊的绿林好汉们也曾在此剪径"(97)。"诺曼人的国王"和"撒克逊的绿林好汉们"显然暗示着罗宾汉的传说。在这个传说里,在狮心王的伟大统治下,诺曼人与撒克逊人和解了,坏人受到了惩罚,人民的权利得到了保障,同时社会的秩序得到了恢复。发生罗宾汉故事的谢伍德森林一直是英格兰人最珍视的"古老快乐的英格兰"的美好象征。因此,当希多尼亚在这样一片绿林中与康宁思比相遇时,他就是在英格兰传统的至深处向英格兰的未来一代传递先知的声音。尽管他对康宁思比的教诲不是要回到"古老快乐的英格兰",而是要去看曼彻斯特,但是他不仅帮助康宁思比把握工业化和理性化的时代脉搏,更为他指出这脉象中更深层的东西,那就是人类不变的精神追求和对引导这种精神追求的英雄的崇拜。

第六节 工业时代的知识骑士——康宁思比的征服与梦想

而希多尼亚之所以会如此指点一个素昧平生的年轻人,是因为这个年轻人身上也具有一种英雄的潜质。

康宁思比是一个颇具领袖气质的人。他和锡德尼、巴克赫斯特、维尔等青年贵族一起在伊顿长大,后来又一起在剑桥求学,可谓情同手足,但他们之间却不是平等的关系,因为他凭着自己的天才"在他的好友中间取得了支配的力量"(92):"他的思想启示着、指引他们的观念,塑造了他们的品味,指引着他们的生活与思考的方向"(99),而他的朋友们又"都靠自己的天赋与德行成为五百多个孩子们的领袖"(92),因此他"成了伊顿的英雄。能与他在一起是每一个人的骄傲,每一个人都对他的事业充满了兴趣。大家谈论着他,引用着他的话语,模仿着他的行为"(92)。

由此可见,康宁思比之所以会成为伊顿的英雄,首先是因为他有思想,这一点与希多尼亚很相似。叙事者还说,康宁思比不仅愿意思考,而且"喜欢将问题作彻底的思考",有一种"不达到深刻绝不满足的脾性"(108);同时,他的思考并不意味着理性战胜了情感和想象力,因为他"不是受着怀疑精神的驱赶",正好相反,他之所以热爱思考,"是因为他的信仰精神":

> 康宁思比发现自己出生在一个背信弃义的时代。他的心告诉他,没有信仰就等于丧失了本性。可他的元气充沛的思想又不能躲避在那种令人痛哭流涕的信仰替代品上。他需要的是唯有心灵与思想、情感与理性结合在一起才能够赋予的深刻而持久的信仰。(109)

因此，与希多尼亚一样，他对"深沉而虔敬的思想"追求的是融合了理性与感性的更高层次的精神生活。正因为如此，他的理性思考直接进入了当代社会问题中的精神核心："为什么政府会招到仇恨，宗教会被人唾弃？为什么忠诚会断了气，而威严只是一具镀了锌防锈的尸体？"(109)

年长者并不能给他多少启迪。他曾经向利戈比求教，利戈比却"好像听到了一种陌生的语言"。利戈比先是把一切归罪于改革法案，然后引用了自己的几个关于甲表的演讲，然后又说宗教信仰的缺失完全是因为教堂太少，而忠诚的缺乏是因为乔治四世不听他的劝告，老是把自己关在温莎；其他人则更不着边际，"有的认为一切制度自有天数，有的则认为某些事情会不期而至"。这些走一步算一步的观点让他大为失望，认为其结果是"让人类下降到动物的水平"。而且他发现经验并不能使人智慧，"长大成人只是变得日益冷漠和绝望"(110)。

反而是与同龄朋友们的讨论，尤其是与小密尔班克的讨论，多少打开了他的思路。他从小接受的教育是将政治看作"一场决定由辉格贵族还是托利贵族来统治国家的斗争"，而且和他爷爷一样把新兴的工业家称为"可恶的工厂老板"。但是当他和小密尔班克成为朋友之后，就最喜欢与他讨论政治，从他那里"第一次听说在这个国家在贵族之外还有一个势力强大的阶级，正下定决心要取得权力"，并在与小密尔班克争论的时候，了解并思考了"一个新的学派"的一些原则(110)。

1835 年，保守党在皮尔的率领下东山再起，使"充满托利精神的伊顿学子们"热血沸腾。康宁思比却在兴奋之后开始思考对热闹一时的"保守主义的原则"进行思考。于是他开始在图书馆中埋头苦读历史。他的书单包括克拉伦登、伯纳特和考克斯[1]的书籍，从对这些丰富的史料的阅读和思考中他对英国议会的历史有了深入的理解(93)。

总之，在离开伊顿之前，康宁思比已经开始有了一种尽管还很模糊却是认真的信念，那就是"目前的社会和宗教情感都很不健康，一定需要某种健康的、深沉的、热情的、非常明确的东西来取代这种所谓的信仰宽容精神，而这个新的信

---

[1] 克拉伦登(Edward Hyde Clarendon，1609-1674)，保皇派政治家与历史学家，著有《英格兰叛乱与内战史》(*The History of the Rebellion and Civil Wars in England* (1702-1704))；伯纳特(Gilbert Burnet, 1643-1715)，辉格派神学家与史学家，著有《自己时代的历史》(*History of My Own Times*, 1723-1724)和《英格兰宗教改革史》(*History of the Reformation in England*, 1679-1714)；考克斯(Willianm Coxe, 1724-1828)，牧师、史学家，著有系列关于18世纪名人的回忆录，包括《回忆罗伯特·沃普尔爵士》(*Memoirs of Sir Robert Walpole*，1798)和《回忆马尔博罗公爵约翰》(*Memoirs of John, Duke of Marlborough*, 1818-1819) (*Columbia Encyclopedia 6th Edition*, New York: Columbia University, July 2005, August 20, 2006 <http://www.bartleby.com/65/>)。

仰的传播者只能在新生代中找到"(110)。因此，当那位"骑着'星辰的女儿'而来的思想明朗的人物"详细地讲述个人性格、伟大思想和英雄行为和青春和天才的神圣力量的影响力的时候，"他就拨动了他的朋友的心弦"(111)。

于是，康宁思比在结束了暑假的经历，来到剑桥开始他的大学生活的时候，已经完全接受了希多尼亚的英雄救世的思想，认定英国的问题就在于功利精神盛行，丧失了对伟大事业和英雄的信仰，而缺乏了这种"英雄情感"，就会使"任何一个国家都不能获得安全；没有它，政治制度都只是无盐之肉；君权只是宫廷小丑捏的权杖，教会只是个机构，议会只是辩论俱乐部，而文明本身不过是一场破碎而短暂的梦"，同时他也找到了自己的人生目标，那就是成为一个希多尼亚那样的英雄，让他的"思想的力量和用这种力量来造福于民的热烈欲望"能够得到充分的发扬，并被自己的种族所承认(228)。因此，他在剑桥"不再专心于各种荣誉，而是为自己勾勒出一个阅读的范围，这些阅读在经过他的思想的消化之后，将会在一定程度上供给他所急切需要的关于人类历史的各种知识"(229)。一个新的"知识的英雄"于是迅速成长起来。一年之后，当威廉四世驾崩、议会重新选举，泰德波尔和泰泼尔诸君又在为一年一千二奋斗而努力编织口号的时候，康宁思比已经拥有了一套使他得以解释当代政治问题的历史知识。当时正值保守党在伊顿选区获胜，康宁思比的朋友们在兴奋之余，却又为自己说不清所谓的"保守主义的原则"而感到好笑。康宁思比嘲笑说：

> 保守党的事业就是我们的光荣的传统制度的事业。被剥夺了权力的君主、被委员会管理着的教会、加上一个不能领导的贵族阶级。在这个事业下，王权变成了零，教会变成了一个教派，贵族变成了游手好闲的寄生虫，而人民变成了苦力。(231)

他的朋友、辉格党贵族的后代维尔勋爵趁势接着说："他们将政治背叛布满了整个国家。我是当然不会去干保守党的事业的，我要继承的是汉普登为之血洒疆场、锡德尼为之从容赴义的事业。"[1](231)

---

[1] 约翰·汉普登(John Hampden, 1594-1643)清教徒政治家，反对查理一世征收船税的政策，攻击国王任用的"邪恶大臣"，内战期间在率军参加恰尔格罗夫原野之战时受伤不治而亡；阿尔格农·希德尼(Algernon Sydney, 1622-1683)在内战期间反对查理一世，在查理二世复辟之后，积极参与建立共和国的活动，最终因为谋反事败被处死。他临刑前写下文书，为自己的政治原则辩护。狄思累利的话是对麦考莱在1828年《爱丁堡评论》上发表的对哈兰(Henry Hallam)的《英格兰宪政史》的评论而作的反讽。麦考莱在该文中说："汉普登为之在战场洒热血、希德尼为之在刑场上抛头颅的事业，受到许多热情的激进党的欢呼。"狄思累利在《西比尔》第一部第三章中再次使用这个引文。(Smith, 478)

可是康宁思比矛头一转，又开始攻击辉格党的事业："然而汉普登为之血洒疆场、锡德尼为之从容赴义的那个事业，却是一个威尼斯共和国的事业。"然后他开始了一段对内战以来辉格党试图用威尼斯共和国式的贵族寡头体制来控制英格兰的历史叙述：

> 从汉普登的发动到 1688 年的成功为止，英格兰的辉格党领袖的伟大目标从一开始就是以威尼斯为模范建立一个大贵族共和国，这是当时所有投机政客的思考和崇尚的对象。读一读哈林顿[1]，翻一翻阿尔格农·希德尼，你就会看到这些 17 世纪英格兰的领袖人物的思想中如何浸透了威尼斯模式。最终他们成功了。威廉三世看清了他们。他告诉辉格领袖："我不会当总督。"他在两党间平衡，他挫败了他们的企图，一如清教徒在五十年前那样。安女王的统治就是在威尼斯制度与英格兰制度之间的挣扎。两个够得上进威尼斯十人团的辉格大贵族阿盖尔与萨默塞特强迫在女王临终的时候强迫她更换政府。他们实现了自己的目标。他们按照自己开出的条件让一个新的家族登上英国王位。乔治一世成了一个总督(Doge)，乔治二世也是一个总督。可是乔治三世是一个伟人，他不愿意做总督。乔治三世试图避免成为总督，但是他无法抵抗早已根深蒂固的政治集团。他可以摆脱辉格巨头们，却无法摆脱威尼斯宪制。于是，从汉诺威家族登基直到 1832 年，英国就是在一个威尼斯宪政的统治之下。(232)

康宁思比将 17 世纪英国内战和光荣革命中议会对国王的斗争解释为辉格党试图在英国实现"威尼斯宪政"的说法，是叙事者在小说中多处提到的，也是狄思累利对辉格党的一贯批评，而且也是大致符合实际的。

斯科特·戈登在《控制国家：西方宪政的历史》一书中指出，"威尼斯共和神话" 16 世纪在英国大受欢迎，其"混合政体"的思想并且在那里开花结果（戈登, 166, 169）。

商业共和国威尼斯在 16 世纪势力盛极一时。经过孔塔里尼(Gasparo Contarini)的《威尼斯共和国政府》(*De magistratibus et republica Venetorum*, 1543)等脍炙人口的宣传，使威尼斯成为当时许多人心向神往的乐土（戈登, 160）。

得到 16、17 世纪的政治思想家们交口称赞的，是威尼斯的由总督、元老院和大议事会构成的异常稳定的"混合政体"。其中总督的权威逐渐受到一系列限

---

[1] 詹姆士·哈林顿(James Harrington, 1611-1677)，共和主义者，霍布斯的崇拜者。主要著作是《大洋国》(*Commonwealth of Oceana*, 1656)。(Smith, 478)

制，到了 16 世纪"只具有君主的外观"，而没有任何实权；元老院是主要决策机关，其六十名成员由大议事会推选产生；而大议事会则由所有年满 25 岁的贵族男子参加。这个"混合政体"包含了总督的"君主制"、元老院的"贵族制"和大议事会的"民主制"。但实际上总督是虚君，大议事会的成员也都是贵族，而为防颠覆所设置的十人团更是显贵。因此这是一个贵族寡头制度，权力完全掌握在最多的时候也只占总人口 5%的 150 个家族手中（戈登，139-147）。

威尼斯的贵族都是商人。他们临接大运河的豪华宫殿是其社会地位的象征，但这些堂皇巨宅近河的底层却是仓库和商号；而矗立于两条运河交接处的威尼斯城最显赫的建筑不是大教堂、碉堡或议会堂，而是海关（戈登，135-137）；这些商人贵族创造的"威尼斯神话"实际上是一个彻底世俗化的神话。按照威尼斯人的观点，统治的权威不是来自上帝，而是来自人民；教会是服从于国家的。孔塔里尼在《威尼斯共和国政府》中开篇就提出了一个市民社会的观点：人们把自己结合在一起"是为了方便而快乐地生活"。他相信人就是为物质利益所驱动的动物，而这是一个有道德价值的目标，国家存在的目的就是为此服务的；人与动物的不同之处就在于他是理性的动物，而威尼斯已经证明了一个政体有可能不依赖领袖的伟大品德和才能、而仅仅依靠好的法律而成功运作。戈登因此并不夸张地指出："杰里米·边沁可以大段大段地抄袭孔塔里尼，并在他开辟的道路上继续前进，提出一个新的政府原则，那就是在追求自利的人群中实现'最大多数人的最大幸福'。"（戈登，162-163）

于是，17 世纪英国内乱中那些以威尼斯宪政为自由楷模的"抛头颅洒热血"的"圆头派"[1]政治家，他们所为之奋斗的那个事业，其实是带着自由面具的寡头的事业，这个事业只相信人的逐利本能，只考虑家族和宗派的私利，其中并无一个民族共同体的利益的位置。

康宁思比对 17 世纪内战以来的英格兰历史的阐释，回响着叙事者在小说中一再表达的历史观念，而且与狄思累利在 1835 年发表的《为英国宪法辩》和 1836年的《辉格与辉格主义》如出一辙，这表明康宁思比的思想已经与叙事声音渐趋一致。也就是说，他已经和叙事者一样，从哈兰和麦考莱的自由史中看到了党派利益之争和寡头贵族的操纵，也看到本来是民族希望所在的托利党日渐与辉格党同流合污，"因为政党出于现实需要已经没有了明确的原则，所以实际上变成了派系"（232）。

因此，当朋友们对自己未来的议会事业充满信心，准备"同时进去，自己来

---

[1] Roundheads，指英国内战时与国王对立的议会派，因短发而得名。

56

组织一个党"，"将老家伙们统统扫下台去"的时候，康宁思比却建议大家"思考原则，而不是政党的问题"，"对政党保持超然的态度"，并耐心等待，"看是否能够发现一些可以引导我们的伟大原则，一些我们可以坚持的，并最终可以引导和统治他人的原则"（233-234）。

康宁思比所等待的"伟大原则"，就是狄思累利一再提到的超越阶级利益的"民族党"（National Party）的原则，而他的使命，就是在英雄精神的引导下，战胜辉格式的寡头统治和正在主导时代的功利精神，使托利党回归传统，重新成为作者在前言中所提到的那个"英国人民的政治联盟"。在这部小说里，这个联盟显然是指实现目前正在冲突之中的两个阶级——依然掌握主要政治资源的贵族阶级与日益拥有强大经济资源的资产阶级——之间的和谐关系。而小说结尾康宁思比与密尔班克的女儿伊迪丝的婚姻，自然象征着这个和谐关系的实现。

而这场具有强烈政治象征意义的婚姻，其发生的过程本身就是具有高度隐喻性的，并被蒙上了一层神秘色彩。在狄思累利煞费苦心的安排下，康宁思比对伊迪丝的接近变成了一段笼罩着神秘色彩的精神历程。

事实上，康宁思比的父亲是贵族，母亲是平民，所以他的存在本身就是一个贵族与平民结合的产物。但是小说叙事通过康宁思比发现自己的身世而将他与密尔班克联系在一起。

康宁思比自幼失去了父亲，很早就被祖父从母亲身边带走，不久母亲也去世了，所以他对父亲几乎一无所知，对母亲也印象模糊。就在康宁思比的首次曼彻斯特之行途中，当他在密尔班克府上聆听密尔班克的"进步"高论的时候，他的目光忽然被主人身后墙上挂着的一幅"有着惊世美貌的女士的肖像"吸引了：

> 那张脸从画布上向外望着，康宁思比只要一抬眼就会碰上那交织
> 着活泼与温柔的目光……那凝视的目光搅得康宁思比心神不安。他好
> 几次想要不去看那幅画，却总是被它所吸引。（152）

而当他终于禁不住诱惑，假装向主人询问那幅肖像的画家的时候，却见密尔班克先是"脸色大变，几乎怒容满面"，接着轻描淡写地说："哦，那不过是个区区乡下画家的东西，你不会听说过他的。"（152）

肖像上这位令他魂不守舍的美丽女士的身份，两年后在一种令人不安的气氛中被发现了。当时，康宁思比正要去巴黎探望祖父。当他路过伦敦，去一家长期为他们家族服务的银行询问支票事宜的时候，一位老职员从里面出来，告诉他银行里存放着他父亲多年前托管的一个匣子。于是康宁思比被引入一个密室，在那里拿到了这个密封的匣子。叙事者特意告诉读者，这是一次"交流"，它"深深

地搅动了康宁思比的心灵"。康宁思比此时正"独自呆在伦敦，住在一家客店里，又值去国的前夜"，因此这既是他最不受羁束的自由时刻，同时也是一个无根的失落、失重的时刻，而且这又是康宁思比行将大学毕业，但人生事业尚未明朗的时刻。就在这样一个去从未定之际，他通过这个匣子所获得的，是与自己从不了解的生命源头的一次交流，让他对自己的"从何而来"有所感悟。打开匣子，康宁思比发现里面除了厚厚一札来自"我亲爱的海伦"（也就是康宁思比的母亲）的信；还有一个"海伦"的小挂像。康宁思比震惊地发现，他母亲的这幅小像与密尔班克身后的那幅肖像一模一样（262-263）。

于是，康宁思比突然无法带着贵族的优越感去从容面对中等阶级了，他的身世因为他的母亲而顿时与密尔班克发生了关系。这种关系随着他爱上密尔班克的女儿伊迪丝而变得越发紧密和神秘。

康宁思比在巴黎看望祖父的时候，在一个画廊里偶然遇到了正在姑母和姑父——约瑟夫·瓦林格爵士——陪同下在巴黎游玩的伊迪丝，不久又在群星闪烁的巴黎沙龙里再次见到了伊迪丝，并爱上了她。可是，对伊迪丝的爱情却不知怎么与那幅让他吃惊的母亲画像联系在一起，并将他的深层意识引到了一个比他本人的存在更深更远的地方，使他焦躁不安：

> 带着满脑子伊迪丝·密尔班克的形象，康宁思比终于昏沉沉地睡去。一夜乱梦……这个夜晚，康宁思比回到了从前的岁月，而那些目前他既无法抑止又无法理解、令他痛苦不堪的困惑也不断地翻腾上来。梦境从伊顿飞到祖父的城堡，然后他又发现自己被特隆榭大街的那些画像包围着。但是画像的主人现在成了老密尔班克的模样。所有的梦境中都有那幅神秘画像和伊迪丝的美丽脸庞交替出现，片刻不让他安宁。他醒来时既疲惫又烦躁，心底却隐隐感到一丝快乐。（280）

康宁思比的梦境告诉我们，当他接近伊迪丝的时候，潜意识中却感觉到正在接近他自己的母亲，在往回走，回到一切的根源。在清醒的时候，他同样感觉到冥冥之中有一股力量在牵引着他的命运：

> 在这些思想中，伊迪丝总是与他母亲的神秘肖像联系在一起。他感到自己似乎正在完成着某种宿命，而且距离某个最重要的发现咫尺之遥。他回想起六年前，当他想邀请小密尔班克参加祖父的宴会时，利戈比如何一脸的恼怒甚至慌乱；他想起两家之间冤冤相报的宿仇——这是政治观念，乃至党派热情都无法很好解释的；他一一想来，最后

确信，许多谜团即将解开，而且通过他这个不曾预料却不可避免的媒
介，一切都将圆满，人人都会满意。(280)

对于伊迪丝与康宁思比的母亲的联系，比沃纳十分贴切地指出，这类可由"恋
母情结"得到解释的婚姻情节在维多利亚小说中并不罕见；重要的是，"按照
狄思累利的观点，对过去的知识本身就能够帮助在历史过程中分崩离析的东
西重新得到统一：因为狄思累利的历史想象之关键就是对犹太人的离散经验
(Diaspora)的反转"，所以，可以说狄思累利通过让康宁思比借助伊迪丝回归母
亲，"鼓吹的是回到一个历史之前、区别与离散之前的时间去"(Bivona, 259-260)，
在当代英国的语境中，也就是回到因为现代化过程而造成的社会瓦解之前的那
个和谐时代去。

伊迪丝不仅带着康宁思比回到了历史中的分离之前的时代，也带着他接近了
一个更大的世界。因为伊迪丝不仅是密尔班克的女儿，也是西班牙贵族的后代。
伊迪丝的外祖父是一位家境优越的西班牙绅士，是加泰罗尼亚地方的世家子，在
内乱的时候带着两个女儿逃难来到英国，由希多尼亚的父亲介绍，寄居在瓦林格
爵士父亲的家中。他的一对千金都美貌动人且举止优雅，瓦林格爵士非常幸福地
娶了其中的一位，瓦林格从小的好友密尔班克娶了另一位，那就是伊迪丝的母亲
(283)。康宁思比到巴黎的时候，在大街上再次与希多尼亚邂逅，并在希多尼亚
带他去参观的画廊里遇见了伊迪丝。当他爱上伊迪丝之后，发现伊迪丝与希多尼
亚关系密切，曾经心怀醋意；又有一次撞见他们坐在一张沙发上，看到希多尼亚
紧紧握着伊迪丝的手在劝慰她，还听到伊迪丝深情地请希多尼亚一定给她写信，
以为伊迪丝要与希多尼亚订婚了，顿时心灰意冷(301)。后来当他听她姑母说起
希多尼亚与她们的世交，是她们最好的朋友和大小一切事务的顾问，她们逃难时
留在西班牙的大量珠宝细软和信件也都是希多尼亚帮她们失而复得的，但他却因
为自己的宗教信仰而绝对不会与伊迪丝结婚，"康宁思比的脑中顿时闪过一缕阳
光"(306)。与伊迪丝的结合能使他的精神世界得以扩展，不但能将西班牙划入
版图，更能使他得以进一步接近希多尼亚的无限世界。

于是伊迪丝一人为康宁思比提供了三个实现：通过她，康宁思比可以实现与
中等阶级的联合，实现历史的回顾，实现精神世界的提升。

但是让康宁思比潜意识里感到不安的不仅是他对伊迪丝的爱情中可能的"乱
伦"倾向，还有另外一层阴影。他所直觉到的"宿命"，后来在密尔班克拒绝他
求婚的时候得到了证实："你和你的父亲在同样的境地，打算做的是同样的事情"
(337)。密尔班克为他解开了这个谜团：康宁思比的母亲曾是密尔班克的"人生

的第一个梦，也是最后一个梦，我心底的激情，对她的回忆至今使我的心温柔"；"然后来了一位年轻的贵族，一个从未见过战场的武士"，驻扎在她的那个镇上，俘虏了她的心。此后的故事其实小说在开头就早已告诉了读者：那个年轻贵族，也就是康宁思比的父亲，不顾蒙贸斯的意愿与她结合，结果是不但被扫地出门，而且与她一起在勋爵用"高超的手段"进行的"家庭折磨"的摧残下双双崩溃(7)。从此"复仇女神的祭坛"(8)就在密尔班克的心中燃烧。他全力向蒙贸斯挑战。"蒙贸斯勋爵要是有力量的话，很想把我碾死，像碾死一只虫子；而我也一再坏他的好事。要不是为了这种感情，我不会在这里；我买下这个庄园，也纯粹是为了让他生气。我做的千百件其他的事情都只是为了让他不舒服，让他恼羞成怒！"(336)所以当康宁思比爱上伊迪丝的时候，他回到了他父亲的起点，他与伊迪丝的爱情似乎是在重演一段失败的历史。而且在密尔班克看来，康宁思比的境地比他父亲更糟，因为现在不仅是两个不同等级的婚姻问题，而且还是两个宿仇家族之间的婚姻问题了。

康宁思比最终实现与伊迪丝的结合，正是爱情与英雄气概超越了功利精神的结果。

当康宁思比的求婚被密尔班克拒绝之后，绝望之中他又被蒙贸斯召去，要他作为保守党候选人去与密尔班克竞选议员。当他因为执着于对伊迪丝的爱情与反对保守党的无原则政治而没有答应祖父的要求之后，旋即又听说伊迪丝即将与亨利·锡德尼的哥哥，风流倜傥的博马努亚侯爵订婚的时候，在绝望中他发生了一番激烈的思想斗争：

> 他已经失去了伊迪丝。现在，是否应该回到祖父那里去接受他的使命，然后在星期五去达尔福特？恩宠、幸运、权力、荣华、社会等级，还有卓越的荣誉，这些都是这一步跨出之后的结果；是不是还应该加上复仇？他难道应该不可以为自己忍受的痛苦开出一点条件？他难道不可以教训一下这个傲慢无礼的、满怀偏见和怨毒的、专制霸道的工厂老板，给他难忘的一课？还有他那位千金，终究还是跟一个青年贵族订了婚，花好月圆，前程似锦，她难道只可以听说他操劳生计，碌碌无为，然后红着脸思量他怎么会当过她少女时代的英雄？这该有多卑下？想到这种可能的耻辱，他的脸颊一阵发烧。
>
> 这是一个需要他做出决定的生命中的危机时刻。他想到自己的伙伴们，他们都如此热情地期待着他的声名，期待着他的事业带给大家的快乐，他们都如此信任他的领导；所有这些充满友爱的、高尚的幻

想难道都要落空了吗?他难道就要绊倒在人生的门槛上吗?千里之行,始于足下。他这第一步才迈出,就少年任性,铸成大错。他回想起第一次去拜见祖父回来后向伊顿朋友们报告时大家的快乐。在初次谋面八年之后,他是否要失去当年如此盼望的祖父的恩宠呢?而这恩宠已经到了开花结果的前夜?议会和财富,还有地位、权力,这些都是事实,是实实在在的东西,是没有人会看错的东西。他是否要牺牲这些,去追求思想中的东西、去追求理论、影子,这些也许都是一个稚嫩的、自负的头脑里的一片烟云?不,老天在上,不!他好像恺撒站在满河繁星的旁边,看着群星在命运之水上的倒影。骰子掷出了。(365-366)

可见康宁思比不乏现实感,也不乏理性,并不是一个会稀里糊涂地做两头落空的亏本生意的人。他此时的选择是理智的权衡的结果。不过他的理智盘算并没有持续多久:

日落了。黄昏的咒语落在了他的灵魂上;他的亢奋渐渐消退了。美好的思绪,充满了甜蜜与宁静还有慰藉,像六翼天使一样聚集在他的心头。他想到了伊迪丝在款款柔情的时刻,想到了自己雄心勃勃地渴望名垂人杰史册、赢得不朽英名的那些纯洁又庄严的时刻。那些充满粗俗野心的喧嚣华丽对他有什么意义?家长的专制不能剥夺他的思想、他的知识和他的不受污染的良心所提供的源源不断的力量。如果他拥有了充满自信的思想力,即便他没有被供奉在高台之上,这个世界依然能听出他的声音。如果他的哲学原则是真实的,这个民族的伟大心脏就会随着他的原则的表达而跳动。康宁思比此刻感到一种从未离他而去的深层信念,那就是违背了心的情感或良心命令的行为,不管如何带来眼前的功名,却总是致命的错误。他意识到自己也许正在人生荣枯变迁的某个边缘,却决然地将自己奉献给了一份无望的爱情和一份也许只是梦幻中的声名。(366)

从这段文字来看,帮助康宁思比战胜实惠的考虑的,固然有依然存在的爱情,但更多的是他通过“立言”而“立名”的英雄情结。这种追求伟大的精神使他“决然”地放弃对眼前得失的盘算,而把信念寄托于心灵的力量。更重要的是这种英雄情感的发生,与超验的世界紧紧联系在一起,是来自日落时分“黄昏的咒语”的“六翼天使”般的力量。

就是在这样一种情感的支持下,他才能克服对祖父的敬畏而慷慨宣布他理想中的"可以维系这个王国并保障人民幸福的伟大原则":"像在有信仰的旧时代那样,让有产业的人承认劳动的人是他的孪生兄弟,而一切占有的本质都是履行责任"(362),并能在以为伊迪丝移情之后依然提笔给祖父写信,"拒绝参加达尔福特的竞选,甚至进议会,除非他能够掌握自己的行动"(366)。

也正是这种情感,使他在得知祖父在遗嘱中几乎将自己的财产继承权剥夺殆尽的时候依然能振作起来。虽然他向希多尼亚哀叹自己遇上了一场大灾难,已经"彻底垮了",可是一旦希多尼亚指出他并未失去五官、四肢,还拥有"健康、青春、相貌、才华、知识、勇气、精神和不简单的经历",不会像一个没有见过世面、"想象力完全被寻欢作乐的闪烁形象困住"的人那样无法靠300镑年金生活,因此只要他不欠债,就是自由的,希多尼亚这聊聊数语就激发了康宁思比的勇气,使他决心学习并从事律师事业,自力更生,继续追逐自己的崇高理想(396-398);当他蛰居伦敦苦读法律的时候,从报上看到朋友们一个个竞选议员,向世界宣告他们的理想,因此他又一次感到无比孤寂,打算"向绝望投降"了(400)。还是这种情感让他的心灵云开雾散,看到自己的荣华富贵与街上来来往往的人群没有任何关系,但是他的思想和语言却"可能打动他们的心灵,鼓动他们的热情,改变他们的观念,影响他们的命运",让他坚信"头脑的重要性日益超过血统":"人的力量、人的伟大和光荣,依赖于根本的素质。如果你要成就伟大,就必须给人新的思想,教他们新的词语,改进他们的行为,变革他们的法律,根除他们的偏见,颠覆他们确信的东西",于是他"头脑清新、活力充沛"地开始了"用我的天才征服它(伦敦)的伟大"的事业(400-402),并因为自己的英雄行为而得到密尔班克的赞许和支持,使他最终不但重获爱情,而且替密尔班克参加竞选,击败了利戈比,进入了议会,向成长为"英格兰人民的政治联盟"的领袖迈出了重要的一步。

第七节　追求卓越——矛盾中的贵族情结

狄思累利就此完成了一个贵族英雄主义在中等阶级功利精神当道的时代依然得以辉煌的神话。在这个理想化的过程中,主人公既因为对思想和理性的重视和对工业力量的认识而没有抱残守缺,又在对伟大的追求和神秘的体验中牢牢把握住了传统,从而具有了历史的厚重感。于是这位新生代的英雄得以与时俱进而不失根本,进退有据。

很明显,虽然叙事者多次说到理性与情感的统一,但实际上非理性因素得到了更多的强调。康宁思比的胜利最终是他身上的向往英雄的想象和情感的胜利,是一种对"平凡"的焦虑使他不懈地追求伟大,最后成就了光荣。正是这种"害怕平凡"的意识,使狄思累利在清醒地看到当代贵族的失败的同时,却依然浪漫地希望通过教育贵族,使新一代贵族"复兴"其英雄气概和伟大精神,担当起民族领袖的责任。

狄思累利甚至在旧贵族的代表人物蒙贸斯的身上也保留了一些不凡的素质。蒙贸斯固然是一个唯我独尊的自私人物,但是"自私"二字却不足以概括他的全部。小说开头关于他的外表描写就表明,在他身上矛盾地结合着腐败与智慧。蒙贸斯

> 身高过人,但体态有些肥硕。他的面部轮廓分明;眉宇间透射着睿智,可是嘴部和下巴却写满了肉欲。他已经谢了顶,但还残留着几缕他当年引以为豪的浓密褐发。他有一双大而深邃的蓝眼睛,十分润泽,却又十分锐利,表明他的脑力一半耽于酒色,但还有一半精于常识。(16)

这个形象与萨克雷在三年之后在《名利场》中描写的老色鬼斯丹恩勋爵的容貌可以做一个有趣的比较。这两个人物同样是以去世不久的生活放荡的赫特福德侯爵为原型的(Disraeli, 1982, 426)。在萨克雷的笔下:

> 蜡烛光把斯丹恩勋爵的秃脑袋照得发亮,脑袋上还留着一圈红头发。他的眉毛又浓又粗,底下两只的溜骨碌的小眼睛,上面布满红丝,眼睛周围千缕万条的皱纹。他的下半张脸往外突出,张开口就看见两只雪白的暴牙。每逢他对人嘻皮扯脸一笑,那两个暴牙就直发亮,看上去很可怕……他大人是个矮个子,宽宽的胸脯,一双罗圈腿。他对自己的细脚踝和小脚板非常得意……(萨克雷, 1990, 471)

两位勋爵都是秃顶,头上残留着一些深色的头发。可是蒙贸斯的头发被特别说明是"他当年引以为豪的浓密褐发",表现出他依然生动的活力;而他的"大而深邃的"、十分润泽、十分锐利的蓝眼睛,在斯丹恩那里变成了"的溜骨碌的小眼睛,上面布满红丝",那是纯粹的酒色之相了;蒙贸斯的"身高过人"变成了斯丹恩的"矮个子"、"罗圈腿"、"细脚踝和小脚板",英雄之气荡然无存;而斯丹恩的脸的下部更是将蒙贸斯的"写满了肉欲"的嘴和下巴作了极为丑陋的夸张。简而言之,从容貌的描写来看,狄思累利没有像萨克雷那样对上层贵族竭力贬损,而是在显示其耽于酒色的同时,表现出其不同凡俗的气质。

蒙贸斯的性格"精明且勇敢"(12);可以"在一眼之间将人事看得十分透彻"(160);而且他虽然长年在意大利花天酒地,一旦需要行动,可以"立刻越过阿

尔卑斯山，迅速赶回英国"（12），这样的描写不由使读者联想到拿破仑，虽然两个人的进军方向正好相反。

蒙贸斯甚至还在一件事情上表现出了责任感：他回城堡的时候，埃克斯戴尔勋爵为他带来了一个小小的法国歌舞团供他娱乐，后来他一直把这个歌舞团带在身边，对其老板信任有加，对老板的胆小柔弱的继女"小东西"（La Petite）格外慈祥。最后，当他在遗嘱中把全部遗产留给"小东西"的时候，他告诉世界，这个女孩子是他和一个法国女演员的私生女。读者这时候才明白，他其实一直在不动声色地关注着自己的孩子。这个事件早有伏笔，并隐约贯穿了全书一半以上的进程，可见对蒙贸斯这一点残存的"责任感"是作者整个构思的一部分。这些内涵使蒙贸斯表现出了复杂和丰满。马尼潘尼就此评论说："蒙贸斯比生活中的原型与萨克雷的斯特恩勋爵都有趣动人得多。他没有感情，生活放纵，肆无忌惮，却有着某种苏拉式的大贵族特有的大气。傲慢而不失威严，自私但并不贪婪，而且总是保持着勇气。"（Monypenny, 1968, 617）

狄思累利对康宁思比家族的古老城堡的描写更加表现出"崇高"。当康宁思比第一次回到那个"带着他的家族姓氏的城堡"的时候，

> 还没有进入城堡周围的庄园，远在几英里之外，就能望见它骄傲地矗立在林木茂盛的高崖之上，壁垒森严，巨大雄伟。虽然其建筑风格并不完美，也不够和谐，但是这些外部品味和美感的缺陷却被其内在的气势和变通所弥补，这是严格按照艺术法式建造起来的哥特式城堡所没有的。当康宁思比走近的时候，落日给参差层叠的建筑染上瑰丽的色彩，并用转瞬即逝的奇异光泽点燃了城堡山坡上各种稀罕的灌木和高大树木的精巧树叶。（159）

狄思累利一向对建筑物的象征意义情有独钟。城堡显然是传统贵族的象征。它与密尔班克的大工厂一样处在自然的环抱之中，而且都显得特别巨大。但是，密尔班克的工厂占领了自然，使榆树显得矮小，只能远远地成为点缀，而城堡却是在贸盛的林木的簇拥之中巍然耸立，虽然它"并不完美"而且"不够和谐"，并处于夕阳的余辉之中——显然象征着当代贵族制度的没落——却有着大工厂所缺乏的崇高和辉煌，让康宁思比"激动"。狄思累利在形容城堡的时候特别使用了"变通"（accommodation）一词，来暗指他认为真正的贵族精神所应有的宽广的包容力和适应力；而照亮树叶的光线是"奇异的"（fanciful），这个词同时具有"奇异的"和"幻想的"双重意义，给这个世界披上了一层工业世界所缺乏的瑰丽想象。

不过作者紧接着就离开了精神和想象的世界，看到了贵族统治更实际的一

面,也就是它在 19 世纪的英国社会依然存在着巨大的文化影响力。

蒙贸斯勋爵常年在外,从来不尽一方地主的义务,当他返乡的时候"其郡声之坏,简直超乎想象,甚至每一个小乡绅都发誓决不会在城堡里留下自己的名字以示对他的尊敬"。然而他却能在"不到两个礼拜"的时间里靠他的风度征服乡里:

> 侯爵接待他们的时候仪态如此尊贵,打发他们走的时候又如此优雅。现在,那些关于他的不好的传言,再没一个人相信一个字。即便他一辈子住在康宁思比,即便他恪尽一个英格兰大贵族的一切责任,在郡里做足了善事,给乡邻们帮足了忙,所受的欢迎也不可能有现在的一半。(158)

几场华宴,一个舞会,一个请四邻八乡的父老们都来参加的"公众日",加上侯爵"回来住在老朋友中间"和"叶落归根"的感人表态,"于是所有的人在离开的时候都被殷勤的主人、美貌的贵妇、几位正宗的公主、仆人们鲜艳的号服和丰盛的酒食所征服"。于是大家都认定"从长远来看,贵族的影响是无可阻挡的"(159)。

再看中等阶级的理想代表密尔班克:尽管他以挑战蒙贸斯所代表的贵族阶级为乐事,却不但相信"天然贵族",而且事实上通过婚姻在情感上靠拢贵族文化,因为他对伊迪丝的母亲这样一个西班牙的逃亡贵族小姐一见钟情,并且毫不反感她在去世前"将才艺、风度悉数传给女儿"(283),使伊迪丝长大后出入上流社交场合、一派名媛风度(尽管叙事者说她有些羞涩);至于说他将儿子送去伊顿的目的是表明"他和这个王国中的任何公爵有着同等的权利"这样的民主理想,同时又"怀着对一切贵族情感或贵族制度的反感,尤其要孩子在求学生涯中绝不要博取那个所谓的精英阶级的些许好感或和其中的任何人为伍"(37),则好像驱羊入虎,其动机令人费解。而密尔班克的好朋友和连襟约瑟夫·瓦林格爵士,在娶了西班牙贵族小姐之后更是窃喜不已,"暗自觉得已经站在贵族的门槛上了"(283)。

如前所述,尽管 1832 年的议会改革使权力似乎向中等阶级选民发生了转移,英国贵族的社会地位却并未发生很大变化。许多富有的银行家、商人甚至工厂主都加入了明白主张贵族制度的托利党,希望博个封妻荫子的结局。罗伯特·皮尔爵士本人就是一个棉纺厂老板的儿子,而他的祖父是一个自由农。另外,但凡贫困线以上的英格兰人,很少有不敬仰辉格和托利世家的财富和地位的。约翰·斯图亚特·穆勒在 1829 年写道:"我们的中等阶级只有一个人生目标:那就是像猴子一样地模仿上流社会"(Neff, 121)。英格兰人强烈的社会尊卑观念及相应而生的势利态度在萨克雷的笔下表现得最为丰富、生动。而布韦尔在 1833 年就在他的《英格兰与英格兰人》(*England and the English*)中指出英国的主要美德在于"体面"意识，而激进观念教唆年轻人不要"向上"，所以是"不良行为"，有违"体面"精神。布韦尔的说法反映了英国人的普遍情绪(Neff, 122)。

正是由于贵族依然在文化上占有优势，狄思累利还是希望将他所心仪的天然贵族嫁接到现存的贵族阶级上，办法就是将心灵尚未受污染的、血脉中还在流淌着真正高贵的血液的青年一代贵族重新认同并担负起贵族的伟大使命。为此他还特意设计了一个贵族少年拯救资本家儿子的情节。一群伊顿学子偷偷去河里玩水，小密尔班克不慎卷入了一个"两股潮流相会时产生的一个漩涡"。他首先想到的是同伴，高声叫维尔不要过去；可是维尔毫不犹豫地游过去救他。水流太急，维尔还没有接近就筋疲力尽了；还是在岸上的康宁思比听到叫声赶来，拼命将即将沉没的小密尔班克救出(44)。在这个插曲中出场的三位少年都表现得很高尚。三个人在对同伴的责任面前都自然生发出勇气，但最终是贵族挽救了中等阶级的生命，而且两个少年贵族，分别来自两个不同的政治背景：维尔家是辉格党，康宁思比的家族是托利党，在面对危险的责任的时候却毫不迟疑，前赴后继。正是这种真正的高贵精神感动了小密尔班克，使他对康宁思比的态度由起初的竞争者变成了崇拜者。康宁思比与老密尔班克的关系因此也从一开始就在道义上是不平等的：因为康宁思比是儿子的救命恩人，老密尔班克无论如何讽刺攻击贵族，都要冒"忘恩负义"的风险，所以他对工业社会的"进步"信心在康宁思比面前是要打折扣的；一旦他毅然斩断女儿与康宁思比的关系，他的内心也"十分沮丧"(352)。这样，当他了解到康宁思比被剥夺继承权的情况，就立刻全力支持这位丢掉了贵族地位的真正贵族，是十分自然的举动。

这样一个阶级调和的过程，实际上是贵族英雄精神战胜中等阶级的功利精神、重新占据文化制高点的过程。

不过，这个大体上合乎逻辑的情节发展很大程度上是作者虚构的结果。为了让一个世家公子能够成为工业时代具有合法性的领导人物，他首先在让主人公具有英雄气质的同时稀释了他的"蓝血"，让他带有一半的平民血统；而后又让他被赶出贵族阶级，使他被迫成为自力更生的人，从而能够更容易被中等阶级接受；而他最后在竞选中击败代表旧贵族政治的利戈比，成为能够影响重大国事的下院议员，则是完全依靠工业家的支持——这种支持甚至可以看作传统贵族政治中的恩佑(patronage)，使他更加"与时俱进"，符合生产力发展的方向了；另一方面，作者又创造了一个尽管对自己的阶级充满自信，并向腐败贵族发起挑战，却又在本质上愿意接受贵族制度与贵族文化的"工业领主"式的资本家。这样，在双方互相靠拢的情况下，具有传统价值观念的贵族与现代工业资产阶级的结合就顺理

66

成章了。

这样一种理想化的安排很明显地将作者置于矛盾之中：既讽刺了贵族，又颂扬他们，还让他们的年轻一代继承大统。萨克雷就批评说："这是一部时髦小说……它对纨绔派的赞颂，远胜纨绔们迄今所得到的任何光荣。"（Stewart, 184）

萨克雷的批评并非凭空的嘲弄。康宁思比的生活原型司马史是一个才智敏捷且很有思想的青年，却也是一个不折不扣的纨绔。赌博、决斗、猎艳，无一不精。他在 1852 年所做的一次决斗是英国国土上发生的最后一次决斗。就在狄思累利写作《康宁思比》的前后几年里，他就到处留情：先是与比自己年长 35 岁的坦克维尔伯爵夫人有染（1840-1843），再与威灵顿的副官约翰·古尔伍德的继女调情，继而对两个银行家的千金始乱终弃（1844），在 1843-1844 年间还与俄国驻法国大使斯塔克伯格伯爵的十七岁的女儿浪漫了一回，最终被对方的父母拆散。他四处风流并染上了性病。同时，尽管他很早就能在下院以一种活泼有趣却意味深长的风格发表辞藻华丽的动人演说，但是从这些演讲中狄思累利发现这位"小巧可爱"的朋友"毫无原则"；在"耗尽了情感"和生命之后，他在 39 岁英年早逝，身后留下"超凡演说家"的美誉和"精彩的失败"的惋惜[1]。

虽然狄思累利在小说中将司马史改造得面目全非，他的朋友考可林的对应人物巴克赫斯特却被认为颇符合原型（Monypenny, 1968, 620）。巴克赫斯特就经常显出纨绔气息："他去了一趟巴黎，回来的时候思想大大地开放了，裤子也变得十分新潮。他全部的思想就是什么时候能够再回那儿去。他不停地给大家讲各种各样的关于女优的故事和时尚咖啡馆里的聚会。"（226）

亨利·锡德尼的原型约翰·曼纳斯勋爵为人热忱慷慨，口碑很好。但是对他天真的复古情绪，狄思累利在小说中有较为明显的讽刺；锡德尼自己则早在 1843 年的日记中就表达了对狄思累利的怀疑："要是我能够心满意足地认定狄思累利真的相信他所说的一切，那该多好！……可是，他真的相信吗？"（Disraeli, 1982, i）

的确，狄思累利既看到贵族青年复古幻想的天真可笑，又怀疑他们的纨绔本性难易。狄思累利似乎对自己在小说中表达的对"新生代"的理想并不十分坚定。当叙事者在为如此美妙的一个结合画上句号，并展望康宁思比和他的伙伴们的未来的时候，他的口气却与小说情节的乐观想象不太一致：

> 他们现在正在公共生活的门槛上。他们暂时还受着约束，但是片

---

[1] Millar, Mary S. "Smythe, George Augustus Frederick Percy Sydney, seventh Viscount Strangford (1818-1857)", *Oxford Dictionary of National Biography*, Oxford University Press, 2004 June 9, 2006 <http://www.oxforddnb.com/view/article/25964>.

刻之后即将获得自由。他们的命运将会怎样？当他们处庙堂之上、身居高位的时候，他们还会坚持自己在书斋里、在独处时所信奉的伟大真理吗？或许他们的勇气会在斗争中消耗殆尽，他们的热情会在逢场作戏的讥笑中烟消云散，他们的慷慨本能会在卑下野心的艳丽引诱下缴械投降，丢下一个俗不可耐的悲剧结局？他们的训练有素的智力是否会堕落为一个腐败政党的称手工具？是否会他们的命运会被名利所困，他们的同情会在嫉妒中枯萎？也许他们会继续勇敢、单纯、真实，拒绝向影子俯首、向词句膜拜，清楚自己的伟大岗位，认识自己的伟大职责，向一个困惑、消沉的世界谴责一个人云亦云、灭绝个性的时代的生硬理论，恢复他们的国家的幸福，凭着他们相信自己的力量并敢于伟大？（420）

这段文字表现出了浓重的疑虑。最后那两行，与其说是"从此以后……"式的憧憬，不如说是有点气短之后给自己打气。当希多尼亚在林中初次遇见康宁思比的时候，就跟他开玩笑说，"按照塞万提斯的说法，历险总是从客栈开始的"（101）。因此，康宁思比在接受了希多尼亚的指导之后的整个理想活动都笼罩在堂吉诃德的阴影之中，成了一场亦真亦幻的骑士梦。就在那次谈话中，当希多尼亚鼓励康宁思比要向往英雄，而康宁思比认为希多尼亚本人就是一个英雄的时候，希多尼亚（此时以"陌生人"的面目出现）这样回答：

> "我是，而且一定向来都是，"陌生人说，"一个梦着梦的人而已。"
> （"I am and must ever be," said the stranger, "but a dreamer of dreams."）（106）

话的前半句颇能自成一体，似乎希多尼亚慨然自许为英雄，可是说了一半，话锋一转，两个"梦"字陡然让这句话变成了一个既在做梦又十分清醒的人的强烈自嘲。

但是，怀疑也好，讽刺也罢，他毕竟还是将英国的未来交到了传统的世袭贵族手里。因为对狄思累利来说，最重要的是要在这个洋溢着功利、实惠的市民精神的时代，让社会至少是社会的精英保持一种对伟大的认同和追求。用迪格比的话说，就是让他们像"莱茵河上的那块巨岩一样，成为一座堡垒，代表着骑士的完美，巍然独立于一个卑鄙的世界"（Braun, 77）。

第二章　《西比尔》——超越"两个国度"的"仙后"

狄思累利在为 1870 年版的《小说全集》所作的总序(General Preface)中说:

> 各个政党的渊源和特征;由此而产生的人民的状况;在我们目前状况下作为一个主要的救治力量的教会,这是我打算涉及的三大话题,但是后来发现这些题目过于庞大,无法在我为自己准备的空间中充分展开。它们在《康宁思比》中都出场了;但是只有其中第一部分,也就是政党的起源和现状,得到了充分的处理。
>
> 第二年,在《西比尔》中,我思考了人民的状况。(Monypenny, 1912, 251)

的确,《康宁思比》虽然充分展示了当代充满功利色彩的政党状况,并想象了一群希望在超越功利目的的伟大追求中引导时代精神、恢复社会和谐的英雄少年,却并没有能够着力表现功利主义思潮所造成的最大社会危机,也就是占这个国家人口大多数的"人民"的悲惨状况。表现这种由功利主义的"进步"所引发的"人民的状况"及其引起的社会分裂、并想象对社会分裂的弥合,则是《西比尔,或两个国度》的中心任务。

事实上,狄思累利在《康宁思比》中已经提出了"人民"的问题。1832 年的议会改革使所有年收入 10 镑以上的城镇居民都有权参加选举,国家的政治基础固然扩大了,一个"人民"参政的进步的民主时代似乎来到了。但是叙事人却尖锐地责问,

> 到底谁算"人民"?"人民"的界线应该该划到哪里?凭什么要有这样一条界线?以十镑为选举权的门槛,这种做法十分武断、毫无道理。其不可避免的直接后果就是宪章运动。(31-32)

可见,在《康宁思比》中,对政党政治的表现和讨论实际上指向的是一个更大的社会问题。中产阶级因为财富而跻身于"人民"的行列,走上了政治舞台,成了

69

卡莱尔所谓的"国民清谈馆中"的"两万分之一的清谈家"(马克思、恩格斯,2002,509);但是下层民众却依然在舞台下的黑暗中默默受难而不为人知。

狄思累利在《康宁思比》中明白地指出了工业革命以来的英国政治对人民造成的伤害:由于功利精神的盛行和平庸政府的放任,在举国"只争朝夕地发财、发迹、发展机器的大潮中",产生了"我们这一代人耳熟能详的'英国的状况'"(61)。他所说的这番话,紧紧联系着卡莱尔在 1843 年出版的《过去与现在》(*Past and Present*)中提出的这个时代最响亮的社会批评:"英国的状况——公正地说是世界有史以来最危险也是最奇特的状况之一。英国充满各种各样的财富,但英国还是要饿死……(人民)完成的工作,他们创造的果实绰绰有余,而且到处都非常充足……可是在过剩的充盈中,人民却死于饥饿。"(马克思、恩格斯,2002,499)因此,《康宁思比》中的政治讨论实际上是在一个强烈的民生背景下进行的。

1840 年代是所谓的"饥饿的四十年代"。1842 年,在英格兰和威尔士每十一人就有一个乞丐(Cazamian, 71)。但事实上,经济危机所产生的社会不满要远甚于经济统计数据本身所带来的忧虑;这些不满决定了整整一代人的思维方式(Briggs, 294)。危机感弥漫于整个社会。从恩格斯这样的无产阶级领袖,到拉格比公学的阿诺德校长这样的上流社会精英,有识之士普遍意识到卡莱尔所谓的"现金关系"正在取代古老而复杂的社会纽带,意识到英国社会正在分崩离析之中,意识到一场比法国革命更甚的灾难迫在眉睫,而在这样的危机意识中,带有强烈的阶级斗争意味的政治讨论已经主导了国民情绪(Briggs, 294)。

1837 年,伦敦工人协会在弗朗西斯·普莱斯(Francis Price)和几位激进派的议员帮助下起草了包括"男子普选权、议会每年改选、秘密投票选举、均等选区、取消议员的财产资格审查和议员领取薪酬"等六点要求的《人民宪章》(Briggs, 305),并于 1839 年和 1842 年两次分别将百万人签名和三百万人签名的宪章请愿书送交议会。由于议会的拒绝,并随着经济状况的恶化,当"刀叉问题"主导了政治的时候,宪章运动的阶级斗争色彩也变得日益强烈。其领袖人物奥康纳(Feargus O'Connor)主持的《北极星报》(*The Northern Star*)的发行量达到每周 5 万份,将工人阶级自己的声音传遍英国(Briggs, 307)。早在 1837 年,伯明翰政治联盟就提出工人阶级在"人民"的大旗下联合起来。它大胆地宣布,"在人民的联合意志的无上威力之下,托利们和辉格们以及一切黑暗的虚伪的东西将如同阴影在旭日前奔逃"(Briggs, 306)。暴力对抗也与日俱增。在一些宪章派领袖被捕之后,在威尔士甚至发生了数千武装矿工攻打纽波特市的行动。虽然很快被军队镇压,但是对英国普通民众的心理造成巨大的震撼。革命似乎不可避免(Cazamian, 71)。

　　狄思累利在《康宁思比》中就曾借希多尼亚之口忧心忡忡地说："我倾向于认为英国的社会制度比法国处于危险得多的境地"（265）。他在《康宁思比》的结束语中，期待康宁思比和他的年轻贵族朋友们能够"敢于伟大"，目的是要他们能够"认识自己的伟大职责"以"恢复他们的国家的幸福"（420）——在当时的语境中，狄思累利所说的"恢复他们的国家的幸福"无疑是指以超越功利精神的社会责任感领导英国走出社会困境，尤其是将那些成为"社会进步"的牺牲品的劳苦大众从水深火热中解救出来，并消除社会对立，使英国重新成为一个和谐的共同体。相对于强调个人利益的功利主义世界，个人对社稷苍生的责任当然是一种"伟大的职责"。

　　狄思累利本人是议会下院中少有的几个同情宪章运动的议员之一。1839年，在下院关于"人民宪章"的辩论中，当辉格党魁罗素首相发言，对"宪章"嗤之以鼻，认为它"满纸荒唐言"的时候，狄思累利挺身而出，指出这份宪章唯一的错误就在于认定某种政治制度能够保障社会幸福；但尽管下院可以拒绝宪章派提出的方案，却仍然应该努力去医治造成宪章运动的社会疾病，而这种疾病的病因就是在1832年改革之后新上台的统治阶级虽然获取了政治地位，却没有承担与之共存的义务（Monypenny, 1968, 480）。他说：

　　　　无论他对宪章本身如何反对，但他却可以毫无羞愧地说，他对宪章派充满同情。他们构成了他的同胞的大部分，没有人可以怀疑他们有着巨大的冤屈。宪章运动是一次社会起义。如果仅仅将它看作暂时的骚动，那将是严重的错误。（Monypenny, 1968, 480-481）

　　后来，当议会拒绝了宪章，伯明翰发生严重骚乱，罗素提请议会授权镇压的时候，狄思累利又坚决反对。他提出要首先了解骚乱的性质。在议会投票表决时，狄思累利是仅有的三个反对者之一（Monypenny, 1968, 482）。第二天，在该项草案一读审查时，他谴责罗素勋爵是向伯明翰宣战，征募5000人马对付他昔日的盟友（Monypenny, 1968, 483）。在辩论中他继续为宪章派伸张。他说："我毫不羞耻、毫不害怕地说，我希望议会双方都对宪章派表现出更多的同情。我毫不羞耻地说，我同情我的千百万同胞。"（Monypenny, 1968, 486）

　　在宪章运动被镇压，一些宪章派领袖被捕之后，狄思累利与议会中的少数激进派一起努力设法减免对他们的严厉惩罚。其中一次相关的议会表决中，只有五票反对严惩宪章领袖，狄思累利又是其中一票。他谴责辉格政府比封建时代的皇室法庭还要严酷。他呼吁周围的托利议员们不要忘记他们的社会责任，当对面辉格党的议席上发出抗议的叫声时，他接着说："是的，我重复一遍，贵族是人民

的天然领袖。因为贵族和劳动大众构成了这个民族。"（Monypenny, 1968, 488）

狄思累利从 1832 年开始竞选议员，五次失利，屡败屡战，数度易帜，素有"投机分子"的恶名，好不容易在托利朋友的帮助下于 1837 年进了议会，此时立足未稳，却在如此巨大的压力下一再挺身为宪章运动说话，其诚心可见一斑。他也必然会有一种强烈的欲望，想要在小说中表达自己对人民的同情和对"人民的状况"的思考。

但是，在《康宁思比》的叙事中，人民未来得及真正出场，只是远远地停留在背景之中，在白朗克公爵和艾弗林翰勋爵翁婿之间关于"新济贫法"的争论和天主教徒莱尔先生赈济贫民这样的场景中隐约可见。因此，就需要一部新的小说来探讨这个主题。

《西比尔》思考"人民的状况"的办法，就是让一个良知未泯的青年贵族直接进入人民的世界，让他睁眼看到人民的苦难，从而意识到自己的社会责任，进而努力实现社会和谐。小说主人公、年轻的议员艾格蒙特出生于在宗教改革中发迹的"新贵族"之家，他的哥哥是冷酷自私的马尼伯爵。当艾格蒙特在一个古老修道院的废墟中结识了圣女般的见习修女西比尔和她的父亲、毛勃利的工人领袖杰拉德以及社会主义理论家墨利之后，深深地被他们的人格和思想所吸引，并爱上了西比尔，由此逐渐接近、了解人民，为统治阶级的自由放任政策所引起的人民的困境和贫富对立的社会危机所震惊，并最终转变为具有强烈责任意识的好贵族；与此同时，杰拉德父女的真实身份却是古代贵族的后裔，祖先是毛勃利的领主和最后一任马尼修道院长，在宗教改革中遭到迫害而家道败落。杰拉德此刻正在墨利的帮助下寻找一份古老的权利文书，试图藉此恢复地位，并成为像祖先那样的仁慈领主，善待、保护人民。最终，在宪章运动走向暴力的时候，起义人群攻入了毛勃利城堡。杰拉德在阻止暴力的时候反而被领兵前来解围的马尼伯爵杀害，马尼伯爵则被愤怒的群众用石块砸死。攻入城堡的乱民在喝醉了之后点燃了城堡与之同归于尽，但从城堡中抢出的文件证明了西比尔的身份，使她的贵族地位得以恢复。小说在艾格蒙特与西比尔的幸福婚姻和对民族美好未来的憧憬中结束。

《西比尔》在广度上将整个社会，尤其是社会下层的劳动阶级纳入了叙事范围，并突出表现了贫富对立的社会问题以及统治阶级对此无法推脱的责任。这无疑使小说从《康宁思比》中的上层社会的沙龙政治扩展到了更贴近民生的现实世界，从而具有了更直接的社会批判意义。这一点受到了批评界的广泛关注与评论；但是狄思累利同时在精神层面上对产生社会危机的功利主义根源进行了更深入的发掘，并探讨了解决危机的精神出路，这一点得到的讨论较少。如果从这个角度加以阅读，我们就会发现，虽然狄思累利在《西比尔》中提出了"穷人和富人"几乎成了对立的"两个国度"这个振聋发聩的社会批评，他的真正目的却不是要强调社会危机本身，而是要指出，这种危机的根源在于宗教改革之后形成的一个只知功利算计、全无伟大信仰和责任感的"伪贵族"阶级，并指出以某种形式恢复被这个"伪贵族"阶级破坏的精神价值才是解决危机的出路。而且在这样一种阅读中，我们还会发现狄思累利处于新旧时代交替的矛盾之中：一方面，他在对贵族阶级作了比《康宁思比》中深刻、尖锐得多的揭露和批判的同时，最终却还是让来自"伪贵族"中的一员在改造了自己之后担负起"敢于伟大"的英雄使命；另一方面，他在对人民充满同情的时候，又表现出他们的混乱和他们的欧文式社会主义理想的缺陷；而他在试图恢复信仰的时候，又暗示了对传统的信仰的疑虑。因此，他试图跨越贫富"两个国度"间的鸿沟的努力就仿佛一道彩虹架起的桥梁，美丽、神圣却又捉摸不定，虚无缥缈。不过，彩虹虽然缥缈，却能让人做朦胧而美丽的梦，这也许正是小说的价值所在。

不过，由于《西比尔》的社会批判具有强烈的现实意义，其中的夸张或幻想的成分就容易被看作小说的弱点，而围绕《西比尔》发生争议主要就是关于它的现实主义问题。但是如果能走出这个问题的纠缠，就能看到这部小说所指向的一个更大的问题，也就是世界"祛魅化"、现代化过程中的精神缺失造成的社会危机。

第一节 "蓝皮书"的夸张与西比尔的"变形"——现实主义的批评视角的局限性

《西比尔》出版后，一直被评论家们认为是狄思累利的小说中"最真诚"的一部，"最为宏大、最具价值"、"为社会史学者提供了社会状况的画面"（Monypenny, 1912, 251），这显然因为《西比尔》涉及的是当代最尖锐的现实社会问题，又将大量取自议会调查报告（也就是所谓的"蓝皮书——the Blue Books）这样的权威材料的"社会状况的画面"生动地传递给读者。

小说出版后不到一个星期，狄思累利就收到一封自称是"一位机工的妻子"的白丽丝太太（Mrs. Baylis）的来信。信中说："您现在的作品是为全国而写的，人民能感受、能理解您的作品……您在生动、惊人、真实的描写中用打动人心的语言将这个国家的现实社会状况摆在人们的眼前——贫富之间的可怕分离。"（Disraeli, 1981, vii）

虽然很难说白丽丝太太能在多大程度上代表全国人民，但是她表达的情绪显然是真实的。维多利亚时代的良心未泯的读者普遍期待作家成为记者，将穷人世界的真实状况报道给富人世界，以唤醒他们的良知。萨克雷就在《笨拙》杂志上就表达了这种期待：

> 直到胡德这样的诗人从梦中醒来，唱起悲惨的《衬衫之歌》，直到卡莱尔这样的先知起来对英国发生的灾难进行谴责，直到《纪年》作者这样目光炯炯、充满活力的人物为我们走进穷人的国度，带回来令人恐怖而难以置信的故事……(Tillotson, 79)

蒂罗岑(Kathleen Tillotson)在《1840 年代的小说》(*Novels of the Eighteen Forties*, 1959)中指出：

> 从"两个国度"的尖锐对立中所看到的"人民的状况"，不管是贫富对立还是劳资对立，日益成为四十年代小说家的关注的中心。多数小说读者属于富人的国度，而小说家就是越过边界(也许是穿过铁幕)并带回情报的侦察兵。(Tillotson, 81)

蒂罗岑同时发现，小说家不但能够亲自去侦查并带回情报，而且能够将别的侦察兵的干巴巴的情报变成很有可读性的"报告文学"：

> 他们往往遵循王家委员会的报告，而且往往能够将社会现实传递到不能接触到政府文件的读者那里。(Tillotson, 81)

蒂罗岑所谓的"王家委员会的报告"和"政府文件"，就是指《蓝皮书》。这些议会调查报告暴露了大量劳动阶级的恶劣生存状况，推动了包括《工厂法》和《公共健康法》在内的一系列维多利亚早期社会改革的发生(Lerner, 117-118)。

这些《蓝皮书》都是狄思累利在议会经常接触到的材料，而狄思累利就是最早一个从穷人世界带回情报，并经常将"蓝皮书"用小说的形式传递到普通读者手里的"侦察兵"。因为害怕《西比尔》中所描写的穷人世界有耸人听闻之嫌，他在 1845 年小说第一版的广告中言之凿凿地说，"其中没有一丝一毫不是凭据他的亲眼所见，或有皇家委员会和议会委员会所得到的权威证据的佐证"(Braun, 87)；在 1853 年版的广告中他又再次重申，"作者认为有必要声明，小说中的描述大多来自他的亲眼所见；他相信其中没有一丝一毫不能得到官方文件的证实"(Braun, 87)。

狄思累利显然认为这些蓝皮书使他的小说更显真实，而不少批评家也因此称赞他。莱斯利·斯蒂芬说狄思累利成功地"将蓝皮书化为小说"，因此足以与他的前辈大师们平起平坐(Speare, 77)，杰费勒斯(A. N. Jeffares)则认为蓝皮书的事实为小说提供了有力的支撑（Stewart, 220），布兰特林格（Patrick Brantlinger）也夸他"让蓝皮书的死骨头焕发出生命"（Brantlinger, 198）。也有人对狄思累利在小说中使用蓝皮书材料的情况做了不少研究。希拉·史密斯的研究证明，小说中的许多细节描写都来自蓝皮书的内容（Smith, 1962; Smith, 1970）；马丁·费多（Martin Fido）则考证出《西比尔》中更多内容的出处，并得出结论说，"狄思累利写作的时候，面前一定摊着一本蓝皮书"（Braun, 88）。

"蓝皮书"固然使《西比尔》更具现实色彩，可是小说与现实的密切联系也带来了问题。当《西比尔》被看作小说化了的"蓝皮书"之后，人们就开始发现它对现实的表现不够真实，发现了其中许多夸张、变形、失实之处。例如，小说刚出版，1845 年 6 月 7 日的《联盟》（*League*）就评论说狄思累利在《西比尔》中"对下面那个国度的了解完全依赖于《蓝皮书》和议会报告。因此他误将非常的事件当作寻常的结果，将工业区的状况表现得远比实际情况悲惨、危险"（Braun, 88）；费多也指出，狄思累利所参考的内容中，关于毛勃利工人状况的描写来源于《致艾希礼勋爵信札：工厂制度例解》（*The Factory System Illustrated in a Series of Letters to Lord Ashley,* 1842），其作者是一个名叫威廉·多德（William Dodd）的残疾工人，"一个出名的无赖；有着强烈的个人怨愤，却在文字中摆出一副福音派信徒的规矩模样以打动读者"（Braun, 88），因此狄思累利是"将当时被普遍认为不够干净的文献作为证据"，而且"任意改动事实"的例子还有不少（Braun, 88）。

同时，当《西比尔》被完全看成一部纯粹的现实主义小说之后，它的情节也就显得勉强、局促。一些批评者认为这部小说最大的弱点就是布兰特林格所谓的"西比尔变形记"（Sybil's metamorphosis）（Brantlinger, 195）：既然狄思累利用贵族青年艾格蒙特与"人民的女儿"西比尔之间跨越阶级鸿沟的结合来象征贫富两国的和谐融合，那么西比尔怎么可以摇身一变，成了蓝血贵族呢？因此读者很容易感到这个融合"变成了痴人说梦"（Brantlinger, 195）。与"青年英格兰"非常接近的蒙克顿·米尔恩斯也认为西比尔的变形记自相矛盾；约翰·卢卡斯（John Lucas）更是指责《西比尔》是一部"因为混乱不清而愚蠢之极"的作品（Brantlinger, 195）。

雷蒙·威廉斯则指出，西比尔的变形表现了类似于狄更斯的《艰难时世》、盖斯凯尔夫人的《玛丽·巴顿》和乔治·爱略特的《费立克斯·霍尔特》中那种既同情民众苦难，又害怕革命动乱的小资产阶级作家的情感结构：

> 因为西比尔当然只是理论上的"人民的女儿"，实际上是家道中落的贵族，所以结婚钟声的敲响，并不是庆祝**一个国家**的组成，而是庆

> 祝马尼和毛勃利两家财产——一家是农业、一家是工业——的结合:
> 一宗象征实际政治发展的联姻。综合起来看,这位恢复了身份的女继
> 承人与玛格丽特·桑顿的遗产和加拿大之类象征是一致的。(威廉斯,
> 1991, 142)

西比尔身份的变化的确容易引起怀疑,人们很容易感到狄思累利在暴露了"人民的状况"之后却找不到合适的出路,只好祭起作者的无边法术,让"人民的女儿"变成上层社会能够接受的一个结合对象,结果就大大破坏了小说的可信度。

这些评论,或赞扬作者暴露了可怕的社会黑暗,或批评他夸大其辞、别有用心,或称西比尔变形是作者无计可施、草草收场,都不无道理。问题是,这样一种只关注小说对现实生活的逼真模仿的态度是否能够完全发掘小说的可能性?

如果我们不局限于一种严格的"有一说一"的现实主义模式,并从整部小说的结构着眼,就可以看到《西比尔》虽然确实存在细节的失实,也多幻想的成分,却在一个更高的层面上是真实的。这样说有两个原因。其一,要看到小说的夸张并没有过度:事实上,1840 年代的社会危机是有目共睹的,从 1839 年到 1848 年,连续三场大规模的全国宪章运动不断撼动着英国社会,这种撼动是不需要任何对穷人世界的知识就能够强烈感受到的。因此,狄思累利对穷人世界的描写是否有夸张、失实之处其实并不那么重要,重要的是他在小说中对这个危机的本质的探索、表现是否真实。其二,从小说情节的发展来看,西比尔并没有"摇身一变",而是早就表现出其高贵血统和神圣气质,也就是说她的"变形"并不是作者草草收场的结果,而是作者的通盘设计。既然作者一开始就没有打算让她真正成为"人民的女儿",那么她与男主人公艾格蒙特的结合就不能简单地看作穷人和富人的和谐融合。但是恢复了贵族地位的西比尔与世袭贵族艾格蒙特的结合并不意味着狄思累利"金蝉脱壳",撇开了人民的问题,而是说他在表现了统治阶级的不负责任及其所造成的严重的社会危机之后,看到问题的根源不在于政治制度本身,而在于在宗教改革之后的世俗化进程中出现的社会精神危机。所以西比尔其实既不是"人民的女儿",在叙事中似乎也并未变成威廉斯所说的工业财产的象征,而是更明确地象征着失去地位的神圣价值;西比尔的恢复身份与她和艾格蒙特的结合,则象征着神圣价值的复兴,及其与既拥有权力又富有责任感的社会精英相统一所成就的、真正能够保障民生、建设和谐社会的卓越统治。这样一种象征是一种有着合理内核的想象,而非完全飘渺的幻想。与此同时,也应该看到,作者并没有陶醉在古老的神圣世界里,并没有一味要求回归过去、回归神圣,而是不断用反讽的姿态与那个世界保持着距离,从而表现出他对历史的复杂进程

的清醒认识。

但是，不论对《西比尔》作何评论，毫无疑问的是它的确走出了当时小说依然偏爱的沙龙背景(Tillotson, 82-83)，并将一片比狄更斯的《雾都孤儿》和特洛罗普夫人的《童工麦克·阿姆斯特朗》(*The Life and Adventures of Michael Armstrong, The Factory Boy*, 1839)远为广大与惊人的穷人世界强烈展示在读者眼前。

第二节　侦察兵的报告——穷人世界掠影

《西比尔》的叙事人在开场不久就在历史语境中指出了穷人问题的缘起：

> 如果说一个半世纪以来英格兰不停地受着一种亵渎了生命中一切人性的贪婪精神的围攻，那么自从改革法案通过以来，财神的祭坛上就燃着三倍于从前的膜拜之火。赚取财富、积聚财富、口诵着哲学语录互相劫掠财富，并提倡一个完全由财富与劳苦构成的乌托邦，这就是过去十二年间获得了选举权的英格兰马不停蹄地干着的事情，直到不堪其苦的农奴的哀哭将我们从你争我夺的贪欲中惊醒。[1](30)

从小说出版的时间(1845 年)看，叙事人所说的"一个半世纪以来"，显然是指 1688 年"光荣革命"以来的英国的现代化历史，而"过去的十二年"说的是 1832 年议会改革以来的历史。叙事人在这个加速发展的过程中看到的不是人性的进步，而是口号与贪欲的进步。在这个进步的远方遥遥可见的那个天国里，没有人性的温暖和神性的光辉，只有财富和劳苦带来的个人贪欲的彻底满足。而朝着这个"乌托邦"进步的结果就是大部分不擅聚财的人成了被消耗的燃料，沦落为"不堪其苦"的、"哀哭"的"农奴"。

好在有人能够在哀哭声中"惊醒"，会去看看到底是谁在哭泣，又是为什么而哭。在《康宁思比》中人民的哭声隐约可闻，但是他们还只是沙龙里的一个话题，而《西比尔》的叙事人的确走出了沙龙，循声而去，在不远处就侦察到了那个悲哀的地方。

在《康宁思比》中的几处对乡村的描写都充满了田园风情；而《西比尔》中第一次写到乡村，就消解了这种田园风情的诗意：

> 马尼镇的所在，是一个很容易想像的最令人愉快的地方。在一条

---

[1] 本书采用的版本为 Disraeli, Benjamin. *Sybil, or the Two Nations*. Oxford: Oxford University Press, 1981. 下同。

> 宽阔的河谷中，紧贴着一带清澈活泼的溪流，两岸是草地、花园，后面是蜿蜒起伏、林木葱郁的对峙山岗。一个站在山岗高处的旅行者常常会驻足欣赏这片快乐的风景，并回想起祖国的传统。
>
> 美丽的幻象！因为在这笑意盎然的风景背后，贫穷和疾病正在蚕食着一群悲惨的人民的生命。(51)

这里的乡村像《康宁思比》中一样迷人，依然会让匆匆而过的旅行者陶醉于"快乐的英格兰"之类英国传统的美好想象之中；但是叙事人立刻打破了这个"美丽的幻象"，逼着读者去看乡村风景背后的马尼镇农场劳工聚居区的惨景：千疮百孔的墙壁，东倒西歪的烟囱，张着嘴巴的茅草屋顶，门前和四周填满了粪便和垃圾的臭水沟，使"勇敢的不列颠农民在耕作了快乐的英格兰的宽广田野之后，回来的时候等着他的却是最恶劣的疾病，而他却因为劳累之后连牛马之食也没有，雨淋之后又无衣可换，且家中只能依靠大风刮落的那点林中树枝取暖，故而对疾病毫无抵御能力"(52)；他又进一步带着读者走入劳工的家里，让他们看到老少三代挤在两间透风、漏雨、寒气逼人的破屋里，母亲"在神圣的阵痛中分娩，将又一个牺牲品带入我们这个冷漠的文明"；父亲则蜷缩在屋子的一角奄奄一息，因为"充满污染的住所使斑疹伤寒浸入了他的血脉"，而且伤寒早已瞄准了"下一个猎物"，就是"他的新生的孩子"(52)。

这样，风雅的游客眼本来依然如旧的"他的国家的传统"，也就是"勇敢的不列颠农夫"耕作其中的充满诗意的"快乐的英格兰"，在叙事人的揭示下变成了现实中的一处人间地狱。希拉·史密斯(Sheila M. Smith)在她为1981年版的《西比尔》所做的注解中指出，"快乐的英格兰"作为对"英格兰现状"的一个反讽，在当时的辩论中被屡屡提及。卡莱尔在《宪章运动》(*Chartism*)第十章中就说到"我们曾经快乐的英格兰"；普金(Pugin)在《尖顶建筑或基督教建筑的真正原则》(*The True Principle of Pointed or Christian Architecture*, 1841)中也说"天主教的英格兰是快乐的英格兰，至少对下层阶级来说"；而"勇敢的农夫"，则是对哥尔斯密(Oliver Goldsmith)的诗歌《荒村》(*The Deserted Village*)中所悲悼的"勇敢的农夫，祖国的骄傲"的回声(Disraeli, 1981, 434)。

而且在这个"快乐的英格兰"不复快乐的地方，正在酝酿着动乱。紧接着对马尼镇的描写，传来了有人纵火焚烧马尼勋爵农场草料堆(rick-burning)的消息。焚烧草料堆是当时农村骚乱的一种常见的情况(Michael Flavin, 95)。艾格蒙特听说当时有五六十个人就在附近，却无一人肯施以援手。他于是问帮他牵马的农夫如何看待这件事情。农夫回答说：

78

"穷人的日子很难过呀,先生。"

"但是烧草料堆并不能让日子好过一些呀,好伙计。"

那人一声不吭,只是带着一脸倔强的神情牵着马去马棚了。(56)

农夫的"一声不吭"和"一脸倔强"非常明白地表现了贫富对立的情绪。而难能可贵的是艾格蒙特的询问。1845 年 6 月的《先令杂志》(*Shilling Magazine*)因此称《西比尔》的作者是"一位进入了人性的新领域的旅行者。他离开了豪华的沙龙,突入了黑暗、陌生的下层平民地区"(Tillotson, 79)。

一向对狄思累利颇为苛刻的萨克雷也赞扬道:

他所描述的农场劳工聚居区的情况,写他们如何在大地主的压迫下日渐衰败憔悴,为了减少贵族老爷的济贫税而被从自己耕地上的房子里驱逐出去,居住在远离劳作的地方,在可怕的情形中饥寒交迫、奄奄一息,这些也许是他的作品中最出色的部分。尽管这些描写尚不全面,它们却一定能够将许多读者的注意力引向一个崭新、惊人的话题。它们也许不算好,却能做好事;它们写得颇有真情,尽管有许多古怪的威尼斯与荷兰的理论,却依然值得我们费心去读。(Stewart, 206)

的确,《西比尔》的一大创新之处就是其中大量关于当代社会贫困状况的全景式的场面描写。除了马尼镇上农场劳工聚居区之外,还有有被大机器生产所淘汰、从农村流落到伦敦的手工织匠华纳,家徒四壁,"只有四个靠他养活的人,躺在她们可怜的床上,因为她们没有衣服"(114),在寒冬腊月的时节一面希望能从邻居那里借一块煤,却又"真希望这个国家里没有煤这个东西,蒸汽机就动不了了,我们又能得到我们的权利了"(117)。这样的描写,不由让远方的中国读者想起白居易的《卖炭翁》中"可怜身上衣正单,心忧炭贱愿天寒"这样令人悲愤的社会批评。

还有那些"汗流浃背,黑得像热带的孩子"的年轻矿工们,尤其是他们中间的那些"赤裸着上身,裹着帆布裤子的两腿间晃着一条系在皮带上的铁链"的少女们——她们就这样"每天手爬脚蹬地干上 12 个钟头,有时是 16 个钟头,沿着黑暗、陡峭、潮湿的地道将一车车的煤拖上来"(140)。这些"即将成为英格兰的母亲,其中有些早已为人母了"的少女们粗野得令人吃惊,动不动会"从那本来应该是吐露甜美词藻的芳唇中骂出让男人都害怕的粗话",可是叙事人对她们毫无指责,因为每当"想起她们的野蛮粗陋的生活",他就对她们的粗野哑口无言(140);更令人震惊的是那些"从大地的腔肠中冒出来"的的四五岁的孩子们,

这些"漂亮、柔嫩、怯生生的"孩子们，小小年纪却要

> 最早下矿，最晚出来。他们的劳动并不重，却要在黑暗和孤独中度过一天。他们所忍受的是哲学慈善事业为最可怕的罪犯设计的用来代替死刑的刑罚，而这种刑罚就连罪犯都觉得比死还恐怖。（140）

因此叙事人忍不住大声疾呼：

> 天才的宫廷画师约书亚爵士被爱丽丝·戈登夫人童年时代的天使容颜所打动，于是在同一张帆布上画了各种姿态的天使的脸，名之曰"守护天使"。
>
> 我们要对素描大师们说，去那些小矿工那里，做约书亚爵士的事情！（140）

还有工人对把他们逼得活不下去的实物工资店（Tommy Shop）的控诉：矿工们从来见不到"女王像"[1]（142），只能拿到糖、茶、咸火腿、蜡烛，甚至被逼着拿马甲这样的东西：

> 他们五个礼拜才付一次工钱。这五个礼拜里叫人怎么活？就算我们不是一个月或者五个礼拜拿一次工钱，钱都拿到了，也不用去那个店里赊了，工头会怎么说？他会说，你这次要不要拿个赊账的票子？如果我说不要，他就会说，这里再也不用你下井了。（142）

而每星期开一次的实物工资店更是女人们的噩梦。在风里雨里苦等不说，更要在工头兼店主的肆意凌辱下忍气吞声（155-161）。

还有只有许多老式手工作坊的奥德门（Wodgate）。这是一个没有政府管辖的地方，可是这里的文明倒退到了最原始的程度。作坊里的师傅是

> 无情的暴君，习惯性地对其臣民施加惩罚，其严酷程度超过我们的殖民地上的奴隶的待遇。用棍子打、绳子抽都不过瘾，师傅们喜欢用锤子砸，或者用锉刀、锁头把他们的脑袋打开。最常用的惩罚，或者说激发干劲的办法，就是揪徒弟的耳朵直到耳朵流血。这些年轻人一天也要干十六乃至二十个小时，他们经常被师傅们卖来卖去的，吃的是腐肉，睡的地方不是阁楼就是地窖。（163）

---

[1] Young Queen's picture，指印着女王头像的钞票（Disraeli, 1981, 441）。

比这些情景更惊人的，则是小说中大量的贫富生活场景的并置产生的效果。"并置"是《西比尔》叙事的一个特点，往往是一个关于富人生活的场景之后，紧接着就是一个穷人的场景，有时候甚至将贫富状况并置在同一个场景中加以对照。例如，在小说第三卷第十章的同一张报纸上，登着两段新闻。第一段是关于贵族狩猎活动的：

马尼伯爵领地上的超凡运动

  本周二，在马尼修道院附近一片叫做霍恩斯的森林里，菲兹-艾奎泰因公爵大人、马尼伯爵和格劳斯上尉，仅用四个小时，就猎获野味七百三十头，计野兔四百二十六只，野鸡两百二十只，鹌鹑三十四只，满载而归，次日又拾获前日所伤之野兔、野鸡五十余只。四小时的射猎中有二人离开计一小时半，即马尼伯爵与格劳斯上尉去附近出席农业会议；高贵的伯爵大人并以向来之体恤、殷勤姿态亲口允诺将各种猎物分赏品行优良之劳工。（197）

报纸的下一页，是关于农场长工偷猎受罚的：

马尼之绿龙客栈举行的小型庭审，1837 年 10 月某日，周五：

到庭治安法官：马尼勋爵、费利克斯牧师与格劳斯上尉

罗伯特·亨德被控非法闯入从男爵维维斯瓦·法亚布雷斯爵士的黑石林偷猎，证据确凿。从被告口袋中搜出绳索数段。被告受到四十先令罚款并被判赔偿二十七先令，全体法官认定被告不可宽恕，因为亨德是农场之长工，每周有七先令之收入。被告无力支付罚金，被判入马汉监狱两月。（197）

同样是猎杀野味，前后却有天壤之别。尤其是报道的口吻，前者之谄媚与后者之冷酷，不可同日而语。

再如，小说第五卷第七章，就在杰拉德和其他宪章领导人密谋暴动的同一天夜里，德洛林侯爵府上，"华灯千盏，迎接权力与时尚的世界参加一个空前辉煌的宴会。它那一列列的窗户灯火通明，屋里一阵阵欢快奇妙的音乐飘荡出来，让另一群人羡慕不已、好奇不已。那群人聚集在同一个时尚区域，头顶着一片同样明亮的穹幕，躺在一张几乎同样豪华的卧榻之上，因为照耀他们的是天上的群星，而他们的卧榻是一片草地"（316-317）。沙龙中的贵族生活与露宿野地的绝望贫民在进一步的并置对照中更显出贫富世界的天壤之别。这厢里，沙龙里"美丽的大厅虽然漫射着明亮的光线，却着意勾勒出放置在四周的那些大理石像的优雅曼

妙的轮廓"（317），而这个优雅的地方又有许多优雅的人儿，"伦丁勋爵和欧罗堡的施苔芙妮公主，还有跟这一对儿同样光彩照人的同伴们，正在跳一曲新的玛祖卡，倾倒了周围的人们"（317）；马尼勋爵正在沙龙的一角为铁路公司的补偿生气；花花公子蒙特切斯尼正围着丑陋而富有的琼小姐"盘旋"，玩着有趣的爱情游戏："他唧唧咕咕些莫名其妙的话，而她则回应些莫测高深的话……偶尔，他捕捉到了她的目光，然后就在令自己十分满意的脉脉一瞥之间将他的灵魂的痛楚传送给她"（317）——这让下定决心要让"毛勃利的女继承人"给自己做媳妇的朱利安夫人十分紧张，因此"每当一次愉快的谈话逼近紧要关头的时候，朱利安夫人一定出手，充满柔情地将琼小姐引过来，称她为'亲爱的孩子'或者'最可爱的甜甜'，却将他晾在一边，就这样将那个不幸的骑士挑落马下"（317）。那一边，事实上就在这些让读者感到有趣的沙龙场景的旁边，就在这个"权力与时尚的世界"的窗外目光可及之处，有瑟缩在车厢里等着主人的车夫，还有一大群露宿在旷野中的无家可归的穷人：两个十几岁的孩子在猜想贵族的晚宴上是不是有许多腰子可吃，并盼望得到一份为贵族牵马、打灯笼的活计；一个怀抱婴儿的年轻寡妇，身边还躺着三四个熟睡的小儿女，一边庆幸天气暖和，一边为即将到来的秋天发愁；有两个女孩在为一块偷来的手表扭打，却迅速被一个看上去很有权威的、自称是"晚间的市长大人"的人制止、斥责，"就是因为你们这号人，官老爷们才说要把我们从这块借居的地方赶走"；而一个熟睡的人被吵醒了之后，环顾四周，很惊讶地问："我这是在哪里？怎么回事儿？"他这一天走了整整四十英里，没有找到一份工作，饿着肚子入睡了，但愿不要梦到一只烤猪腿……（318）

正是这样的强烈对照，使得社会主义者墨利所做的那个惊人的批评显得尤为真切。当艾格蒙特在修道院的遗迹中与尚被叙事人称作陌生人的杰拉德和墨利邂逅，并与他们讨论英国现状的时候，艾格蒙特依然对英国的繁荣昌盛充满自信。他微笑着说："不管你怎么说，女王陛下却统治着地球上古往今来最强盛的国度。"

> "你指的是哪一个？"那个较年轻的陌生人（指墨利）问道，"因为女王统治着两个国度。"
>
> 他停顿了一下，看到艾格蒙特探询的目光，又接着说："是的，两个国度，两个彼此间没有任何交流、没有任何同情的国度；他们全然不了解对方的习惯、思想、情感，仿佛居住在不同的地域，或来自不同的星球；彼此有着全然不同的教养，吃着不同的食物，受着不同风俗的约束，统治他们的也不是同样的法律。"
>
> "你说的是——"艾格蒙特迟疑着问道。

"穷人和富人。"（65-66）

巧的是，恩格斯在同一年出版的《英国工人阶级状况》（*Condition of the Working Class in England*, 1845）说了一番十分相近的话：

> 工人比起资产阶级来，说的是另一种习惯语，有另一套思想和观念，另一套习俗和道德原则，另一种宗教和政治。这是两种完全不同的人，他们彼此是这样地不同，就好像他们是属于不同的种族一样。（恩格斯，169）

恩格斯自己也注意到了两者的相似。他在 1892 年德文版中加入注解说："大家知道，狄思累利在他的长篇小说《神巫，或两种民族》（*Sybil, or the Two Nations*）中，几乎和我同时说出了大工业把英国人分为两种不同的民族的见解"（恩格斯，169）。

但是仔细看来，狄思累利与恩格斯所说的两个"国度"或"种族"实际上并不相同。恩格斯批判的是劳资对立，而狄思累利看到的却是高高在上的贵族抛弃了对民众的神圣责任。

第三节　赛马场上的政治与政治中的赛马——
在盘算中游戏着的贵族阶级

狄思累利在为传统制度辩护的时候，一再强调贵族的传统责任。他在 1839 年的议会辩论中为宪章运动辩护的时候指出：宪章运动和新济贫法，以及许多其他的社会问题，都有同一个起源，就是 1832 年改革法案以及该法案所确立的宪政。以前的旧宪政有一种清晰可辨的原则，那就是"占高位者担大责任"，而目前的宪政却没有这样的原则。旧的宪政虽然将政权托付给一个人数不多的阶级，却同时要这个阶级担负起伟大的公共责任；而新的统治阶级却没有通过行使社会责任将自己与人民大众联系起来，他们获取了政治地位却没有承担与之共存的义务（Monypenny, 1968, 480）。在 1843 年的一次议会辩论中，狄思累利说："科布登先生刚才抨击了野蛮的封建余孽。但是封建制度的基本原则是什么？不就是一切财产的占有者都要履行相应的责任吗？"（Monypenny, 1968, 539）狄思累利的话是否合乎历史事实另当别论，但是在他所处的那个自由放任的时代，强调个人的权责关系密切相联的社会观点是难能可贵的。事实上，狄思累利强调的是统治阶级的权责关系中责任的一面。正是这样一种强调，使我们可以看到他从 1835 年的《为英国宪法辩》中对贵族的维护到 1845 年《西比尔》中对贵族的激烈抨击实际上是一脉相承的。

狄思累利在为《西比尔》的写作所准备的笔记中,有一条题为"阶级"。其中说到:

> 英格兰的绅士教育不够。他们明显不了解劳动阶级的需求、情感和艰难——这种无知来源于上层阶级的孤傲习性。上层阶级的整个道德和思想发展必须向前推进,劳动阶级的状况才能得到根本改善。
> (Braun, 86)

因此,他在《西比尔》中对贵族阶级的激烈抨击,目的是要揭示人民的困苦与社会上层的道德思想之间的联系,但却不是要打到贵族,而是要改善他们,使他们能善待人民,并缔造一个真正能领导民族的社会精英。

与《康宁思比》相比,《西比尔》中的贵族形象有了变化。《康宁思比》中的慈祥的公爵、仁爱的莱尔先生都退场了,那一群充满理想的"新生代"也都不见了,连蒙贸斯勋爵这样虽然自私却不乏"苏拉式的大气"(Monypenny, 1968, 617)的贵族也没有了,读者只看到一个既奢华铺张、骄傲于门第血统,又和资产阶级一样精于算计、市侩气十足的贵族政治世界。这个世界的特点在小说开头两章对德比赛马的描写中很好地表现出来。

小说的开头寓意深刻:

> 时值 1837 年德比赛马日的前夜。在一个金碧辉煌的沙龙中。沙龙的装饰仿佛大君主时代的凡尔赛宫,其赫赫光彩也毫不逊色。这里聚集着许多人,大家的心都在为明天跳动着,他们的大脑都在勤劳地工作着,为的是将这一笔财富控制到他们自己的手中……满桌的金盘珍瓷,桌子两边的人却对盘子里的珍馐佳肴毫无胃口,一个个心不在焉地吃着。(1)

德比赛马是英国贵族热爱的一项盛大的传统赛事,也是一年一度的赌博盛会。可是这些贵族似乎没有多少马修·阿诺德所谓的那种"肩膀宽阔"的"野蛮人"的血性(阿诺德,89),并不准备为获得荣誉去亲自驰骋,而是用脑子在"勤快地工作着",目的是"把一笔财富控制到自己手中"。而在他们全神贯注地算计着得失的时候,他们所在的"金碧辉煌"的沙龙就在恍惚之间跨越时空,变成了法国大革命前的凡尔赛宫。

不过,在这群"勤奋"的贵族中间,也有例外。有一位"面如鲜桃"的"忧郁的丘比特"就"以一种优雅的痛苦"告诉同伴,"我哪里也不去。干什么都无聊。

我感觉厌倦透了"(2)；当别人嫌某个俱乐部的酒菜不好时，他却说，"我倒是喜欢劣酒。好酒喝多了实在腻人"(2)。他的朋友尤金·德·维尔勋爵也颇有同感。因此在叙事人看来，这是两位"倦怠生活中的伙伴和兄弟"，"在十几岁的时候就双双耗尽了他们的生命，只剩下在回忆的废墟中为熄灭了的激动和兴奋哀叹"(2)。

所以，在这个"仿佛大君主时代的凡尔赛宫"的贵族俱乐部里只有两种人：一种人只能在赌博中找到热情，另一种人已经活腻了。但是在沙龙的外面，雷雨正在逼近。一道闪电划过之后，沙龙里的"流光溢彩都在它的照耀下变得一片惨白"，"闪电仿佛在不停地摩挲着屋角锃亮的檐口，并将一种惨白的色调泼在高高的门楣上方的圆形画框中华托和布歇画的明亮风景上。霹雳哗喇喇地落在屋顶上"(2)。华托(Jean Antoine Watteau)和布歇(François Boucher)都是法国18世纪著名的洛可可风格画家，长于艳丽而细腻的、表现嬉戏与调情的"游乐画"(Disraeli, 1981, 423)。他们的画最配得上这个"流光溢彩"的世界，却在上天的霹雳之光下显出惨白的颜色，仿佛雪莱《西风颂》中"波澜深处"的那些"枝叶扶疏，却没有精力"的"海底花藻和淤泥丛林"，在听到了西风的呼啸声时的"惨然变色，胆怵而心惊"[1]。让"流光溢彩"的贵族世界"变得一片惨白"的闪电霹雳显然是一种卡莱尔式的天意象征——卡莱尔曾将当代英国的动荡与半个世纪前的法国革命联系起来，以警告统治阶级：由于他们不尽天职而造成民众的痛苦，因此这种痛苦所引发的革命恐怖将是对统治阶级违背"神圣天意"的惩罚(凯内, 77)。

但是，尽管天上雷鸣电闪，贵族们依然沉浸在他们的赌博游戏中。房间里面有"许多难以分辨的混杂的声音，只能听出几个马的名字和赔率"，还有"隔壁房间里啪嗒啪嗒的骰子声"(2)。关于这场即将到来的暴雨，他们唯一担心的是"雨会一直下到爱普生马场吗？赛道会变成沼泽吗？"(2) 叙事人因此说："似乎这正是唐璜的那位大理石的客人随时都会到来的一个场景、一顿晚餐，而且如果他来了，他也许会发现与他在安达卢希亚所遇到的同样勇敢的心和同样不顾一切的精神。"(3)在古老的西班牙传说中，唐璜是一个肆无忌惮、放荡不羁的花花公子，最终受到一位大理石客人所代表的神圣天意的惩罚(Disraeli, 1981, 423)。显然，在叙事人看来，英国的唐璜们同样是在奋不顾身地奔向自己的末日。只是这些唐璜更多了些算账的脑力劳动。

让贵族们如此陶醉，以至于对天启般的雷电霹雳置若罔闻的"赛马"一直是

---

[1] 译文参考江枫译《雪莱诗选》，中央编译出版社，2004年，第105页；查良铮译《雪莱抒情诗选》，人民文学出版社，1958年，第74页。

英国政治游戏的一个明白的隐喻(时至今日,英国选举制度中的"简单多数"原则依然被称为"第一越杆者获胜"原则)。与《康宁思比》中一样,《西比尔》中的"赛马"显然也有议会竞选政治寓意。在第二章中着意渲染的德比赛马日上,各方押赌注的时候的那种讨价还价、盘算筹划和孤注一掷时的勇气与恐惧和同样热闹的选举竞争并无二致。有时候,其中的政治色彩被叙事者在尔虞我诈的喜剧场景中显露出来:

> 这时,一位宽脸、红腮的大个子,满面的好脾气和狡猾,骑着一匹结实的矮脚马进了赛马场。他是卡纳比市场上有名的屠夫,也是一位显赫贵族的首席参议,暗地里为主人赌马赚佣金。他今天的秘密任务就是为他的高贵雇主自己的马下注。所以他立刻吆喝开了:"曼特赖普,二十赔一。"
>
> 一个涉世未深的年轻绅士,对自己家古老宽广的地产充满骄傲,今天是头一次下注,看到曼特赖普在牌子上标着十八赔一,马上急切地跳起来去做这笔好买卖。旁边的菲兹海仑勋爵与伯纳斯先生当年也曾上过屠夫的册子,现在学乖了,相视而笑。

满脸狡猾的中等阶级屠夫在这里被明白地称作贵族的参议,其工作就是作为"高贵的雇主"的代理到台前来玩赌马游戏。这匹马的名字叫做"曼特赖普"(Mantrap),意为"陷人坑",其诈意一望而知。年轻绅士的两位朋友心知肚明,眼看着他落入陷阱,却"相视而笑",显然把这当作赛马日的一大乐趣。

艾格蒙特也在其间。他本来很看好一匹叫做"启明星"的马,但这匹马却腿上绑了绷带,行情很不好。他于是踌躇不定,"翻着自己的赌册,焦虑地思索着。他要不要两头下注呢?"(7)。当他的同伴看到他的犹豫之后,就怂恿一个开赌摊的去赚一票:

> "奇彭戴尔先生,"穿白大衣的贵族悄悄说,"去找艾格蒙特先生,使把劲儿,让他买'启明星'。你要是弄出个好结果来,我不会感到惊讶。"
>
> ……
>
> "艾格蒙特先生不要。"驼背奇彭戴尔过来对穿白色大衣的贵族说。
>
> "一定是你太沉不住气了。"他的高贵朋友说。(7)

而开赛前后的紧张心情,被比作改变历史的伟大战役的前夜,被叙事者故意染上了悲剧的崇高色彩:

　　十二个月来，这件事一直处在许多神机妙算、纵横捭阖和深谋远虑的中心，而赌博世界的思考和热情一直像老鹰一样围绕着它盘旋不去。几分钟，只需几分钟，它就将成为转瞬即逝的过去而被载入史册。可那是怎样的几分钟呀！如果用情绪而不是日历来计算，那么其中的每一片刻都是一天，而这场赛马就是一次人生……仿佛法萨卢前夜的庞培、黑斯廷斯前夜的哈罗德和滑铁卢前夜的拿破仑……一场第一流的英国赛马，就其激动人心的程度，有时就其结束时的悲剧情感，甚至不亚于刚刚发现新大陆的水手，或向人类揭示了一颗新星的哲人……(8)

　　施瓦兹将这段绝妙的反讽文字与蒲柏《劫发记》中虚张声势的伪史诗联系起来，精彩地指出，两者同样表现了将浅薄与伟大混为一谈的可笑(Schwarz, 120)。也许同样需要指出的是，《劫发记》中小题大做的是荣誉，在《西比尔》中则是利益，而获利的手段就是算计和阴谋，所谓的"神机妙算"、"纵横捭阖"和"深谋远虑"实际上凸显的是这种利益和算计的渺小。

　　如果说这场德比赛事象征性地拉开了充满算计的政治游戏的序幕，那么在议会政治这局放大了的赛马游戏中，这种"神机妙算"和"纵横捭阖"得到了更充分的描写。

　　在沙龙"女政治家们"(30)对自己了解的内幕行情的吹嘘中，可以看到两党如何各出奇兵，化腐朽为神奇，争取表决中的多数：

　　"我算了他们十一个。"朱丽安夫人说。

　　"查尔斯告诉我，这只是托马斯爵士的说法。"德洛林夫人说，"托马斯爵士当然不大会错的；但查尔斯自己不这么看。"

　　"我知道，托马斯爵士给他们算了十一个，"朱丽安夫人说，"我很满意，我们也愿意就算十一个。不过我这里有一张名单，"她微微扬了一下眉毛，不无尖刻地瞥了德洛林夫人一眼，"证明他们不可能超过九个；这可是绝密的，当然我们之间没有秘密。这是泰德波尔先生开的名单，除了我没有第二个人看过，连罗伯特爵士都没有。咕噜伯明斯特勋爵[1]中风了；他们在瞒着这事儿，但是被泰德波尔先生给发现了。

---

[1] Grubminster, 由 grub（意为"食物"）与 minster（意为"大教堂"）组成，应该是暗指吃吃喝喝的主教。

> 他们想让他跟范通[1]上校结对弃权，[2]他们认为上校也快不行了。但是泰德波尔先生为上校请来一位催眠师，效果神奇得很，保证他能参加投票。瞧，这就不同了。"（206）

朱利安夫人的精确票数计算和关于咕噜伯明斯特勋爵与范通上校的巧妙安排都显示了两党在"赛前"的设计和用心，而议会表决的过程也像赛马节一样，紧张、热闹而混乱，却绝无严肃可言：

> "请陌生人离开。"
>
> "表决啦。旁听席清场。请离开。"
>
> "简直胡闹！太可笑了；真荒唐！谁去趟卡尔顿[3]；去趟改革俱乐部[4]；去趟布鲁克斯[5]。你的人好了吗？没有。你这边呢？我说不准。什么意思！太荒唐了。图书室里还有很多人吗？吸烟室里人满满的。我们的人都结对子了，要到十一点半。再过五分钟就到半点了。你觉得特兰查德的发言怎么样？离开，离开，请你们离开。"
>
> 表决的铃声还在响着；贵族、外交官和陌生人都撵了出去；议员们从图书室和吸烟室急急过来，几辆出租马车气急败坏地赶到，正好来得及让乘客冲进休息厅。大门锁上了。
>
> 表决令下达三刻钟之后，外面的世界就知道了结果。政府获得 37 票多数！反对党一切都乱套了。米尔福特勋爵没有结对子就离开了。奥姆思比先生跟伯尔纳先生结了对子，却压根没有来，让他的对子白赚了一票；为此他被骂得体无完肤，特别是那些等着一年拿一千二的人们，但是奥姆思比先生自己什么也不缺，一年收入四万镑按季发放，因此听说他们义愤填膺的时候，便像羊羔一样逆来顺受。（210-211）

统治国家的议会活动在这里形同儿戏：议员们对表决前的辩论毫无兴趣，他们不是在吸烟室里，就是在图书室里，或者是在俱乐部里；即便在"党鞭"们的督促下还是有没来参加投票的。这固然让"等着一年拿一千二的人们"义愤填膺，但对奥姆思比先生这样的有钱人来说，这只是一个绅士的高级俱乐部而已，不值得大惊小怪。那两位"橡皮"议员的情况更具喜剧效果："辉格党想法子让咕噜

---

[1] Fantomme，与 phantom（幻影）谐音。

[2] pair：英国议会中分属对立两党的两位议员约定共同缺席表决的一种惯例做法。

[3] the Carlton，保守党俱乐部。

[4] the Reform，改革俱乐部，自由党总部。

[5] Brooks，老牌辉格党上层贵族的俱乐部。

伯明斯特勋爵坐着轮椅来投了票；他虽然全无知觉，却跟许多人听到了同样多的辩论。另一面，范通上校却无法履行义务；那位催眠大师让他睡过了头，注定再也醒不过来了。"(211)叙事人说无意识的咕噜伯明斯特勋爵听到是假，说有意识的议员在辩论中同样昏睡是真。不论如何，国事就在如此搞笑的情景中被辩论，被裁决。

不过这里讨论的又是什么国事呢？原来是这许多的心机为的是遥远的牙买加殖民地的宪法危机。"为了一片气数已尽的小殖民地"(290)，英国议会中无休无止地争吵，致使"政府命运叵测，内阁换了又换"(290)；而与此同时，他们身边的"撒克逊大众"的命运却无人问津(290)。叙事人告诉我们，当时正值宪章运动高潮，宪章运动"全国大会"将有一百五十万工人签名的、需要专门机器才搬得动的请愿书由宪章代表护送着，在庄严的仪式中送到议会，希望至少能得到认真的讨论。而议会在很随便地辩论了一次之后就决定拒绝"请愿者的祈祷"(290)。事实上，当时的下院普遍认为宪章运动提出的六点"人民宪章"，是无稽之谈，根本无法接受。除了狄思累利等少数几个人外，几乎没有议员把它当一回事情。在就"人民宪章"进行辩论的当天，下院中空空荡荡。保守党领袖皮尔要等到后面的关于"便士邮政"的辩论开始时才姗姗来迟(Monypenny, 1968, 408)。而正是议会的这种冷漠态度刺激了宪章运动走向暴力。

因此，在这个似乎比腐败的旧制度进步的、能更好地表达民意的议会中，真正的人民其实被排斥在外。所有的讨价还价无非是一个小圈子里的利益游戏。政策的确定不是依靠原则和理想，而是通过"神机妙算"和"纵横捭阖"得到的多数，而得到多数的一个有效办法就是利诱。圣·朱丽安夫人利诱新入行的中等阶级议员的方法是给他们一些进入"圈子"的机会：

> 人们进议会就是要往高处走。请他们去舞会，他们就把票投给你了；如果有必要的话就邀请他们赴宴，那么他们就会弃权了；可要是栽培他们，在聚会时提及他们的太太，如果可能的话再提起他们的女儿的名字，那他们不仅会改弦易辙，投奔您的麾下，有必要的话还会捐尽资产、肝脑涂地以报知遇。(213)

圣·朱利安夫人把中等阶级的议员们看得很透。她的观点完全得到了叙事人的赞同。叙事人告诉读者，只要通过"远处晃着的一两个有希望的贵族爵位和六七个确定的从男爵爵位，再看到还有给选民的关税和给太太出席宫廷舞会的机会"，一个二三十人的"可以操作的多数"就搞定了，"于是国家就得救了"，而千百年来保障了英格兰民族健康发展的高贵传统，"就在这二三十个无人知晓、姓名不详的捐客的讨价还价的吆喝声中烟消云散";国家民族的命运,就要被这些人的"在黑暗中的声音"决定(37)。而且,叙事人指出,这样一种看似民主的制度,实际上有利于"互相联系又互相竞争的寡头集团的利益平衡与轮流掌权",却是"君王成为附庸而民众普遍沦落的时代的产物"(37)。

在狄思累利看来,之所以会产生这样的情况,是因为本应由真正的社会精英组成的"最上面那一万人"既无对社会的责任意识,也无对卓越真正的追求。他们的统治中只有现实私利的计较盘算,而弃绝了神圣价值。所以这些不是真正的贵族,而是"伪贵族"(28)。他们正是使英国处于危险之中的"人民的状况"与宪章运动的始作俑者。而且在狄思累利看来,这些"伪贵族"的行为,与他们的家族传统大有关系。因此他追溯并发掘了这些贵族力图加以"神秘化"的发家史,直至宗教改革时代英国"新贵族"的起源,以此告诉读者:"只有过去才能解释现在。"(421)

第四节 "琥珀中的苍蝇"——伪贵族的"进步"史

狄思累利曾经将那些在历史进程中裹上了神秘光环的的丑陋人物绝妙地比喻为"琥珀中的苍蝇"。1839年,他在下院辩论中批评辉格党的罗素首相镇压工人骚动的提案是"向伯明翰宣战",结果引起了财政大臣的严辞抨击,另有一位政府次官进而指责他"煽动暴动和混乱"(Monypenny, 1968, 483)。他反唇相讥道:

> 听了财政大臣和一位次官对我的评论,我不能不说几句。事实上,从财政大臣到政务次官是由崇高到荒唐的一次降落,尽管在眼下的情形中崇高者本身就很荒唐,而荒唐者只能是垃圾了。他到底是如何成的财政大臣,而他所属的政府又是如何成的政府,实在令人费解。仿佛琥珀里的苍蝇,不能不让人琢磨,他们究竟是如何进去的?
> (Monypenny, 1968, 483)

这个比喻可以很贴切地用在《西比尔》中,因为狄思累利在这部小说中的一大任务就是要让读者明白,这些所谓的贵族"究竟是如何进去的"。为此,叙事人先后介绍了马尼伯爵、毛勃利伯爵、德洛林侯爵和菲兹-阿奎泰因公爵四家贵族的历史。

一、艾格蒙特家族——在修道院的废墟中飞黄腾达

几家贵族中最古老,也最有血统骄傲的,无疑是主人公和他的哥哥马尼伯爵

的艾格蒙特家族。

小说开始不久，叙事人就开始以很大篇幅介绍艾格蒙特的家史。

这个家族是从一个精明谨慎、善于体察主人心思的仆人开始的。叙事人告诉我们，这个家族本姓格雷芒特，其一世祖本是亨利八世的一个宠臣的心腹家人，后来在宗教改革中当上了专管没收教产的专员。"没有一个专员能像他那样机灵，让狡猾的住持无言以对；又那么坚定，让骄傲的院长俯首帖耳"，因此甚合亨利八世之意(8)。而且，他每次给国王送来的不仅有"清晰详尽的报告"，"还有许多稀罕有趣的物事，让那位不仅改革宗教，而且热爱艺术的人物十分愉快；金灿灿的烛台和贵重的圣餐杯，有时候是镶着珠宝的圣餐盒，各种各样稀奇古怪的勺子和祭碟，各种各样的指环和耳环，偶尔还有一件书写、装饰都很漂亮的手卷：这些东西正好合适学识渊博的国王"(9)。于是格雷芒特就开始发达了，先被召到宫里做事，封了骑士，到了一定的时候还当上了大臣。但是他虽然野心勃勃却生性谨慎，"宁可步步为营，不要一飞冲天"(9)。他在所有事务中"忠诚地侍奉君主，并按照国王的模子，包括他的所有怪癖，塑造了自己的信仰和良心"，故而能够"抓住合适的机会得到了各色各样的修道院土地，并在那个危险的年代不仅设法保全了自己的脑袋，还保住了自己的庄园"(9-10)。

叙事人接着告诉读者，这个家族继承了先祖的精明和谨慎，"在宗教改革之后的那一个多事的时代回避公众的注意"，一直只是"扎扎实实地寻求联姻而不求宫廷的宠幸"(9)。到 17 世纪初，他们修道院的土地大大升值了，他们的地租通过七十多年的积累而膨胀，终于，"一位当时还是郡议员的格雷芒特就被擢升贵族，成为马尼男爵"(10)。好运还不止于此：

> 纹章官给他配置了一套家谱，让世人相信，尽管目前格雷芒特家族所享受的尊贵地位和庞大产业只是起源于前朝伟大的土地革命，却不可以为 1530 年教会专员的远祖是无名之辈。正好相反，他们既是诺曼血统，还有贵族身份，他们的真正姓氏是艾格蒙特。(10)

于是，这个家族就凭着这样一套"配置"出来的"家谱"，光明正大地"恢复"了"祖姓"，从"格雷芒特"变成了古老的诺曼姓氏"艾格蒙特"。

这个从来韬光养晦、一心敛财的家族，在 1688 年光荣革命的时候，突然对政治有了极大的热情，高举起"自由"的义旗，和"其他辉格贵族联合起来"，热切地呼唤奥兰治王子和他的荷兰军队来捍卫"民众原则"。不过叙事人在这段夹枪带棒的文字中明明白白地告诉读者，艾格蒙特的先人们参加"光荣革命"是"受到一个当时普遍印象的影响，认为詹姆斯国王打算恢复教会的原始目的，也就是教育人民和赡养穷人";而他们同一个阵营里的贵族都是"接收了教会财产的俗界大员";他们要捍卫的是"永远都不会得到人民支持的'民众原则'",而在扶持新君上台的同时却又找好了退路,"和其他辉格贵族一样,小心翼翼地与圣日尔曼的宫廷保持着忠诚尽责的秘密联系"(10)。艾格蒙特的祖先因为"为自由热情呐喊"而受到奖赏,于是"亨利八世的教会专员的后人"被号称"伟大的解放者"的威廉三世国王晋封为伯爵。

但是,这个家族除了算计自己的利益,却并无任何文才武略可言。从其一世祖开始,"从来不曾产生过一个能臣良将……没有一个政治家、演说家、好武士、大律师、博识的牧师、优秀的作家、杰出的科学家出自这个家族……没有赢得过公众丝毫的敬仰与爱戴"(11)。不过,一代代的格雷芒特们虽然没有表现出任何令人肃然起敬的高贵素质,却凭着其祖传的过人精明,"垄断了令人肃然起敬的公款和公职"(11):从"光荣革命"开始到小皮特恢复托利党的优势为止,在长达70年的、几乎从未间断的辉格时代,"马尼修道院源源不断地输送了大量掌玺大臣、枢密院大臣和郡督大人"(11),还有"没有舰队的海军上将和只在美洲打仗的将军";他们还当过爱尔兰总督,"那时治理爱尔兰的意思只是将公开掠夺的赃物在一个腐败的上院中分配"(11)。因此,这个家族一直虚食重禄,素餐尸位,成为"腐败的旧制度"的最好象征。

虽然艾格蒙特的先人们希望不断进步,一定要拿到象征公爵的"草莓叶"才满足,其他辉格家族却很不乐意,认为他们只管自己捞实惠,"没有为这个巨大的胜利果实出过多少力气"(12)。他们并没有像别人那样努力创造"政治神话",也就是说,这个家族"没有贡献过一个能用迷人的语句使公众的思想着魔的那种艺术家一般的演讲家"(12),没有出力诱导"一个既没有权利也未得到教育的民族相信:自己是全世界最自由、最开明的民族,并心甘情愿地挥洒自己的鲜血和财富……为的只是保存一个既无古老的记忆来使其史无前例的篡权行为少受责备,又无当前的为民服务来为之辩护的寡头阶级"(12)。总而言之,"艾格蒙特们从来没有说过任何留在人们记忆中的话,也没有做过任何值得回忆的事情。于是那些大革命家族就决定不让他们当公爵"(12)。

艾格蒙特的先人"义愤填膺",在"盘点了自己的选邑,咨询了自己的亲戚"之后,暗自准备复仇。不久,随着法国革命的爆发,英国国内政治形势骤变,小皮特领导的主张反法的托利党咸鱼翻身,辉格党的雄辩家埃德蒙·伯克也采取了托利的保守立场,"马尼修道院的世俗院长"见时机成熟,便与"德文夏家族和波特兰家族、斯宾塞家族和菲兹威廉家族"以及伯克的其他追随者们一起"倒戈",投奔托利阵营,不仅报了一箭之仇,还"到小皮特这里试试运气"(13-14)。

　　艾格蒙特的父亲在托利党内仕途通达，升到了宫内的一个高职，在对"草莓叶"的无限向往中溘然长逝。(25)

　　狄思累利在《康宁思比》中曾经指出，英国近代的社会问题，归根结底起源于宗教改革中对教会的掠夺，因为

> 就是这批亵渎神灵的赃物人为地造就了一个贵族阶级，这个阶级一直
> 害怕他们会被迫吐出他们的受天谴的赃物。为了避免这个结果，他们
> 在政治的宗教狂热中寻求安全，他们敷衍一部分人民的良心的不安和
> 虔诚的幻想，将这些人民组织成为宗教的派系。这些宗教派系不自觉
> 地成为他们非法所得领地的近卫军。他们领着这些宗教狂热分子，从
> 此开始管理或强烈影响这个国家。(Disraeli, 1982, 66)

　　艾格蒙特家族的历史，就是对这一段分析的例解。从帮助亨利八世掠夺教产起家，到害怕失去赃物而积极参与"光荣革命"，再到整个18世纪在"贵族的黄金时代"中的无限风光，再到因为分赃不匀而临阵倒戈，并在托利党内同样官运亨通，这个家族长达三百年的发达史，就是一部狄思累利对辉格"自由"史的颠覆。他称这个"自由史"与"进步史"为"政治神话"(12)，而这种进步则是"寡头霸权的钢铁进步"(273)。

　　从狄思累利对艾格蒙特家族史的叙述来看，他的重点并不在"寡头霸权"本身，而在于展示哪些人通过什么手段成了寡头，从而说明英国走出中世纪的近代史开端是伴随着一群全无超越精神的世俗小人的发迹一起发生的。艾格蒙特的祖先作为亨利八世的宠臣的心腹，实际上是仆人的仆人，靠着毫无廉耻之心、但求实惠的私利算计，一路稳扎稳打地进入了寡头集团。这个家族通过帮助国王掠夺修道院起家一路发达，象征着近代以来世俗化胜利的开始和实用精神的弘扬，以及随之相生的自私和卑鄙。

二、毛勃利家族——从印度饥民的口粮到英格兰伯爵的纹章

　　与马尼伯爵关系密切的毛勃利伯爵的菲兹-沃伦家族情况有所不同，从发家迄今才两代人，属于短时间里"青云直上"(75)的新贵。

　　第一代菲兹-沃伦勋爵是从圣詹姆斯街上一家有名的俱乐部里白手起家的。当时他叫约翰·沃伦，只是俱乐部的一个侍者。可是他"为人既机灵又沉稳，勤勉、审慎且彬彬有礼"(76)，因此博得了一位正要去印度马德拉斯当官的绅士的欢心，成了这位绅士的随行男仆。叙事者告诉我们，"在船上的六个月里，沃伦把主人伺候得遍体舒泰"；同时他又很能干，"主人写的字实在糟糕，他却写得一

手好字;他的雇主最需要账目,而他又天生能算账",于是,"到了马德拉斯的时候他已经从贴身男仆变成私人秘书了"(76)。到印度之后,主仆关系更加紧密,因为那位"去印度发财"的贵族老爷"懒得很,而且除了地位之外,没有成功所需的任何素质",而"沃伦恰好除了地位什么都有"(76)。于是"总督将垄断权赐给秘书,秘书则把相应的好处分给呼呼大睡的同伙"(76)。

关于"呼呼大睡"的贵族坐地分赃,詹姆斯·密尔曾经作过尖锐的抨击。他说这些老爷们:"他们躺着睡着就来钱,不用干活,不用承担风险,不用节俭经营。他们有什么权利可以不顾社会公正的原则而增加其财富?"(Perkin, 227)

的确,与白拿钱的绅士相比,沃伦先生的"好处"要来得辛苦多了。不过他确实生财有道。当印度发生饥荒,饥民们等待赈济的时候,"粮仓里的大米却早已神秘失踪多月了";于是"囤积居奇的商人赶来救民于水火,填了百万人的肚子,同时又将几百万收入囊中",而这正是"沃伦的经济天才的绝妙之笔"(76)。在印度做的这些事实在不大见得阳光,因此总督大人死的时候指定沃伦为唯一的遗嘱执行人,"并非因为阁下特别信赖这位代理,而是他不敢让自己那档子事给任何其他人知道"(76)。

约翰·沃伦在印度富贵之后,难免想衣锦还乡,"再次见到圣詹姆斯街,并成为他当过侍者的那个俱乐部的会员"(76)。于是就有一位伦敦社会"闻所未闻"的、只知道是个"土邦大财主"的沃伦先生从印度回来(77)。"他在英格兰北方买了一大片地产,并作为自己手里的这个封闭选邑的代表进了议会"(77)。恰逢托利、辉格的混战难解难分的时候,他这样一位"安静的、颇有绅士风度的、并无明确政治观点的"人士,正是双方争取的对象,所以"双方都来向他示爱。福克斯先生[1]说他是一个最优秀的人物,伯克先生(Edmund Burke)称只有他这样的人物才能拯救国家。克鲁太太[2]请他吃晚饭,他还得到了最机智的公爵夫人的爱抚"(77)。最后,在一次两党的生死较量中,沃伦的一票成了关键。伯克"对俘虏沃伦很有信心",可是沃伦在两党决战前被邀请参加了一次宫廷招待会,"国王叫住了他,跟他说话,向他微笑,问了他许多问题,关于他自己的,关于下院的,他对下院感觉如何,对英格兰怎么看,等等。圈子里面一阵骚动。一个新的宠臣

---

[1] Charles James Fox (1749-1806),辉格党政治家和演说家,曾在诺思勋爵(Lord North)的政府中担任财政大臣(1772-1774),并在罗金汉姆侯爵(the Marquess of Rockingham)的政府中担任外交大臣。

[2] Mrs. Crewe,辉格党议员约翰·克鲁(John Crewe)的夫人,福克斯的亲密女友。威尔士亲王在庆祝福克斯当选议员的酒会上祝酒提议为"最纯正的辉格党人和克鲁太太"干杯。(Disraeli, 1981, 435)

诞生了"(77),于是,沃伦投了首相一票,虽然受到伯克的谴责,却得到了国王封赏的从男爵称号(77)。

但是,沃伦爵士的仕途进步却远没有停止。他接着就"娶了一个爱尔兰伯爵的女儿,成了国王的朋友,支持谢尔本勋爵,又推翻谢尔本勋爵,他早早发现了皮特是一个可以投靠的对象,于是就投靠了皮特"(78)。这位"印度财主"用英镑开路,从皮特先生的忠实信徒变成了他的亲密朋友。虽然他害怕的事情终于发生,被对手们挖出了他的侍者出身,大加嘲弄,"但是皮特对于自己的支持者的出身毫不在意。事实上,约翰爵士正好是首相所要塑造的那种平民贵族的材料,于是首相就先拿他的朋友来投石问路。而印度阔佬就在一个早晨变成了一个爱尔兰男爵"(78)。

约翰·沃伦不但由此当上了贵族,还摇身一变,成了"菲兹-沃伦"勋爵,因为从纹章局(Herald's College)"找到"了他的家世,发现他身上流淌着古代诺曼男爵菲兹-沃伦家族的血统;而且国王特别开恩,不但让他继承祖先的爵位,还让他同时继承其姓氏和纹章。这位新科男爵对周围人的嘲笑毫不在意,"因为他是为后代在工作。每每想到当年圣詹姆斯街的侍者成了今天的贵族,想到他的子孙一定能在这个国家的骄傲贵族中占据更加高贵的位置,他就得到了充分的补偿"(78-79)。

等到去世的前两年,他又从爱尔兰男爵悄悄地变成了一个英格兰贵族,"圣詹姆斯街俱乐部的侍者以最自然的方式在上院坐到了自己的位置上"(79)。

新一代菲兹-沃伦勋爵生逢其时,眼见着父亲购置的地产"从一个名不见经传的小村落变成了一个繁荣的工业大城市……使城主的庞大地租翻了一番。"(79)。他再接再厉,在父亲死后不久,就与一位公爵小姐结了良缘,于是成为一个"在下院占了六席的阔贵族"。他又行事如乃父一样精明审慎,在一切重大辩论中不动声色,明白"政府的每一次困境都是通向选区买卖的一级梯子"。政府需要他把手中的六票投给坎宁,他则开出了自己的价码。于是"菲兹-沃伦勋爵升了,成了毛勃利城堡的德·毛勃利伯爵"(80)。

从沃伦父子在两代之内从侍者到伯爵的快速发家经历中,可以看出在这个时代成功所需要的一些基本素质:一是精明务实,二是会抓机遇,三是沉着冷静,四是不择手段。不管是在印度的"经济天才的绝妙之笔",还是在国内党争中的不动声色、待价而沽,都闪烁着这些素质。

但是,在这个最讲血统的贵族社会里,毛勃利伯爵对纹章局帮他父亲"找到"的血统实际上还很不放心。尽管他女儿毛德小姐已经"从来不会忘记自己是最早的十字军骑士的后代"(105),他自己却明白家族的"神秘化"过程尚未完成,所以才会"完全、彻底、绝对地相信自己的家谱","将家族的纹章装饰在每一个窗户上，绣在每一张椅子上，雕在每一个角落里"，成为一个"最像贵族的人"(80)。

叙事人对这位新科伯爵的讽刺有时候尖刻之极。参观特拉福特先生的工厂后，他对特拉福特太太"满口恭维称赞"。叙事人说：

> 这位勋爵大人容易多礼。人的血统有时候会按捺不住的，而今天他就完全是那个咖啡馆的堂倌了。他把什么都称赞过来了：机械、女工、棉布、原棉，乃至厂里的烟雾。但是特拉福特太太不愿意为烟雾辩护，于是勋爵大人就放弃了烟雾。(184-185)

叙事人看到毛勃利伯爵的多礼是这些新贵族的本性的自然流露。这种多礼所表现的不是贵族气度，而是一种毫无原则与尊严可言的低下人格。从表面上看毛勃利伯爵是屈尊了，其实只是他血脉深处的实用精神伸了个懒腰：他对特拉福特太太的奉承本质上与当年他父亲把那位"呼呼大睡"的绅士"伺候得遍体舒泰"(76)如出一辙，也类似于艾格蒙特的先人在所有事务中"忠诚地侍奉君主，并按照国王的模子，包括他的所有怪癖，塑造了自己的信仰和良心"(9)，从而得到了发迹的机会。

三、菲兹-阿奎泰因公爵与德洛林侯爵——尴尬的高贵者

毛勃利伯爵的岳父菲兹-阿奎泰因公爵有着真正高贵的血统，这让毛勃利伯爵感到十分欣慰，因为无论别人如何对他父亲的出身说三道四，"却没有人能够剥夺他的这个伟大事实，那就是他的岳父是一位公爵，一位华族公爵，这个家族世代与别的大族通婚，一个古老的贵族，甚至比一般的贵族还要高贵"(126)。公爵的外表似乎也充分表明了他的高贵血统，他"尽管年事已高，却依然极为英俊，风度迷人，仪态万方……受尽年轻男士的崇拜和年轻淑女的倾慕"(125)。

不过，这位公爵的来历其实也不十分光彩：他是先王与一个法国女演员的私生子。尽管父王很爱儿子，还在摇篮里就封他为公爵，却并不能赐给他一点田产，因为国王"早已花光了自己的钱，抵押了自己所有的资源，还被迫为情妇们的珠宝举债"(126)。但他还是恪尽人父之责，尽其所能为爱子张罗排场，"任命他为英格兰北方一座行宫的世袭掌管，这样就为公爵大人弄到了一座城堡和一片森林。他可以在那里挥挥王家大旗，杀杀王家的麋鹿。就是当年帮威廉王[1]打天下或为哈利王[2]抢教堂的人，也不过如此"(126)。议会还想办法为小公爵搞到了一份体面收入："一笔来自邮政的年金，又从运到伦敦的煤炭中小小地抽一点税，

---

[1] 指征服者威廉一世。
[2] 指亨利八世。

还从南海岸捕捞的虾身上抽了什一税"（127），使这位"华族公爵"成了一个吃百家饭的豪华叫花子。

再来看艾格蒙特的母亲的第二任丈夫德洛林勋爵。叙事人同样盛赞他的模样，还夸奖他的才学："他外表高贵，气度轩昂；一躬就吸引了所有的目光，一笑便赢得了每一颗芳心。他还才华横溢，博闻强识；读了点书，也想过点事情，在各个方面都是最优秀的一个人物"，因此"如果要选一个人来象征贵族的话，他也许最合适不过了"。

这样一位"读了点书，也想过点事情"便"各方面都最优秀"的贵族，也来自一个"历史还很新"的家族（207）。尽管他有嘉德勋章，也当过总督，却只是一位事务律师的孙子。好在当事务律师的祖父没有妄自菲薄，而是孜孜以求，终于当上了皇家律师，并且是作为"故财政大臣"去世的（207）；他的父亲同样以"只有搜寻西班牙大战船的安森勋爵可比"的执着耐心在官场中"游弋着，寻找着自己的目标"，终于"如一切坚定而平静的人物一样"取得了成功，"在四分之一个世纪里把自己牢牢地安插在内阁的一个位置上"，并当上了侯爵；而现在这位侯爵本人则通过他的第一任妻子，成功地"与这个王国里最高贵的家族联合了"，实践了"结交强盟"的祖训（208），使家族"血统日益改良"。

叙事人并且告诉读者，尽管德洛林侯爵并不以富有见长，不过他毫不尴尬，而且有富比王公的派头。当他的第一任夫人去世后，他孜孜不倦地追求、等待着守寡的马尼夫人，终于爱情、财富双丰收，因为尽管"他与马尼夫人的婚姻完全是心灵的结合"，不过叙事人也顺便告诉读者："她继承的遗产相当可观，丝毫无损于他的显赫"（208）。

菲兹-阿奎泰因公爵和德洛林侯爵都优雅迷人、极有贵族风度。在迷人外表的背后，两人也有类似的尴尬：公爵的财富和基业是东挪西凑地拼出来的，他甚至只是自己的城堡的管家；侯爵则需要从女人那里得到自己缺乏的财富才能维持他"富比王公的派头"。两人的富贵也都是筹谋的结果，只不过侯爵靠的是从祖父以来的每一代人的耐心努力、"结交强盟"，而公爵则有他的父王和议会替他把一切都算好了，安安心心地享受他的拼凑起来的家业。

由此我们看到，这些贵族在上升阶梯上的进步过程往往是一个"神秘化"（266）的过程，他们竭力要通过各种各样的联姻和纹章局的文件来使自己的不怎么出色的出身被慢慢淡忘，并让人们的想象越过时空将他们与某个虚构的高贵祖宗联系在一起。帮助这些高调生活的贵族们制造这种历史想象的，则是他们背后的一位十分低调的无冕之王——"施洗者"哈顿，也就是墨利一直在寻找的那个带着杰拉德家族的文书神秘失踪的人士。哈顿是"一个研究古代纹章档案的天才……对神秘的宗谱研究尤为深厚"。但他远不止是一个学者,更是"一个发现家、发明家、设计家",因为他会"安排"血统,因此"在与上院成员相关的一切事情上是一个无可匹敌的权威"(237)。据说哈顿"在这个王国里分封的贵族比我们的仁慈的君主做得还要多",而且"自从议会改革之后,一个托利要想当贵族的唯一途径就是靠施洗者哈顿的恩赐了"(237)。所以"尽管他干的不是法律,却总有律师向他咨询,而且这个王国的最高贵的家族中,只要他说哪家经常挂在嘴边的祖宗基业没有权威,就能让他们寝食不安"(237)。

这些贵族绝不仅仅是血统上的造假者。他们在精神上和《康宁思比》中的白朗克公爵的颇有骑士色彩的理想绅士和贵族的形象相去甚远。白朗克公爵有着与自己的地位相应的"公共精神",他绝不回避自己的"义务与牺牲",又"宽厚温和,对穷人慷慨大方",且在政治生活中"对不同观点十分宽容,对敌手极尽礼仪"(Disraeli, 1982, 72)。不过,《康宁思比》的叙事人明白地表示:白朗克公爵的高尚来自他血管里流淌的"古老血液",而他的家族却实在是"英格兰贵族中偶然保存的一个难得的古老世系"(72),而密尔班克对贵族血统的嘲弄:"我从来没有听说过一位血统古老的贵族。三十年玫瑰战争之后,诺曼贵族在英格兰已经像狼一样成为珍稀动物了"(149),更彰显了白朗克公爵的硕果仅存。《西比尔》中的贵族史则进一步印证了这个观点。玫瑰战争基本上断绝了传统贵族的血统,而随着宗教改革开始的世俗化进程则在观念上进一步切断了传统价值,产生了以实用精神和现实盘算见长,而完全摆脱了传统的荣誉感、责任感和神圣感的新一代贵族阶级。艾格蒙特先人靠仔细管理国王赏赐的修道院土地使之大大增值,从而当上了贵族;毛勃利伯爵的父亲靠算计印度饥民的口粮发财并回国成了显贵;德洛林伯爵的祖、父靠着"坚定而平静"的耐心和裙带关系也不断在社会台阶向上攀登。这些贵族固然各有能干之处,但都只关注着世俗利益,而缺乏超越世俗的高贵精神。用尼采的话说,这些人虽然身处贵族地位,他们表现出来的却是典型的平民的"求生意志",而没有贵族的"求胜意志"(周作人, 15),或者说是缺乏真正的"贵族的精神"(周作人, 15)。这种贵族地位与实用精神的完美结合到了艾格蒙特的兄长马尼伯爵手里有了新的发展,而其分裂社会的力量也更为强大了。

第五节 披上爱尔维修的金刚甲——新一代马尼伯爵的"科学"进步

与其他贵族相比,主人公的兄长马尼伯爵的过人之处在于那种祖传的、无师自通的实用思想在他这里被理论化与体系化了,增添了这个时代最时髦的科学色彩。马尼伯爵是功利主义哲学的开山鼻祖、法国哲学家爱尔维修的坚定信徒。他认为爱尔维修的体系是"无可辩驳的"(43)。"他用了那位大师的原则武装起来之后，就相信自己可以披着那身刀枪不入的金刚甲穿越人生了"(43)。

爱尔维修的哲学对英国功利主义思想的发展有着最直接的影响。边沁正是在1769年读了爱尔维修的文章之后，才下决心一生献身于立法的原则。他说道："爱尔维修之于道德界，正如培根之于自然界。因此，道德界已有了它的培根，但是其牛顿尚待来临"(罗素，267)。边沁的"趋乐避苦人性论"和"最大多数人的最大幸福"原则都来自爱尔维修。

在一个科学勃兴的时代，爱尔维修提出："我们应当像研究其他各种科学一样来研究道德学，应当像建立一种实验物理学一样来建立一种道德学。"(罗素，268)爱尔维修完全排除了人类生存的超越意义，认定人在本质上就是被肉体的本能感觉驱动着的动物。说到底，"人是一部机器，为肉体的感受性所发动，必须做肉体的感受性所执行的一切事情，这是一个水轮，为一股水流所推动，使活塞上升，从而使预定流入准备盛水的容器的水随着活塞上升"(马啸原，412)；而避苦趋乐的"自爱"原则是"支配行动的唯一原则"，因为"在任何时代、任何国家，人们过去和未来都是爱自己甚于爱别人"(唐代兴，44)。既然这是科学规律，那么尊重规律、肯定个人的"自保"、"自爱"是理所应当的选择。所以爱尔维修十分自信地说，"个人利益是人们行为价值的唯一而且普遍的鉴定者；因此，与个人相联系的正直，按照我的定义来说，无非就是对这个人有利的行为的习惯"，或者更直截了当地指出："利益是我们的唯一的推动力"(唐代兴，46)。

爱尔维修进而反对和否定宗教，认为宗教与道德在本质上是根本对立的：因为宗教驱使人违背自己的本性和理性，盲目崇拜上帝，幻想来世幸福。而人间的真正道德，恰恰是与现实的人生直接相关联的道德，是应该鼓动人人热爱自我、激励人们勇敢生活的道德(唐代兴，47)。

尽管爱尔维修同时也清醒地看到"个人利益通常总是使人利令智昏"(唐代兴，49)，因而再三呼吁将私利与公益结合起来(唐代兴，49)，马尼勋爵对他的教导却完全是"放出眼光，自己来拿"的：爱尔维修的理论让他心有戚戚的部分，显然是其中对宗教干涉世俗生活的否定和对个人算计私利的肯定。

他明明白白地宣称，"这个世界上，一切都是计算"(67)。马尼伯爵确实能算。他不但像《康宁思比》中的蒙贸斯那样算计"草莓叶"，还算计农场工人的工钱，算计铁路公司的补偿，算计兄弟的竞选费用，甚至算计兄弟的恋人。在第二卷第六章，当马尼伯爵与艾格蒙特讨论当初自己曾经含糊地许诺帮助解决的竞选费用时，他开宗明义地提出了在现代社会里"计算"的重要意义：

99

> 在这个十镑时代，重要的就是要赢得你的第一次竞争，并且显示出你的计算力，这是我最看重的东西……没有运气这回事，没错儿。如果你一直能够进行同样精确的计算，你的人生就一定能成功。(67)

马尼勋爵所谓的十镑时代(Ten-pound days)，指的是 1832 年改革法案通过之后所有房产岁入达到十镑的人士——也就是中等阶级或资产阶级——都获得了选举权的时代，也就是中等阶级涌入了政治舞台的时代。马尼虽然出于傲慢而厌恶资产阶级，却认同他们的通过精确计算以求得人生成功的价值观念。

他紧接着将这个高明理论运用在自己的兄弟身上。他告诉艾格蒙特，在"计算"了自己的资源之后，发现自己力不从心。然后又给弟弟算了一笔账：他总是按期支付母亲应得的遗产金，如果他没有这么做，母亲就没有能力资助弟弟一千镑竞选费用，因此弟弟从母亲这里得到的一千镑实际上就是哥哥出的钱；而他在支付母亲遗产金的同时又要"算到"草料场被烧的风险；而他的草料场又没有保险，因为他经过"计算"认为值得冒这个风险。他接着大叹苦经：打发旁支亲戚，修缮谷仓、农舍，排干沼泽，样样都要花钱，都要"计算"(68)。当艾格蒙特将话题重新引回竞选费用的时候，他先是语重心长地告诫弟弟千万不要陷入金钱的困扰，万一真的麻烦了，"就来找我。什么也比不上一个头脑冷静的朋友的建议"(68)。正当艾格蒙特对兄长十分乐意提供的"建议"非常失望的时候，马尼却突然热心地说："现在，查尔斯，我要为你做的事情，是要一劳永逸地解决问题。我要看到你账目清楚，不仅不欠债，而且要从此没有这种烦恼。"(69)马尼的话让艾格蒙特有点感动。可是他接下来所说的，却让艾格蒙特大吃一惊：德·毛勃利勋爵唯一的儿子夭折了，剩下两个待字闺中的女儿成了全国最富有的女继承人。不过毛勃利会将长女当做长子。"'你就娶她好了。'艾格蒙特盯着兄长。兄长拍拍他的背，表现出罕见的友善，接着说：'亲爱的查尔斯，你不知道我心里去掉了多么沉重的一个负担。我一直为你担心呢。'"(70)。

马尼伯爵这番曲曲折折的账算得让人啼笑皆非。但是他并无玩笑的意思，因为他只是在按照爱尔维修教给他的原则认真地做一个不吃亏的明白人而已。叙事人说他"愤世嫉俗、全无情趣、傲慢、刻板、坚硬"，而他在生活中给人的感觉随时都是"他很清楚你想骗他，还为此对你恭恭敬敬，但那双冰冷、无情的眼睛却叫你休想"(43)。显然在他看来，生活就是人与人互相算计的战场。他之所以拒绝为兄弟支付竞选费用，只是为了自保，怕被兄弟和母亲赚了便宜；而让艾格蒙特入赘毛勃利家族，则是一件他所能盘算出来的两全其美的买卖。正是由于他哪怕对待亲人也是一毛不拔，所以他的人生"早已耗尽了那点天生的感情"，而他也成了一个"毫无想象力"的人物(43)。

另一方面，马尼伯爵又"读过许多东西"，而且"观察敏锐，能言好辩，并且执着到了顽固不化的地步"(43)，因此他对当代的许多事情有着受到理论支持的、明确而坚定的观点。他盛赞"新济贫法"，将它称作英国的救星，"只要它以在马尼联合济贫院发展起来的那种精神实行"(45)——以马尼伯爵的为人，他的济贫精神的实际表现可想而知；他又"强烈反对分配菜地"，并"无情地挖苦、分析"(45)这个旨在帮助穷人的制度。

英国从 18 世纪开始，为了缓解穷困人口的生活压力，开始由地方政府将小块土地以低廉的价格租赁给穷人，供其种植自给自足的食物。但是随着圈地运动的愈演愈烈，可配给的菜地越来越少。19 世纪英国议会曾就此多次进行调查、辩论。[1] "青年英格兰"就曾积极参与下院关于向穷人分配、租赁菜地的计划，曼纳斯还和费郎一起努力推动菜园计划，在自己的领地内建"村舍菜园"(cottage gardens)，并鼓励朋友们也照样实行(Morrow, 15)。1845 年，下院就"大圈地法"(the General Enclosure Act)进行了激烈的辩论，最后规定圈地委员会的专员只有在满足菜园用地的条件下才可以实施圈地。但事实上，到 1870 年为止，在全部 615000 英亩的圈地中，只有 2200 英亩被用于穷人的菜园，占总面积的 0.3%。[2]

即便是这么一点对穷人有利的可怜巴巴的菜地，也躲不过马尼伯爵的思想利刃，显然在他看来，这是一个原则问题。马尼伯爵的特点是头脑清晰，能熟练运用边沁所擅长的那种"条分缕析"的能力(Cazamian, 32)，故而不仅从自己的利益出发本能地"挖苦""菜地制度"，而且能对其加以"分析"(45)，进而攻击。如果将他与《康宁思比》中那位同样崇拜"新济贫法"，并用统计数据的武器将丈人打得丢盔卸甲的艾弗林翰勋爵做一个比较，马尼显得更具理论性。叙事者说他"对经济学家的理论驾轻就熟，很愿意在每一件事情上都付诸实施"(45)。这样，马尼伯爵不仅继承了家族的算计传统，而且使之理论化了，变成了有着科学依据的、完全可以理直气壮地坚持的、与时俱进的行为。

话说回来，马尼虽然在许多地方都表现出资产阶级的特色，却并不会去挖自己的贵族阶级的墙角。他对地产所有权问题的见解就与流行的政治经济学观点很不一样，他清楚地证明地产权与"任何别的利益有着不同的基础"。但是仔细看来，他对地产权的维护却只有"经济利益"这一个目的。历来贵族、乡绅都将自己林子里的野味看作神圣财产——莎士比亚就因为偷猎而挨过一顿鞭子。马尼同

101

---

[1] "allotment." *Wikipedia*, 2007. Answers.com, 20 Jan. 2007. <http://www.answers.com/topic/allotment-gardening>.

[2] 同上。

样"最恨不过的就是偷猎",可是偷猎者只要"交了钱就可以自便"(45),这也许是在他身上出现的一个令人惊讶的新气象;他又认定铁路和工厂"都是下等人的事业";当一条"富得流油"的铁路支线要从他领地上经过,要将他的庄园"割成一条条的带子"(318)的时候,受到了他的激烈抵制。但是一旦铁路公司提出丰厚的回报,他"立刻"就放弃了所有的反对意见(101),而且愉快地承认:"只要补偿款高,铁路是个好东西";认为"工厂付的地租高,所以也不坏"(124),虽然他依然"打心眼里厌恶它们"(125)。因此,可以毫不夸张地说,马尼勋爵的"城堡"是只要掏钱买了门票就可以进去"自便"的。他的原则,归根到底就是一个"钱"字。他早已失去了封建贵族对自己的城堡和领地的骄傲和感情。这样看来,他的贵族矜持实际上只是待价而沽的手段,而不是出于传统价值观念要去维护一种古老的生活方式。

马尼勋爵在《西比尔》中的地位与《康宁思比》中的蒙贸斯勋爵大约相当。可是两人有着明显的不同。蒙贸斯虽然精于算计而且自私,却同时慷慨大度,颇有风度;马尼的算计中却更表现出是刻板和小气。他甚至表现出葛朗台式的吝啬。马尼也喜欢豪华的排场和奢侈的生活,"不过他喜欢在别人家里享受这些"(147)。叙事人解释说:

> 这倒不是说他是所谓的"吝啬鬼",而是说他不仅仅是一个吝啬鬼。他精明而且恶毒,任何人的价值和地位,他只要一眼就可以看透。他无法忍受用自己的美酒佳肴去喂食客和马屁精们,尽管与此同时没有人比他更鼓励、更需要食客和马屁精了。(147)

他府上的两个马屁精就是斯利姆希(Slimsey)牧师和谷罗斯上尉(Captain Grouse)。而他招待他们的方式,就是请他们"喝走了味儿的波尔多,或者夸耀一瓶他明明知道已经变酸了的勃艮第"(147)。因此,尽管马尼对自家的"古老血统"十分自豪,而且喜欢假装毕恭毕敬地尊称毛勃利为"勋爵大人"来窃笑他的出身(108),实际上他与毛勃利在市侩气上也是一丘之貉。

马尼伯爵在披上了爱尔维修的金刚甲之后,便可以十分自信地放手算计自己的利益了。至于他的这份科学信心如何影响了他作为领主的行为,又如何影响了社会,从他在马尼镇上的那些正在"被贫穷和疾病吞噬着他们的生命"的农场劳工的悲惨状况和他们纵火焚烧草料堆以泄愤中可以看得清清楚楚。但是马尼勋爵却对此心安理得。他在毛勃利城堡做客时对毛勃利教堂的圣礼思(St Lys)牧师夸耀说:

　　我但愿英国各地人民的日子都能像在我的庄园里那么好过。他们每星期地拿他们那八个先令，至少也有七个，每一个人手都有工作，除了一伙宁可偷柴火、偷猎的流氓之外。这伙流氓，哪怕你给他们工钱加倍，他们也是宁可偷柴火、偷猎的。马尼的每一个男人都可以每星期稳当当地赚他们的七个先令，至少在一年中的九个月里；剩下那三个月，他们可以去大院(the House)，那地方对他们好着呢；房子里烧得暖烘烘的，一切供给应有尽有。穷人日子过得不错，至少农村里的穷人，很不错呢。收入稳定，那可是很重要的一点，还无忧无虑；不愁生计，又有大院可去。(150)

　　马尼伯爵为他的劳工安排的那个"房子里烧得暖烘烘的，一切供给应有尽有"的"大院"，就是狄更斯在《雾都孤儿》中详细描写过的、被恩格斯称为"济贫法-巴士底狱"的济贫院(workhouse)(马克思、恩格斯，2002, 499)；而他非常慷慨地付给劳工的那七八个先令的工钱，在圣礼思牧师看来，是连维持个人生计都很艰难的，更不要说靠它养活八个孩子的一大家子了(109)。听到圣礼思的质问，马尼伯爵虽然无言以对，却"用出身高贵者的傲慢目光盯了他一眼"(109)。马尼的那恶狠狠的一眼所盯的不仅是圣礼思牧师，而且是教会中仍然敢多管闲事的力量。事实上，他与爱尔维修一样讨厌宗教，"对教会的偏见几乎到了刻毒的程度"(46)。他眼中的模范教士就是他本人推荐的马尼教区的牧师，原因很简单，就是这位牧师"从来不去打扰任何人"(46)。虽然偶尔也会发生一些意外，比如"这位好牧师曾经在马尼夫人的影响下有了点热度，居然谈起办晚学的事情，还要修缮学校"(45-46)，但只消马尼伯爵这位"修道院土地的所有人"冷冰冰的一句"在马尼用不着神甫那一套假惺惺的东西"(46)，立刻就让这位好牧师退了烧。叙事人在这里将马尼伯爵称为"修道院土地的所有人"，大大地挖苦了这个夺取了修道院土地，却完全抛弃了修道院传统义务的贵族。

　　因此，马尼勋爵表现出功利主义政治经济学最恶劣的一面，就是在完全摆脱了宗教的束缚之后，放弃了一切责任，在理性的幌子下肆无忌惮，为所欲为。他为自己压低工钱的辩护是"工资越高，工人越坏。他们只是把钱花到啤酒馆里去"(109)。他像马尔萨斯那样将人民的贫困看成是因为他们自己滥生滥育而造成的人口问题，认为劳工焚烧草料堆不是因为他未尽到作为地主的责任，而是因为这个地区人口过剩造成的生存竞争(69)，并称在穷困中挣扎的劳工是"这个国家的诅咒"(109)；他的言语中也回响着李嘉图的声音：李嘉图就赞成雇主们将工人的报酬压到最低限度；李嘉图在议会做的第一次演讲中，就警告其他议员，不要对穷人的孩子过于仁慈，以免这些善举使他们生更多的孩子(佩罗曼，316)。为了解决人口问题，实际上是为了不让自己教区的人口增长起来，以尽量少缴济贫税，马尼坦言自己"不造农舍，并尽可能拆掉农舍"，并说自己"这么说了，既不羞耻也不害怕"(109)，显然是因为有"科学理论"为自己撑腰。

狄思累利显然认为正是这样一种毫无责任感的"科学态度"造成了人民的贫困和贫富对立的社会矛盾，因此他借圣礼思的口意味深长地说，"那么，你是在向农舍宣战了"(109)；而他最后在镇压暴动时被人民用乱石砸死，则具有了《圣经》的隐喻。[1]

英国的大地产家族在从伊丽莎白一世到乔治三世期间逐步形成了一个寡头集团，在台前幕后决定着英国的一切，这是不争的事实。这个寡头集团甚至在工业革命兴起、资本主义快速发展的时代达到了鼎盛，成为英国历史上的"贵族时代"(阎照祥，2003，198)。19世纪的许多批评家都指责这个阶级放弃了自己的社会责任：卡莱尔、密尔和阿诺德都将许多社会疾病归咎于贵族阶级的浪荡挥霍的习性——卡莱尔称其为"游手好闲的、紧紧看护着自己的猎场的、附庸风雅的人士"，阿诺德则称之为"野蛮人"(Altick, 21)。但是，狄思累利虽然同样抨击这个阶级的不负责任，他的矛头指向的根本问题却不是他们纵情于声色犬马的生活。狄思累利发现，这个时代的贵族少了血性的冲动，而更擅长动脑子、运用理性了，连赛马游戏都充满了精心的计算。从这个角度看，他们似乎真的脱离了蒙昧，向前进步了。但正是在这样的进步中，他们通过利益计算将自己的传统责任推到了市场上。卡莱尔批评资本家用纯粹的金钱关系来看待劳资关系："我的挨饿的工人？难道我不是在市场中公平地雇用了他们吗？难道我不是按照他们的劳动付予他们相应的报酬吗？还要我做些什么呢?"(卡莱尔，1999，15)而这不就是马尼伯爵的行为吗？从这些贵族的家史看，他们几乎无一例外地靠着冷静、理性的自私算计谋取个人的财富和地位的进步，而这样的歪理与热衷于敛财的新兴的资产阶级并无二致，都是这个时代甚嚣尘上的呼声。

欧洲走出中世纪的"进步史"，在很大程度上是人的本能欲望挣脱宗教禁锢和封建制度束缚的历史。人性的自由和解放带来了社会和经济的发展，但是文艺复兴和启蒙主义以来人们日益增强的进步崇拜却忽略了许多这种以承认人的本能欲望为前提的理性所带来的问题，例如人情的冷漠和想象力的衰退。狄思累利曾经指责皮尔"作为一个政治家，并不比一个爬上马车后座的车夫伟大。两者当

---

[1] 利 24：13：耶和华晓谕摩西说，把那咒诅圣名的人带到营外。叫听见的人都放手在他头上，会众就要用石头打死他。

然都是进步的信徒"(Blake, 227)。他显然是指责这样一种策马扬鞭、只争朝夕的进步是只顾眼前的部分人幸福的短期目标,却忘却了全社会、全人类长久幸福这个终极目标的进步。因此,艾格蒙特这个良知未泯的青年贵族在看到了马尼镇上的贫民状况、听说了劳工焚烧草料堆的事件之后在马尼修道院的废墟中的沉思实际上回应了狄思累利的这个思想:

> 这片废墟,正如那个农夫所说,见证了许多变迁。在这充满变迁的数百年里,一切都依赖于那千百万人的劳苦,而他们却并不自知——这数百年给他们带来了什么变化呢?统治他们的人进步了,在一个垄断阶级的金库中积累了全世界的财富,掌握财富的人因此吹嘘他们是第一流的民族,最强大、最自由、最开明、最道德、最虔诚。可是人民的地位是否与统治者的财富进步相适应呢?在修道院长的时代是否也有人烧草料堆呢?如果没有的话,那是为什么呢?(59)

艾格蒙特的不同寻常之处,就在于他思考了这个关于进步的本质问题。也正因为艾格蒙特思考了这个问题,他才得以接近杰拉德和墨利的思路,回到修道院的废墟这个近代史的发端处,由此进入了人民的世界。

第六节 砸碎"诺曼人的枷锁"——"佩剑修士"杰拉德的撒克逊自由梦

既然人民在世俗进步的过程中被抛弃,受到了损害,那么回到进步开始前的那个时代去,是否会是一种更好的选择?

回归宗教改革之前的那个"快乐的古老英格兰",就是深受工人热爱的宪章运动领袖杰拉德的选择。

杰拉德曾在修道院的废墟中告诉艾格蒙特,当年的修道院是人民的保护者。他说修道院的"历史是他们的敌人书写的"(61),而历史上真正的修道院是"宽厚的地主:他们的地租低,还有租约,佃户在期满前还能续约"(61),而且"修道院是一个不废不灭的业主,所以那时的农民就有一个不死的地主"(62),这样的世代承袭的古老关系使得

> 每一个地区的修道院就是本地所有需要援助、忠告与保护的人们的避难所;这个团体里的个人都没有私利,他们有智慧可以为缺乏经验的人提供指引,有财富可以解救苦难者,而且经常有力量保护被压迫者。只要这些修士还在,人民在遭受侵害的时候,就有所依靠。(62-63)

可是在宗教改革之后，这一切都结束了。他在悲叹了修道院的命运之后，又将历史与现实联系起来：

> 旅人来这里凭吊废墟，指点历史，自以为很有智慧，殊不知这些废墟不是时间的产物，而是暴力的产物。是战争造就了它们。是内战，是我们所有的内战中最无人性的那场内战，因为它针对的是手无寸铁的人。修道院被攻占、洗劫、焚毁、用攻城器械砸、用火药炸。整个国家在一个世纪的时间里变得面目全非，仿佛刚刚遭到过最凶狠的敌人的入侵。情况比诺曼人的征服还要糟糕。英格兰至今还带着那次蹂躏的痕迹。不知济贫院是否能消除这痕迹。他们现在总算要为人民造点东西了。经过三个世纪的实验之后，你们的监狱人满为患了，你们的踏车也不如从前了，所以你们就给我们弄来一个替代修道院的东西。(63)

杰拉德对中世纪修道院制度的赞美，在当时并不稀奇。伯克在《沉思录》中就提出了这一点，后来的普金、卡莱尔、罗斯金和莫里斯也都明确地提出了这一点（威廉斯，43）。尤其是现代济贫院与古代修道院之间的对照，在科贝特《英格兰爱尔兰新教改革史》(*History of the Protestant Reformation in England and Ireland*, 1824-1826) 和骚塞的《对话录》(*Colloquies*, 1828) 中早有表达，而与普金的《对照》(*Contrast*, 1836) 更有明白的联系。普金于 1836 年皈依天主教之后，在《对照》一书中将哥特式建筑的复兴与英格兰社会在宗教改革前的所有积极因素联系起来。他和科贝特一样，强调中世纪的济贫行为和现代济贫法之间的区别。在他为自己的书所作的建筑插图中，庄严的修道院变成了实用的济贫院，牛羊肉、面包和啤酒变成了面包稀粥，穷人原来穿得与修士差不多，现在是裹着破布的乞丐；施舍的师父现在成了挥着鞭子和锁链的监工，原来有体面的基督教葬礼，现在是死后供医学院学生解剖；纪律的维持由原来的讲道训诫变成现在的公开鞭打 (Yates, 65)。

而卡莱尔在《过去与现在》(*Past and Present*, 1843) 中更是大力赞美修道院时代。

狄思累利身边就有一位以赞美修道院闻名的曼纳斯勋爵。曼纳斯在骚塞的启示下，写了一篇文章《修道院制度与工厂制度》(*The Monastic and Manufacturing Systems*, 1843)，提倡在城市里建立修道院以便利工人参加国教礼拜，并在物质上帮助工人 (Morrow, 15)。

在这些将中世纪理想化的人物中间，影响最大的是科贝特。他认为中世纪的修道院可以被看做社会制度的标准。他希望以此标准另行建立一个公社式的社会，来取代当代盛行的个人主义。他藉以表达这个观点的《新教改革史》以当时的标准看，发行量极大，在很长时期里，千千万万读者必定是通过科贝特接触到了这些观念（威廉斯，43）。而科贝特正是宪章运动所继承的传统激进主义在 19 世纪前期的影响巨大的灵魂人物（Monypenny, 1968, 474），他的这种眷恋本能和他对正在崛起的工业主义社会理想的抵制（威廉斯，44）显然符合很多深受工业化之苦的劳动大众的心理。

不过，杰拉德从科贝特那里继承的不仅有中世纪修道院理想，还有更为古老的撒克逊梦想。科贝特在《新教改革史》中认为，1066 年诺曼人的入侵打断了撒克逊民法的自然进程，而撒克逊民法传统本来通过使君王成为唯一的地主，保障了来自劳动的财产。因此传统的济贫实际上用的是社会财产，拒绝济贫将使一切财产都受到威胁，而济贫活动就是社会的根本。新济贫法并非那种古老权利的新形式，而是对古老权利的彻底否定。在规定济贫的条件——济贫院、解剖乞丐等——法律事实上将陷入贫困的人判为奴隶或判了死刑（Burrow, 130）。

因此，杰拉德在回归历史的过程中并没有停止在宗教改革前的修道院。他从自己的家族传统中继承了一种比修道院更古老的理想，那就是回到诺曼征服之前的撒克逊自由与和谐的黄金时代。他两次说到自己的祖先曾经"在阿让库尔（Azincourt）拉过弓"（83, 174）。阿让库尔是英法百年战争中的一场战斗，当时，在英军面临绝境的时候，不是依靠高贵的诺曼骑士，而是靠着地位低下却无比勇敢的撒克逊弓箭手的长弓（longbow）败中取胜，消灭了法国骑士的精华。这场战斗不仅使英军统帅爱德华成为欧洲的骑士之花，也使撒克逊弓箭手名扬天下（丘吉尔，357-361）。而长弓又是一种有着深厚文化内涵的民族武器，是绿林好汉罗宾汉的常用兵器[1]，因此也是撒克逊人在"诺曼人的枷锁"（the Norman Yoke）下争取自由的象征。

"诺曼人的枷锁"是 17 世纪英国内战期间产生的一个历史观点，认为威廉一世和他的诺曼骑士都是外国侵略者，他们的征服破坏了英格兰古老的民法制度下的人民权利。而英格兰的绅士、贵族都是诺曼征服者的后代，和他们的祖先一样践踏人民的权利。在这个语境中，诺曼征服之前的阿尔弗雷德大帝的时代往往被认为是撒克逊人的自由公正的黄金时代，而 13 世纪约翰王被迫签订的《大宪章》则是一次恢复征服前的撒克逊人，至少是撒克逊贵族权利的努力[2]。

[1] "English longbow." *Wikipedia*, 2007. *Answers.com*. Feb27, 2007. <http://www.answers.com/topic/english-longbow>.
[2] "Norman yoke." *Wikipedia*, 2007. *Answers.com*. Feb27, 2007 < http://www.answers.com/topic/norman-yoke-1>.

"诺曼人的枷锁"的思想在进入 19 世纪之后依然有不弱的影响。

关于"诺曼枷锁"的最著名的文学表现也许是瓦特·司各特在《艾凡赫》中借猪倌汪八(Wamba)之口所唱的：

> 英格兰橡木兮，诺曼人伐之，
> 英格兰人脖颈兮，诺曼人轭之，
> 英格兰羹汤兮，诺曼人食之，
> 英格兰之治兮，诺曼人主之，
> 凡此四者尽除兮，英格兰重返乐土之所系。
> (勃里格斯，62)

《艾凡赫》中的这种将工人阶级看作在诺曼枷锁下受尽压迫的撒克逊人的"两个种族"的观点，牢牢抓住了维多利亚时代的想象力，尤其是进入了宪章运动的文学作品之中。[1]

因此，当杰拉德为自己的祖先是约翰王统治时代的勇士、在阿让库尔拉过弓而感到骄傲的时候，当他要"为撒克逊王喝一杯"的时候(81)，当他在听西比尔读《诺曼征服英格兰史》时渴望历史重演、让他能亲自参加当年抵抗诺曼入侵的黑斯廷斯战役的时候(169)，当他"但愿回到狮心王的时代，因为那时总有自由的森林"的时候(227)，他都是在像科贝特一样，为被诺曼贵族夺走、属于撒克逊人(也就是普通劳动大众)的古老权利呐喊。

这位对中世纪和撒克逊时代的人民权利无比眷恋的人民领袖在叙事中被赋予了高贵的色彩。杰拉德在废墟中一露面就相貌不凡：叙事人形容他"身材伟岸(lofty)"、"一簇簇栗色的头发覆盖在他宽广(noble)的额头上"，又说他"容貌端正、英俊"，"鼻直口方，牙齿洁白，并有一双与他的独特气质相匹配的清澈的灰眼睛"(60)。杰拉德的气度是从容不迫的：当艾格蒙特走近他的时候，他正靠着一棵老树闭目休息，可是一旦艾格蒙特突然开口说"你正靠着一株古老的树干"时，这位"陌生人抬起头来看着艾格蒙特，表情中没有一丝惊讶，然后回答说：'他们说，当年那些修道士到这个山谷里来建造的时候，就扎营在这棵树的枝叶下面'。"(60)，给人的印象是"猝然加之而不惊"的沉稳可靠；而且叙事人告诉读者，当他把西比尔抱上马背的时候，动作"温柔，有一种天然的优雅(with gentleness and much natural grace)"(81)，连高傲的贵族也完全被他所吸引。毛勃利勋爵全家去参观特拉福德先生的工厂时遇到了他，毛勃利的小女儿毛德小姐

---

[1] Hunt, Tristram. "Victorian Britain", *The New Statesman*, January 8, 2001; Nov. 11, 2006 <http://www.newstatesman.com/200101080008>.

在回到特拉福德先生家里的时候，就一再问起这位"长得很有贵族相"的监工(186)。所有这些，尤其是叙事人形容他的词汇，如"lofty"、"noble"、"gentleness"和"natural grace"，甚至借毛德小姐之口直接使用"贵族"一词，都是在不断地突出他与生俱来的高贵气质，而"natural"一词，更是暗示着密尔班克在《康宁思比》中所说的那种"天然贵族"(148)。叙事者如此褒奖一位有着强烈怀旧情绪的工人领袖，似乎是对他投身其中的事业的同情与赞赏。

不过，叙事人对杰拉德的"天然贵族"特征的强调，也表明他所追求的人民的事业并非是一种平等式的民主事业。而且在此后的叙事中我们得知，杰拉德虽然是一个工厂的监工，他的高贵气质和怀旧情绪却是来自他的古老而高贵的血统：杰拉德的一位祖先是马尼修道院的最后一任院长，在亨利八世宗教改革的时候拒绝妥协，被折磨致死。修道院成为废墟，家族的毛勃利领地也被剥夺，这个家族从此变成了自耕农，却世代保存着证明他们拥有毛勃利领地的权利文书，也从未放弃恢复权利的梦想(82)。杰拉德的父亲曾经试图在一个叫做哈顿的年轻人的帮助下实现这一梦想，不料哈顿竟与这些文书一起消失了。父亲死后，杰拉德离开土地当了工人，并凭借自己的能力在特拉福德先生的厂里当上了监工，直到好学的墨利在一本书上看到最后一位马尼修道院长的名字也叫做瓦特·杰拉德，于是杰拉德感到家族的古老梦想"又一次在心中激动"(82)。他们此行是专门到修道院废墟中寻找先人的遗迹，并决心找到哈顿，用文书夺回土地，在自己的土地上像古老的修道院那样保护人民(82-83)；事实上，杰拉德家族可以追溯的历史比宗教改革时代还要远为古老。杰拉德在与艾格蒙特为邻的时候曾经告诉他，自己的家族"跟这个种族一样古老"(174)。虽然他们现在"只是农夫和农夫的儿子"，却有一个祖先"在阿让库尔拉过弓"，而他们的祖先在约翰王统治的时代就是勇士，家族里甚至还传说着更伟大的故事(174)。

杰拉德的家史不仅意味着他所力图恢复的民权传统之古老，更说明他的高贵并不是在人民中自然产生的，而是来自他那因为迫害而隐埋于民间的高贵血统。因此他所追求的地位和权力的恢复不仅象征着人民的传统权利的恢复，更象征着传统中(也许是想象中的)真正的贵族仁政的恢复。有评论认为狄思累利对工人阶级的热情从未超过贵族家长主义的水平(Schwarz, 118)，这并非没有道理，而且也的确与"青年英格兰"的理想相吻合。

因此，虽然从现实主义的角度看杰拉德的血统颇为可疑，可是在象征的层次上他却能够因为代表了一种失落的理想而具有意义。杰拉德家族的历史轨迹就正好与艾格蒙特家族的发迹史交错着，对照着。艾格蒙特的祖先从仆人的仆人的地位开始发迹的时候，就是杰拉德家族彻底衰落的时候，而艾格蒙特祖先作为清查教产专员的使杰拉德的院长祖先丧命、家族失去产业的一纸奏章(61)象征着自私而善于算计的世俗精神对古老的人民权利和统治理想的践踏。马尼与杰拉德的对照就是伪贵族与真贵族的对照。

那么,这样一位真正站立在群众之中、获得群众热爱的真贵族,为什么没有能够实现他的梦想,却在参与了宪章暴动的密谋被政府逮捕之后,一蹶不振,甚至在释放之后也失去了热情,最后在劝阻进攻城堡的群众时反而被马尼当作暴徒杀死了呢?

原因就在于杰拉德以为一切回到了古时候的样子,有勇猛的骑士保护人民、有修道院善待人民就万事大吉了。他追求的只是制度和机构这样的形式,却没有在时代的变化中找到最本质的东西加以守护。

尽管杰拉德赞美修道院的仁慈,尽管他信的是天主教的"古老信仰"(old faith)(174),可是当他在废墟中赞美修道院的时候,艾格蒙特认为他在为旧教悲哀,他却说:"我并没有把这些问题看作信仰问题。我考虑的不是宗教的事情,而是权利问题。"(64)可见,杰拉德热爱的是修道院制度下保护人民的权利的传统,而对精神问题并不怎么关注。

而且杰拉德身上表现出来的气质也不是一个安详慈悲的修士,而是一个热情勇猛的骑士。他告诉艾格蒙特自己不大喜欢读书,"要是还有吟游歌手到处唱故事该多好"(170)。他谈得最多的就是为撒克逊人民而战。他为自己的武士体魄而骄傲,深信"我的创造者给我这副躯体是用来持矛拉弓的,而不是去伺候梭子纺锤的"(169),并且为在现代科技条件下"勇武的男爵挡不住大炮的攻击"(227)而感到非常遗憾,因为他"总是觉得膂力才是解决争端的自然手段"(169)。因此,在议会拒绝了"人民宪章"之后,他会很自然地加入"全国总起义"的密谋,并抱定"如果人民要斗争,我就跟他们一起斗争,如果要死的话,也要死在前线"(298)的思想、不顾西比尔的强烈反对而去参加暴动会议。可是一旦他被捕之后,看清了宪章运动内部的险恶与人民的混乱,就顿时深感失望;出狱之后就退出了运动,并且意气消沉。因为他没有明白武士时代已经过去,没有看到社会问题的实质不是一个用暴力可以纠正的简单的权利问题与制度问题。而他最后挺身而出去阻止暴民进攻毛勃利城堡,并最终为此丧生,是以他的醒悟为"两个国家"的对立观点和充满豪侠与尚武精神的中世纪画上了一个句号。

如果杰拉德的历史倒退没有出路,那么他的朋友墨利所向往的进步是否前途更为光明?

第七节　"说起话来像本书"——墨利的欧文主义进步理想

墨利不但提出"两个国度"的尖锐批评，也提出了解决问题的办法，那就是继续前进，走向合作化的社会主义。

墨利出场的第一句话就是关于社会共同体的生活的。在修道院的废墟中，正当杰拉德告诉艾格蒙特当年的修道院如何关照着社会福利的时候，墨利出现了。他加入了讨论，说道：

> 要说社会，英格兰唯一存在过的、有着如此密切的人际关系的社会已经随修道院一起消灭了。现在英格兰没有社会；人是聚合在一起，可他们所处的形势却使这种聚合的原则不是团结，而是分离。（64）

在墨利眼里，一个社会应该不是一群人自为战的乌合之众。他告诉艾格蒙特：

> 我赞成人际关系密切的生活，而不只是群居生活。（64）

墨利认为，人与人的亲密联系来自共同的目标，只有在那样的有机体中才能实现个人的真正幸福：

> 一个有目的的群体构成了社会。如果没有了目的，人们即便彼此接触着，实际上却依然生活在孤独中。（64）

他进一步分析了现代工业社会，尤其是在人口集中的城市里人的孤独无助：

> 到处都是如此，但是在城市里情况更加严峻。人口集中意味着更严酷的生存竞争，以及随之而来的对近距离接触的排斥。在大城市里，人们因为谋利的欲望而集中到一起。但人们不是合作致富，而是要独自发财；在其他一切事情上他们都对邻里毫不关心。基督教让我们爱邻如爱己，现代社会根本不承认邻居。（64）

墨利的这番话中回响着希多尼亚的声音："这是一个社会瓦解的时代。"（Disraeli, 1982, 208）从思想的角度来看，杰拉德不喜欢读书、思考，向往尚武时代的单纯，而西比尔的思想经常表现出幼稚；在艾格蒙特所遇到的人物中，只有墨利对当代英国社会状况有着真正清晰而深刻的见解。墨利清楚地看到，是现代社会对个人财富的无限欲望与追逐造成了人心的冷漠与自私。他不但怀念修道院的共同体生活，甚至从基督教的教义出发批判了功利主义哲学所支撑的个人主义泛滥。墨利对当代社会的见解显然是与叙事者一贯的态度相一致的。

另一方面，尽管墨利承认自己赞成修道院的原则，当艾格蒙特认为他与杰拉德一样"为这些团体的解散感到悲哀"的时候，他却回答说：

> 我们生活的这个世界上有如此多的悲哀，我无心为过去伤怀。(64)

也就是说，面对当代的悲哀，当杰拉德沉浸在回忆中的时候，墨利却要向前看，在新的历史条件下重新组织一个有着亲密人际关系和共同目标的理想社会。当杰拉德"但愿回到狮心王的时代"的时候，墨利却对他的历史幻想有十分清醒的见解："那我们就是农奴了。"(227)因此，尽管墨利与杰拉德同样希望构建一个和谐的社会，他们却有着不同的原则。在墨利的理想社会里是没有保护人民的高贵骑士和修道院长这样的救世英雄的。他认为历史上的伟人"从来不过是将我们作为工具而已。而人民永远无法得到自己的权利，除非他们从自己的阶级中产生优秀的斗士"(169)。劳动者之间的平等合作，而不是贵族的仁政才是他心目中的社会原则。

墨利的理想显然是真诚的。他希望在帮助杰拉德夺回领地之后，能在杰拉德的帮助下建设一个工人合作的社会。他热切地想象着，"那时因为没有了掠夺，就再不会有暴力了"；等到"合作的理想得以实现"的时候，他会唱起"含笑告别"（nunc me dimittas）(82)。

"含笑告别"是英国国教的"共同祈祷词"中的一首圣歌，体现了圣徒和烈士的喜悦：

> 主啊，现在请让你的仆人平静离去，如你所说的那样。
> 因为我的眼已经看到了你的救赎，
> 你当着众人的面备下的救赎：
> 做一盏照亮外邦人的灯，做你的以色列人民的荣光。[1]

可见墨利对自己的理想怀着一种近乎宗教的激情，而杰拉德也热情地回应他："如果那个好日子能到来的话。你就尽量选地方造你的新耶路撒冷吧。"(82)

---

[1] From Common Prayer
Lord, now lettest thou thy servant depart in peace: according to thy word.
For mine eyes have seen: thy salvation,
Which thou hast prepared: before the face of all people;
To be a light to lighten the Gentiles: and to be the glory of thy people Israel.
("Nunc Dimittis." *Wikipedia*, 2007. Answers.com, 20 Jan. 2007. <http://www.answers. com/topic/nunc-dimittis>)

　　墨利理想中的"新耶路撒冷"充分承认工业的进步力量。虽然他为"共同体的生活随着修道院一起消失了"而惋惜，但是当他们一行在夜色中离开修道院的废墟去赶火车的时候，西比尔认为这样一个夜晚"停留在某个仁慈的修道院里"要比急匆匆赶往火车站"这样一个所有创造中最缺乏诗意的地方"更加美好，墨利却坚定地认为"火车对人类的好处不比修道院少"(82)。墨利的这样一种现实态度帮助读者看到了叙事者对西比尔的恋古情绪保持的反讽距离，同时也令读者回想起希多尼亚对康宁思比所说的话："废墟的时代已经过去了。"(Disraeli, 1982, 101)

　　墨利所提倡的"工人合作"思想是英国早期社会主义者罗伯特·欧文最早提出并加以实践的(钱乘旦、陈晓律, 98)。在合作理想的背后，是欧文的进步精神和社会主义理论。事实上，"社会主义"一词最早就出现在1827年欧文主义的刊物《合作杂志》上(成保良, 53)。欧文认为，社会是可以实现千禧盛世那样的终极完美性的。现存的罪恶和穷困的全部责任都在于制度，可以改变社会制度和法律来消除穷困和罪恶，实现社会进步(伯瑞, 164-165)。欧文在他撰写的《道德新世界》(New Moral World, 1834-1836)第一集中就宣布了一个理想社会的临近，"在这一社会中将不再有愚昧，也不再有贫困——这种体系将确保人类在未来的所有时代享有幸福"(伯瑞, 166)。同时，在欧文看来，这样一个理想社会的实现应该是以使用机器的工厂制度为基础的。他非常重视科学技术的作用，因为它们是"消除人们不健康和不愉快工作"的手段；更重要的是，他相信工业财富为改造社会制度创造了物质前提(钱乘旦、陈晓律, 97)。因此，欧文对资本主义制度的批判是在肯定工业进步的前提下进行的。他不像科贝特那样一心要回到工业化之前的小生产的、自给自足的"快乐的英格兰"，而是试图利用现代科学技术的成果，建立一个更加平等、富裕的社会。总之，这是一个"向前看"的理想。

　　一些批评家注意到了墨利与欧文的相似之处。布兰特林格就将墨利看作一个"欧文主义者"(Brantlinger, 197)，裘丽·达戈(Julie Dugger)在她的博士论文《历史可能性：英国的乌托邦修辞》(Historic Possibilities: The Rhetoric of British Utopia, 1815-1848)中更具体地指出，墨利比许多工人运动中的欧文主义者更像欧文，因为他们同样赞扬进步和平等，将理想的未来看作"新耶路撒冷"，并梦想得到一个能够实现在"合作原则"下的共同体生活的地方(Dugger, 179)。达戈并且认为墨利代表的不是欧文的实践，而是欧文的梦想与理论(179)。

　　墨利的动人之处不光有他的思想，还有他的健康、明朗、积极的生活态度和他的行动。他独自生活，花园里果实累累，屋子里窗明几净；他是工人的儿子，自学成才，书架上放着的一卷卷著作让来访的艾格蒙特十分吃惊，"让人一望而

113

知其主人是一个高深的学者"(133);他是工人阶级的《方阵报》的编辑和记者，写的文章让戴弗斯达斯特这样思考着的工人非常佩服(216)，杰拉德则为墨利的思想和笔墨颇感骄傲，"这个世界以后会听到他的名字，尽管他只是一个工人的儿子。他没有进过你们的学校，没上过你们的大学，但是他能够用最自然的语言写作，就像莎士比亚和科贝特那样"(134);他是深切同情人民而且能够为他们行动的：在迪格斯父子的汤米店门口的混乱中，当一个小男孩几乎虚脱而死，而老板父子无动于衷的时候，是他挺身而出，逼着他们腾出地方抢救孩子(161);而他在小说进程中最重要的贡献是找到了了解杰拉德家族权利文书下落的"施洗者"哈顿，并最终以生命为代价从毛勃利城堡中抢出了这些文书，使西比尔恢复了权利。从这些方面来看，墨利是一个得到了叙事者同情的人物。

因此，艾格蒙特对墨利的印象也是叙事人对他的称赞："脸色苍白却目光炯炯，既不矫情，也不迂腐，而是纯朴、认真。他用一种大哲学家的眼光观看政治学——他也是工人吗？这就是人民吗?"(132)在艾格蒙特眼里，墨利与杰拉德父女一样，是令人感到"温暖、深刻而宽厚的"，完全没有"用装模作样的教条来掩盖思想的缺乏，用表面的嘲弄逗趣来掩盖情感的缺乏"，甚至风度和言语也比贵族们"优雅、道地"，使贵族世界相形之下显得"琐碎，无趣，愚蠢，俗不可耐"(132)。

值得注意的是，在这部讨论"人民的状况"的小说里，在主人公艾格蒙特所密切接触过的三个"人民"代表中，杰拉德和西比尔父女的真实身份是贵族，只有墨利真正来自"人民"。因此，对墨利的称赞表现了作者对人民的事业和欧文式的社会主义进步论的真正同情。事实上，狄思累利让墨利来提出小说副标题中的"两个国度"的惊人观点，也说明了他对墨利所代表的事业的重视。尽管布兰特林格认为，这个说法只是一个狄思累利用来警醒世人的夸张之语，是一个后来被西比尔逐步放弃的错觉(Brantlinger, 197)，但是狄思累利既然以它为小说的副标题，可见这句日后与他的名字紧紧联系在一起的名言与卡莱尔的"英格兰状况"一样，是作者精心打造的，凝聚着作者的意识。

但是在小说的进程中，墨利这个携带着"两个国度"的批评和"进步理想"的形象却从一个有洞见、有理想的人物，变成了一个充满嫉妒的谋杀者和乘人之危的小人，被一些批评家称为"恶棍"(Schwarz, 120)，这不能不让人感到奇怪。

墨利所做的几件恶劣的事情，其实都是跟他和艾格蒙特竞争西比尔的爱情有关。墨利一直默默地爱着、关注着西比尔。当他察觉艾格蒙特与西比尔的关系开始发生微妙的变化时，他顿时生出极强的妒意而试图袭击、谋杀艾格蒙特;当他了解到杰拉德正在参加的讨论起义的会议已经被政府侦破、杰拉德面临逮捕的时候，他在向西比尔报信的时候，表现出一种疯狂的状态，一定要西比尔嫁给自己，至少是承诺不爱艾格蒙特，以换取他对杰拉德的帮助；被西比尔痛斥之后，他便愤恨而去，弃杰拉德于不顾。

在描写了墨利在疯狂的嫉妒中乘人之危、抛弃战友的情形之后，叙事人似乎觉得对墨利的形象损害太大，所以后来又继续写墨利对杰拉德的忠诚：在杰拉德被捕、羁押期间，为杰拉德做保人；在审判期间陪伴杰拉德，为他出谋划策，并努力缓解他的牢狱之苦；在杰拉德获释之后，他又主动要与老友"共衣食"，并在遭到杰拉德拒绝后，他至少为杰拉德提供了住所(365)。而最后的宪章暴动并不是墨利策划的。当起义者要去破坏爱护工人的特拉福特先生的工厂时，他站出来说"特拉福特很有人情味，对他的人民很好"，说服起义领导者改变了主意(391)；而他最终参与攻打毛勃利城堡的行动，虽然可以被看作象征着宪章运动从道德主义向暴力主义的堕落，但他的目的是要为西比尔夺回藏匿在城堡中的文件，使她能够恢复地位；他在被艾格蒙特率领的义勇骑兵包围后，将文件托付给米克跳窗逃跑送给西比尔，自己则有意冲出去送死，则表现出来的更多的是令人动容的悲剧色彩。他临死的话语也耐人寻味："这个世界会说，这个爱好和平的人是一个伪君子。可是他们错了。他们总是错。"然后，墨利喃喃地念着西比尔的名字死去，"这个道德力量的信徒和共同体的传道者就不复存在了"(415)。叙事人的关于墨利的结语虽然有反讽的意味，可是与墨利的最后一句话连起来看，却也包含着一种悲哀。

那么，叙事人为什么会对墨利抱有这样一种矛盾心态呢？为什么在塑造了一个为作品点题的、不乏吸引力的人民精英的同时，又要贬低他，损毁他，而后弥补他的形象，最后给了他一个暧昧的结局呢？

原因之一在于墨利排斥精英统治，倾心于平等的合作，从而与狄思累利的英雄崇拜的思想发生了冲突。狄思累利一方面对功利贵族的恶劣统治下的苦难大众抱有深切同情，可是另一方面他又看到了人民中的混乱，认定人民无法统治自己，只有在真正的贵族领导下人民才能获得幸福。艾格蒙特后来用以说服深受墨利影响的西比尔的那些话可以看作狄思累利对墨利的"全靠我们自己"的思想的否定："人民并不强大；人民永远不可能强大。他们维护自我的努力只会以苦难和混乱告终。"(276)这一点在叙事中以起义民众破坏工业区和进攻城堡所引发的"苦难和混乱"得到证明。

墨利被贬低的更重要的原因，恐怕是他的欧文式理想表现出来的强烈的理论色彩使狄思累利深感疑虑。这种怀疑在欧文出场时的外貌描写中就表现得很清楚：叙事人说他"面容苍白，略有天花留下的斑点，尽管还很年轻，却已经有点秃顶",但他同时却又有"透露出发达智力的额头"和"显示着深邃的感觉和迅疾的理解力"的一双"深色的大眼睛",这些"挽救了他本来极丑的长相"(64)。从这个描写来看,墨利的发达智力和深邃眼光固然使他很有吸引力,可归根到底他是有天生缺陷的。他的苍白面容和年纪轻轻就秃了的头顶暗示着他的理性缺乏强大的生命力。

墨利虽然不乏梦想,而且很有深度,但问题是他的合作理想都来自他书架上那些"让人一望而知是一个高深的学者"的著作。所以,他在矿工中宣传他的理论的时候,矿工们会说:"先生,您说起话来像本书。"(145)连十分佩服他的工人戴弗斯达斯特也说:"要说看问题的深度,没有人比得上斯蒂芬·墨利。他对社会的原则熟悉着呢。不过杰拉德抓住了大伙儿的激情。"(216)而杰拉德也批评他的朋友说:"斯蒂芬是个空想家,整天做着他那些不切实际的梦。这些梦哪怕可能实现,也并不值得去做。他对这个国家的情感和他的同胞的性格全不知情。英国人一点也不需要他那种股份公司。"(297)而且,墨利"不愿回忆过去,只想创造未来"(169),因此他的进步理想是只有抽象的理论而不顾民族的历史传统的。他甚至从"不可阻挡的进步法则"(193)出发,在他的社会计划中消除了家庭的概念:

> 以目前的文明现状,加上我们拥有的实现幸福的科学手段,家庭的概念应该退出舞台了。家是一个野蛮人的思想,是一个原始时代的观念。因此它是反社会的。我们需要的是**共同体**。(193)

墨利的这个共同体理想有着欧文的"劳动公社"的背景。按照欧文的设计,公社的基本原则是:共同劳动、共同消费、共同保有财产。公社成员按照年龄分为9个组;前3组是幼婴到15岁的少年,分别接受培养,学习各种技艺;15岁到20岁和20岁到25岁的两组是生产主力;25岁到30岁的第六组负责财富保管和分配;第七组是30岁到40岁的人,从事内部管理;第八组是40岁到60岁的人,掌管对外事务。60岁以上者监督对公社宪法的执行,安度晚年。在公社财富分配上,欧文主张实行按需分配(阎照祥,2003,276-277)。尽管这样的乌托邦设计完全是出于真诚的考虑,却没有考虑人类社会现实状态,因此是一厢情愿的理论安排。这样的设计与将夫妻分离的济贫院的科学设计实际上如出一辙。事实上,欧文在真诚地设计共同体未来的时候,的确是将人看作整齐划一的、可以加以科学管理的"复杂机器"的。他奉劝其他厂主善待工人时说:

经验一定已经告诉你们，一个有效地装备起来的、机器经常清洁而运转良好的工厂，与另一个机器污秽失修、运转困难的工厂是有很大差别的。如果你们为机器操的心，能给你们带来如此出色的成果，你们难道不希望从对人类及其非常优越的组织操的心中取得同样良好的结果吗？岂不是十分自然地可以作出结论说，这些在细致和复杂程度上高出无数倍的"机械装置"如能保持良好的运行状态并受到仁慈的待遇，也定能增加力量和效率而且实际上节约得多吗？（钱乘旦、陈晓律，96）

如此经过成本计较而盘算出来的人性，虽然出于善良的用意，在本质上与狄思累利所竭力批判的功利主义并无二致，其特点就是不管神圣的价值与责任，只按照眼前现实需要进行谋划。而欧文也确实不相信宗教，奉劝人们认清宗教给世界带来的愚昧（阎照祥，2003，277）。骚塞因此在盛赞欧文是"推动道德世界"的伟人之后又批评他说："我敢说，头骨学家会说欧文的头部缺少虔诚的器官。慈善的器官太大了，把虔诚的器官挤掉了。"（威廉斯，46）

与欧文一样，墨利也"不相信天使"，只相信"天助自助者"（173）；尽管他会想象在"工人合作"的理想实现的时候唱起"含笑离去"这样的宗教歌曲，他根本上是世俗的、不相信神秘世界和想象力的作用的。尽管他有洞见，尽管他的理想和为人都有动人之处，他却依然是在世俗力量战胜宗教精神的道路上进步，从而偏离了叙事的主旨。因此，他的最终失败，是狄思累利所看到的那种弃神绝圣、过于信赖理性设计的社会理想的失败。

因此，早在修道院的废墟中，当墨利十分有力地提出英国已经分裂成"彼此间没有任何交流和同情"、"仿佛生活在不同的区域或来自不同星球"的"穷人和富人"两个国度的时候，虽然他的声音几乎占据了艾格蒙特的思想，使"他的沉思的精神充满着许多思考和许多情绪"（66），叙事人却打断了这个思路，改变了叙述的方向：

> 就在这时，一片玫瑰色的红晕突然溢满了灰色的废墟。太阳落下去了。透过一个俯视着他们的空空拱门，在流光溢彩的天空中，孤独地闪烁着晨昏之星。这时辰、这光景、这庄严宁静和这使人温柔的美丽抑止了争论，甚至产生了静默。这时，从圣母堂中升起了一阵圣女的晚祷歌声。只有一个声音，但是音调里却有超凡脱俗的甜美，既柔和又庄严，既婉转好听又动人心魄。（66）

跟《康宁思比》中一样，夜幕的降临总是消除了白昼中理性的算计与争吵，不但带来宁静与和平，更带来超越人间理性的天国的辉煌。而且，在西比尔的出场中，人未现而声先至，像《圣经》中的上帝一样空灵。因此，晚霞中的"动人心魄"的"圣女的晚祷歌声"将"两个国度"的问题的解决带入了精神的领域。

第八节　西比尔的晚祷之歌——在精神的超越中复兴"一个国家"

卡莱尔在《过去与现在》中明白地指出"英格兰状况"问题实质上是一个精神问题。他在哀叹了英格兰人民的困境和赞美了修道院时代之后指出：

> 我们不再有任何上帝！上帝的律法被一条追求"最大快乐的原则"所替代，成了一种为了慎重起见而虚与委蛇的权宜之计……人类丢失了自己的灵魂。这种缺失真正是罪恶的渊薮，是整个社会坏疽的根本……人们丢失自己的灵魂，不论劳而无功地诛杀暴君，还是通过改革方案，无论是法国革命，还是曼彻斯特起义，都没有找到救治的良方。（卡莱尔，1999，4）

《西比尔》在很大程度上就是对这些话的写照。且不说改革法案通过之后"财神的祭坛上就燃着三倍于从前的膜拜之火"，使马尼伯爵之流能够"口诵着哲学语录"劫掠财富(60)，也不说"说起话来像本书"的墨利在工人合作的理想中只有一厢情愿的抽象制度设计，就连希望回到过去的杰拉德也只是刻舟求剑般地关心传统制度，而忽视了真正的精神价值，没有看到现代化过程带来的社会问题的关键不是物质和制度的问题，而在于人在精神上失去了神圣感和想象力。不论是墨利的前进，还是杰拉德的倒退，都缺乏希多尼亚在《康宁思比》中强调的那种能激发想象力的启示力量，或者说宗教那种直指人心的力量，所以最终都没有能够解决"两个国度"的问题。他们的失败，更加凸显了时代问题的精神根源；而正是西比尔在瑰丽晚霞中的晚祷歌声和在星光下天使般的显形，才给艾格蒙特的心灵以强烈的震撼，使他在一种神圣之爱的激动下开始了对人民事业的探索，从而在一片精神的废墟中开始了"一个国度"的梦想。

一、蛮族的"主教"与贵人的"施洗者"——宗教精神的衰落

当《西比尔》叙事者将宗教改革当作小说叙事的时间起点的时候，实际上确定了这部小说的精神主题。狄思累利在《康宁思比》1848年版的前言中说："在思考托利事业的时候，作者发现教会在英格兰的历史发展中发挥着最为强大的作

用，是革新民族精神的最为有效的手段，而这也正是作者的目的所在。"
(Monypenny, 1968, 596)问题是，宗教改革之后，教会实际上日趋世俗，宗教也
随之式微。

　　在宗教改革之后，教会日益处于世俗权力的控制之下。当马尼的牧师只是马
尼伯爵府上的一个清客和"马屁精"(147)，要时不时地接受马尼伯爵的"走了
味的波尔多"的招待(147)，并且在马尼伯爵夸口说"人民很满足"的时候也不
得不随声附和(47)的时候，他能做什么呢？他那一点为穷人办学的"热度"不是
在"修道院土地的主人"一声"在马尼用不着神甫那一套假惺惺的东西"的怒喝
中吓退了吗(47)？

　　教会的沦落、失职与人民的"沉沦"之间的联系在小说中有非常充分的表
现。叙事人此前在揭示马尼镇上劳工的悲惨生活时就明白地指出了宗教的问题：

　　　　这个不幸的种族或许曾经仰望在他们中间寂然耸立的尖塔，那里
寄托着他们现世的安慰，预兆着未来的平等；但是马尼的神圣教会忘
却了她的神圣使命。我们已经向读者介绍了那位规规矩矩的牧师，他
认为自己一星期布两回道、让他的教民们不忘谦卑、对生活充满感激，
就算恪尽了自己的职守。(53-54)

　　同样，毛勃利唯一的牧师圣礼思认为，对于一切"已经发生的和将会发生的
事情"，责任都在教会，因为"教会抛弃了人民"，而"从那一刻起，教会就处于
危险之中"，人民也从此"沉沦"了(110)。

　　圣礼思任职的毛勃利教堂则在历史中见证了教会与人民的沉沦。叙事人告诉
读者，这座毛勃利的"僧侣们所建的辉煌神殿"在时光流逝中变成了一个默默无
闻的"村落教堂"，其教民的人数"甚至不能填满主堂旁边的一个小礼拜堂"，而
且"这种奇怪的教堂沧桑在英格兰北方并不罕见"(107)。这说的是宗教改革之后
修道院的衰落。当本地的人口迅速膨胀，甚至已经"超过一些欧洲国家的首都"
的时候，"毛勃利的教民人数却正在向零逼近"(107)。曾经有一阵子，有人提出
要在这里设一个主教区：这里正好有现成的大教堂。"但是主教的住处还没有着落，
而教会委员会里的一位主教又害怕要自己捐钱来造主教府。于是这个想法就悄然
消失了。因为眼下正好空出一份圣俸，所以毛勃利没有得到主教，只有一位卑微
的牧师，就是奥布里·圣礼斯，来到十万异教徒中间宣讲'未识之神'。"(107)

---

[1] the Unkown God：《新约：使徒行传》：保罗站在亚略巴古当中，说，众位雅典人哪，我
　看你们凡事很敬畏鬼神。我游行的时候，观看你们所敬拜的，遇见一座坛，上面写着
　未识之神。你们所不认识而敬拜的，我现在告诉你们。

威士敏斯特大教堂的状况最好地表现了宗教的衰败。这所英国最古老、最美丽的大教堂的教长与教士们粗鲁地将"公众那个傻大个"(231)拒之门外,而"正忙着炒铁路股票"的英国人则坦然承受(231)。当艾格蒙特怀着崇敬的心情去参观的时候,发现大教堂"四周被木板、铁矛围得严严实实,仿佛修道院正在遭受围攻";"一道道铁门将他与庄严的中殿和阴影中的侧廊分割开来,让他几乎看不到一扇窗户";而且在这个本该是灵魂冥想的清净之地却有一些"吵吵嚷嚷的教堂管理员正坐在一张肮脏的长椅上,仿佛随时待雇的信差(ticket-porter)和喋喋不休的酒保"(231)。教堂管理员被比作待雇的信差和唠叨的酒保,似乎不仅指他们的品质低下,与大教堂的应有的肃穆气氛不合,同时还指教会已经像马尼勋爵身边的牧师那样完全堕落为上层提供廉价服务的奴才。

当教会无视自己的职责的时候,异教开始昌盛。宪章运动中不但有墨利的理论与杰拉德的怀旧,更有原始宗教的狂热力量。在荒野中举行的"火炬大会"就是在以"献人祭"闻名的古代凯尔特人德鲁伊教的祭坛(林肯,263)前召开的:

> 夜清澈而宁静。月亮尚未升起。浩浩荡荡的人流从四面八方汇集到毛勃利的荒沼中,聚合在几块巨大的岩石附近,其中一块尤为卓绝,方平的岩顶上可以很方便地站上二十来个人,这就是"德鲁伊祭坛"。周围的地面上散布着崩析的石头,但是今天晚上到处是人,他们在古老神殿的废墟或是某个古老世界的遗迹中给自己找个休息的地方。影影绰绰的人流越来越多,夜间集会的幽暗圈子每一刻都在扩展播散;这里有成千上万人的嘈杂与骚动。突然远处传来军乐声;不久,在场的每一个人都挥舞起一个熊熊燃烧的火炬,像闪电一样迅捷,但远为狂野,并爆发出一阵欢呼声,此起彼伏,在昏暗的荒野的宽阔胸膛中远远地飘荡开去。(215)

在这样的场景中读者看到的是群众的伟大力量,这是一股与小说开头打在金碧辉煌的沙龙顶上的闪电霹雳"一样迅疾"的力量,但"远为狂野"。卡莱尔看到的表达神圣天意的惩罚力量就在这里。但狄思累利从"影影绰绰"、"幽暗"、"昏暗"中的"狂野"和"荒野"里看出,这"宽阔的胸膛"中不仅包含着要求权利的正义,也有着大众的血腥本能和文明的强烈倒退。

更令人吃惊的是在离毛勃利不远的"奥德门",那是一个"古时候尊奉奥丁神的地区"(161),一个"不是基督徒去的地方"(154),人称"冥府"(Hell-house Yard),那里的人被称作"地狱猫"(Hell-cats)(154)。那是一个"无主之地"(161),没有哪个教区管它,因此"不用交什一税,也没有谁多管闲事"(161)。可是那里也是"英格兰最丑陋的一个地方","不长一棵树,没有一朵花",更是"既无钟楼、尖塔,也看不到、听不见任何使心灵温柔、使头脑具有人性的东西"(162)。这里的人"就是动物",因为他们"毫无意识,头脑一片空白,他们最恶劣的行动就是一些野蛮的本能冲动。许多人连自己的名字都不知道"(164);他们没有道德,不信宗教,最多是信仰"为了赎我们的罪而被钉上十字架的救世主彼拉多,还有摩西、歌利亚和别的使徒"(167),连墨利听了这些也忍不住惊叹:"他们就不能少派一个传教士去塔西提,让他来帮帮自己在奥德门的同胞吗!"(167)在这个精神完全退化到原始状态的地方,人类的社会生活也表现出原始的残忍,前面已有介绍(本章第二节),在此不复赘述。但与此同时,在这个原始社会般的地方,那些野蛮师傅们居然组成了"真正的贵族阶级"(163),并且这个贵族阶级"完全不像别的地方的贵族那样不受欢迎"(163)。原因很简单,就是因为

> 这个阶级虽然有特权,却要为自己的特权做一些事情。它并不只是在名义上优越于社会主体。这是奥德门最有见识的阶级。它在自己的意义上掌握了完整的知识,并以自己的方式将一定的知识传递给受它指引的人们。所以,这是一个起着领导作用的贵族阶级。这是一个事实。(163)

而奥德门的最高统治者,就是这些野蛮师傅中最野蛮的一个,被他的人民心悦诚服地尊称为哈顿"主教","因为我们虽然没有教会,却也不能少了这个东西"(166)。

哈顿"主教"统治下的奥德门说明了希多尼亚在《康宁思比》中的预言:"人生来就是要崇拜和服从的,如果你不给他任何崇拜的东西,他就会创造出他自己的神,并在激情中为自己寻找一个酋长。"(211)但是这样的在原始状态中创造出来的神与酋长,必然充满了原始的野性和破坏力。

有趣的是,下层的"主教"哈顿(Bishop Hatton)和上层的"施洗者"哈顿(Baptist Hatton)实际上是一对因为际遇不同而看上去有了天壤之别的亲兄弟。他们一个在最蒙昧的社会状态中做着蛮族酋长,另一个在最文雅的社会层次中操纵着贵人们的加官进爵,"Bishop"和"Baptist"这两个押着头韵的宗教称号恰恰是最强烈的反讽,他们俩象征着社会两极的精神状况,而他们的兄弟关系说明这两种状况之间有着亲缘关系,都是真正的宗教衰落的结果。狄思累利的匠心可见一斑。

那么,在这片宗教的废墟中世人到底失去了什么?杰拉德强调的是修道院对人民的保护,墨利认为随着修道院一起消失的是修道院中那种共同体生活,但是《西比尔》的叙事人对修道院的兴趣显然在另一个方面。他更关注教堂和修道院

对人的精神影响，尤其是宗教活动中不通过理性的语言，而是通过优美、崇高的艺术形式直接打动人对神秘世界的敬畏本能的影响力。所以，在写了马尼镇上的悲哀景象与焚烧草料堆的情况之后，他紧接着描写了马尼修道院的废墟，尤其是一座具有"最纯粹、优雅的哥特风格"的钟楼，并为此地的物是人非感叹道：

> 当马尼的最后一位教会领主，一位品味优雅、技艺高超的建筑师，
> 正在为他的兄弟们建设这座新的钟楼的时候，一道严厉的命令传来，
> 钟声便不得再响了。圣歌不再回荡在圣母堂中，高高的祭坛上再没有
> 蜡烛燃烧，接待穷人的大门从此关闭，流浪者再也找不到家园。(58)

在这段文字中，"钟声"、"圣歌"和"祭坛"这些指向人的精神的宗教仪式被叙事人直接与穷人和流浪者的"家园"联系起来。显然，叙事人所指的不仅是物质上的救济。不妨将这个"家园"同时理解为精神家园。所以，圣礼思说在中世纪的教堂里"教会将所有基督徒都召至它的辉煌的最崇高的屋顶之下和人类的双手建造的最优美艺术杰作之中"，并让一切人类"如兄弟一般，在神的面前平等分享它的一切祈祷、薰香、音乐、神圣的教诲和艺术所能提供的最高享受"(111)；当艾格蒙特对这种保留着罗马天主教色彩的仪式表示异议时，圣礼思说："你所谓的形式和仪式代表了我们天性的最神圣的本能。你也许宁愿跪在一个谷仓里而不愿意跪在大教堂里。这个信条打击的是一切艺术的根本存在，因为艺术本质上都是精神的。"(111)圣礼思对宗教形式的重视很容易使人联想到崇尚法器、仪式的牛津运动而受到批评。但是同样容易理解的是，在去除了一切对形式的尊重之后，内容还能得到多少敬仰？当查尔斯·金斯利在1841年接受艾弗斯理(Eversley)教区圣俸的时候，他发现教堂洗礼用的圣水钵是一只破碗，还有一把破椅子靠着祭坛，而祭坛上盖着的布则满是蛀洞，而且这种情况在各个教区并不罕见(Gilmour, 1994, 67)。在这样的环境里，人们对神圣有多少敬意，又会产生多少崇高的情感，都是可以想见的。

圣礼思的话还可以作进一步的解释：宗教是一种公共艺术，当人们在同一所教堂中以及同一个宏大的仪式中共同祈祷的时候，他们就像古希腊人观看戏剧的时候那样，在艺术创造的激发想象力的氛围中产生了灵魂的共鸣，形成了一个精神共同体；在宗教改革之后，新教强调朴素的道德修养，强调个人敬神，于是那种精神共同体就在宗教的公共艺术的消失中悄悄瓦解了。随之消失的，则是人与人之间的同情；取而代之的，是个人争取幸福的自由——用卡莱尔的话说，就是"哪儿最便宜，就到哪儿买；哪儿最贵，就到哪儿卖"的自由(卡莱尔, 1999, 114)；而对穷人而言，就是"有饿死的自由"(卡莱尔, 1999, 81)。

可是无论如何，圣礼思这个国教牧师对宗教改革前的天主教礼拜形式的留恋，在当时显然过于敏感，因为 1845 年纽曼刚刚去了罗马，改信了天主教，引起了轩然大波：毕竟，怀念中世纪与向往罗马不完全是一回事。圣礼思十分清楚这个危险："这个国家的人民将它们（宗教仪式）与蛊惑人心的迷信和外国人的统治联系在一起。"（111）但圣礼思将这些教会仪式的历史越过中世纪和罗马，回溯到基督教刚刚离开巴勒斯坦，"还带着天国的芬芳"（111）的使徒时代，于是它们就因为与犹太教的联系而有了崭新的内容：

> 使徒继承的是先知。我们的主说他自己是最后一个先知。先知又是长老的继承者，而这些长老则是能够直接与至高无上的神明交流的人物……那些形式与仪式都是神谕的，罗马教会保留着它们，却并没有发明它们……先知的时代难道没有教会？摩西难道不是教士？亚伦难道不算主教？……我们经常忘记，这第二本约书只是一个补充。耶和华—耶稣降临是为了完成"律法与先知的道理"。基督教就是完成了的犹太教，否则它什么也不是。基督教没有了犹太教就无法理解，而犹太教没有了基督教就不完整。（112）

圣礼思的这段充满想象力的话与希多尼亚在《康宁思比》中一样表达了狄思累利对自己的犹太种族的强烈崇拜。不过它也同样表现了那种与希多尼亚同在的"永恒的目光"。它将教会的历史由罗马回到使徒时代，再上溯到耶稣之前的先知和长老，直至上古时代在西奈山上与神直接交流的摩西，这样一种联系使教会超越了一个道德修养的场所，变成了"万世一系"的永恒象征，从而具有了无限感。这种对无限世界的想象带来的超越力量能在苦难中给人安慰。因此，圣礼思所说的宗教形式的最终目的，是要充分激发人的想象力，使人的精神能摆脱现实世界的功利束缚，恢复神圣情感，并在崇高中找到自己的责任，从而保持社会的凝聚力。

二、"神圣统治"的理想——"仙后"西比尔回到人间

圣礼思的教诲虽然带着希多尼亚的色彩，但是狄思累利却把希多尼亚的那种激发崇高想象的力量更多地放到了具有慑服人心的美貌和气度的西比尔身上。

西比尔在修道院废墟中的第一次出场："在星光照耀下，空旷的拱门中，出现了一位女性的身影"（66），就给人神圣而神秘的感觉；紧接着在叙事人的描绘中，她不但十分美丽，而且是"如此罕见、如此陌生的美丽"，以致"艾格蒙特在刹那间几乎以为她是光明天使（seraph）下凡，或是在被玷污的圣殿的神圣废墟中出没的某个圣徒的美好幻影"（66）。因此西比尔一亮相就是一位超越俗世的女

神或者女祭司的形象。

西比尔的神圣形象在她访问并救助穷人的时候让人们,尤其是心灵天真的孩子们得到了最清晰的感受。叙事人说毛勃利工人区的孩子们"记得她的每一次来访",说她的每一次到来都"构成了孩子们心目中的本村年志上的一个纪元",说她曾经每天"像圣灵一般在各家巡视,微笑着迎接微笑,给人们带去祝福,也受到了无穷的祝福",说当她去了修道院之后,那段往事就成了孩子们"传说中的黄金时代"(183);当织工华纳一家在存亡边缘苦苦挣扎的时候,西比尔突然出现,给他们带来了食物和钱。有趣的是,刚才啼哭不止的婴儿,在西比尔温柔地望了一眼之后,突然不哭了:他"瞪大了蓝色的大眼睛,先是吃了一惊,然后笑了"(119)。于是在这间几分钟前还"一片凄惨悲哀"的屋子里,"生了火,大家吃了东西,一种舒适乃至享受的气氛洋溢开来"。因而西比尔被华纳太太称作"老天派来的天使"(120)也是再贴切不过的了。叙事人似乎借助了孩子们未被污染的眼睛来帮助读者清楚地看到西比尔身上的神圣光环,而且告诉读者,人民的福祉需要这样的神圣保护。

同时,西比尔所表现出来的不只是一个圣女的形象。叙事人在描写她的外表的时候说这张美丽的脸庞"尽管极为年轻,却印着一种近乎神圣的威仪(divine majesty)"(66),其中的"divine majesty"两个词似乎暗含"神授君权"的意味,说明她不仅是天使,而且具有天授权威的君王气势。

majesty 一词的至尊意味在后面的一个场景中得到了极大的强调。当西比尔带着艾格蒙特一起去参观特拉福特先生的厂区时:

> 一些美丽的儿童从一所屋子里奔出来扑向西比尔,一边喊着"女王,女王",一个牵着她的衣服,另一个拉着她的胳膊,还有一个太小了,争不过别人,就嘟着嘴要她抱。
>
> "我的臣民们,"西比尔一边跟每个孩子打招呼,一边哈哈笑着说。然后孩子们就跑着去向大家宣告,他们的女王到了。
>
> 其他孩子也来了。同样的漂亮。当西比尔与艾格蒙特一路走来的时候,这个柔嫩得还不能干活的种族似乎从每一所屋子里蹦出来迎接"他们的女王"。(183)

因此,西比尔从一开始就不是玛丽·巴顿那样的"人民的女儿"(302),而是"人民的女王",而且是受到热烈崇拜的"神圣的女王"。事实上,西比尔与小说中曾短暂出现过的维多利亚女王之间有一种不难辨认的象征关系。詹妮弗·桑普森(Jennifer Sampson)就注意到叙事人在小说开场后不久描写年轻的维多利亚女王在群臣的簇拥下登基时的情形与西比尔相似(Sampson, 101)：

> 那一片羽翎的海洋，星光闪烁，华服绚烂。嘘！大门开处，她来了！那片寂静，深沉如正午的森林……维多利亚登上了她的王位，一个少女，独自一人，平生第一次，站立在一群男子汉中间。
>
> 用动人心魄的甜美声音，带着镇定自如的仪态——这种仪态显示的不是感情漠然，而是一种慑服人心的威严的责任感——女王陛下宣布自己继承先祖的大统，并恭顺地希望神圣的天意会佑护她实现她所肩负的崇高使命。
>
> 然后，她的王国的教长们、统帅们和头领们进到王座跟前，向她跪下，向她奉上效忠和臣服的神圣誓言。
>
> 他们所效忠的女王统治着一片伟大的马其顿人都无法征服的广袤国土，统治着一块哥伦布也未曾梦想过的大陆：他们效忠的女王的统治遍及每一个大洋，她治下的民族遍及地球每一个区域。
>
> 但是我要说的并不是广及四海的王土，而是仅离御陛咫尺之遥的一个民族，这个民族眼下正望着她，怀着焦虑，怀着爱戴，也许还怀着希望。美丽安详的女王有着撒克逊族的血统和美貌。她是否会终于拥有解千万臣民于倒悬的骄傲天命，用她那激发罗曼司歌者和争奖骑士(guerdon knights)的灵感的玉手折断奴役撒克逊人的锁链？(41)

西比尔与女王的声音之"甜美"和"动人心魄"、相貌之"美丽安详"、仪态之神圣威严都十分相近。桑普森并且指出女王在一片"星光闪烁"中"登上了王位……独自一人……站在一群男子汉中间"的场面与西比尔独自出现在"星光照耀下，空旷的拱门中"面对着三个男子的情景一致(Sampson, 101)。当西比尔在为她父亲朗读《诺曼征服英格兰史》的时候，她为哈罗德王在黑斯廷斯战役中的阵亡感到悲哀，并慷慨激昂地说："假如我是王侯，我不知道还有什么比保护人民更伟大的事业。"(Disraeli, 1981, 169)这时候，她已经表现出了君王的意识。

不过，在有了这样的认识之后，桑普森的结论却是：狄思累利通过西比尔与维多利亚的相似关系只是来讨论"君主制"这样一个政治问题，目的是要恢复遭到严重破坏的君主权威，并无多少宗教意味(Sampson, 102)。但是从前面的分析来看，狄思累利显然是要将世俗君权与神圣的超越力量结合起来。关于维多利亚女王登基的那段描写，有着浓厚的罗曼司色彩，仿佛斯宾塞笔下的"仙后"。

狄思累利如此做的原因，是他看到了在宗教改革后的世界祛魅过程中，尤其是"光荣革命"和启蒙主义运动以来，"君权神授"思想已经成为人人喊打的过街鼠，但是对最高统治权力的神圣约束与伟大期待也同时被抛弃了，于是统治就成了一种维持人们彼此相安无事的世俗、平庸的行为。他在1870年的《小说总序》中明确地说：

> 色厉内荏的暴君可能曾经以"神圣君权"（the devine right of kings）为藉口，但是"神圣的统治权"（the devine right of government）却是人类进步的要旨；不讲这一点，政府就沦为警察，一个民族则退化为乌合之众。（Monypenny, 1912, 301）

因此，他需要不但借助西比尔的高贵血统，也借助她的超凡形象，来为现代政治加入神圣价值。这样看来，西比尔的变形并不是作者草草收场的结果，而是小说的主题的要求。西比尔的地位恢复，实际上象征着能够激发人们想象力的，但是在世俗化进程中被抛弃的"仙后"的归来。

事实上，罗曼司中的"仙后"是狄思累利一直热爱的一个意象。1824年他进了舅舅纳桑尼尔·柏舍韦（Nathaniel Basevi）在老广场（Old Square）的律师事务所，可是他去上班的时候胳膊下面却夹了一本斯宾塞的《仙后》，"让他舅舅大为丢脸"（Bradford, 12）。狄思累利在他后来的首相生涯中也一再将女王称为他的"仙后"（Blake, 545）。

西比尔的"仙后"形象，很典型地表现了霍布斯鲍姆所谓的在19世纪对"一群浪漫的知识分子和空想家"极具吸引力的"王权与祭坛的联盟"（霍布斯鲍姆，308）。可是，西比尔在表现出神圣感的同时，也却同时显得有些僵硬。小说出版时，《弗雷泽杂志》就批评说：

> 至于西比尔这个人物，我们绝不相信任何凡夫俗子能够想像她穿裙子的样子。作者显然认为我们都应该把她爱得死去活来，但是在我们看来，她来来去去就像一道影子——我们哪怕竭尽全力也无法对她产生一点点兴趣。（Sampson, 104）

希拉·史密斯也认为西比尔的形象是"拂照天使、悲哀圣母，一如拿撒勒人画派笔下的人物"那样的"象征形象"（Disraeli, 1981, xiv）。史密斯所说的拿撒勒人画派，是指19世纪早期出现在德国的一个青年画家团体，以恢复纯粹的基督教精神为己任，他们穿古服，蓄基督式的长发，在他们的绘画中表现了回到中世纪和天主教的教义中去的思想[1]。史密斯显然以此来讽刺狄思累利对西比尔的

---

[1] 天天艺术网："拿撒勒人画派"，2006年10月10日<http://art.365ccm.com/baike/Artvocabulary ViewDetail_oid_402881530eeaf06c010eee5efe5a004f.html>.

神圣形象的创造。

但是仔细看来,西比尔的形象虽然僵硬,却未必是作者力所不逮的缘故,因为她身上的僵硬感有时候明显是狄思累利故意制造出来的。比如,在宁静的夜色中赶火车那一幕中,西比尔曾经微笑着问墨利:"你是否觉得,在这样的夜晚停留在某个仁慈的修道院里,要比如此匆忙地赶往火车站这个最没有诗意的地方更加美好?"(82)墨利的回答"火车对人类的好处并不比修道院少"(82)显然更为合理,从而表现出叙事人对西比尔保持的反讽距离;不久之后,当西比尔因为"已经喝过了圣院的泉水,今天晚上不能碰别的东西了"(81)而拒绝喝她父亲给她端过来的一杯"自然的甘醇"——也就是水——来解渴时,作者的反讽态度也十分明显;后来,在与艾格蒙特做邻居时,她慷慨激昂地说自己除了关心人民的福利之外,唯一所想的就是"看到人民再一次对着我们的圣母下跪",则让艾格蒙特大为窘迫(172)。狄思累利本人并不是天主教徒,而且当他面对的读者多为英国国教徒的时候,他应该知道西比尔说出这样的话会产生如何的读者反应,因此这应该也是作者与过于虔诚地匍匐在彼岸世界里的西比尔保持距离的一个手段。连杰拉德都承认西比尔"对这个世界,除了它的苦难之外一无所知"(135)。

为什么狄思累利在大力呼吁神性的回归之后,又有意让代表了神性乃至神圣统治的西比尔表现出一种僵硬感呢?答案应该是:狄思累利看到了西比尔的象征中所包含的一种他不太愿意看到的可能性,那就是真正恢复中世纪的天主教统治,或者说是回归神权统治的时代。换言之,狄思累利真正希望在注重现实功利的现代社会回归或保守的是一种充满想象力的宗教情感和精神,而不是徒具其外壳。这与圣礼思强调宗教仪式并不矛盾。因为圣礼思更看重的是宗教艺术对想象力的激发与心灵的慰藉,以及在这个仪式中所理解的历史感和永恒感。因此狄思累利如果要让西比尔真正动人,就需要不但让她散发出神圣感,同时还要消除她身上对神权时代的刻舟求剑式的追求所带来的僵硬感,而他的办法是让西比尔身上不仅带有圣女的光辉,也带有现实世界的女性美。

在修道院的废墟中西比尔第一次出场时,艾格蒙特所看到的就是一个混合着彼岸的崇高圣洁与此岸的美丽的动人形象:

> 从她穿着的衣袍看,她显然是一个虔修者,却又很难算一个修女,因为她的面纱,如果那的确是面纱的话,披落在她的肩头,露出长而浓密的秀发。一种深沉的情绪所激荡起的红晕依然流连在她的脸上;而她的深色的眼睛和深色的睫毛,与她的容光焕发的面庞和流光溢彩的浓发映衬着,产生了一种非常罕见、非常陌生的美丽。(66)

在这段描写中，西比尔虽然身着修女的服饰，却撩开了与世隔绝的面纱，而且露出了"长而浓密的秀发"，甚至是"流光溢彩的浓发"；而后来挂在艾格蒙特办公室里那幅与西比尔十分相似的圣女像也有着"金褐色的浓密秀发"（210）。艾格蒙特一再看到西比尔的茂盛的秀发，似乎在强调她本人并未意识到的那种"很难算一个修女"的旺盛的生命活力。

比西比尔的秀发更诱人的是她的身材。当艾格蒙特冒充记者，与杰拉德父女做了邻居之后，他早晨在河边散步，一边在想着西比尔的时候，却看到西比尔远远"脚步轻快地"一路走来，"一袭黑色的衣衫更显出她的曲线优美、充满弹性的身材"（176）；当艾格蒙特在威士敏斯特大教堂邂逅西比尔时，他看到西比尔沐浴在一片神圣的光辉中，可是首先吸引他的目光的却是她的"匀称的身形"（symmetry of her shape）（232）。这样的赞美女性形体之美的描写显然调和了她的不食人间烟火的神性而使她接近了人间。

因此，西比尔的美不仅是神圣的，也是现世的。尽管她向往修道院的生活，却并没有真正遁入空门，而是生活在天国与大地之间的。尽管她的精神向往着天国，在她身上，神并没有压倒人，世俗的女性之美依然十分突出。狄思累利通过赋予这位圣女以动人的女性特征而使她的形象在一定程度上脱离了神权时代压倒人性的崇高，而力图将她所象征的神性带入人间的生活。

西比尔的两重性有着重要的意义，因为它显示了狄思累利的根本立场：一方面，他敏锐地感觉到了宗教祛魅之后世界根基的缺失和意义本源的匮乏所带来的危机感，痛恨精于算计的、冷冰冰的工具理性和庸众统治的政治价值观念；另一方面，他实际上又是一个启蒙之后的、生活在现代的人，不但深知无法回到神权时代，而且看到了流连沉浸于宗教和彼岸世界所带来的僵硬感和压迫感。因此，当他试图在西比尔的神圣光辉之中为她保持一具充满女性魅力的诱人形体的时候，他不是要引导艾格蒙特和读者进入天国，而是要让天国的神圣降落下来，与人间的美丽结合在一起，从而用这样一种崇高而美丽的启示来取代工具理性的冰冷算计，来激发"骑士的灵感"，使他们能够去"折断奴役撒克逊人的锁链"（41）。艾格蒙特就是因为受到了这样的启示，而不仅仅是因为西比尔的阶级观，而成为贵族世界中真正为人民工作的人，或者说成为了一个真正的贵族。

三、从浪子到骑士——孤独的贵族艾格蒙特

艾格蒙特起初与其他沉湎于声色犬马的青年贵族没什么两样。他就生活在那个"不是少数人的世界，而是极少数人的世界"（29）里，在那个孩子们认为"教会就是肥美的日子，国家就是腐败选区，大人的事业就是什么也不干、什么也不

缺"的"阳光明媚、鲜花盛开、芳气袭人"的小世界里(29)。这时的他就像在王宫里长大的释迦摩尼和王尔德笔下的"快乐王子",很难想象外面世界中的真实情况。

艾格蒙特之所以能冲破贵族世界,主要有两个原因。首先是他自己成了功利社会的受害者。他曾经"是一只和别人一样的游蜂浪蝶"(33),但是当他真正投入地恋爱了,却发现世界变了——因为他是不能继承家业的幼子,女孩子的母亲的脸色就越来越不好看。最后,"阿拉贝拉小姐从一大群崇拜者中选择了一个家业庞大、'血统古老'的年轻贵族,这条件让新娘很满意,因为她的祖父只是一个东印度公司的董事"(33)。而这个靠着财产和身份夺走他的爱人的,却是他的哥哥马尼伯爵。于是他发现尽管自己上过公学、大学,其实对世界一无所知,真正的教育还没有开始(34)。由此他开始对曾经熟悉的一切产生疑问,并认为自己的人生需要一个目标(35)。

不过,贵族中像艾格蒙特这样不能继承爵位和财产的小儿子们多的是,而且他们总能通过从军、从政找到很好的出路。艾格蒙特之所以会挣脱庸俗的贵族世界,接近西比尔,并进入穷人的世界,实际上是因为他身上所具有的精神潜质。

狄思累利的叙事人一向喜欢"以貌取人"。他告诉读者,艾格蒙特与马尼两兄弟长得很像,但是面容上的表情截然不同。与马尼勋爵的傲慢、刻板、坚硬(43)相反,艾格蒙特脸上却"兼有敏感与温柔的神情"(3);后来叙事人又直接描写了他的性格:"如果说他不是一个彻底自私又完全任性的人,而是正好相反,那可不是他父母的过错,而是因为他的敦厚天性给了他一种慷慨的精神与温柔的心灵,同时又使他极为敏感,成为一个有血性的人。"(29)艾格蒙特性格中的这些慷慨、温柔、敏感和冲动因素都使他少了世俗成功人士的精打细算,而更接近非理性的情感和直觉。不知因为什么原因,艾格蒙特从小就特别受到马尼修道院废墟的吸引。叙事人对艾格蒙特与修道院废墟的联系的描写中颇有一些神秘色彩:

> 艾格蒙特几乎就出生在马尼修道院的废墟之间,其肃穆的遗迹与他人生最早的、最清新的幻想联系在一起;他对这里的每一级台阶都熟悉得如同本院老僧一般;每次当他看到这座北国最伟大的宗教建筑之一的无与伦比的残垣断壁时,都会有一种感动。(57)

这番话几乎让读者怀疑叙事人是否在暗示艾格蒙特之所以成为贵族中的另类,是因为他乃"本院老僧"的转世。而修道院的遗迹中让他感动的不仅有依稀可见的当年修士的经堂和院长的房间,更有其中"宽敞的善院(hospital)"。叙事者特别对"hospital"这个在历史过程中意义变得狭窄的词汇作了解释:

> 这个名称当年不是指收容病人的场所，而是指施行一切善行的地方；在这里，从骄傲的男爵到孤独的香客都可以要求住宿和救助，而且永远不会遭到拒绝；而在它那道称作"穷人之门"的大门口，耕种修道院土地的农民，如果生计艰难的话，每天早晨和晚上都可以来索求衣食。(57)

艾格蒙特发现，修道院中的这个专门的慈善场所比其他的遗迹更加"清晰可辨"，乃是因为它"格局更大、所用的材料也更是为了不朽"(57)。艾格蒙特的所见，实际上表现的是他的所思。他特别被修道院中比其他部分的"格局更大"、更加"不朽"的"善院"所感动，这表明了他内心的宗教情感中的善根之发达。

所以艾格蒙特第一次思考"人民的状况"问题也是在这片修道院的废墟中进行的。他听说了焚烧草料堆的情况之后，便独自在废墟中思考："在修道院长的时代是否也有烧草料堆的人呢？如果没有的话，那是为什么呢？"(59)正因为他在这样的沉思中，所以当他遇到杰拉德和墨利的时候，杰拉德对当年修道院的仁慈统治的赞美就正好与他的思路相契合，使他开始接近人民的世界。

但是，真正在心灵深处震动艾格蒙特的，既不是杰拉德对修道院制度的回忆，也不是墨利对未来"合作"社会的向往，而是在晚霞中西比尔的神圣歌声，以及她在星光下空旷的拱门中"幽灵般显现，让他惊魂"(80)的登场；而西比尔之所以让他"惊魂"，不仅因为她的显现之突然，更因为她的"近乎神圣的"气质和她的"非常罕见、非常陌生"的美丽(66)。也就是说，真正能够改变艾格蒙特的，不是他通过杰拉德和墨利获得的对历史与现实的知识，而是西比尔传递给他的一种超越了理性的直觉感受。

艾格蒙特的这种对神圣和美丽的强烈感觉，使得他在西比尔面前本能地放弃了抵抗，于是西比尔后来所表达的思想能够轻易地触及他的灵魂。艾格蒙特第二次遇到西比尔是在他跟随圣礼思牧师一起去救济华纳的时候，发现西比尔已经早他们一步在那里了。因此他与西比尔"在悲伤的屋檐下相逢"，并第一次听她开口说话。西比尔为修道院变成了牛圈和采石场，以及那里的人民所受的跟修道院差不多的待遇而悲哀，并指责那个占有修道院的家族"亵渎神灵"和"铁石心肠"(123)。她说完的时候，"脸颊上罩上了一阵红晕，她的深色的眼睛里闪着激情，眉头上展露着一种骄傲和勇气"(123)。艾格蒙特"一接触到她的目光，顿时避开了。他的心被扰乱了"(123)。艾格蒙特之所以会回避西比尔的目光，他的心之所以会被扰乱，当然是因为西比尔的善良与正义。但是可以想象，如果没有此前的"惊魂"，他的心是不会被她如此打动的。

后来，他伪装成记者"富兰克林"做了杰拉德的邻居，晚上串门时又聆听了西比尔对诺曼征服者的看法。归来之后，他心里想：

> 在这个女孩子身上有种几乎是崇高的东西，却又那么甜美，真是奇怪。她的气质既如此高尚又如此单纯，非常少见。自从我第一次在我们的修道院的废墟中遇到幽灵般的她，她的深色的眼睛和明亮的脸，还有她那动人心魄的声音，它们就纠缠着我，它们一直纠缠着我，挥之不去。而我就是那个"亵渎神灵的家族"的一员。要是她知道了会怎样！我还是她谴责的征服阶级的一员。要是她又知道了会怎样！（175）

艾格蒙特在听了西比尔的高论之后，心里"纠缠"不已、"挥之不去"的却首先是她的"深色的眼睛和明亮的脸"和"动人心魄的声音"，正是这些感性的东西使他心动，使他害怕自己的身份被西比尔知道。换言之，虽然艾格蒙特作为一个有良知的贵族早已开始独立思考自己的阶级对民众苦难所应负的责任，并已经受到了杰拉德和墨利的启发，但是要如此心情激荡，并为自己家族的"亵渎神明"感到如此深刻的内疚和害怕，却首先不是因为她的思想，而是因为西比尔的崇高气质和非凡美丽深深地触动了他的灵魂，然后他才会在她面前变得更为软弱，使她的每一个字都能够在他的灵魂中燃烧。

所以，当艾格蒙特的母亲执意要送他一件生日礼物的时候，他就从母亲房间里挑了一幅圣徒像："一个女孩的灿烂而庄严的美丽脸庞，金褐色的浓密秀发，黑夜一般深沉的眼睛，黑檀般乌黑的睫毛"（210），这个形象显然与西比尔十分相像。当艾格蒙特在伦敦议会工作时，他的书房里就挂着这幅画像，画像下面的书桌上堆满了议会文件和蓝皮书（229），也就是说，艾格蒙特在西比尔"灿烂而庄严"的凝视下为人民的事业发奋工作，成了一位真正的贵族。

给艾格蒙特带来最大的精神震撼的，则是他在威斯敏斯特大教堂见到西比尔的情景。当大教堂中拒人千里之外的"木板、铁矛"和"一道道铁门"和在这个神圣之地肆无忌惮地"吵吵嚷嚷的"管理员让艾格蒙特回想起马尼废墟所散发的那种"修道院的完美"，从而"感到受了凌辱"（231），正打算匆匆离去的时候，

> 突然，一阵管风琴的声音迸发出来，天国般的和音在崇高的屋顶下飘荡，在这铺天盖地而来的音响中交融着悲伤而悦耳的歌声。他顿时凝固了。（231）

就在这时，他看到西比尔正隔着"被教会很不像话地竖在那里"的栅栏，"凝视着教堂美丽的南廊的悠长而幽暗的远景"，"一动不动地站在那里沉思着，也许

是在祈祷着"(232)。就在"自由地游荡在每一个神圣的壁龛中和神圣的角落里"的"管风琴庄严的大吕之音和唱诗班甜美的歌声"中,在这些"神秘的、动人心魄的、既让人的灵魂升华又令人心荡神移的声音"(232)中,他的目光被西比尔的"匀称的身材和她所处的位置构成的那个优雅如画的场景"(232)所吸引,同时他看到"从西窗倾泻进来的阳光让整个中殿充满了柔和的光辉,并给她的头上笼罩了一圈光环"(232)。

在这段描写中,"铺天盖地而来"的"天国般的和音"仿佛正是为了宣布西比尔的出现。这音乐中交织着神圣道德与神秘美感,既有"让人的灵魂升华"的神圣感,又有"令人心荡神移"的神秘之美,而西比尔的形象——她的迷人形体,她所构成的美丽画面,与包围着她的光辉——同样是一种审美与神圣的结合。因此,当西比尔又一次在一个神圣的场所让艾格蒙特"惊魂"、"颤抖"(232)的时候,她的震撼力与从前一样,既来自超越功利的神性,也同样来自不是理性算计所能解释的人性中的美感和本能。正是这样一种结合,使小说在试图超越功利、抓住人的精神本质的同时,并没有像中世纪的神权时代那样贬低人性,而是牢牢保持了文艺复兴、启蒙主义和浪漫主义一脉相承的对人性的弘扬。

西比尔的出现使已经被祛魅的教堂顿时恢复了震撼人心的精神力量。狄思累利特意选择了威士敏斯特大教堂作为艾格蒙特与西比尔的邂逅之地,因为这个地方具有独特的意义。它既是英格兰国教的大教堂,又是一所早在撒克逊时代就存在的最古老的天主教修道院,撒克逊人的最后一位国王哈罗德王和诺曼人的第一位国王"征服者"威廉都在此加冕,以后的历代国王也都加冕于此[1]。在这个既经历了英国千年变迁,又依然是英国宗教权威和政治权威象征的灵魂之地,"诺曼"贵族艾格蒙特回到了"两个国度"在历史中的原初起点,仿佛作为臣子见证了天光为"撒克逊人"的"仙后"西比尔加冕,而他的灵魂在这里被她的圣洁和美丽彻底征服。于是,在这个诺曼人和撒克逊人共同的精神圣地的屋宇下,连接"两个国度"的虹桥开始架设了。

因此,艾格蒙特会在自己的真实身份暴露之后,坦然而真诚地为自己家族的行为忏悔,"我就是那个亵渎神明、压迫人民的家族的成员"(246),也会像一个真正的贵族那样理解自己的责任,为消弭"两个国度"的鸿沟努力:

> 我听说一道不可逾越的鸿沟将穷人和富人分开了;我听说特权阶级和人民成了两个国度,受着不同的法律的统治,受着不同的风俗的影

---

[1] "Westminster Abbey." *The Columbia Electronic Encyclopedia*, Sixth Edition. Columbia University Press., 2003. Answers.com. 20 Sept. 2006.<http://www.answers.com/topic/westminster-abbey>.

响,思想情感没有任何共同之处,生而缺乏互相交流的能力。我相信如果这是真的,我们共同的国家就危在旦夕了。我也许势单力薄,却还是愿意怀着我的热情去抵挡这个灾难。我所处的位置使我承担了一些相应的责任:就是去获得一些知识,使我有资格作些有益的事情。(245)

而且,在被西比尔暂时拒绝之后,他依然在下院为宪章运动仗义执言。在下院对宪章请愿书的一片反对声中,艾格蒙特的声音显得格外清晰。西比尔在报纸上看到:

> 在那个傲慢的议会中,响起了一个声音,这声音全然没有阶级集团的谩骂,而是勇敢地说出了不朽的真理。一位贵族捍卫了人民的事业,却并不是要利用民意;他大声道出了他所坚信不移的事情,那就是劳动的权利与财产的权利同样神圣;如果要确定两者的差别的话,那么,血肉之躯的财富的利益应该更为重要;他宣布,千百万人的社会幸福应该是政治家的首要目标,如果这一点不能实现,王权、主权、华丽的宫廷和强大的帝国都毫无意义。(291)

艾格蒙特的这番话与狄思累利关于托利主义理想的表述十分相似。此前不久,叙事者曾经直接提出了英国托利主义的真正传统:

> (托利主义)源于伟大的原则和高尚的本能;它同情下层民众,仰望至高无上的神明;……而今托利主义将要复活,要将力量带回给王权,将权利还给臣民,并要宣告:权力只有一个责任,那就是保障人民的社会福利。(273)

因此,艾格蒙特的思想至此已经与叙事声音相吻合,成为狄思累利所认可的托利传统的继承者。不过,"人民的社会福利"只是这个传统中的一个方面。狄思累利认为,"受命于天"的统治责任不是常人能承担的,应该由天才式的精英人物来领导人民。他 1852 年为新近去世的最忠诚的支持者乔治·本廷克勋爵所作的传记(*Lord George Bentinck: A Political Biography*, 1852)中明确表达了他的贵族理想:

> 据说英格兰这样一个千百万人民都受过启蒙,并且长期以来早已习惯于公共自由的伟大民族,居然受着贵族制度的统治,实在有违于时代精神。不过,统治英格兰的并不是一般意义上的贵族制度。统治英格兰的是一种贵族原则。英格兰的贵族制度吸收所有贵族制度的精

华,吸纳来自各阶层、各阶级的每一个尊崇我们社会的原则的人——
这个原则就是追求卓越。(Blake, 282)

从《西比尔》中对贵族阶级的嘲讽和抨击来看,狄思累利的这番言论,与其
说是对英国社会现实的总结,不如说是他对贵族理想的想象。它至少说明,狄思
累利对传统贵族的指责不是为了消灭这个阶级,而是为了改造它,使它变成理想
中的那个追求卓越的精英阶级。

艾格蒙特显然也继承了托利理想的这种等级思想。他同情民众,为他们的福
利呐喊,却并不要委身于他们,而是要在追求卓越中领导他们。当西比尔认为统
治阶级有可能让步是因为"人民发现了自己的力量"(276)的时候,艾格蒙特告
诉她说:

> 人民并不强大;人民永远不可能强大。他们保护自我的努力只会
> 以苦难和混乱告终。产生了社会进步的,并正在推动社会进步的,是
> 人类的文明。正是那些受过教育的人日益增长的对自我的了解让他们
> 明白了自己的社会责任。这个民族的历史已经破晓,目前也许只有那
> 些站在山巅上的人才能察觉。你认为自己还在黑夜之中,我却看到了
> 曙光。英格兰新一代的贵族不是专制的统治者。西比尔,你一直认为
> 他们是压迫者,但他们不是。他们的思想,更重要的是他们的心灵,
> 都愿意接受社会地位所赋予他们的职责。可是他们面前的任务并不轻
> 松。千百年来由无知和犯罪造成的根深蒂固的障碍,不是那种肤浅的
> 冲动所带来的狂热所能拔除的。他们的同情心已经觉醒,再多一点时
> 间、多一点思考,就能完成剩下的工作。他们是人民的天然领袖。西
> 比尔,相信我,只有他们才行。(276)

也就是说,一方面,艾格蒙特在了解了自己的祖先和自己的阶级对人民的困苦所
应负的责任之后为之忏悔,并愿意为人民的幸福而奋斗;另一方面他却并没有背
叛自己的阶级,变成人民的一员,而是否定了身处下层的人民的力量,并认为只
有经过改造的贵族阶级才能够担负起领导人民的责任。他之所以有这样的观点,
是因为他相信社会进步是由通过教育传承的、千百年积累起来的文明所推动的。
而贵族的地位使他们能够很方便地接受教育,得到文化的精髓,这种教育如果能
加上像艾格蒙特那样的对自身的状况和责任的清晰了解,就能使他们成为"山巅
上的人",站得高,望得远,可以做民族的领袖了。

这样的观点当然是符合狄思累利的精英统治思想的。问题是,现存的贵族阶

级在叙事中经历了如此的揭露和嘲弄之后，还能在改造之后成为领袖吗？或者说，除了这个阶级，有没有更好的选择呢？

同样相信精英统治的卡莱尔就对这些“游手好闲的、紧紧看护着自己的猎场的、附庸风雅的”土地贵族（Altick, 21）完全失去了信心，认定只有中等阶级出身的、崇拜工作的工业巨头们才能成为这个世界的新的贵族：“如果在他们身上没有一点高贵可言，那么这世上就不再有一个贵族了。”（卡莱尔, 1999, 299）狄思累利在《康宁思比》中通过对向贵族发起挑战的工业家密尔班克的描写，也赞美了他们的勤奋创业和他们可能具备的高尚人格，但他同时也隐约表现了对他们不可避免的功利精神的担忧。在《西比尔》中这样的工业家依然存在，其角色却被大大淡化了。这里有一位与密尔班克相仿的人物，就是杰拉德的老板特拉福特先生。他与密尔班克同样富有，同样为工人建造新村、办学，但是舞台的灯光很少聚焦到他的身上。而且他与密尔班克相比有了许多变化。乐善好施的特拉福特先生虽然也是自己创业的，但他不仅有一个古老绅士家族的背景，并且是在一位贵族亲戚的遗产的帮助下取得的成功，更重要的是他是一个虔诚的天主教徒，而且只是在自己的小小的领地内对工人实行族长式的仁慈统治，对国家政治毫无野心，对来访的贵族毕恭毕敬。这也许是狄思累利为工业资本家安排的最理想的位置了。

至于小说中露面的另外几位中等阶级人物，就不但着墨更少，而且也不太像样。除了开实物工资店的、对来购物的工人妻女随意盘剥、凌辱，几乎到了变态地步的迪格斯父子之外，还有一位艾格蒙特竞选议员时的对手——“比克利沙士[1]还要富有”的、“刚从广东回来，每个口袋里装了一百万鸦片钱，开口就抨击腐败，为自由贸易怒吼”的鸦片贩子麦克杜拉奇[2]（46）；再就是小说开头赛马场上开赌铺、狠赚贵族的钞票的驼背奇彭戴尔先生，“一个专爱从贵族身上剪羊毛的民主派，认定众生平等——这是保护他的驼背的一个令人安慰的信条”（7）；同样做赌马生意的斯普鲁士上尉跟奇彭戴尔正好相反、愿意送钱给贵族，“他在贵族面前总是气短，贵族们知道他这个文雅的弱点，就对他格外开恩，不但承认他在塔特尔场[3]的位置，还认可了他在蓓尔美尔街的存在，因此能时不时地从他那里拿到高出一个点的赔率”（7）。这样的人物自然无法成为贵族的替代品。

至于人民能否领导自己，小说中存在于背景中的宪章大会的情况就很能够说明作者的观点。当西比尔对这个由“人民真正的代表”（234）组成的“人民自己

---

[1] Croesus，公元前六世纪吕底亚王国的国王，极其富有。

[2] McDruggy，暗含鸦片君子之意。

[3] Tattersall，伦敦的马匹交易市场。

的议会"(232)充满信心的时候,艾格蒙特就对她预言这个"议会"的未来不会比存在已久的下院高明多少,"你们的大会方兴未艾,或者还只是萌芽。现在一切都还新鲜、纯洁,但是片刻之后它就会面对一切民众大会的命运。你们会有派系之争的"(234);不久之后,当西比尔骄傲地告诉艾格蒙特,人民的领袖是"人民自己选择的"、"人民所信赖的"时,他又不顾西比尔的愤怒而直言:"人民的领袖是会背叛人民的。"(277)

艾格蒙特的预言不久就应验了。墨利十分失望地把宪章大会的情况告诉西比尔:

> "你父亲,西比尔,却是孤独的。他身边不是除了热情就一无可取的信徒,就是满怀嫉妒、擅长阴谋的竞争者,那些人观察他的每一句话、每一个行动,以寻机使他出丑,最终让他下台。"
>
> "让我父亲下台!他难道不是他们的自己人吗?难道在人民的代表之间除了共同的目标之外还有别的追求吗?"
>
> "何止千万。"墨利说。(251)

当西比尔悲哀地说"我一直以为上帝和真理都站在我们一边"时,墨利回答说:

> 全国大会那些人既不知道上帝,也不知道真理。我们的事业只会是拙劣地模仿我们的压迫者的罪恶的激情和下流的阴谋,模仿他们结帮内讧,并像他们一样失败破产。(251)

墨利对宪章运动的这番认识是尖锐而诚恳的。他发现"穷人的国度"与"富人的国度"并无实质区别,同样表现出人性,而穷人中的上层一旦形成,往往与他们要反抗的对象无异。对英国宪章运动史略加了解就知道此言不谬,而世界各国的各种群众运动的历史也往往证明了这一点。连西比尔自己也逐渐发现,"人民选择的代表竟然表现出野心和自私,不过是一群平庸、卑鄙的人物"(290)。

而且,在《西比尔》的叙事中,除了以集体形式出现的群众,人民中的个体经常表现出对上流社会的拙劣模仿。

例如,尽管小说中写了被大工业淘汰的手织工华纳家徒四壁,却同时写了华纳在厂里做工的女儿哈莉特在外面与女伴卡罗琳合租了"屋顶很高、很通气"的房间,打扮得花枝招展地逛夜市,还请卖肉的卡莉太太"来家里喝一碟子茶(a dish of tea)",让卡莉太太感叹"世道真是变了"(88-89);哈莉特对生活的态度是"只要我在当家,总是不惜代价喝最好的茶"(99),而卡罗琳心目中"人民的最大委屈"就是治安法官要关闭那个她们去娱乐的"可高雅了"的"缪斯殿"(100)。

再看《西比尔》中着墨较多的一个普通工人形象——"浪子"米克(Dandy Mick)。米克是个年轻工人,出身很苦——他母亲是个女工,因为要上班,没有时间管孩子,从小给他喂掺了鸦片的糖蜜,让他少吵闹,以致他后来身材矮小。不过他的形象并不是一个阶级斗争中的勇士,而是一个很会享受生活并很会耍派头的人,而且与小说中的贵族们一样缺乏责任感。他会不顾在没有窗户的地窖里奄奄一息的母亲,自己与女友租住着"两居室",因此被卡莉太太贬为"不是个基督徒"(87);而且他会在女友生病的时候,打扮得风流潇洒地独自出门去找女伴娱乐(89)。叙事人说他虽然"眉清目秀",却"早已失去了青春的光泽"并且"厚颜无耻"(87),像纨绔子弟一样大甩派头以讨年轻女工们的欢心,而女工们又最喜欢他带她们去那个"缪斯殿",并为他的派头所折服:

> "喂,跑堂的,我说跑堂的!"
>
> "来了,先生,来了,先生。"
>
> "我喊你的时候为什么不过来?"米克架子十足地说,"给女士们两杯吧台混合酒,我来一杯杜松子酒。还有,跑堂的,停,停,别这么风风火火的,难道我们喝酒的时候可以不吃东西吗?三份香肠,还有,别烤焦了。"
>
> "好的,先生,就来,就来。"
>
> "跟这些家伙说话就得这样。"米克有点得意地说,同伴们的钦佩目光让他感受到了充分的回报。(95)

这个很会甩派头的工人,在宪章起义的时候,因为能说会道而进了"解放者"的"参议会"。叙事人说他这时"神气活现得象一只孔雀,对男人们骂骂咧咧,对姑娘们挤眉弄眼,成了少年们的偶像"(393)。米克的喜剧形象大大地消解了人民的"最后的斗争"(384)的庄严性。很难说米克和他的女伴们有多坏,他们所展示的就是普通人对舒适生活的追求和虚荣心的小小满足,以及爱己胜过爱人的心理,这与贵族社会中的情况没有什么本质的区别。而叙事者由此可以引导读者得出的一个合乎逻辑的结论是:从人性来看,只有平凡庸俗与超凡脱俗之分,而没有"人民"和"人民的敌人"这样营垒分明的阶级之分。因此,不考虑深层的人性因素,而单纯从阶级或制度出发,想通过推翻一个阶级的统治,靠另一个阶级来另起炉灶以建设一个更为公正和谐的社会,就是西西弗斯式的徒劳之举,白白造成社会的巨大牺牲和文化的断裂。

所以,充分利用现有条件,尽可能从现存贵族中发掘合理因素,就成为相对来说更有吸引力的一个选择。于是,叙事人就只能让西比尔改变她此前的阶级观念，让她发现那个"她一直听说是靠着人民的忍耐才苟延至今的衰朽政权"依然十分强大，而且其存在所依靠的不光是财富，也靠着"同情、传统观念和信念的支持"，而其支持者也依然人数众多（290）；同时，她在与艾格蒙特的接触中，对贫富对立问题的理解也在发生变化：

> 她忍不住相信富人对穷人的感情并不只是诺曼征服者和封建法律的仇恨和鄙视。英格兰的财产阶级和劳动阶级之间毫无疑问缺乏同情，但她愿意将这个问题归咎于彼此的无知。尽管这种无知的起因要到从前的暴力与压迫中去寻找，但虽然时过境迁，一切却早有了惯性。（290）

这样，一个阶级压迫与反抗的问题被弱化为一个历史后遗症的问题和一个由于缺乏交流而无知的问题，从不可克服的敌我矛盾变成了比较容易克服的沟通障碍。而其中的不可克服的因素，包括马尼勋爵所代表的贵族统治阶级中最恶劣的功利主义因素和哈顿"主教"所代表的下层民众中最愚昧、最崇尚暴力的异教因素，就被作者乘着在小说中宪章起义的高潮很方便地一并消灭干净了。

对宪章起义的描写充分表现了狄思累利对群众运动的复杂态度：

> 地狱猫们在哈顿主教的率领下向矿区的进军也许是自从求恩巡礼（the Pilgrimage of Grace）以来最壮观的群众运动。主教骑着一匹白骡，瞪着一双呆呆的大眼，模样骇人，手里舞着一把巨大的锤子。他宣布要用这把大锤来消灭人民的敌人：消灭一切监工、狗腿子、开实物工资店的以及二东家和大东家们。在主教的两边，各有一位他的公子，骑着驴子，矜持而认真的样子一如他们端着锉刀干活的时候。一面由宪章代表献给他的、上面写着宪章的大旗像王帜般在他的前面迎风飘扬。没人见过如此无情可怖的人群。随着他们的推进，队伍越来越大，因为他们在前进（progress）中阻止了一切劳动。每一台蒸汽机都停了下来，每一台锅炉的塞子都拔掉了，每一个炉膛都浇灭了，每一个工人都撺出去了。按照命令，直到宪章成为这个国家的法律之前，一切劳动都要停止。一个巨大的安息日将会补偿它所带来的一切暂时的苦难，因为它最终一定能增加物质财富、提高生活水平——那个工匠的天堂，那个劳动的乌托邦，体现在那个响亮的口号中，让撒克逊种族欢欣鼓舞："干一日合理的工作，得一日合理的工钱（a fair day's wage for a fair day's work）。"（374）

在这段描写中，起义者宣布要消灭的对象中的确不乏邪恶的人物，而他们向往的那个"干一日合理的工作，得一日合理的工钱"的"工匠的天堂"、"劳动的乌托邦",即便不能得到读者的彻底赞同,至少能得到读者的理解与同情;可是骑着"白骡"(显然是暗示他的固执和愚蠢)、手舞巨锤的起义领袖(此前的叙事中他被宪章派奉为"英格兰人民的领袖与解放者")和他的骑着驴子的儿子们和追随者"地狱猫"们,他们的愚蠢、混乱与破坏精神显然不得叙事者的认可。有意思的是,起义队伍越来越大的原因不是因为哈顿"主教"的解放事业深入人心,而是因为他们"阻止了一切劳动",于是停了工的工人们就在混乱中凑热闹似地加入了人群,成了真正的乌合之众。因此这场相信"不破不立"、"大破大立"的起义在叙事中的表现是含混的。

当"地狱猫"们开始扫荡毛勃利工业区"烧厂子,毁灭他们能碰到的一切"(402)的一片世界末日般的混乱中,西比尔遇上了毛勃利夫人,被接入了城堡,在那里受到她们的细致照料,因此"她后悔自己在不可抗拒的环境中对这些人所持的苛刻思想。现在她看到他们在自己家中、在一个并不做作的时刻,表现出许多令人慰藉的素质和魅力"(404)。她在民众攻打毛勃利城堡的时候和圣礼思牧师一起在城堡门口呼吁工人们放弃暴力,争取到了充足的时间让城堡里的贵族逃走。而最后当她陷入困境的时候,艾格蒙特及时赶到,于是出现了戏剧性的一幕:

> 突然一群醉醺醺的歹徒叫嚷着、咒骂着围住了她;她吓坏了,尖叫起来。一个歹徒抓住了西比尔的胳膊,另一个拽住了她的衣服。就在这时,一个满身尘土与血污的军官挺着马刀从阳台上跳下来救她。他砍翻了一个,推倒了另一个,左臂搂住西比尔,用他的剑守护着她……
>
> 军官转过身,把西比尔紧紧搂在胸前。
>
> "我们再也不分开。"艾格蒙特说。
>
> "再也不分开。"西比尔喃喃地说。(417)

布兰特林格讽刺说,在这个被凯托(Arnold Kettle)称作"歌剧式"的场景中,唱女主角的不是西比尔,而是狄思累利自己(Brantlinger, 196)。他显然是说,西比尔从"人民的女儿"不但变成蓝血贵族,而且变得对人民充满恐惧,并对贵族军官的及时救助心怀感激,其实是作者自己扮作西比尔粉墨登场并引吭高歌,而不是小说合情合理的自然发展。

从现实主义的角度看,这一幕"骑士救美"的确夸张。但是在隐喻的层面上,如果把这一幕看作"骑士捍卫神圣",似乎更能与小说整体的宗教或精神寓意一脉相承。在此之前不久,小说中象征"亵渎神圣"的"伪贵族"的马尼勋爵因为杀害了率众前来阻止暴民的杰拉德而被愤怒的工人"实实在在地用石块砸死了"——"实实在在地"(literally)用石块砸死",这显然有着《圣经》上的天罚意义[1]；与此同时，冲进城堡的"喝得醉醺醺的地狱猫们在劫掠地窖的时候点着了城堡的底层"。叙事人如此描写他们在狂欢与酣醉中与城堡同归于尽的场面：

> 奥丁的孩子们的火葬堆十分华丽，是他们自己准备、自己点燃的。从毛勃利的主堡升起的火焰向这个震惊的国家宣布，在短短的一个钟头里，对诺曼统治的精彩模仿已经不复存在，而那个同样自命不凡地伪称"人民的解放者"的野蛮人也在无情的命运中覆灭了。(416)

于是，由"仿佛大君主时代的凡尔赛宫"里的"诺曼统治的精彩模仿者"从上层播下了火种，并由来自"奥德门"的野蛮人从底层点燃的大火将所有与"一个国度"的和谐精神不相吻合的因素都付之一炬。但是却没有像布莱克的老虎或者卡莱尔的"神圣天意"那样的彻底毁灭的力量，而是一场控制得恰到好处的高温消毒，留下的是一个无论时代如何变化都始终需要的、结合了神圣价值与世俗权威的、真正的精英统治。

不过，狄思累利似乎并不想否认这种结合中的戏剧性或浪漫色彩。因为在紧接下去的最后一章中，在那个"从此以后……"式的童话结局中，一切都重新变得那么平稳，社会回到了正常的轨道：艾格蒙特不见了，变成了新的"马尼伯爵"；西比尔变成了其他贵妇们迫不及待想见识的"马尼夫人"(419)。"浪子"米克因为盗取文书有功，得到新马尼伯爵的帮助办起了实业，他又请他的朋友、崇拜墨利的青年工人戴弗斯达斯特合伙。而不久前与米克一起参与攻打城堡，然后"嘴里咒骂着资本家"(415)从城堡中趁乱逃走的戴弗斯达斯特"由此取得了社会地位，成了资本家，并用他故乡毛勃利做了自己的姓。瑞得利&毛勃利合股公司的生意蒸蒸日上，也许到时候会为这个王国提供一大堆议员和贵族"(420)。戴弗斯达斯特娶了卡罗琳，这位"毛勃利太太"因为性格快乐，又喜欢办野餐，"成了最受欢迎的人物"(420)。在称呼改变的背后，是否社会意识也在变化？当读者面前突然又出现一个马尼伯爵的时候，是否对他的期待会有一些微妙的改变？米克和戴弗斯达斯特像模像样地当了资本家，戴弗斯达斯特甚至变成了"毛勃利先生"，进入了"富人区"之后，他们又会如何？

尤其具有反讽意味的是，尽管艾格蒙特告诉西比尔，新一代的贵族正在改变，但他的这个意见在叙事中几乎没有任何的支撑。除了艾格蒙特自己，只有毛勃利伯爵的儿子在受了圣礼思的熏陶之后变得很有思想和责任意识，却不幸夭折(107)，不仅使毛勃利断了香火，更使艾格蒙特的责任之声在贵族中间异常孤独。

---

[1] 申 13：10：要用石头打死他，因为他想要勾引你离开那领你出埃及地为奴之家的耶和华你的神。

从康宁思比的同道众多到艾格蒙特的孤军奋战,狄思累利对"青年英格兰"的失望由此显露。

事实上,"青年英格兰"在《西比尔》写作的时候已经接近瓦解。司马史在父亲的压力下接受了皮尔政府的外交部政务次官的职位,曼纳斯也在父亲的压力下渐渐疏远狄思累利的立场(Blake, 225)[1]。尽管他们一直与狄思累利维持着友好的个人关系(Blake, 225),但显然"青年英格兰"无力逃脱"老英格兰"的影响。狄思累利因此其实很清楚能在多大程度上改造新一代的贵族。但是他的现实感并不能阻止他去幻想,因为对他来说,这是他在当时的历史条件下所能够设想的最有可能帮助他实现追求卓越、抗拒功利、恢复社会和谐的理想的人群了。

不少评论家认为《西比尔》的思想极为混乱。斯蒂芬·布莱克伍德(Stephen Blackwood)说狄思累利的作品是"色彩斑斓的混乱"(Brantlinger, 199),白芝浩(Walter Bagehot)则认为狄思累利的混乱来自他"一味追求独特""(Brantlinger, 199)。布兰特林格认为《西比尔》是狄思累利"为了将托利主义和激进主义结合起来所做的最大努力"(195),可是他"如此热爱反讽,以至于他任凭自己的反讽破坏了《西比尔》的中心主题"(199)。不过如果从另一个角度看,我们可以认定狄思累利是在不可阻挡的现代化进程中努力地在历史与未来、现实与想象、神圣与世俗、贵族与平民等诸多矛盾冲突之间摸索着,试图把握一种微妙的平衡。毫无疑问,狄思累利是站在一个精神制高点上来俯视"两个国度"的问题的。但是他从这个制高点上派下来的西比尔这位"仙后"在世俗化的强大潮流面前的确显得力不从心。因此,狄思累利要在一部新的小说中再接再厉,更深入地探求一种能够在功利主义时代够游刃有余的精神本质。

---

[1] 曼纳斯的父亲拉特兰公爵在致司马史的父亲斯特兰弗子爵的信中说:"我们的好孩子要被坏人拐走了。"(Bradford, 140)

第三章　《坦克雷德》——仲夏梦中的新圣战

"青年英格兰"三部曲的前两部中所写的政治和社会问题，都从根本上表现为功利主义的精神问题，因此狄思累利在三部曲的压轴之作《坦克雷德，或新十字军》（*Tancred, or the New Crusade*, 1847）中通过主人公的朝圣故事集中表现了当代英国的精神问题，并试图探索一条出路。坦克雷德独自进行的这场回到摩西时代的"新圣战"引发了很多读者对"复古"和"亲犹"的非议，但也有人认为狄思累利是通过反讽来批评少不更事的年轻人的宗教幻梦。笔者认为这两种态度都有失偏颇。而且这些评论只关注了坦克雷德朝圣中的希伯来因素，而忽略了他在圣地所接触的希腊因素，从而忽视了狄思累利探索西方文明两大源头以想象一种现代精神信仰的尝试。笔者认为，狄思累利在亦庄亦谐的叙述中，既批评了英国在现代化进步过程中的彻底的世俗态度和功利精神，也批评了不顾历史发展的现实、追求回归神权时代的复古思想，力图在人性的解放与神性的追求之间保持平衡。坦克雷德在谢幕前悲哀地承认朝圣的日子就是一次"仲夏梦"般的经历，以及小说最终戛然而止的结局，都说明了想象这种平衡的困难，但也表明了作者对于复杂的历史进程的诚实而成熟的态度。

第一节　新时代的十字军——痴人说梦式的复古宣传、堂吉诃德式的反讽杰作抑或瞻前顾后的雅努斯面相

迄今为止的大多数批评者相信《坦克雷德》不但宣传复古，而且宣传回归古老的希伯来信仰。如果单看小说的大致情节，就不难得出这个结论。小说主人公、年轻的蒙特寇侯爵坦克雷德因为在英国找不到信仰，于是放弃了进议会的机会，追循十字军祖先的足迹去耶路撒冷朝圣，希望能够在圣墓前"参透伟大的亚细亚奥秘"[1]（125），却匪夷所思地在西奈山顶得到了"阿拉伯天使"的

---

[1] 本书采用的版本为 Disraeli, Benjamin. *Tancred, or the New Crusade*. New York: Alfred A. Knopf, 1932. 下同。

神谕，要他完成恢复"神治下的平等"的伟大使命。这样的故事所引起的非议，是可想而知的。

小说刚出版，《泰晤士报》就在 1847 年 4 月 2 日发表评论文章批评狄思累利的小说宣传目的太强：

> 全世界都知道，狄思累利先生写作的时候带着正经先生们所谓的"目的"。为此我们深感遗憾……那种"带着目的"的小说是一种杂种文章。宗教话语要在布道台上才显出好处，同样，哲学论文得放在大学里讲；对于在高贵的司各特手下不朽的小说谁敢不敬。但是把这三道菜装在一个盘子里的大杂烩却会而且一定会让人大倒胃口。医生说你不能让躯体和思想同时进食。(Stewart, 232)

对于小说的批评进步、宣传复古的宣传目的，许多人大为不满。连"青年英格兰"的朋友米尔恩斯也发现在《坦克雷德》中

> 所有我们习惯于崇拜和渴望的、所有我们在这个变动不居的世界中赖以为稳定基础的、一切文明的进步、人类智力的发展、人类大众中间权力与责任的同步扩大、自立与自治的进展——事实上，不仅是我们，而且是所有国家在过去的三百年间所为之向往、奋斗、祈祷的一切——宗教改革、英国革命和法国革命以及美国独立所实现的一切，在此都被贬斥为彻底的幻觉和失败；我们听到的教诲是，只有完全弃绝历史才有希望改善未来。(Stewart, 223)

而此前一直与狄思累利和"青年英格兰"关系良好的《泰晤士报》则抗议说：

> 我们认为欧洲并未从核心开始腐烂，也没有迅速走向衰朽。我们无法将积极进步的、谋求人民幸福和人类思想发展的英国看作精疲力竭的、腐朽不堪的、自私自利的国家。我们绝不承认这个世界前所未见的最生机勃勃、积极向上的一代人的伟大发现和发明是败坏灵魂的。(Stewart, 233)

《坦克雷德》最让英国读者感到不快的地方是把古老东方，尤其是东方的犹太民族当作"不幸的欧洲"(318)的救赎希望之所在。《泰晤士报》说："这位议员阁下的目的是让欧洲换上东方国度优雅而斑驳陆离的服饰，并让整个世界回归犹太教！希望这不会让狄思累利先生在下次选举中丢掉他的议席，并使他成为自由、开明的不从国教者团体的仇恨对象。"(Stewart, 232)《笨拙》杂志紧接着挖

苦道:"在读了《坦克雷德》之后,我们会对所有的以色列的流浪儿们刮目相看。'瞧瞧那个收旧衣服的家伙,'我们对自己说,'谁曾想到他身上流淌的是最纯粹的高加索血统呀!'……显然狄思累利先生认定,除非让一个摩西议会在旧衣市场里议事,他的伟大使命将难以实现。"(Stewart, 231)米尔恩斯也批评狄思累利在《坦克雷德》中因为强调人类文明对于犹太种族的欠债和这个种族"既是世界道德之君,又是人类政治主宰"的历史宿命,而"为自己的民族情感牺牲了自己的良好理性和对自己所处时代的正确理解"(Stewart, 224-225)。

但是,批评家们一方面为小说中的宣传目的而愤怒,另一方面却又经常感到作者的意思捉摸不定,尤其让他们恼火的是小说的不了了之的结局:坦克雷德奉着从西奈山上得来的神谕,在圣地兜了一大圈,却毫无结果。就在他向先知般的犹太女郎夏娃求婚的时候,突然仆人来报,他的父母赶到了耶路撒冷——小说就此突然结束。《泰晤士报》批评说:"但是狄思累利先生到底要表现什么'目的'呢?这个'目的'只在书页间飘然而过,总是让追寻者扑空。"(Stewart, 232)詹姆斯·拉塞尔·洛威尔(James Russell Lowell)说:"如果我们问这部小说到底要说什么,它就仿佛天方夜谭里那个噎住了的可怜驼子,憋不出一句话来。"(Speare, 80)至于小说的结局,他讽刺道:

> 在小说开头的时候,我们打起精神来聆听这个伟大的亚洲问题的解决之道,而且,只要这个 X 还没有解出,我们就始终对它保持着一种朦胧的敬意。但是一直等到演算结束,当狄思累利先生已经写满了一大黑板,那上面的数字足以算出一颗新星的位置的时候,他却转过身来,得意洋洋地将粉笔一放,一本正经地告诉我们:"所以,先生们,你们会明白,弦的平方,等等,等等,证明完毕。"这时我们会觉得这顶"驴桥"(pons asinorum)[1]我们大可以自己想办法过的,而不必付他如此昂贵的一笔向导费。(Stewart, 228-229)

在洛威尔看来,《坦克雷德》简直就是一部"三大卷八开本的隽语警句集",却"根本没有统一的原则可言",故而是一场在"道德上和审美上都乏善可陈"的"大溃败"(Speare, 80)。

刚刚在前一年翻译出版了施特劳斯的《耶稣传》(*Life of Jesus*)的乔治·爱略特对《坦克雷德》的反应也许很好地代表了当时读者的普遍观点。她在 1847 年

---

[1] 就是指"勾股定理"。因为中世纪的欧洲数学水平较低,很多学习欧几里得《原本》的人到这里被卡住,难于理解和接受。所以勾股定理被谑称为"驴桥",意谓笨蛋的难关。

11 月 27 日致萨拉·索菲亚·韩奈尔(Sara Sophia Hennell)的信中说,"你若对坦克雷德有丝毫的好感都会让我生气",因为其中找不到"任何崇高的意义或者对生活的真实描写"(Braun, 111)。

小说出版以来的一百多年时间里,人们对这部小说的否定态度基本未变。大卫·斯齐尔顿(David Skilton)在《从笛福到维多利亚时代的英国小说》(*The English Novel: Defoe to the Victorians*, 1977)中对《坦克雷德》颇为不屑,认为"对坦克雷德模仿其十字军祖先去圣地寻求'真理'的行为实在不必当真,因为这部小说的风格和腔调使它成为严肃的英语小说中最愚不可及的一部"(Skilton, 128);罗伯特·布莱克也认为这是三部曲中最失败的一部,因为"离结束还很早的时候,读者就明白了狄思累利其实并没有什么思想要教给他的主角。多数读者掩卷之时会有一种遗憾之感:贝勒蒙公爵夫妇老早就可以到耶路撒冷来了"(Blake, 214-215);泰勒(A. J. P. Taylor)则说狄思累利之所以最终也没有揭开"亚细亚之谜"的谜底,只是因为他根本没有什么谜底可揭(Paul Bloomfield, 303)。连总体上十分赞赏狄思累利的小说艺术的施瓦兹也对《坦克雷德》十分失望:

> 《坦克雷德》的失败在于天使并没有给出任何切实可行的启示,从而严重影响了整个三部曲的讨论。小说并未将天使的神谕当作一种可以真正解决现实问题的东西加以认真探讨。"神治下的平等"的老套话并不能使天使的出现变得合理,而且天使的话语哪怕不算陈腐,也显得十分空洞。因此,坦克雷德并没有如狄思累利打算的那样变成《圣经》中那些听到上帝和天使的声音的英雄,而成为对他们的一个可笑的戏仿。(Schwarz, 101)

简而言之,在大多数评论家看来,《坦克雷德》只是披着故事的外衣,非常露骨地宣传欧洲进步的失败和古老东方——尤其是犹太民族——的优越,但最终坦克雷德的东方之旅却没有找到任何真正的信仰,因此不能不认为是"一场溃败"。《坦克雷德》的文本因此也一直没有受到比较认真的对待。

不过近来有评论家对《坦克雷德》作了崭新理解。尼尔斯·克劳森(Nils Clauson)在 2004 年发表的论文——"'别致的情感'还是'伟大的亚细亚奥秘'?——论狄思累利的《坦克雷德》是一部反讽的教育小说"("Picturesque emotion" or "great Asian mystery"? Disraeli's *Tancred* as an ironic Bildungsroman, 2004)中对这部小说作了细读之后,得出这样的结论:如果将它放在英国现实主义小说的传统中加以阅读,那么小说主人公的堂吉诃德式的圣地之行实在并非作者对西方文明和物质进步的抨击,而是对不断地做梦的、"毫不妥协"的"青年理想主义的讽刺",

故而是一部"反讽的教育小说"。虽然小说结局中坦克雷德父母的匆匆赶到一向被视为令人扫兴的反高潮，实际上却恰恰是这种反讽的高潮[1]。

克劳森的新读法打开了一个很有意义的视角。循着他在文本中的梳理，狄思累利顿时从一位慷慨激昂的宣传家成了一位暗自窃笑的塞万提斯。克劳森甚至希望以此视角来重新阅读整个"青年英格兰"三部曲，将狄思累利添入英美现实主义小说伟大传统的圣徒榜，从而实现 F. R. 利维斯在半个世纪前就认为狄思累利所具有的"足可以流传后世"[2]的价值。[3]

由于在小说中品出了反讽，前人所批评的种种问题都迎刃而解。不过这样一来，狄思累利也就由批判者变成了同谋者。这是否又从另一个方面将小说简单化了呢？

事实上，一个世纪前曾有人以一种更为复杂的眼光打量过、赞赏过这部被许多人认为"不妨早早结束"并长期受到冷落，却是狄思累利自己的最爱（Speare, 88）的小说。勃兰兑斯在《比肯斯菲尔德勋爵研究》（Lord Beaconsfield: A Study, 1880）中指出，这部"亦庄亦谐"的小说"包容了狄思累利的整个视野"，它"像雅努斯一样有两张脸，一张脸表现的是难以捉摸的反讽，另一张则是近乎纯粹的神秘主义……神秘主义是本书的中心，却有反讽在上面盘旋不去"，故而这是狄思累利的"最有趣、最别具一格的作品"（Brandes, 144）。可惜勃兰兑斯在他的文章中并没有将此观点加以展开，而把任务留给了后人。

笔者试图说明：做着"新十字军"梦的坦克雷德既不完全是作者的传声筒，也不完全是作者的讽刺对象。狄思累利确实借坦克雷德的"新十字军"梦想对世俗的功利主义进步进行了批判，同时他也以一个现实的、成熟的政治家的眼光看到了这种梦想的幼稚与僵硬，因此与之保持着冷静的反讽距离。在以叙事人的成熟和冷静抵消了坦克雷德的狂热给读者造成的不信任感之后，我们可以看到坦克雷德对当代进步观的批判在相当程度上依然是成立的，而他对信仰的探索也是很有价值的。追寻与反讽实际上是《坦克雷德》不可分割的两个方面，正如勃兰兑

---

[1] Clauson, Nils. " 'Picturesque emotion' or 'great Asian mystery'? Disraeli's Tancred as an ironic Bildungsroman", *Critical Survey*, vol. 16, 2004. Questia. 2004. June 12, 2006 <http://www.questia.com/read/5007650111>.

[2] "狄思累利是未被重提的小说家。他虽算不得一个大家，却也生机勃勃，充满灵性，足可以流传后世，至少是在其三部曲《康宁思比》、《西比尔》和《坦克雷德》里。他在这些书中所表达的一己关怀都至为成熟，那是一个聪慧绝顶的政治家的关怀，他对文明和时代趋势有着一个社会学家的领悟。"（利维斯，3）

[3] Clauson, Nils. " 'Picturesque emotion' or ''great Asian mystery'? Disraeli's Tancred as an ironic Bildungsroman", *Critical Survey*, vol. 16, 2004. Questia. 2004. June 12, 2006 <http://www.questia.com/read/5007650111>.

斯所形容的那样,它们像罗马门神雅努斯的两张脸。对于这部小说而言,雅努斯是一个不错的比喻,因为这位异教大神象征的是在历史变迁中同时守望过去与展望未来[1]。可以说,小说的一双眼睛注视着从伊甸园开始的最古老的历史,在永恒的目光下看到了西方世界自鸣得意的现代化进步中的信仰危机,希望从文明的东方源头中找回精神的活力;小说的另一双眼睛则看到现代化和世俗化潮流浩浩荡荡,以难以阻挡的力量从西方到东方席卷着世界,看到了刻舟求剑的愚蠢。狄思累利极力试图找到某种最本质的素质来调和这两种矛盾的目光,希望能在物质世界的进步中捍卫想象力在人类生活中的地位。他的调和也许并不十分成功,却很好地表现了他的"整个视野"和这个时代的"情感结构"。

第二节 "在忧郁的长啸中退潮"——
在"新十字军"天真梦想的挑战下显形的英国信仰状况

在狄思累利的"全部视野"中,现代化的大跃进显然是最刺眼的一部分。他在《坦克雷德》中首先以主人公的怀旧眼光来怀疑地打量这个新世界。虽然叙事人不断暗示这种眼光的幼稚与不切实际,却让它显得真诚;而自鸣得意的进步时代则在它的打量和追问中真正表现出严重的精神缺陷。

小说的标题《坦克雷德,或新十字军》就带着强烈的怀旧感,因为欧洲历史上曾有一位大名鼎鼎的"老"十字军坦克雷德·德·奥特维尔(Tancrède De Hauteville, 1078?-1112),是第一次十字军东征时的"骑士之花"[2],而小说主人公坦克雷德·德·蒙特寇的身份就是十字军的传人:他的第一次露面是在蒙特寇城堡中庞大的"十字军画厅"里,墙上张挂着第三次十字军东征系列挂毯,因为"一位蒙特寇曾经是那次伟大历险中最优秀的骑士之一,在围攻埃司克隆的战斗中救过狮心王的命"(42)——小说中的老坦克雷德显然就是历史上的坦克雷德的改头换面。这个古老的背景使小说主人公一出场就在中世纪和十字军的氛围之中。不过,在坦克雷德对十字军的想象中,最让他认同的不是其武功,而是其信

---

[1] "Janus." *Wikipedia*, 2007. Answers.com. 25 Jul. 2007 <http://www.answers.com/topic/janus>.

[2] 坦克雷德(Tancrède De Hauteville, 1078?-1112)是南部意大利的诺曼贵族,第一次十字军东征的领袖之一,于 1096 年随同其叔父、后来的安条克王子(Prince of Antioch)博希蒙德一世(Bohemond I)参加了对耶路撒冷的远征。他在夺取耶路撒冷的战斗中表现出了卓越的骑士之风。以后,在 1104 年到 1112 年间,当他的叔父成为阿拉伯人的俘虏期间,他作为安条克的摄政,统治叙利亚北方多年。("Tancred", Microsoft Encarta Encyclopedia , from *Microsoft Encarta Student Encyclopedia 2006 DVD*. Microsoft® Encarta® 2006.© 1993-2005 Microsoft Corporation. All rights reserved)

仰。而且很重要一点是，坦克雷德在想象中将十字军从东方的征服者变成了东方的取经者，因为他念念不忘的就是六个世纪前的坦克雷德·德·蒙特寇"在救世主的墓前跪了三天三夜"(56)。在他看来，这才是十字军的真正的"伟大的事业"(56)，而他的梦想，就是和祖先一样"跪在那座墓前，在耶路撒冷的圣山神林的包围中，仰问苍天：什么是责任？什么是信仰？我该做什么？我该信什么？"(56)。

坦克雷德之所以要重复十字军古老的信仰之旅，是因为他对当代英国在物质进步中发生的信仰危机感到忧虑，而他相信信仰来自上帝的直接启示，并且"自从光明跃出黑暗的那刻起，造物主从来只在一片土地上显圣"(56)，因此他的"新十字军"就是要去圣地"恢复与最高神明的交流"(56)，去信仰起源的地方找回信仰。

从整体上看，进步的 19 世纪无疑是马修·阿诺德在《多佛海滩》中哀叹的一个信仰之海"在忧郁的长啸中退潮"的时代。坦克雷德的"新十字军"梦想自然是当时的信仰大争论的一部分，可是他对进步的极其激烈的批评和他要从当时人们认为是野蛮、落后的东方去寻找信仰，必定让许多读者震惊。对于坦克雷德的激进姿态，读者需要判断，叙事人对坦克雷德持何种态度，而坦克雷德对信仰危机的批评又在多大程度上是真实有效的。对于前一个问题，叙事人一开始就暗示读者要对主人公的言行保持合适的距离；而后一个问题的答案，则在坦克雷德的朝圣计划所引发的各种世俗反应中可以得到。

一、厨房里的帝国梦——演示一种在反讽中同情的叙事声音

《坦克雷德》虽然要让主人公揭示当代英国的精神状况，却首先从叙事人确立一个对主人公的合适的反讽距离开始。与《康宁思比》和《西比尔》不同，《坦克雷德》的主人公直到第一卷结束之前只是出现在别人的对话里和叙事人的话语中。但是小说开头却有一个类似中国传统章回小说中的"得胜回头部"的小故事做引子，看似游离于情节之外，其实却是在为后面的主要叙事准备一种复杂的眼光，使读者在阅读坦克雷德的时候能够既充满同情，又保持冷静。

叙事人为读者演示反讽距离的场所是在厨房这样一个传统的喜剧场景中。小说开场时，"少年得志"(6)的年轻法国厨师利安德正在伦敦拜访他的师傅普勒沃斯，告诉他贝勒蒙公爵的儿子坦克雷德侯爵要在复活节举行盛大的成人典礼的事情。据他说，届时不但上流社会将群贤毕至，而且公爵要"大宴全县"，要给农夫们"烤全牛，每只大盘子里弄一个阉鸡，加上几桶啤酒和波尔图葡萄酒"，简而言之，就是"一切要办成《一千零一夜》里那样"(5)。"一千零一夜"的说法暗示着利安德喜欢神秘、浪漫的东方想象。不过他接着又说这场乡宴要慷慨得像

"卡马乔的婚礼那样"(5),卡马乔是《堂吉诃德》中大办婚宴的阔佬,于是利安德的《一千零一夜》还没开张就带上了一丝塞万提斯的反讽。

但利安德本人却完全陶醉在规模宏大的想象中,因此成了自己并未意识到的反讽的对象。利安德的陶醉不光来自对即将举行的盛宴的想象,更来自他的自我想象的满足,因为他被人捧为"当代第一艺术家"(6),应邀主勺这场盛事,此刻在向执掌过拿破仑的"帝国厨房"的师傅要求增援,请他在高徒中进行"总动员"(6),为他找几个得力的"师长",由他这位"总司令"率领在厨房里重现皇帝的"阿尔科拉大桥之战"[1](6)。烹制过"奥斯特里兹汤"(6)的普勒沃斯师傅跟徒弟一样浪漫,利安德的伟大追求顿时让他心中激荡起"帝国御厨的慷慨之气"(6)。不过,在为爱徒物色"师长"的过程中,"摆台"(the dressing of the table)人才的匮乏让他大为感慨,因为"摆台在帝国御厨房中是要一个专门部门管的,需要卓越的艺术家才行"(8);听说他看中的人在沙皇宫里十分受宠而无法前来的时候,他"悲哀"地说:"这个国家(指英国)不器重天才……摆台需要罕见的天才,向来如此。"(8)

把利安德与普勒沃斯师徒充满豪情的对话放在厨房的语境中,就凸现出小题大做的滑稽,在"慷慨之气"和"哀叹"之类的形容中隐约可见叙事人对于全然忘却了真实世界的浪漫精神的反讽。虽然如此,在超越了现实的情境中,厨房难道不是与庙堂一样是可以追求卓越的地方吗?不管在哪里,年轻人的壮志和天才的落寞都是对功利主义庸众文化的抨击,所以利安德师徒的浪漫虽然滑稽却不讨厌。他们在言谈之间就将自己的事业浪漫化了,至少在他们自己的心目中将这样一个旁人看来不足挂齿的事业变得像拿破仑的帝国伟业一样,成了能够引发无限想象的审美客体。

厨房浪漫化的高潮发生在坦克雷德的成人节期间。当利安德为自己的天才之作没有得到任何反应而无比痛苦的时候,请他来主勺的埃斯克戴尔勋爵,开导他说:"我为什么请你到这个地方来?不是为了让你来听我表兄的掌声,而是要你塑造他们的品味。"(39)这一句话,就让利安德"仿佛醍醐灌顶",让他"顿时眉头舒展",因为

> 它给利安德的位置染上了崭新的色彩。利安德于是象其他卓越人士一
> 样,不仅觉得自己有权力要享受,也感觉到自己的伟大责任。他有得

---

[1] the bridge of Arcola, 拿破仑在 1796 年击败奥地利的军事杰作。("battle of Arcola." *The Oxford Companion to Military History*. Oxford University Press, 2001, 2004. Answers.com. 06 Oct. 2007. <http://www.answers.com/topic/battle-of-arcola>)

到荣誉的权利，但是他同样有责任要塑造和指引公众的品味。埃斯克
戴尔勋爵之所以请他来，就是为了让一些没有享用过一顿像样美餐的
英格兰最重要的人物开开眼，见识一下艺术。客人们回去的时候心里
就烙下了一个伟大的真理：进食和用餐是两码事。(39)

于是利安德感到"这可是一个伟大的思想，不但激动人心，而且使人崇高"，因为
他突然明白，自己要完成的"乃是一个使命"。而埃斯克戴尔的第二句话"如果我
是你的话，就会鞠躬尽瘁"，更是让利安德心潮澎湃，"只要艺术家能得到赏识，只
要他被理解，一桌饭菜可以成为一次敬神的奉献，而厨房就成了天堂"(40)。

埃斯克戴尔区区两句话能在利安德的心中掀起如此波澜，既是因为他开导有
方，更因为利安德是一个有"慧根"的人，他的浪漫想象力只需一个火星就能点
燃。他的"一桌饭菜可以成为一次敬神的奉献，而厨房就成了天堂"的神圣使命
感令人捧腹：锅碗瓢盆之间的事情，谈得上"使人崇高"吗？这样的想象力显得
过于活跃，使读者看到利安德很大程度上生活在想象的世界里。但另一方面，利
安德对将"进餐"(dining)看作"吃饭"(eating)的英国贵族充满了鄙视，这是对
英国实用主义的讽刺；而他对埃斯克戴尔的话所产生的反应也使读者看到受到启
示的精神会焕发出如何强大的力量，并联想起康宁思比对希多尼亚的感受："他
的话简直就是神谕……使我们的思想往前远远地跳跃了一大步"(Disraeli, 1982,
107)，以及希多尼亚告诉康宁思比的话：当人的"想象力被激荡的时候，可以牺
牲物质上的舒适去响应精神的冲动"(Disraeli, 1982, 107)。因此，虽然厨房里的
使命感不乏喜剧色彩，却依然表现了狄思累利一向喜欢的话题。

在事实上，怀着艺术天才的梦想的、浪漫的利安德与青年时代的狄思累利本
人不乏相似之处。利安德将贝勒蒙的宴会想象成《一千零一夜》里的样子，而《一
千零一夜》是狄思累利本人最喜欢的书之一：他在 1830-1831 年从东方游历回来
之后不久，就向数家出版商毛遂自荐将该书从法文译出，每月一刊，加上他自己
的编者按与仿作(Blake, 93)；另外，叙事人对利安德的艺术家形象的描写中明
显有着狄思累利自己年轻时候的影子。利安德出场时的模样："他的风度和服
饰表明了一种艺术家的气质……绿色的裤子，裤缝镶着黑色的穗带；鲜蓝色的
大衣上也是环扣、穗带，和裤子一样的装饰……带着一副报春花颜色的手套。"
(3)这一身装束实在是狄思累利对自己年轻时代一次著名的时装秀的回忆。
1830 年，当他第一次去见布沃尔-李顿时，身穿"一袭蓝色大衣，一条绿色的
裤子，红色条纹的黑袜，加上他的鞋子，轰动了整条摄政王大街"(Blake, 59)，
他事后得意地告诉朋友："我走过去的时候，人们在我的前面乖乖让路，好像

红海朝两边分开。"(Blake, 59)多年后,人们依然记得他当年那条"绿色天鹅绒的裤子和金丝雀颜色的马甲"(Blake, 59)。足见蓝大衣、绿裤子和金色马甲在那个时代的视觉冲击力。利安德的衣裤颜色与狄思累利相仿,只是狄思累利的马甲变成了利安德的手套,而作者用以形容这种金黄色的"报春花"(primrose)乃是他自己最喜爱的花,后来几乎成了他的象征[1]。与众不同的服饰是 19 世纪 30 年代伦敦的"纨绔子"的一个重要特征。狄思累利就是这个群体中大名鼎鼎的一员,与纨绔子的领袖人物多塞(Count d'Orsay)和另一位纨绔代表布韦尔-李顿的关系都极为亲密(Bradford, 50, 74)。纨绔子所追求的一个目标就是通过服饰"努力使自己成为一件艺术品",但是这样做"与其说是为了取悦什么人,还不如说是为了冒犯什么人"(程巍,4),而他们所要刻意冒犯的,就是中等阶级的的道德,故而被阿尔伯特·加缪称为"形而上的反抗者",而"纨绔子"的研究者艾伦·摩尔斯则称他们为"精神的人"(程巍,6)。显然他们是要用"艺术"来对抗"现实"。但是,狄思累利在创作《坦克雷德》时,已经当了 10 年的议员,并已成为保守党的领袖人物,已经是一个成熟的政治家。在 1846 年成为保守党前座议员之后,他出于政治考虑,放弃了标志着特立独行的纨绔风格的鲜艳服饰,改穿黑西装,以显得"体面",并且否认自己曾经有过一条绿色天鹅绒的裤子(Braun, 114)。此时的他当然已看到了当初的"形而上的反抗者"的天真幼稚,因此套上了狄思累利当年的一身惊世骇俗的行头的利安德多少可以看成作者本人对少不更事的青春时代的一种自嘲。但是这并不意味着狄思累利彻底告别了过去,而是意味着他会对自己的浪漫精神保持着一定的反讽距离。于是在利安德的喜剧中,既有得到作者认可的艺术气质以反抗平庸、务实的时代精神,又有作者对于这种艺术气质中的肤浅与片面的清醒意识。在这样的严肃与嘲弄的张力中,叙事得以保持情绪的平衡。

因此,可以说狄思累利在小说的这个引子中试图塑造一种平衡的叙事模式,努力地在一定的反讽距离之外来呈现他所同情的浪漫主义的精神主题,以调侃来消除严肃带来的僵硬,不但使故事,而且使严肃的思想变得灵活生动。叙事人在小说开头就不惜笔墨来呈现这样一种叙事模式,显然是向读者强调在阅读坦克雷德和他的历险故事时需要这样的反讽而同情的复杂眼光。

---

[1] 维多利亚女王曾经亲自采摘报春花送给狄思累利(Maurois, 246);他去世的时候出殡的棺椁上覆盖着女王手编的报春花的花环;狄思累利周年忌日,许多他的信徒与朋友在纽扣洞内插几支报春花以示纪念,由此产生了保守党内一个重要的组织"报春花联盟"(the Primrose League)。(Maurois, 350)

二、铁路时代的朝圣理想——在无信仰的混乱中追问"美好有力的原则"

姗姗来迟的主人公坦克雷德一上场就是一个犀利的追问者，而叙事人则显得表情严肃，没有了前面比较明显的喜剧夸张。但是有了利安德的预热，读者还是可以在坦克雷德的追问中既充分感受追问的力量，又看到作者巧妙保持着的反讽距离。

与在城堡下层的厨房中想象拿破仑的利安德一样，在城堡上层的画厅里想象"十字军"的坦克雷德也是一个浪漫的年轻人。不同的是，利安德想象的是拿破仑的宏伟，坦克雷德想象的是十字军的虔诚。他要重走想象中的十字军的朝圣路，为的是在一个由铁路象征着物质发达的时代重获支撑社会责任感的精神原则，而在他对原则的追问下，英国现实生活中不问原则的功利主张就显得格外清晰。

小说叙事很自然地将利安德与坦克雷德联系起来。就在埃斯克戴尔勋爵到城堡底层的厨房里去启发委屈的利安德的时候，坦克雷德第一次出现了，在城堡的上层和父母、亲戚一起接受市政会议员们对他的成年祝贺(41-43)。

对比一下叙事人对利安德与坦克雷德的长相的描述，可以发现两人有颇为相似的美好之处。利安德"身高过人"(3)(狄思累利总喜欢让小说中的卓越的人物"身高过人")，面相"多思而细腻"，并长着棕色的长发(3)；对坦克雷德的相貌描述更突出了美的艺术。他"身高过人，体型完美"，"深褐色的双目清澈闪亮、流光溢彩，五官端正雅致，甚至会让人觉得太过精巧"(43)，可是他的"眉宇间透射着沉思"，而且"脸的下部显出钢铁般的意志"(43)；尤其是他长着"希腊诗人们赞美过的、在希腊雕塑家手下不朽的风信子(hyacinth)般的深棕色卷发"(43)，也就是说他有阿波罗之美。文艺复兴时期发现了古希腊雕塑家莱奥卡雷斯(Leochares)制作的一尊阿波罗青铜雕像(后称贝尔福德的阿波罗——Apollo of Belvedere)被发现，该像此后一直是完美艺术的象征。雕塑中的阿波罗英俊飘逸，有一头盘起的卷曲长发，即"风信子般的卷发"[1]。可见坦克雷德与利安德隐约相似；同时，利安德对阿拉伯的《一千零一夜》很有兴趣，而对坦克雷德的外貌描写强烈暗示着希腊神话。这都使他们的形象接近一个超越现实的浪漫世界。但是坦克雷德的"脸的下部显出钢铁般的意志"又使他似乎坚毅有余而灵活不足，这却是利安德的长相中所没有的特征。

坦克雷德与利安德一样有着艺术追求，只不过他所追求的是政治艺术。当父

---

[1] "Apollo Belvedere." *Wikipedia*, 2007. Answers.com, 18 Sept. 2007. <http://www.answers.com/topic/apollo-belvedere>.

亲将进入议会的机会摆在他的面前作为生日礼物，并请他恪尽自己地位所带来的公共义务，成为"本郡可以指望"的"国家栋梁"时(45)，他便是以"艺术"的理由拒绝了。因为在他看来，当前的英国状况中最缺乏的就是艺术(52)。坦克雷德对艺术的定义是"艺术就是秩序，就是方法，就是通过美好而有力的原则获得的和谐结果"(52)。正因为缺乏这样的艺术，"这个国家的人不复为一个国家，而只是一个人群，靠着一个他们正在天天破坏的旧制度的残余才在一些简陋的临时的纪律的维持下勉强聚合在一起"(52)。关于把有机社会瓦解为乌合之众的说法在前两部小说中屡见不鲜。但是将这种政治问题进行审美的理解，则是《坦克雷德》的首创。

坦克雷德所说的这种赋予世界以秩序的艺术接近于雪莱对具有政治功能的艺术想象力的著名说法——"诗人是世间未经公认的立法者"(张旭春，187)。雪莱在《为诗一辩》中说明了诗人的想象如何为世界创造秩序：

> 无论它(诗)展开自己那张斑斓的帐幔，或者拉开那悬在万物景象面前的生命之黑幕，它都能在我们的人生中替我们创造另一种人生。它使我们成为另一世界的居民，同那世界比较起来，我们的现实世界就显得是一团混乱。……诗证实了塔索那句大胆而真实的话："没有人配受创造者的称号；唯有上帝与诗人。"(张旭春，187)

换言之，可以说"诗人说，要有光，于是就有了光"。诗人的想象给世界加上了秩序。圣西门也曾经明确指出："新的思考使我认识到，世界应该在艺术家的领导之下前进"，因为艺术家是"想象的人"，故而"不仅可以预测未来，还可以创造未来"(张旭春，178-179)。

这种对想象力的政治意义的强调完全符合狄思累利的一贯观点，尽管他在前两部小说中没有冠之以"艺术"的称号。不过坦克雷德的"艺术"不仅认为想象力给世界赋予秩序("艺术就是秩序，就是方法")，更强调它产生于原则，是"美好而有力的原则所产生的和谐结果"(52)。罗德里格斯(Rodrigues)对这个问题有更清晰的阐述。他认为，长期以来，艺术家在社会生活之中仅仅扮演着次要角色，是因为他们缺乏一种"共同驱动力"(common impulsion)和一种"普遍观念"(general idea)。只要找到了这种"普遍观念"，艺术家就有了领导人民的使命。他宣称：

> 将充任你们先锋的是我们，艺术家；艺术的力量是最直接、最敏捷的……我们诉诸人民的想象力与情感：因此，我们被赋予了最光辉、最重要的义务。(张旭春，179-180)

罗德里格斯所说的"普遍观念"显然就是坦克雷德所说的原则。在坦克雷德看来，没有了原则，就没有了艺术所想象并创造的美好秩序，于是世界就归于混乱。尽管他父亲期待他成为国家的栋梁，坦克雷德却看到，贵族们虽然自认为"国家的支柱"，却"并没有支撑什么东西"，所以"无论柱子再直、柱头再华丽，它们也不复为支柱，只是废墟而已"（48）；至于咄咄逼人的中等阶级"十镑户"，他们干脆"不打算支撑任何东西；正好相反，他们的哲学的根本就是，不需要建立什么东西，一切都听其自然"（48）。因此，当务之急不是去从政，而是要去重新找回那种"美好而有力的原则"，以恢复英国政治秩序。

正是对原则或者终极意义的坚持，坦克雷德才会一而再地质问强调务实精神的英国进步："这是从哪里来，到哪里去的进步？"（233, 319），使得米尔恩斯大为恼火（Stewart, 226）。

对于坦克雷德对根本原则的探索，他的父亲贝勒蒙公爵颇不以为然，因为他相信在这个"过渡时期"，最值得依靠的不是抽象的原则而是英国人所看重的经验——"这个国家的常识会让我们度过难关"（48）。可是他却无法回答坦克雷德的进一步追问："过渡去哪里呢？"（48）。不过贝勒蒙公爵认为这是"最聪明的人都无法回答的问题"，并无必要弄明白，只要"与务实人士一起行动"就可以了。而坦克雷德认为在没有原则指引下的务实只能是和务实人士们一起"实践他们的所有失误"（49）。所以，他不肯"误入了他们的歧路，难以脱身，并且只能在这要命的混乱中愈行愈远，为这混乱添砖加瓦，在黑暗中胡乱扑腾"（49）。他首先要做的是"仰问苍天：'什么是责任？什么是信仰？我该做什么？我该信什么？'"（56）

坦克雷德父子之间的争论是古今中外的"过渡时期"必然发生的、在"坚持基本原则"的终极目标论与"摸石头过河"的经验务实论之间的争论。贝勒蒙公爵显然秉持着经济发展是硬道理的思想，拿出最近的英国铁路发展所带来的繁荣昌盛来说服儿子："有了这些铁路，连穷人的处境——我承认他们此前的处境很不理想——现在也大为改善了。每一个需要工作的人都找到了工作，工资也提高了。"（51）坦克雷德却一定要看见最终的目标，而在眼前他更多地看到的是的经济发展中带来的精神问题："在这场物质工业的新发展中我只看到道德堕落的新诱因。你向千百万人宣告了他们的福利好坏就看他们的工资高低。跟其他所有的阶级一样，衡量他们价值靠的就是金钱。你为他们的行为提出了一种最低下的动力。"（52）

作者在这场争论中并没有现身，父子俩的话各有各的道理，但是分析一下可以发现作者的观点。既然两人的话各有道理又相互矛盾，于是可以看出他们各自的缺点。公爵的确将物质发展看作灵丹妙药，忽略了精神；而坦克雷德完全撇开了物质利益，又的确过于偏执精神。坦克雷德只看到铁路发展可能带来的道德问题与西比尔认为修道院的废墟要比铁路更动人一样，比较明显地表现出以作者的水平不该出现的幼稚的判断力，从而显露出了叙事人与坦克雷德之间的距离。

坦克雷德之偏执于精神在他的宗教狂热中得到了完全的表现。他所说的"美好而有力的原则"实际上指的是对宗教真理的信仰，因为当他"无法找到目前这个秩序的原则"(50)的时候，他说的是"无论是在宗教，或政府，或人们的行为中……我都找不到信仰"(50)；而且他看来，真正的信仰必定来自上天的直接启示，所以他先是"但愿能有天使降临我家，就像天使降临罗德之家一样"(52)，又渴望"在曼彻斯特看到一位天使"(76)，而后又决定要像两千年前"登山宝训"中的使徒们那样，去寻找与神明的直接交流，并从神明那里得到"训慰师"[1]的应许(52)。也就是说，坦克雷德需要的是神意直接干涉世界，他要得到的是语言的明白、确定的启示，因此他实际上是要将神秘的东西实在化了。所以，当他"激动地"告诉父亲，"我也需要一个训慰的圣灵，我一定要去找到它"(52)，而且认定自己可以在耶路撒冷的耶稣圣墓前祖先祈祷过的地方重新得到启示的时候，他的追求就显得刻板和机械，带上了一点喜剧色彩。因此，坦克雷德虽然强调艺术的"美好而有力的原则"，却因为执着于"表象"而失落了灵魂，从而变得僵硬而偏离了艺术。

而且叙事人早就向读者暗示，坦克雷德因为一直远离现实生活而缺乏想象力的现实基础。在他出场之前叙事人就告诉读者，坦克雷德一直都是在父母手心里呵护有加的宝贝："从他出世开始，他的父母的存在就是全心全意为了他的幸福……小蒙特寇勋爵所拥有的如此绵长不绝的挚爱，实在是人间少有。"(18)他曾经上过伊顿，可是他在那里"被忠诚的家人们簇拥着，又有一位私人教师不离左右，这位教师的警惕程度足以让警察局长汗颜"(18)；但是还不到一个学期伊顿就发生了猩红热，"于是小蒙特寇勋爵立刻被一把抱离了那里"，从此再也没有出过家门(18)，背地里被其他年轻贵族讥为"妈妈的宝宝"(19)。所以，叙事人有意要读者在坦克雷德的言行中看出他的幼稚并从中感到有趣。而且叙事人告诉读者，坦克雷德的种种想法是乃是这个一直呆在与世隔绝的城堡里的年轻人"三年孤独思考的结果"(57)，说明他对世界的认识缺乏经验的支撑，是脱离实际的，难以把握世界的丰富与复杂。

虽然坦克雷德的幼稚和浪漫使他脱离现实，但是他的"仰问苍天"却比似乎

---

[1] Comforter, 即圣灵。约 14：16-17：我要求父，父就另外赐给你们一位训慰师，叫他永远与你们同在，就是真理的圣灵，乃世人不能接受的，因为不见他，也不认识他；你们却认识他，因他常与你们同在，也要在你们里面。

找到了原则和信仰的康宁思比和艾格蒙特更接近这个时代的最重大问题。"我该做什么？我该信什么？"(56)坦克雷德的问题似乎有些天真，可是在这个问题的面前，进步时代的精神本质却暴露无遗。

三、圣地不如巴黎——在务实中远离神圣的传统贵族

坦克雷德的朝圣计划仿佛一面哈哈镜，将当代英国在功利务实的追求中"人与神渐行渐远"(299)的精神状况夸张而清楚地反映出来，而首当其冲的就是他的父母，一对看似尽职尽责的贵族夫妇。

当坦克雷德拒绝加入议会，而要去圣地的时候，贝勒蒙公爵"惊得跳了起来，又一屁股坐了下去，'圣地！圣墓！'他瞪着儿子喊道，又自言自语说了一遍"(56)，并满心后悔没有"听了埃斯克戴尔的话，两年前送他去巴黎就好了"(56)。有趣的是，尽管公爵自己"深信所谓的时尚生活就是轻薄混合了虚假，就是荒唐加上罪孽。他决心永远不要介入这种生活"(14)，却宁可让儿子去巴黎这个花花世界也不要他去耶路撒冷朝圣，这说明他把儿子的精神追求看作纯粹的胡思乱想和疯狂冲动，相比之下去花花世界鬼混和胡闹倒反显得更加正常、安全。

而更强调宗教原则的公爵夫人在从丈夫那里听说儿子要去耶路撒冷朝圣之后，变得气急败坏：

> "我总是不失时机地将宗教真理的原则灌输给他……谁料到会有这么个结果！圣地！哎呀！即便他到了那里，那也是一片死亡之地。十八个世纪以来全能上帝的诅咒一直就落在那片土地上。那里年复一年变得更贫瘠、更野蛮、更衰败、更怪异(unearthly)。那是令人憎恶的荒芜之地。现在我的儿子居然要去那里！哦！我们永远失去他了！"(65)

如此看来，公爵夫人是出于宗教考虑而反对坦克雷德去圣地的。可是如此虔诚的一位新教徒，一旦她发现坦克雷德在伦敦爱上了一位有夫之妇伯蒂夫人之后，便完全扔开了她的清规戒律，变得非常实在。叙事人说"骄傲、刻板、充满偏见"的公爵夫人对这桩"突然发生的热烈友谊""十分大度"，甚至主动去结识了伯蒂夫人，而且"两人相与甚欢"，只因为"一位大谈耶路撒冷，却能将她儿子留在伦敦的女性朋友，在公爵夫人目前的判断中，着实是一件宝贝，是同性中最有趣、最可敬的人物"(158)。这样的盘算实在与她的高调信仰很不协调，表明了她骨子里的实用主义。

按理说公爵夫妇应该不是实用主义的信徒。因为他们的日常行为都表现着传统的封建贵族理想：公爵"对君主和国家有着崇高的责任感"(15)，"除了家庭

生活之外，全神贯注于自己作为一方乡土的大领主的责任"(15)，这使他与《康宁思比》中亨利·西德尼的公爵父亲相仿；而他的"书房里堆满了各种司法文书、议会议事录、议会报告和有关地方治安法官之权责的讨论文集"(45)，又类似《西比尔》中经过感化而责任心陡增的艾格蒙特的书房情景(229)，因此在一些评论家看来他"体现了狄思累利的完美贵族的全部素质"(Flavin, 119)。与此同时，坦克雷德的母亲也"非常了解与自己地位相应的责任"(16)，忙着"推动本郡的慈善事业，办学堂，捐助教堂，接待邻居"(16)，应该是与亨利·西德尼的母亲一样出色的一位公爵夫人。

坦克雷德家的领地"蒙特寇森林"也依然是"快活的老英格兰"般的传统乡村：

> "蒙特寇森林"是英格兰北方的一片广大地区……目光所及，尽是玉米地与一行行茂密的树篱，许多闪闪发光的教堂尖顶，许多快乐的风车……森林农庄宅院，不仅十分洁净，而且有着十分贴切的乡村风格。(22)。

而在坦克雷德的成人仪式上，公爵用"烤全牛"之类的丰盛大餐"大宴全县"(5)、公爵和贵族们的与民同乐——观看农夫们"爬柱子"、"套袋子赛跑"(race in sacks)这样的古老乡间游戏都十分传统，而农夫们跳的从中世纪流传下来的莫里斯舞(morris dance)(34)，更是将《康宁思比》中蒙贸斯的慷慨与亨利·西德尼的"围着五朔节花柱柱跳舞"(Disraeli, 1982, 118)的理想结合在一起。因此，在一些评论家看来，这片"蒙特寇森林"应该与《康宁思比》中的那片"依然流连着古老封建时代情绪"(130)的"森林之神统治的广大地区"(97)一样，"充满了前工业时代气息……和典型的田园价值……这一派田园牧歌的风景挑战着当代社会的经济语境，让一切形式的冲突都在其中消解"(Flavin, 120)。

不过，仔细读来，这片"蒙特寇森林"实际上与康宁思比邂逅希多尼亚的那片让人不由得想象"一切神秘中的最神秘者"(Disraeli, 1982, 97)的绿色的古老森林并不一样。《坦克雷德》的叙事人早就告诉读者，所谓的"蒙特寇森林"已经名不副实了，"很多地方根本看不出这地名应有的特征"(22)，因为"这片地区在上个世纪得到了有效的开伐，现在大体上看来就是一大片原野，富饶的乡村，却远远谈不上画意"(22)，虽然一路向北行去，"耕作的乡村逐渐消失，风景中有了古老森林的黝黑形状"(22)，可是想象力丰富的、想要"深入幽深的林间"(22)的浪漫旅人，却只能在残存的古老森林中，找到一条"曲折于小片的古橡林间"的"大道"，以及"道路两旁的草地和蕨类植物所散发的荒野气息"，却"找不到什么真正的蛮荒之处"(22)。也就是说，象征人类文明进步的"大道"已经完全侵入了自然深处，扫荡着神秘的自然。这个自然世界的残存之地，居然要仰仗"草地和蕨类植物"来营造"荒野气息"(22)。值得一提的是，叙事人将这条道路称为"capital road"，暗示着现代文明的强大力量以资本开路，已经将以古橡树林为象征的英国古老的民族传统分割得七零八落。

与此相应的是，贝勒蒙公爵的血统不同于《康宁思比》中的森林主人白朗克公爵的古老世系，而与《西比尔》中的那些贵族有些相似：

> 尽管他只是一个乡绅的孙子，但是他的幸运的祖先在上世纪末俘房了蒙特寇家族的女继承人。蒙特寇家族的贝勒蒙公爵们是金雀花朝代的望族。新郎在结婚的时候就随着年轻美貌的妻子姓了这个杰出的姓氏。蒙特寇先生天生就是一个精力旺盛、雄心勃勃的人物，而年纪轻轻就到手的巨大成功更使他的天然活力得到迅速发展。他不但有了贝勒蒙家族的许多城堡、领地和选邑，还决心得到他们的古老爵位和现代爵冠。(9)

叙事者紧接着对其祖父的"进取"业绩所做的陈述，与《西比尔》中那些见风使舵、混水摸鱼的贵族并无二致。他抓住"美洲战争的灾难之际"，当国王和首相都害怕他手中的六张选票的时候，当上了贝勒蒙伯爵和蒙特寇子爵(10)；这本来已经够好了，可是

> 仙女搁在贝勒蒙伯爵摇篮里的这把银勺子实在太大了。美洲战争之后法国革命又应运而生，那位由殖民地叛乱而当上伯爵的人物于是理所当然地又分到了大而又大的一杯羹。在雅各宾主义的大恐慌和"人民之友"的雄辩声中，贝勒蒙伯爵悄悄地去了一趟唐宁街，请求亲自恢复古老的贝勒蒙伯爵、公爵们的荣誉。(11)

结果，尽管国王极不情愿让这位"本姓已经被人忘却"的"普通乡绅"如此轻易得逞，却还是被迫让他"在这个世纪开始的时候，当上了贝勒蒙公爵、蒙特寇侯爵、贝勒蒙-达克尔-维勒里伯爵，外加所有金雀花朝代的男爵爵位"，而国王唯一能报复的"就是一直不赐他嘉德勋章。这也许是为他儿子留下的一个追求目标"(11)。

所以，尽管贝勒蒙公爵不像《西比尔》中的那些贵族完全靠着炮制出来的家谱招摇撞骗，却并非当年十字军的嫡传后代，很有偷梁换柱的嫌疑；而他祖父的精明算计，更让读者增添了一丝对公爵的疑虑。因此，当叙事人描写贝勒蒙公爵的书房中满是公文，却都整整齐齐地"贴好了日期和摘要，用带子扎好，一一存放在占了整面墙的大柜子中"，并赞扬他"是那种被称作长于事务之人，也就是

说，他做事井井有条，精于所有日常细节"(45)时，读者在欣赏公爵的责任心和办事能力的同时，也会联想到他血液中流淌的务实精神。

再来看公爵夫人。她来自一个信奉清教的、"严肃而规矩"的爱尔兰贵族家庭，从小家里的唯一娱乐就是"参加圣经社的活动或者促使犹太人改宗会议"，在这个环境中人们"对于什么是真谛，什么是正行，什么是善举都知道得明明白白"(16)。在前一年坦克雷德生日的时候，她赠送的生日礼物是自己最喜爱的宗教书籍："一整套帕克协会(Parker Society)出的书，还有我自己那本做满了笔记的《裘厄尔》(Jewel)，还有我自己抄写的我祖父——大教长——对奇林沃斯(Chillingworth)的集注手稿。"这些都是为宗教改革声辩的著作，充满了清教气息[1]。韦伯曾经指出，"清教徒对于一切沾有迷信味道的事物，对魔法获救或圣礼获救之残余痛恨之极"(韦伯，334)，而这种反神秘主义的思想来自其理性精神，以实用的理性目的来衡量一切活动(333)。因此，公爵夫人可以一方面对坦克雷德的神秘主义倾向大为震惊，另一方面却可以很欣赏伯蒂夫人跟她儿子大谈耶路撒冷的神秘，因为她最终能将坦克雷德吸引在伦敦而不去作疯狂的朝圣。

正因为如此，公爵才会对能够以世俗智慧使"看似非人力能为的、经年累月地争论着的难题，在他手里迎刃而解"的表兄埃斯克戴尔勋爵佩服得五体投地，几乎每周一信，恳请点拨自己生活中的种种实际问题(28)；而公爵夫人也同样非常喜欢埃斯克戴尔，"几乎将他的话奉为神谕"(28)。本应崇尚超越性的"求胜意志"的贵族反而崇尚实用性的"求生意志"(周作人，15)，足见功利务实的世俗精神在英国政治精英阶层的全面胜利。

四、"和稀泥"的主教——国教的世俗与无力

与俗界贵族的功利倾向相比更为可悲的是圣界高层的全面世俗化。

---

[1] 帕克协会是一个国教徒的组织，在 1840-1855 年间集资出版了五十四卷装帧精美的 16 世纪宗教改革著作，以对抗牛津运动对宗教改革的攻击(P. Toon, "The Parker Society," HMPEC 46 (Sept., 1977).quoted in http://mb-soft.com/believe/txn/parker.htm, Sept.5, 2007)。裘厄尔(John Jowel)是伊丽莎白时代的索尔兹伯里主教，具有强烈的清教倾向。他在 1562 年所写的《为英格兰教会辩》(Apologia pro Ecclesia Anglicana)是第一部系统地阐述了反罗马的英格兰教会思想的著作，"为此后的无穷争论开辟了战场"("John Jewel", Classic Encyclopedia, <http://www.1911encyclopedia.org/John_Jewel>, September 06, 2007)。奇林沃斯是 17 世纪前期的神学家，他在 1638 年发表的《新教是通往拯救的正道》(The Religion of Protestants a Safe Way to Salvation)认为《圣经》是精神领域内唯一的权威，对《圣经》的解释乃是个人良知的自由权利。("William Chillingworth". The Columbia Electronic Encyclopedia, Sixth Edition. Columbia University Press, 2003. Answers.com, 27 Nov. 2006 < http://www.answers.com/topic/william-chillingworth>

坦克雷德的父母为了解决儿子的精神问题而请来的一位国教高僧就是一位宗教领域内的功利主义者。在他上场之前叙事人先猛烈抨击了英格兰国教,他告诉我们,在这个"圣俗制度统统都受到质疑"(74)的混乱时代,当这个困惑的民族需要引导的时候,上院中那些"顶着主教冠帽的无能之辈们"却"鸦雀无声","在他们清净无为的天然状态之中入定"(74)。蒙特寇本地的老主教也许是这些主教的典型形象:掉光了牙,非常宽容,但愿与所有的教派友好相处,只要他们纳教会税就行(30)。

在这些人物中间,只有应邀前来贝勒蒙城堡帮助说服坦克雷德的那位主教才是唯一依然在呐喊的人物。这位主教因为前些年轰轰烈烈的爱尔兰宗教改革运动中"以上院中罕见的激情在那里宣布他看到了'第二次宗教改革中的上帝之手'"(72)而名噪一时,并深得公爵夫人的信赖。不过,如果说那些"鸦雀无声"的主教们是装聋作哑、以不变应万变的话,那么这位唯一没有"入定"的高僧虽然慷慨激昂,却实在是一位最擅长见风使舵的高明角色:"由愤怒的福音派,到严肃的高教派,再到狂热的皮由兹派,一旦运动退热了,或者烧得太高了,他总是能不失时机地全身而退。"(74)主教大人最妙的一招是主张那些强调传统宗教仪式的皮由兹派"可以在祭坛上摆放蜡烛,却不得点燃蜡烛"(75),而且他"能谨慎而灵活地操起流行的腔调,既因为'在理论上'承认变革而受革新派的青睐,又因为对现实的审慎务实而讨好了保守派"(75),故而能在一片混乱中进退自如,"在自己的显赫地位上胜任愉快"(75)。

所以叙事人直截了当地将公爵夫人搬来的这位救兵贬为"和稀泥"(75)大师。尽管他能言善辩,却挡不住坦克雷德的追问,怎么都无法说明"目前英格兰的万物秩序的基础"(76)。弄到后来,"他就迷失在语言的迷宫里了"(76)。而当坦克雷德希望看见"天使降临曼彻斯特",像当年在圣墓前"向玛利亚和她的同伴们显灵"(76)那样直接给他启示的时候,这位"杰出的教士"除了断言"蒙特寇勋爵有幻觉"(77)之外,就黔驴技穷了。

然而在这样一个"过渡时期",要求这位主教将一切解释得清清楚楚,也许有些过于苛求。精神混乱与动荡是这个时代的典型特征。坦克雷德之所以要向上苍追问"什么是信仰?"就是因为没有人说得清这个问题,因为"在信条的残骸和帝国的崩析中,在法国革命、英国改革、天主教的剧痛和新教的痉挛中,乱哄哄你方唱罢我登场的欧洲需要一个主旋律,却没有人谁调得出来。欧洲已经糊涂了"(267)。的确,当时的教派间的灵魂之战,尤其是随着牛津运动开始的天主教的复兴,给社会造成了巨大的混乱,"家庭与友谊都像当年内战时一样被撕裂了"(Lerner, 155)。狄思累利日后的老对手格拉斯通就在他的妹妹海伦改信天主教之后，认为媒体对此事的报道是"我们家丑的记录"，并敦促父亲将海伦逐出家门(Lerner, 155)；而狄思累利的老友、后来的牛津主教塞缪尔·威伯福斯(Samuel Wilberforce，福音派创始人威廉·威伯福斯的儿子)四兄弟中除了他都成了罗马天主教徒。他在信中写到兄弟亨利的叛教时说，"他在如此可怕的堕落之后如果依然留在这里，对于我则是无量的悲惨，而他的背誓背信沉重地压在我的灵魂上"(Lerner, 154)；当卡莱尔的好友、后来为狄思累利作传的 J. A. 弗劳德(James Anthony Froude)在 1848 年出版了他的攻击国教的小说《信仰的复仇》(*The Nemesis of Faith*)之后，他所任教的牛津大学的副校长在学院大厅里焚烧了这本书，而人们纷纷对他父亲表示同情，仿佛他死了儿子一般(Lerner, 155)。

同时，对信仰本身的怀疑更严重地动摇着生活的基石。卡莱尔早在《旧衣新裁》中就说，在这个世界里，人的内心已经不再有毫不含糊的坚定呐喊，取而代之的是"持续的否定"，只有虚无感处于一个唯物的、无意义的存在的中心；金斯利在《酵母》(*Yeast*, 1848)的《跋》中如此形容目前的年轻人的窘境：不仅"他们从传统中接受的各种固定的观念在他们脚下解冻、冰裂"，而且"成千上万不知如何归类的事实与观念像潮水般将他们淹没"(Houghton, 9)；密尔则在 1854 年的一则日记中称，"在受过较好的教育的阶级中，少有人对自称相信的东西有多少想法或有真正的信仰，因为他看到每一个问题都有太多的方面"(Houghton, 17-18)；连纽曼这样虔诚的人也会承认在 19 世纪的物质进步和商业兴盛中，他有的时候会找不到上帝存在的迹象："如果我看着镜子却看不到自己的脸，这样的感觉我并不陌生，因为当我看着这个生机勃勃的世界却看不到它的创造者的映像的时候就有这样的感觉。"(Davis, 99)在他看来，维多利亚人仿佛狄更斯笔下的孤儿："一个好素质、好头脑的孩子，带着优良种草的标记，却被扔在世界上无人照管，说不出自己从哪里来，出生在哪里和他的家庭联系"(Davis, 100)。有人形容那些依然"栖身在古代信念的塔楼里的人们"，说他们"忧心忡忡"地望着"满天的飞弹"，"举棋不定……战战兢兢地展望着未来"(勃里格斯, 279)。

《坦克雷德》中来参加坦克雷德成人仪式的一位女客汉普夏夫人就绝妙地表现了时人处于信仰真空中的混乱心态：

> 从来没有一位有信仰的信徒如此活跃同时又如此反复无常。每年她都会信上某种新的疗法，并宣布自己正处于某个奇迹恢复之际。但是往往这个圣徒刚刚封上圣榜，他的至福主张就下台了。这一年夫人不离开黎明顿温泉一步，下一年又计划将哈内曼[1]的极小剂量与大都市

---

[1] Samuel Hahnemann (1755-1843)，顺势疗法创始人。

的无穷娱乐相结合。眼下她则是言必称水疗……她说话时总是带着如此做作的热情，仿佛十分同情那些不打算立刻睡到湿毯子里去的人们的命运。(31)

汉普夏夫人对各种疗法的朝三暮四正是处于既不能不信，又不能确信境地时的自欺欺人的精神写照。

在这样的情况下，主教对坦克雷德的要求的确爱莫能助。但是主教的"和稀泥"策略却是全无真诚的、彻底的功利主义。在叙事人的分析中，这是英国将宗教世俗化的必然结果。从叙事人对国教状况的介绍中我们因此得知，在英国历史的进步过程中，主教的职位早已变成了"世家幼子的封禄"(72)，而牧师也几乎成了贵族家的私人教师，其成败就看他能否"将年轻贵族培养成一个大学优等生"，要检验他的才学则看他是否能校订一出希腊戏剧(73)。国教的精神职能也完全在政府的控制之下，由首相"在能够拼凑韵脚的三流诗人中寻找使徒的继承者，寻找替他打理西奈和加略奥秘的执事(the stewards of the mysteries of Sinai and of Calvary)"(73)，也就是说，政府只需要能说会道、能够为政府在宗教事务上敷衍人民的人士来执掌教会。叙事人认为，这是一种"对祭司性质的误解"(72)，在这个"动感十足却又思想混乱"(72)的时代，国教就因为缺乏"有更高智慧与气质的领路人"而陷入了"大窘境"之中(72)，只能或"鸦雀无声"地全体"入定"(74)，或"手忙脚乱地做点什么，以免受到无所作为的指责"(75)。而主教的"和稀泥"的手段，也就是"行动中的妥协和言语中的含混"，却成了"眼下最时尚的公共素质"(75)。

担负着一个社会的宗教使命的主教们如此鸦雀无声地采取鸵鸟政策，或见风使舵以谋取个人的最大功利，不能不说是时代的悲剧。

五、温柔乡里的进化论与铁路股票——坦克雷德的朝圣理想在祛魅世界中的挫折

与正襟危坐的权威人士相比，温柔乡里的科学家和投机者们不但能创造更多的喜剧效果，也更让人看到世俗精神的无所不在。

主教对坦克雷德的宗教劝导失败之后，公爵夫妇改弦易辙，采用最现实的手段。公爵一向认定"最现实的人是最能对付幻觉的人"(78)，而在他眼中最能够"见机行事"的"练达之士"(78)就是自己的表兄埃斯克戴尔勋爵了。足智多谋的埃斯克戴尔勋爵果然在将情况作了合情合理的分析之后，教给他们一条妙计，就是同意坦克雷德去圣地，条件是一定要他乘着合适的游艇出发："过上十二个

月，游艇准备好了，可是他那时就不想去巴勒斯坦了，而要去考斯[1]了。"（82）更厉害的是，按照埃斯克戴尔的设计，在坦克雷德等船的时候，正好让他"进入社会"——"让他忘掉耶路撒冷的最佳办法就是让他看看伦敦"（82）。对于埃斯克戴尔的这条以世俗诱惑来忘却精神追求的妙计，公爵夫妇欣然从命。公爵听后说，"这个问题我就是这么看的"（82），并"得意地看着妻子，仿佛在说：'看到务实的人什么样了吧！'"（82）；而公爵夫人则佩服得直说，"我怎么想不到"（83），并在坦克雷德上钩之后"越来越信服表兄的先见与精明"（159）。

埃斯克戴尔的计划几近成功。没见过世面的坦克雷德刚出道就陷入了伦敦社交界的温柔乡里。他在"孤独的心灵中一直只与政治家、教长、贤哲、元老们对话"（110），现在却突然因为异性的"一个眼神"而"怦然心动"（110）。

先上来的是聪明漂亮的康斯坦丝小姐，"谈吐像一位结了婚的女人，十分锋利却又很轻松；并且，她用法国小说给自己的思想施足了肥（having guanoed her mind by reading French novels），因而对所有的社会话题都备有各种结论，她会将这些问题连珠炮似的放将出来，看上去好像是随口而来，实际上却经过精心安排"（111）。于是，坦克雷德在她面前好像"要翻越阿尔卑斯山的人被一块宝石绊倒了"，"融化了，像冰山化作了一滩水"（110）。康斯坦丝在她的高谈阔论中极力向坦克雷德推荐一本叫做《混沌揭密》（*The Revelations of Chaos*）的好书，因为"它解释了一切"，"用科学方法，一切都用地质学和天文学什么的来加以解释"（113）。显然，"科学的方法"此刻已成为沙龙中的时尚话题。不过从康斯坦丝嘴里说出来的对宇宙起源的"科学揭秘"却十分混乱、滑稽：星星的形成"是再漂亮不过了！一团蒸汽——银河的精华——某种天上的奶酪，搅呀搅的，就有了光"（112）；还有万物的进化：

> 开始，什么也没有。然后就有了什么。我忘了后面是什么，我想可能是贝壳，然后有了鱼，然后就有了我们。让我想想，那后面就是我们吗？不管它。总之我们最后就出现了。接下来的变化将是远远优于我们的东西——带翅膀的东西。啊，是了。我们先是鱼，我相信我们会变成乌鸦。（113）

康斯坦丝拾人牙慧的进化论显得十分混乱，可她对这些她自己也说不清楚的东西却表现得相当霸道，一口咬定"这书里的任何东西都是不容置疑的"，只因为"这可全是科学"（113）。在她看来，只要有了"地质学的证明"，这个世界的

---

[1] Cowes，英格兰南部的一个港口，历来以上流社会的游艇活动著称。

来龙去脉就一清二楚了,所以这样的科学书就表达了真理,而不像那些"公说公有理、婆说婆有理的书,结果可能大家都是错的"(113)。

对于从康斯坦丝口中说出来的进化论,叙事人的态度并不隐讳。虽然康斯坦丝看似有知识、有思考,对任何话题都能侃侃而谈,叙事人却用了"施肥"(guano)一词来形容她的精神养料。guano 这个词指的是山洞中累积的海鸟、蝙蝠的粪便,显然带有令人不快的气息,它不仅讽刺了沙龙女主人貌似机智、实为无知的谈吐,更给她所津津乐道的进化论熏染上一些臭味。

狄思累利在此强烈讽刺的对象未必是进化论本身,而更在于它的风靡一时本身所表现出来的科学崇拜。依然在很大程度上把持着社会话语权的贵族阶级对一切冠名"科学"的东西不加思考地趋之若鹜,奉为时尚。那位"每年都会信奉某种新的疗法"的夫人的夫君汉普夏勋爵就深知科学是当代最出风头的东西,所以"他的人生就是担当各种科学与文学协会的会长,从主持某个皇家学会——只要轮得到他——到为邻市的机械学院剪彩,来者不拒"(31)。不过狄思累利更害怕的,似乎不是科学时尚本身,而是在科学理论的背后那种消除人的精神性、将人彻底物质化的趋势。因为在这个时代出现的这种科学理论,其社会意义早已超越了科学本身。连著名的功利主义者西奇维克在给早期进化论著作《地质学原理》(*Principles of Geology*, 1830-1833)的作者查尔斯·莱尔(Charles Lyell)的信中都说:"如果这是真的,那么一切冷静的归纳就是白费力气,宗教成了谎言,人类的法律成了一堆傻话和低级的不义,道德成了月光般的虚妄,我们为非洲黑人所付出的努力成了疯子做的事情,而男男女女只是比较高级的动物。"(Davis, 62)狄思累利害怕的就是"进化论"背后的那种将人纯粹看作比较高级的雌雄动物、从而消灭了其存在意义的倾向。因此,他本人对"进化论"的态度非常明朗。1864年 11 月 25 日,他在牛津大学发表演讲时,曾对听众和站在他身边的牛津主教塞缪尔·威伯福斯说:"有这样一个问题:人到底是猿猴还是天使?大人,我站在天使一边。"(Bradford, 255)

所以,当康斯坦丝小姐从"开始什么也没有,然后就有了什么,我忘了后面是什么"的进化论出发来教导坦克雷德"一切都是在发展中的;发展的原则在永远不停地继续着"(113)的时候,其中不难读出叙事人对于这样的"科学"进步观所持的讽喻态度。

坦克雷德曾经想象康斯坦丝小姐是可以一起"跪在圣墓前面"的伴侣(113),因此康斯坦丝关于人"过去是鱼,以后会变乌鸦"的科学理论无疑是对他的浪漫想象的莫大捉弄。可是当他像《天路历程》里的基督徒那样决心"尽快离开这座城市"(114)的时候,却又迅速被另一位似乎更有精神追求的女性俘虏了。坦克雷德在大街上搭救了遇上车祸的贝蒂夫人(Lady Bertie),扮演了一回骑士。美丽夫人的一句"在这些冰冷的地方,难得有您这样有东方气质的慷慨人士,您散财施物好像在东方一样"(134)就让他深为感动;而当夫人含着"优雅的痛苦"(134)告诉坦克雷德,她的耶路撒冷之行是要替自己去完成"梦中之梦"(134),说自己本该在做姑娘的时候就不顾家人的反对"拿起我的棕榈朝圣杖(palmer's staff),一直走到我在雅法的海滩上拾贝为止"(135)的时候,他更是心潮澎湃。他在与贝蒂夫人的交往中,逐渐把夫人认作"伦敦唯一理解他的人"(157)、"美丽的女先知"(156)、"古代基督教王国中的女英雄"(157),甚至"她在这个世界中的存在本身就是美丽与情感的胜利"(157);他在夫人的相貌和气质中读出了"某种东西在谴责我们这个财神时代的唯利是图、利欲熏心和工于算计"(157),在他的意识中,这位充满了"优雅而浪漫的精神"的夫人"不适于这个国家的气质"(157),于是"在生活中错了位","成了自己的想象力的牺牲品"(157),所以她才会经常"显得很奇怪地沮丧,经常焦虑、激动,屡屡出神"(157)。因此他"不能抛下除了他自己之外英格兰唯一的一个心系耶路撒冷的人物。这样做很不像骑士。有点胆怯甚至卑鄙"(162)。显然,坦克雷德为自己和贝蒂夫人分别设定了反抗异教财神的骑士与淑女的浪漫角色,并且"沉醉在与女香客一起跪在圣墓前的幻想中"(157)。

不过,坦克雷德在自己的梦幻中并没有察觉"女先知"的朝圣梦中微露的狰狞。有一次,贝蒂夫人"叹口气幽幽地说",如果坦克雷德可以晚点走,自己倒是可以"以某种形式"做他的朝圣旅伴,因为她丈夫喜欢打猎,在厌倦了"英国保留地里的单调屠杀"之后,有点儿想要去"叙利亚群山中的麋鹿和野猪中间寻找新的刺激"(156)。对这样血腥的朝圣计划,坦克雷德似乎并不十分介意。另一次,为了让她的"离不开伦敦俱乐部"(156)的丈夫能去耶路撒冷,贝蒂夫人更是突发奇想:"要是耶路撒冷是一个容易到的地方,就有办法了。比方说,可以修条铁路去那里。"(167)"耶路撒冷铁路"的想法让坦克雷德大吃一惊,可他似乎并没有为"女先知"的这个让工业文明直接侵入圣地的渎神想法感到愤怒。倒是贝蒂夫人想了想之后也觉得这条铁路不行,原因是"不会有多少乘客"(167),可见在贝蒂夫人的"铁路思想"中成本核算是最重要的。

尔后发生的事情就有了戏剧性的变化。贝蒂夫人接到一张便条之后便瘫倒在地,坦克雷德在上前扶助的时候,看到便条上写着:"窄轨赢了。我们全完了!史尼克斯告诉我你昨天又买了五百股,十镑的价位。这不可能吧!"(167)接着他从希多尼亚那里知道,贝蒂夫人是"欧洲赌瘾最大的女人"(170)。于是贝蒂夫人关于耶路撒冷铁路的思考和她此前如"很奇怪地沮丧,经常焦虑、激动,屡屡出神"等种种情况都有了新的解释，而"成了自己的想象力的牺牲品"的不是贝蒂夫人，倒是坦克雷德本人。

物质主义时代的特征就是强调人的物质性，而否认人之为人的根本特征在于其精神。坦克雷德在伦敦的爱情历险中所遭遇的将人发展为乌鸦的"进化论"者和设想圣地通火车的铁路投机狂，也许是这样一个物质主义时代的夸张表现。世俗与功利的现实一再将坦克雷德从浪漫的美梦中惊醒，而他此后离开现实英国的圣地之旅，既表现了他的坚定的信仰追求，也是他向想象与梦幻的更深处逃遁。

耽于幻想的坦克雷德虽然幼稚，却也纯洁。他的父亲在其他贵族眼里就是一个"从来不玩"（19）的人，母亲则是一个虔诚的清教徒。在成人之前，他从未与"世界"接触过。外面"世界"中的年轻贵族们听说他成人的消息，便商量着要"帮他开发一下他那天真无邪的心灵"（19），这固然是混世魔王们对他的取笑，却未必不是叙事人对他的某种肯定。正因为他涉世不深，才有初生牛犊的勇气将世界浪漫化。而他不知天高地厚地朝着神秘的精神世界奋勇回归，正好与注重功用的现实世界中"人与神渐行渐远"（299）的努力进步形成鲜明对照。因此，在一种平衡的叙事中，我们一方面看到坦克雷德的理想之幼稚可笑，却同时又发现他的少年鲁莽刺穿了升平表面之下的精神缺陷，看到了理想贵族的背后已经没有了精神支持，承担着社会精神领导重任的人或装聋作哑或见风使舵，而莫名其妙的科学崇拜和无所不在的物欲冲动更让人为世界的进步方向感到忧虑。所以，坦克雷德即将进行的朝圣之旅并非只是为了嘲弄年轻人的少不更事的热情梦想，更是要认真地去探索世界的精神出路。从前面的分析来看，这种探索既因为作者对现实的忧虑而是真诚的，也因为保持着微妙的反讽距离而是平衡的。

第三节　仲夏梦中的寻梦人——
在西奈山与奥林匹斯山之间探问信仰

坦克雷德"新十字军"的圣地寻梦是对欧洲精神源头的一次象征性的重访。他在耶路撒冷的耶稣圣墓前没有得到任何启示，却在沙漠中的希伯来信仰圣地、西奈山顶上似乎修成了正果，可是他在恍惚间从天使那里求得的"神谕"除了让他更加耽于幻想从而被人利用之外毫无建树；他又匪夷所思地到了一个与世隔绝的希腊遗民的山国，见到了保存完好的奥林匹斯信仰，而在这里发生的嫉妒与阴谋却彻底打破了他的幻梦，使他两手空空地逃回耶路撒冷，紧接着就传来了他的父母赶到的消息，这场寻梦之旅就此告终。姑且不论小说中的宣传复古和犹太优越论,坦克雷德万里迢迢地奔赴这场令人眼花缭乱的圣地巡礼,最后却毫无结果,那么狄思累利到底想说什么?评论家们对此怨声载道,洛威尔说他"仿佛天方夜谭里那个噎住了的可怜驼子,憋不出一句话来"(Speare, 80);斯比亚嘲笑说,小说的这一部分拿去做一个好莱坞的剧本倒是挺不错,因为其中俯拾皆是的异域历险场景连范朋克[1]也难以表现得更好(Speare, 83);布莱克则称之为"永垂不朽的虎头蛇尾"(Blake, 205)。只有克劳森赞扬它是又一轮成功的反讽,而以坦克雷德父母的赶到为反讽的高潮,说明"宝宝历险记"的结束。[2]不过,笔者试图说明,坦克雷德毫无结果的探索既非虎头蛇尾的败笔,也不全是作者的反讽,而是一个成熟的作家对于探索的诚实态度。坦克雷德在圣地的意义与他在英国时一样,不在于他是否找到了真理,而在于他的探索本身。他在希伯来文化与希腊文化中的经历让我们看到了西方文化的两大源头对于现代文明的价值与缺陷。在笔者看来,狄思累利在这一部分中尝试着将强调顺从天意的希伯来文化与注重张扬个性的希腊文化在想象力的基础上融合为一种适合现代社会的精神价值体系;他的劳而无功,一方面表现了时代的情感结构,另一方面也是一种对未来的有益探索。

一、靠近沙漠的伊甸园——基督教信仰的犹太-阿拉伯之源

诚如施瓦兹所说,坦克雷德的圣地之旅实在是一次在时光中的倒退(Schwarz, 100)。他首先从 19 世纪的英国倒退到基督教信仰的源头耶路撒冷,又从耶路撒冷继续后退,到了一个"仿佛伊甸园"(193)的地方,并在那个象征起源的地方受到了一个名叫"夏娃"的神秘犹太女郎的启发,进一步确认了基督教的希伯来渊源,并扩展了对希伯来文化的理解,使之成为沙漠中的阿拉伯文化的代名词。也就是说,坦克雷德到达基督教圣地之后,便被吸引着走向更为古老质朴的犹太-阿拉伯文化。

其实,明眼人一开始就知道,坦克雷德的朝圣之旅必然走向比基督教更古老的犹太教。坦克雷德在与父亲谈论信仰问题的时候就已经有了这个倾向,认定"自从光明从黑暗中跳跃而出的那刻以来,造物主从来只在一片土地上显圣"(56),

---

[1] Douglas Fairbanks, 1883-1939,默片时代的传奇电影大师,主要作品包括《大侠佐罗》(1920)、《三剑客》(1921)、《罗宾汉》(1922)等。("Douglas Fairbanks". *The Oxford Companion to American Theatre*. Oxford University Press, Inc., 2004. Answers.com, 27 June. 2007 <http://www.answers.com/topic/douglas-fairbanks-jr>)

[2] Clauson, Nils. " 'Picturesque emotion' or 'great Asian mystery'? Disraeli's Tancred as an ironic Bildungsroman", *Critical Survey*, vol. 16, 2004. Questia. 2004. June 12, 2006< http://www.questia.com/read/5007650111>.

而对于希多尼亚对他宣讲的基督教与犹太教的渊源,"摩西和耶稣至少其肉身都是以色列的孩子,他们用希伯来语对希伯来人说话,先知全是希伯来人,使徒也全是希伯来人……而罗马教会也是一个地道的希伯来人建立的",坦克雷德也听得十分投入(126)。当夏娃问坦克雷德"半个基督教世界崇拜一位犹太女子,另外半个基督教世界崇拜一个犹太男子……一个是顶礼膜拜的种族,另一个是接受崇拜的种族,哪一个更加优秀?"的时候(202),小说中颂扬犹太人的味道就很浓了。

在反犹情绪依然十分浓重的维多利亚时代,毫不奇怪这样的歌颂会引起本章第一节中所提到的那些激烈反应。就在《坦克雷德》出版的 1847 年,希多尼亚的原型莱昂内尔·德·罗斯柴尔德男爵(Baron Lionel de Rothschild)由于他的巨大经济影响力被伦敦市选入议会,却无法在议会入席,因为作为犹太人,他不能"以基督徒的真信"立誓,以后他又多次当选,又多次被议会拒之门外,直到德比与狄思累利在 1858 年第二次组阁时才使议会通过了"恢复犹太人权利法"(Blake, 258);而狄思累利本人在竞选议员时,台下就常有人高喊"夏洛克"、"收旧衣服的"、"犹大"、"给这个犹太佬搞点猪肉来"的侮辱言语(Endleman,113)。因此我们完全可以理解狄思累利的反击。罗伯特·布莱克认为,希多尼亚这个人物形象本身就是对狄更斯在《雾都孤儿》中塑造的犹太老贼费金形象的复仇(Blake, 203)。

可是在《坦克雷德》中,狄思累利虽然以歌颂犹太的优越来挑战反犹思想,使布莱克认定这部小说表达的是与三部曲的前两部小说截然不同的"种族主题"(Blake, 212),他对希伯来信仰和文化的表现实际上并没有脱离三部曲一以贯之的反思"进步"和"功利"的主题。为了这个主题,他大胆地将希伯来文化转化为来自沙漠深处的阿拉伯文化,乃至东方文化,于是"夏洛克"与"旧衣服"被古老、虔诚、质朴、和谐这些素质所置换,成为现代化的欧洲的对立面。

坦克雷德一到东方,首先感受到的就是与西方的不断进步截然不同的时间状态。历史进程在这里仿佛停止了。小说第三卷一拉开帷幕,满眼的古老便扑面而来:

> 明朗的月亮还逗留在橄榄山顶,但是月光已经离开客西马尼的花园,离开了汲沦谷的溪水和约沙法的阴暗深渊。对面的城市却洒满了它的清辉,在银色的光芒中生动而清晰。一堵高耸的城墙,带着其角塔、城楼和许多城门,沿着不平的地势起伏,围绕着耶和华的失陷的都城。(172)

在西方读者耳熟能详的这些《圣经》地名中,橄榄山是犹太先知预言中弥赛亚的降临地，也是耶稣度过最后一天的地方；客西马尼是橄榄山下耶稣用完"最后的晚餐"后祷告的地方；汲沦谷是将橄榄山与耶路撒冷隔开的山谷，是预言中弥撒亚在最后审判时进入耶路撒冷的通道，也是人类复活之处；而汲沦谷流入的约沙法的深渊则是神的最后审判之地。因此圣地一出现就在宁静的夜晚以这一连串古老的地名将关于复活和救赎的古老应许穿透、弥散在读者的情绪之中。

值得注意的是，这些地名中除了客西马尼与耶稣有关之外，都是《旧约》中与犹太信仰相关的地方。所以，当坦克雷德来到圣地寻求基督教的根本的时候，却立刻被更古老的犹太历史因子所包裹。对此坦克雷德很快就有了强烈的感受。当他在正午时分站在客西马尼，也就是耶稣的最后祈祷处，回望耶路撒冷的时候，他看到的是一座"亚述王攻打过，法老的战车围困过，罗马皇帝亲征过，萨拉丁和狮心王……以难分伯仲的骑士精神为它拼杀过"（188）的城市，却依然是一座"活生生的、呼吸着的、生存着的城市"（188）。无比厚重的历史感使得这个城市具有了一种与天地同长久的无限性，使处于其中的人能够跳出眼前的物质现实而活跃在纵横千古的伟大想象之中。叙事人因此感叹道："耶路撒冷的风景就是一部世界史；不止如此，这是一部天堂与大地的历史。"（188）而记录着耶路撒冷古城在天地之间的景象，更是令人惊心动魄：

> 仲夏时节的正午，耶路撒冷就是铜天铁地中的一座石头城。周围景物的狂野光芒足以让人敬畏——这是一个没有阴影的世界。一切都如此熊熊燃烧，如此清清楚楚，会让人想到一幅中国画，但是这景象过于粗犷荒野，超越了蒙古人种的想象力。（188）

这幅用文字完成的风景画显然是狄思累利对 15 年前的记忆的润色。1831 年他与友人作东方之游，途经耶路撒冷。他在信中告诉姐姐莎拉，自己看到古城时"像被闪电击中了一样"："城周围的风光之原始、可怖与荒凉，简直令人难以想象，可是却又如此富有画意，让人心中充满崇高。"（Bradford, 41）无疑，圣城耶路撒冷这个"没有阴影的世界"带给人的崇高感是一种令人畏惧的感受，仿佛光芒四射的神明就在头顶，令人只能匍匐在地，不敢仰视。《康宁思比》中叙事人形容希多尼亚"有着故乡的沙漠一般炽烈想像和故乡的天空一般光明的思想"（191），似乎就跟这份耶路撒冷的景色联系在一起。

当坦克雷德沉浸在此地的亘古与崇高中的时候，就被一股神秘的力量引导着走入了历史的最深处。他离开客西马尼正要回城的时候，看到一个"仿佛从峡谷中流淌出来"的"无尽的大花园"，花园的"幽深处高高地伸出一株棕榈……上头闪烁着阳光"(190)。棕榈是耶稣胜利的象征[1],也是返回欧洲的十字军骑士必带的神圣信物。因此,追循十字军祖先的足迹而来的坦克雷德在第一次看到这"美好而神圣"(190)的树木的时候不由得"怦然心动"、"着了迷"(190),免不了要走近去看个究竟。可是他"仿佛童话中的王子,闯入了被施了魔法的乐园的神秘边界"(190),结果却在这个他觉得"天堂一样"(190)的园子深处、棕榈树下的一个凉亭里枕着叮咚的泉声睡着了,醒来时看到一张"仿佛伊甸园中有过的"、"幻影般的"美丽脸庞正在"安详地"凝视着他(193)。叙事人后来告诉我们,这位美丽的年轻犹太女子名叫夏娃。于是,坦克雷德就仿佛中世纪文学中的主人公那样,在恍惚的梦境中进入了一个看见真相的幻界,只是他这趟梦中之旅,带着他退回到伊甸园这个神话中的起源之地。

这个在起源处等待坦克雷德的夏娃被叙事人赋予了浓郁的东方色彩。她的脸表现了"至臻的东方之美"(192),而且"整个东方就在那双眼睛和长长的弯眉里说话"(193),因为她的眉目仿佛"阿拉伯星光灿烂的天穹"(193);夏娃的穿着仿佛是《一千零一夜》里的公主:"一件十分合体的金丝绣琥珀黄绸背心,从下摆到腰部用宝石扣子系着,白色开司米的宽大的马木鲁克裤子在脚踝处用红宝石扣着,满洲大官的顶戴般的帽子上面镶满了珍珠,浓密的褐色长辫用一串宝石束起。"(193)

夏娃的东方色彩中更有着神秘的魅力。坦克雷德在走进夏娃的"施了魔法的乐园"时已经"着了迷"(190);夏娃出现后,尚未开口,目光中就表现出一种虽然带着"难以言说的温柔"却依然"不可抵挡"的"可怕魔力"(193)。叙事人显然要在东方的神秘色彩中营造一种催眠般的力量,与坦克雷德刚刚离开的"启蒙了的欧洲"形成对照。

当坦克雷德为自己贸然闯入且"不知怎么地"就在泉边入睡而向夏娃抱歉时,夏娃笑着替他解释说:"你是向我们叙利亚的太阳投降了。"(194)夏娃的玩笑中却有深意,因为向那个"一切都如此熊熊燃烧,如此清清楚楚"(188)的太阳投降,正是"希伯来精神"的精髓。马修·阿诺德就曾指出:"至高无上的责任感、自我克制和勤奋,得到了最亮的光就勇往直前的热忱……可称之为希伯来精神。"(阿诺德,110-111)而主导"希伯来精神"的,就是由"敬畏耶和华"而生的"严正的良知"(阿诺德,112-113)。

夏娃的话对于坦克雷德而言尤为重要,因为小说中曾特意提到坦克雷德的相貌仿佛希腊诗人和雕塑家所表现的日神阿波罗(43)。在希腊神话中,阿波罗是

---

[1] 约12:12-13:听见耶稣将到耶路撒冷,就拿着棕树枝,出去迎接他。

众神中最严肃、与人保持着最遥远的神圣距离的一个，他以神力使人感受到自己的罪孽并涤清他们的罪孽；他是宗教的律法的主持者，连众神都畏惧他。[1]因此，似乎可以说阿波罗是希腊众神中最接近希伯来特色的神祇，而坦克雷德的严肃和他对道德原则的执着追求使得他的整体形象也向阿波罗或希伯来精神接近。因此，他在叙利亚的太阳下入睡似乎是回到了与他的本性相契合的"希伯来精神"之中。

夏娃在接下来的谈话中，更为理性地阐释了表现着希伯来精神的犹太教对于基督教的渊源关系。她问坦克雷德"是那种崇拜一位犹太女性的法兰克人，还是那种咒骂她、打破她的雕像、亵渎她的图画的法兰克人"（194），这样，她通过将欧洲人称为罗马帝国衰亡时兴起的日耳曼蛮族"法兰克人"，并强调基督教的崇拜对象为犹太人，将一种希伯来民族的历史和文化优越感传递给了坦克雷德。因此，当她告诉坦克雷德"耶路撒冷有那么多形形色色的教会，在这片混乱中，还是留在一个比所有的教会都更为古老的教会中较为明智"（195）的时候，这个"更古老的教会"，也就是犹太教，很自然地就成了基督教信仰的根本。于是，当坦克雷德在耶稣的圣墓前守候多时而没有结果的时候，他便很自然地听从了希多尼亚介绍他认识的一位在耶路撒冷的修道院长的劝告："西奈山通向加略山，[2]也许你该一步步从加略山回到西奈山。"（231）也就是说，他应该从耶稣基督的受难地加略山所象征的基督教回溯到摩西受诫的西奈山所象征的犹太教，到上帝与人立约的原地去找回信仰。

值得注意的是，狄思累利在宣扬犹太文化的时候，强调的却并不是犹太人的传统生活与犹太教的教规教义，却强调犹太人是一个沙漠里出来的民族，一个与阿拉伯人同根同宗的民族。夏娃作为犹太民族的辩护者，在小说中开口的第一句话"请不要怀疑我们这些沙漠近邻的好客之心"（194），就已经把犹太民族与阿拉伯沙漠联系起来。

在夏娃为犹太人所做的辩护中，她努力地将犹太人向沙漠中的阿拉伯人靠拢。针对基督教世界的反犹运动，她质问坦克雷德：十二支犹太部落中有十支早在耶稣之前很久就被驱散到世界各地，他们与耶稣蒙难有何关系？（197）她又进一步以自己的外公为例，将城市犹太人与沙漠犹太人加以区分，使一直生活在沙漠中的犹太部落与阿拉伯人毫无二致：

---

[1] "Apollo", Britannica Encyclopedia, from *Encyclopædia Britannica Ultimate Reference Suite 2005 DVD*. Copyright © 1994-2004 Encyclopædia Britannica, Inc. May 30, 2004

[2] Mount Calvary，又译骷髅地，耶路撒冷古城附近的小山，耶稣上十字架的刑场所在。

> 且假定全世界所有城市里的所有犹太人都是那些在十字架前喧闹的乱民之后。但是还有一个问题。我的外公是一个贝都因的谢赫[1]，是沙漠中最强大部族之一的首领。他是一个犹太人，他的整个部族都是犹太人——他们读的是五经、奉的是五经，住在帐篷里，有成千上万的骆驼，骑着内志[2]宝马，他们在世界上关心的只有耶和华、摩西和他们的马。耶稣钉上十字架的时候他们在耶路撒冷吗？那些乱民的喧嚣声他们听到了吗？（197）

夏娃于是为沙漠中的犹太人洗脱了迫害耶稣的罪名，不但如此，这些沙漠犹太人在夏娃这里与闻名的"沙漠贵族"贝都因人画上了等号，并且因为只关心"耶和华、摩西和他们的马"而显得质朴纯粹。

为了进一步说明犹太人与沙漠中的阿拉伯人的关系，叙事人拣一个方便的时候，不厌其烦地给读者补了一堂民族史：

> "以色列的子民"（the children of Israel）[3]这种过去的说法其实现在在阿拉伯部落中十分常见，如"卡丹的子民"、"撒勒木的子民"、"阿里的子民"（the Beni Kahtan, Beni Salem, Beni Ali）等等，这些族名用的都是始祖的名字。以色列的子民本来是阿拉伯半岛的一个部族。在雄才大略的谢赫们的指引下，走出砾石的荒野中，在叙利亚的边界定居。（234）

叙事人不但将早期的以色列人看作一个阿拉伯部落，而且用"谢赫"——阿拉伯的酋长和教长——来称呼摩西等早期的希伯来族长，不久之后又称他们为"埃米尔"，有意识地使他们带上阿拉伯色彩。

狄思累利于是使犹太人摆脱了英国人心目中的"夏洛克"的形象，而换上阿拉伯的"一千零一夜"的色彩。

另一方面，他试图改善阿拉伯人的"异教徒"的形象。

当坦克雷德刚到圣地，像他的十字军祖先那样跪在圣墓前祈祷的时候，叙事人就告诉读者，十字军所征讨的"撒拉逊人"，也就是阿拉伯人，实际上并非异教徒，因为：

172

---

[1] Sheikh。

[2] Nedjed，即阿拉伯半岛中部的中央高原。

[3] 在希伯来语中是 B'nei Yisrael，与阿拉伯部族的氏名构成几乎一样。见"Children of Israel". *Wikipedia*, 2007. Answers.com, 12 Sept. 2007.<http://www.answers.com/topic/children-of-israel-1>。

这些沙漠的子民比任何入侵的欧洲人更接近那具使这个狭小的圣
墓变得神圣的骸体。他们的血管里流着与他同样的鲜血，他们同样承
认摩西和他的伟大继承者的神圣使命。(176)

而在希伯伦"亚伯拉罕大酋长"的家，则有阿拉伯人守着他的坟墓，使叙事人
感叹道："以实马利的子孙居然如此爱戴、敬重亚伯拉罕的名字和回忆，真是奇
怪，也让人感动。"(234)

而坦克雷德的向导马尔罗尼后来向坦克雷德解释说："阿拉伯人就是马背上
的犹太人。"(260)他的话在上述的语境中并不惊人。

这样，阿拉伯人和犹太人之间的界限就被模糊了。叙事人以不寻常的想象力
将犹太人还原为摩西时代的游牧民族，显然是要将犹太民族的根本价值观念表现
为沙漠中游牧的阿拉伯人的价值观念，于是坦克雷德的朝圣之旅实际上变成了一
次以基督教的圣地加略山为中转站的、回到遥远的西奈山的旅程，更确切地说是
一次离开物质进步的城市文明，向更接近自然的游牧理想回归的朝圣之旅。

二、西奈山的号角——永恒沙漠中的希伯来信仰与"阿拉伯天使"的启示

对沙漠中的西奈山的向往，并非《坦克雷德》中才出现的思想。在《康宁思
比》中，希多尼亚就坚奉摩西约法，"仿佛那号角依然响彻在西奈山上"(Disraeli
1982, 192)；当希多尼亚离开康宁思比的时候，他的那匹名叫"星的女儿"的阿
拉伯良马"腾越而去，仿佛嗅到了沙漠的气息，因为那是她和她的骑士的来处"
(Disraeli, 1982, 106)。因此沙漠并非一个没有生命的地方，而是一个与灿烂星空
和亘古信仰相联系的地方，是一个靠近无限的地方。走进沙漠，就是走近永恒。
而在《坦克雷德》中，永恒的荒漠还显示着一种和谐的天然秩序。

当坦克雷德在拂晓时分一离开耶路撒冷、走入叙利亚山地的时候，他就感到

叙利亚的黎明之前的那个时辰中有些特别的东西，使人活力充沛，精
神振奋。你禁不住会想象天使们夜间就栖息在这些山顶上：这里的空
气如此清新，大地如此安详。当它苏醒过来的时候，也不会看到欧洲
的那种令人疯狂的烦忧。天已破晓，光芒照耀着仍然在犹大群山中蹦
跳的瞪羚身上，也使仍然在溪谷间鸣叫的山鹑叫得更欢，一如在众先
知的时代。(229)

也就是说，从坦克雷德离开城市、向西奈山出发开始，他就在荒野中感受到了自
然中永恒的神秘力量。这是一个天人相近的世界。在这里，东方的安详与西方的

"烦扰"构成了鲜明的对比。叙事人进一步在自然状态中发现了政治秩序,"尽管夜在消褪,却依然流连着一种长老般的安详之美(the beauty of a patriarchal repose)"(229)。在启蒙主义的进步文化中,黑夜总是与愚昧相连,要走出"黑暗的中世纪"才能迎来人文的黎明。可是在这里,黑夜在神秘中表现出威严的君亲秩序,并显示出沉稳大气的美感。叙事人将这个类似"天人合一"的思想作进一步的阐发,将它与东方文化联系在一起,"亚细亚种族的行为大体上与自然是和谐的"(229);而作为对照,欧洲却在放弃了那些"将他们从原始野蛮中拯救出来的阿拉伯与叙利亚信条"之后在"进步"中发展出一套"不断增长"的、"纷繁复杂"的"规矩和惯例",令人"焦虑苦恼"(229),这显然是指欧洲世俗化过程中日益繁复的人为法律。所以叙事人问道:"这是从哪里来、到哪里去的进步?"并自己作答道:"(欧洲人)对一些科学成就加以巧妙的应用,从而确立了一个将舒适错当作文明的社会。"(233)

坦克雷德的西奈之行不久就被迫中断了,因为他在一个隘口受到一队阿拉伯骑兵的袭击并被掳到了他们在沙漠中的营寨。不过这样一次似乎打破了东方之梦的暴力事件却反而使他得以更贴近地了解"沙漠的子民"的生活,为他去西奈取经做了更好的精神准备,并使他更深地沉浸到东方的梦幻之中。

尽管坦克雷德一开始十分愤怒,他对待这些袭击者兼绑架者的态度却很快有了变化。首先是因为这些人在把他带回营地的路上给他"最高的礼遇"(253),不仅因为他们认定他是英国女王的兄弟,从他身上得到的赎金可以给他们的部落带来许多骆驼,更是因为他在抵抗的时候极其凶猛,在他们看来"不亚于一个安达尔(Antar)",表现出了"荒野沙漠中所敬重的勇武(valour)"(252)。安达尔是伊斯兰教兴起之前的一位既写诗又冒险的豪侠,以慷慨侠义而成为阿拉伯罗曼司中最受崇拜的英雄[1]。而阿拉伯人对坦克雷德的骑士之勇的欣赏,也一定让坦克雷德看到他们依然保存着这种在欧洲的进步中早已没落的价值观念,从而有惺惺相惜之感。

然后,当他被解到阿拉伯人扎营的山谷中时,"风景中那种奇异的美丽"也强烈地打动着他,似乎"正在欢迎他"(253):

在一个群山环抱的圆形山谷中,利甲族的贝都因部落大谢赫阿玛勒克在从叙利亚大沙漠穿过阿拉伯半岛之后,在一个古代以土买(Idumaea)城市的宏伟废墟中扎下营寨。在一个从坚固岩石中凿出的圆

---

[1] "Antarah ibn Shaddad." *Wikipedia*. 2007. Answers.com, 12 Sept. 2007. <http://www.answers.com/topic/antarah-ibn-shaddad>.

形剧场的舞台上，搭着头领的大帐，正对着落日。山坡上满是被掘过
的坟墓与神殿，石柱的碎块横七竖八地倒在地上，还有许多残垣断
壁……从山隘中淌出一条溪流，在原野中曲折，一丛丛夹竹桃、无花
果树和柳树勾画出小溪的美丽流程。在溪水与圆形剧场之间，黑色帐
篷呈新月形状分布着，还有马群和葡匐在地的骆驼。落日给整个风景
洒上一层紫罗兰的颜色，而对面的山岗上则浮着清白的月亮。(250)

在这幅风景中，奢华的城市文明已是一片废墟，质朴的沙漠部落却依然生机勃
勃，继续在历史的大剧场里演出。而落日和月亮既是这个大舞台的灯光师，又是
这出历史大戏的观众。当世界洗净铅华之后，留下的是最坚固的东西，是沙漠民
族在天地之间的质朴活力，这正是坦克雷德身上的那种追求本质的精神所容易被
吸引的。

这段描写一开始就说明坦克雷德所接触的是一个"利甲族的贝都因部落"。
利甲族(Rechabites)是一个与犹太人渊源密切且以奉守传统著称的阿拉伯部族。
他们的先祖叶忒罗(Jethro)将女儿西坡拉(Zipporah)嫁给了摩西[1]，因此是犹太族
的亲戚。他们一直严守祖先约拿达(Jonadab)的诫命，过着游牧的生活，旧约《耶
利米书》中称他们"一生的年日都不喝酒，也不盖房居住，也没有葡萄园，田地，
和种子，但住帐篷"(耶 35)，"所以万军之耶和华以色列的神如此说，利甲的儿
子约拿达必永不缺人侍立在我面前"(耶 35)。因此，虽然他们是"以实马利的孩
子"(234)，却反而成为摩西时代的希伯来人硕果仅存的的活标本。这次遭遇于
是给了坦克雷德一个很好的机会，使他在仿效摩西上西奈山之前，先得以认识摩
西的子民。

在小说的叙述中，这些"沙漠的子民"的一个最明显的特征就是他们对于时
光的耐力。族长阿玛莱克的相貌就表现了这一点："他除了雪白的长髯，并没有
显出岁月的痕迹。身材瘦高而结实，脸上没有皱纹，面容黝黑、端正、高贵，一
口漂亮的牙齿。"(250)阿玛莱克对自己种族的时光耐力也十分骄傲："自从有了
时间开始，我和祖先们就在这荒野中放牧羊群，我们见识过法老、尼布甲尼撒、
亚历山大、罗马人，还有法兰克人的苏丹。他们征服了一切，除了我们之外。他
们如今在哪里？他们都成了沙土。"(278)

坦克雷德发现，对这个沙漠民族来说，历史非常单纯，没有什么只争朝夕的
事情，也不需要什么论辩。另一位谢赫告诉他："我们这里做的事也少，说的话
也少，真理就在沉默中产生。自从先知出走麦地那到现在，阿拉伯再没有发生过

---

[1] "Rechabite." *Wikipedia.* 2007. Answers.com, 11 Sept. 2007 <http://www.answers.com/topic/rechabite>.

什么事情。此前就是摩西,摩西之前就是巨人。"(277)人就在千年如一日的亘古岁月中生生不息,而时间在这里失去了意义。因为历史在口耳相传中鲜明活泼,历久弥新。当坦克雷德询问阿玛莱克是否从《摩西五经》中知道摩西娶了西坡拉时,阿玛莱克自信地说:"我需要从《五经》里去知道我有井水和骆驼吗?我们不需要书本告诉我们谁娶了我们的女儿。"(276)城市里的人也许会认为"摩西从埃及逃入米甸并不是昨天的事情",那是因为"城里人说谎。在这座城门口还说是早上,跑到另一座城门口就变成晚上了;拂晓还明明白白的事儿到了夜里就变成秘密了"(276);对沙漠里的人来说历史却就在眼前:

> 我们喝水的井是摩西帮助过西坡拉的地方,我们放牧的还是摩西的羊群,我们住的是同样的帐篷,我们的话和我们的水、我们的习俗、我们的居所也没有多少改变,我父亲从前辈那里学来的,他都给了我,我又都告诉了我的儿子。时间有什么?我如何会忘记耶和华的一位先知和我的家族结了亲呢?(276)

同时,这个与永恒同在的民族是虔诚的。他们"从一开始就守着《五经》",而且"要一直守到末日"(276)。更重要的是,他们的虔诚似乎能够穿透表面的宗教形式直达信仰的根本。当坦克雷德想要弄明白他们到底是犹太人还是穆斯林的时候,阿玛莱克族长对犹太教的上帝耶和华与伊斯兰教的真主安拉的区别并不在意,因为"神是唯一的。棕榈树有时候被称作椰枣树,却还是这棵树";所以他对到底向耶和华还是安拉祈祷这个问题避而不答,只说"先知可以有许多,但神是唯一的",而自己只是"像祖先一样祈祷"(276)。这是一种深沉的信仰,它与卡莱尔在《英雄与英雄崇拜》中对先知穆罕默德的信仰的描述相似:他所信的神"直接来自万物的内在事实;他每天与之交往时置身其中"(卡莱尔,51),而在有如此信仰的时候,他就"来自世界的核心",成了"万物主要实在的一部分"(51),他的声音则是"直接发自大自然深处的声音"(63);与此相比,"最严密的逻辑推理也只能停留在对事物的表面认识上"(65)。

在这样的虔诚中把握了自然之道的阿玛莱克是他的部族的当然领袖。阿玛莱克总是显得从容不迫、彬彬有礼,而他在部众中权威却是不容置疑的。虽然小说里并未详细描述他与部众的关系,但从小小的几个细节,如他率领庞大的部族穿越千里沙漠的行动本身所表现出来的效率,如他的大帐的位置(圆形剧场的舞台中央),他安排战死者后事的决断("给撒勒木的寡妇分骆驼。让她改嫁。"(251)),他的拔营命令的迅速执行,都表现出他的权威。

而部众在他的统治下也显得平静而快乐。看似日复一日的平淡生活并没有因为简单而失去光彩。当这些阿拉伯人围坐着听诗人吟唱古老的英雄传奇的时候，虽然"一辈子都在听同一个故事"，却每次大家都那么聚精会神，而且都在该笑的地方笑得那么开心，因为"好听的语言从来不会让我厌倦。香水总是香的，闻上一千遍还是那么香"（315）。而且在这里首领与部众共同享受着生活的乐趣。当坦克雷德去拜访阿玛莱克的时候，他正和部众一起津津有味地听着《安达尔》这部"沙漠中的《伊利亚德》"（314）：

> 大谢赫和蔼地微笑着欢迎坦克雷德，请他坐在自己的地毯上，为他的康复感到高兴，希望他长命千岁，把自己的烟斗给他，然后向诗人转过身去，顿时又沉浸在那有趣的故事里。（315）

在叙事人的描述中，阿拉伯人的领袖显得既很有风度，又充满天真。而大家共同沉浸其中的"沙漠中的《伊利亚德》"则将整个民族凝聚在一起。

所以，坦克雷德在此逗留若干时间之后认为："阿拉伯人完全没有变得世故。他们现在与穆罕默德的时候、摩西的时候乃至亚伯拉罕的时候一样：一种崇高的虔诚对他们来说非常自然，而正确发展的平等事实上就是族长制的原则。"（378）

坦克雷德对这些"沙漠子民"的赞赏中有着狄思累利的真诚心声。在他十几年前所写《康泰理尼·弗莱明：一部心理自传》(Contarini Fleming: A Psychological Autobiography, 1832) 中，当小说的主人公在叙利亚的"贝都因人"中逗留的时候，他就感叹道："这个单纯的民族，他们把原始质朴的习俗与文明而优雅的情感结合在一起……在我看来这证明了他们具有那种让欧洲的贤哲们绝望，只能在乌托邦的想象中看到的素质与状况。"(VI, iii)

不过，《坦克雷德》中更为成熟、冷静的叙事人并未沉浸在这种沙漠理想中，而是有意识地通过一些细节的描写与之保持着距离。例如阿玛莱克祝坦克雷德"长命千岁"中就暗藏着对东方礼仪的温和讽刺，而在诗人吟诵完毕之后，

> 大酋长非常高兴，命令奴隶给诗人一杯咖啡，然后从自己的马甲里取出一个巨大的钱袋，足有一尺长，在里面掏了半天，掏出了一枚最小的硬币。诗人把硬币贴在嘴唇上，尽管钱少，还是赞美了神的伟大。（316）

这样的有趣细节无伤大雅，却足以让读者看到阿拉伯的形象并不完美，从而保持清醒。

不过，坦克雷德却完全陶醉在古老的英雄史诗的世界里，似乎完全认同了沙漠中的阿拉伯人和他们对于无限宇宙及其自然秩序的质朴信仰。就在这样的思想

177

中，坦克雷德登上了西奈山，并如摩西般匪夷所思地得到了上天的直接启示。

当他在"以色列的神明天主"的"古老的阿拉伯祭坛"前倾倒"饱受折磨的欧洲的心"的时候，在他面前出现了一位"阿拉伯的天使"（298）。天使对坦克雷德作了长篇训诫，主要意思是说阿拉伯的文明要远比欧洲古老，欧洲幸福的根本就在于接受了"阿拉伯的原则"，现代欧洲的悲惨就是因为抛弃了这些原则，于是"在神与人渐行渐远的距离中滋长出所有那些可悲的变化"（300）。他对坦克雷德的直接诚命是"不要再去空虚的哲学中寻找困惑你的社会问题的答案。将'神治下的平等'（theocratic equality）这一崇高而宽慰心灵的教诲去宣告给天下"（299）。

且不管天使到底说了什么，光是天使的出现本身就足以让许多批评者恼火。不过，仔细分析一下，会发现叙事人的态度并不明朗，因为他在不经意间的一些细节中暗示，坦克雷德看到和听到的也许都是幻觉。

坦克雷德上山祈祷的时候伤口未愈，在山顶跪祷了一天一夜之后才见到"天使"，下山后便就发起高烧，几乎丧命，所以天使很可能只是他发烧时所见的幻影。事实上，坦克雷德所见到的天使的模样：

> 仿佛人形，却巨若周围的群山；但又如此匀称，以致坦克雷德只觉自己渺小却没有觉其庞大。其外表并不年轻，却不受时光的接触；其面如东方之夜，深沉而有光泽，神秘而清澈。其目光沉静而炽烈……高隆的前额上一颗星星闪耀着，给他的威严的面目罩上一层庄严的光辉。（300）

这似乎是周围的群山与阿玛莱克的相貌——"他除了雪白的长髯，并没有显出岁月的痕迹"（250）和夏娃的相貌——她的眉目仿佛"阿拉伯星光灿烂的天穹"（193）——杂糅之后产生的幻像；而天使的话基本上只是重复了希多尼亚、夏娃和阿玛莱克的话以及坦克雷德此前的思考，实际上就是他自己内心的回声。因此，"天使的训谕"并未给他新的启示，好像只是把他已有的思想外化为神谕之后染上更崇高、更神圣的色彩，使他更加坚定。

而叙事人描述坦克雷德下山后高烧昏迷中的表现时，隐约也带点喜剧色彩：

> ……断断续续地大叫，突然他压低了声音，却坚定而清晰地说："我有天使的指引。"……停了一会儿，他变得有点儿狂暴，好像要挥舞他的受了伤的胳膊……他又说到天使，不过这次语气平缓了些，还有点哀伤。（293）

178

叙事人的态度其实是模棱两可的。在非现实主义的文学传统中，人在非正常状态下看见启示是可以接受的；为了再现这种中古风格，叙事人在描写坦克雷德的昏迷的时候，还采用了口头文学传统中常用的平行结构：

> 日落了，城里的坟墓庙宇充满了美丽的玫瑰色，与他们被迫到来的第一夜一样：坦克雷德依然睡着；骆驼从河边回来，灯开始在一圈黑色的帐篷中闪烁，坦克雷德依然睡着；他睡过了白天，他睡过了黄昏；当夜晚到来的时候坦克雷德依然睡着；棕榈油滋养的银色灯盏将精致的白光投在他的卧榻上。法克尔丁和巴尔罗尼凝视着他们的伙伴和主人，坦克雷德依然睡着。(295)

在这样的形式所产生的梦幻氛围中，似乎坦克雷德真的可以做一个中世纪那种看见天使的梦；但是狄思累利的描写从未过度远离现实，例如总是提到他身边那些在现实中看着他发烧的人，这又使读者时时感到叙事人的反讽距离。

因此，读者忍不住会想，叙事人到底是认真的还是反讽的？如果是认真的，那就难以解释他不时显露的一点嘲弄；可是，希伯来人的种族优越性和人的精神性都是狄思累利所非常认同的主题，为什么他要讽刺自己的立身之本呢？

一个可能的解释是，狄思累利怀着"矫枉必先过正"的思想，要利用坦克雷德的宗教热情去冲击当代过于强烈的物质兴趣，但是他又清醒地看到这种宗教热情中所隐含的问题。坦克雷德的问题就是他要将一切弄得明明白白，一定要天使将宇宙的答案用确定的语言告诉他，这才心满意足。所以，表面上看坦克雷德追求神秘主义，他的身上事实上带着僵硬的理性色彩。所以克劳森有理由认为他实际上具有跟他母亲相似的强烈清教道德感[1]。

坦克雷德在伦敦的时候，希多尼亚曾经告诉他："现在要去耶路撒冷不再是难事了，难的是到了那里之后知道该做什么。"(125)坦克雷德来了，看了，却并未真正理解东方那种以浑然的直觉把握世界的整体思维方式。他并没有去把握卡莱尔所说的那种"直接来自万物的内在事实"（卡莱尔, 51），并"默默地、虔诚地遵从它"（卡莱尔, 64）。

坦克雷德的观点其实早已成型，就是将世界从混乱的现在退回到有秩序的过去。在英国与主教争论时就坚持认为："社会过去是神统治的，现在由人统治着。对我来说，我觉得神圣的统治比人类的自治好。"(76)因此，当坦克雷德奉着天

---

[1] Clauson, Nils. " 'Picturesque emotion' or 'great Asian mystery'? Disraeli's *Tancred* as an ironic Bildungsroman", *Critical Survey*, vol. 16, 2004. Questia. 2004. June 12, 2006 <http://www.questia.com/read/5007650111>.

使"将'神治下的平等'这一崇高而宽慰心灵的教诲去宣告天下"的神谕下山的时候，他所理解的"神治下的平等"应该是过去的神权时代的统治方式，而且他要按照天使的指示将这种"神权统治"在天下推行，"用一个神圣的统治来建立人类的幸福，砸烂那个使人类生存变得如此不堪的政治无神论，彻底消除那种人自为政的奴颜暴政（the groveling tyranny of self-government）"(434)。

坦克雷德所说的"政治无神论"显然是指现代化过程中发生的日益强烈的世俗化倾向，尤其是功利主义在政治中排除一切非物质因素，将一切都以理性加以计算、控制的做法。这当然是狄思累利最为反感的，也是他力图抵制的；而所谓"奴颜暴政"，应该是指在议会制的民主制度下，政府不是引导民众，而是唯选票民意的马首是瞻，让人民各行其是，表面上看政府在当低眉顺眼的公仆，实际上是将社会引向灾难的暴政。这样的观点，以及"奴颜暴政"这样的矛盾修辞手段，都清晰地带有狄思累利本人的色彩。但是狄思累利从来没有真正认为中世纪的神权统治是一种理想的统治。至少从他自己的种族遭遇来看，他在《康宁思比》的序言中就表明，"犹太人在中世纪被看作一个受诅咒的种族，上帝和人类的敌人，基督教的头号危险"而受到迫害(Blake, 194)，这就完全没有"神治下的平等"可言。狄思累利对中世纪的神权统治的危险有着清醒的认识。他在 1835 年写作的《辉格与辉格精神》(Whig and Whiggism)中，在嘲笑功利主义的"最大多数人的最大幸福"原则的时候，顺带着讽刺了中世纪："有一度，基督教民族的最大幸福是通过将有某种宗教信仰的人活活烧死来保障的。"(Disraeli, 1971, 115)事实上，狄思累利对包括犹太教和基督教在内的所有狭义上的宗教都并不热情。他在年少的时候，曾在父亲的图书室为伏尔泰所陶醉，立志要做《查第格》中的主人公那样的哲学家兼政治家(Bradford, 9)。他长大以后并不特别重视宗教的教义，他的保守党老同事斯坦利(Henry Stanley)在日记中记录了狄思累利在私下嘲笑所有的宗教。甚至在他临死的时候，他依然对宗教表现得十分冷淡，拒绝任何仪式(Endleman, 127)。

因此，坦克雷德反对政治中的无神论和功利主义及其所产生的民主政治，是得到作者同情的；另一方面，他要世界回归中世纪的神权统治，只是因为他的教条和天真，却并非作者的本意。

这样，当坦克雷德从西奈山上下来、走出阿拉伯沙漠的时候，似乎已经找到了坚定的信仰，就是"神治下的平等"思想。在小说叙事中，这种信仰由于跟永恒的联系而能激发人的想象力，使人在情感上超凡入圣，并由此在仿佛无限的历史中从容、安详，秩序井然，从而与强调"时间就是金钱"的欧洲的进步中产生的烦恼和混乱形成鲜明对照。但坦克雷德所把握到的希伯来精神明显存在着几个问题：首先，这种信仰由于只注重神性而忽视了人性，容易变成与中世纪一般的压抑人性的僵硬教条，真正成为一种消极的历史退步；其二，小说中承载着希伯来信仰的阿拉伯民族生活在沙漠中，暗示着这种信仰难以离开质朴的沙漠而在物质文明更为发达的地方生存；第三，坦克雷德明显地表现出阿诺德所说的希伯来精神中那种"得了最亮的光就勇往直前的热忱"（阿诺德，110-111），而置复杂的现实世界于不顾，这固然是他的力量所在，却同样是他的缺陷。因此，要构想一种完美的信仰，必然要让坚守原则、向往永恒的坦克雷德与另一种更接近现实生活和真实人性，同时想象力更自由活泼的精神相接触。而现实中的古老东方世界不但与西方一样工于算计，而且对现代化的西方充满羡慕。如何让现实世界中务实的想象力与来自沙漠的纯洁理想相结合，成为对作者的想象力的一个考验。

三、"在天使的引导下征服世界"——天真的朝圣者与务实的阴谋家的共同想象

为了弥补坦克雷德的过于天真，狄思累利为他引入了一个朋友，黎巴嫩埃米尔法克尔丁，一个相信"诡计就是生命"（209），又渴望用法国人的贷款和英国人的毛瑟枪去实现亚历山大与凯撒的事业的年轻人，让两人一起想像"在天使的引导下征服世界"（434）。坦克雷德是一个天真的朝圣者，向往着东方的崇高原则；法克尔丁是一个在诡计中泡大的务实的阴谋家，追求西方的物质手段以实现个人的辉煌，两个人的为人与目标截然不同。可是既然都在想象中感受超越，就有了结合的基础。法克尔丁不顾原则，但他的灵活善变和对现实的良好把握却能给原则性很强的坦克雷德以他所缺乏的东西，似乎他们有可能成为一对既能够"摸石头过河"，又能坚持伟大方向的组合。但是朝圣者和阴谋家真的能组合为和谐的整体吗？坦克雷德的过于天真和法克尔丁的过于投机其实早就暗示了他们的共同的梦做不太久。

坦克雷德一心向往精神世界而不顾现实世界，这使他看不到即便在圣地也充斥着现实盘算，看不到西方的现代化裹挟的巨大物质力量对世界产生的无法抵抗的影响，特别是没有看到他自己在东方就代表着西方现代文明的武力和财力，因此他只能成为被人利用的工具。

叙事人在描写坦克雷德的朝圣的同时，也描写了圣地的现实世界，这使坦克雷德的追求更显得不食人间烟火。小说第三卷第一章描写坦克雷德刚到圣地时参拜圣墓的神圣感受，第二章紧接着叙述的却是第二天在夏娃的父亲、耶路撒冷最大的银行家亚当·贝索的客厅里，人们在大谈朝圣经济："听说没，昨晚圣墓教堂来了一个好香客,从日落拜到日出,院子里添了一个卫兵,只有西班牙院长和两个两个教友可以进去。圣地修道院(the convent of Terra Santa)的钱袋里一定赚了少说一万比索。嘿嘿,他们可真想赚啊。自从圣地的上一个拉丁香客到现在已经好久了。"(181)同时也有人为这个朝圣者的大手大脚担心:"他要是这么个花钱法,很快就会身无分文了,这个地方比伊斯坦布尔还贵。"(182)除了大煞风景的朝圣账,银行家的客人们还在讨论跟奥地利人做"苦像"[1]生意。虽然有人对拿"苦像"做生意不以为然,可是主张者也很有道理:"如果人们愿意买苦像,而不要别的,那就得供应苦像。商业使人文明。"(493)事实上耶路撒冷的亚当·贝索与身在英国的希多尼亚来这两位犹太银行家来往密切,而希多尼亚为坦克雷德开具的信用信就是给贝索的(182)。这都说明现实中的圣地并不远离尘嚣。

同时,在商业文明和工业进步的有力抬举下,欧洲的文化优越感也在东方凸显出来。坦克雷德在大马士革作客的时候,叙事人一面描写他与亚当·贝索大谈东方的伟大,同时两位本地望族的小姐对他的衣着的评论却清楚地表现了亚洲对欧洲的向往:"瞧瞧那美丽的白领结。我们有什么可以与它媲美?那么简洁又那么高贵。那么有品味。再看他们的靴子。想想我们的拖鞋,上面镶点珍珠什么的,放在欧洲人锃亮高雅的靴子边上实在丢人。"(406)她们相信坦克雷德这位欧洲公子"在这里一定无聊得要命。是啊,没有舞会,没有歌剧。真的很同情他"(406)。两位小姐"决心让他看到大马士革并没有他想的那么野蛮,于是开始谈论新兴的舞蹈和最近的歌剧"(408)。

这就意味着当坦克雷德在东方寻找"美好而有力的原则"的时候,信仰的东方却在很大程度上只存在于他的想象中。除了沙漠民族之外,现实中的东方不但不乏世俗的算计,而且在现代化的强烈刺激下,正在西化。

因此,当坦克雷德从西奈山上下来之后再次遇到为解救他而来到阿拉伯部落的夏娃时,就发生了一场现实与理想的对话。两个人的角色似乎颠倒了。夏娃从第一次见面时的亚洲优越论来了个一百八十度的大转弯,她感谢坦克雷德一直心向着"不幸的亚洲",因为亚洲已经沦为欧洲的殖民地,"欧洲在征服了印度斯坦之后又成了波斯和小亚细亚的宗主,还假装拯救了叙利亚"(318),而科学发达的欧洲又强大到了"无比骄傲"地相信"人定胜天"的地步,"他们能削平群山,没有马就能飞驰,没有风也能航行……它现在已经控制了自然"。夏娃因此"带着一些苦涩"哀叹道:"哦,我们拿欧洲怎么办!"(318)

坦克雷德却认定欧洲的进步只是一种不知到"从哪里来,到哪里去"的亢奋

---

[1] crucifix,即钉着耶稣的十字架。

与混乱，而不久前导致爱尔兰饿殍遍野的土豆饥荒就说明了它的"人定胜天"只是一种虚妄的自大，所以对于夏娃的问题，坦克雷德的答案是"拯救它"（318）：

> 像你们过去所做的那样，将来自西奈山、来自加利利的村落、来自阿拉伯沙漠的伟大思想传递给世界，重塑他们的全部制度、改变他们的行动原则，将一个崭新的精神像春风般吹入他们的整个生存领域。（318）

坦克雷德对欧洲进步的批评是有力的，他的解决之道却天真之极，而夏娃则远没有坦克雷德那么乐观："我们连自己都救不了，拿什么去拯救别人？"（318）

显然夏娃对欧洲所象征的现代化的物质力量有着清醒的认识。她看到，船坚炮利的欧洲的确所向无敌，征服世界如探囊取物，而非单纯的精神力量所能抵挡。小说叙事中对此多有表现，连沙漠中的阿拉伯人也早已开始"师夷长技"了，因为袭击坦克雷德的阿拉伯骑兵就背着欧洲制造的毛瑟枪。而且，坦克雷德在沙漠中当俘虏的时候，耶路撒冷的人们就在谈论英国人会如何报复的问题，而他们的一致结论就是：英国人会趁机派军舰来要统治叙利亚的土耳其帕夏签一份条约，不然就是攻占耶路撒冷并留在这里，因为"他们要为自己的棉布打开新的市场。不到耶路撒冷的每一个人都戴上印花布的头巾，英国人绝不会善罢甘休"（245）。可见在东方人们对英国的巨大物质力量心怀恐惧。

有趣的是，坦克雷德虽然去东方朝圣，他所带来的东西却正象征着西方的两样得意之物：枪炮与金融。首先，他买下的那条船的名字"毒龙号"（Basilisk）就意味深长。Basilisk 是一种传说中非洲沙漠中能以目光杀人的大蜥蜴或蛇怪；该词还有一个意思，是指一种火炮。这个杀气腾腾的名字实在不适于一艘朝圣船，可不知为什么，坦克雷德却没有想到要换个船名。而且，坦克雷德的主要随员之一就是"一身贝勒蒙义勇骑兵团戎装"（230）的布雷斯上校。所以，这艘船向正在沦为殖民地的东方进发的时候，就带着一种坦克雷德的虔诚不大吻合的凶相。

其次，坦克雷德去圣地之前准备的两件事情，除了船，就是钱，也就是找希多尼亚开具一封可以在亚当·贝索的银行里随意支取的信用书。虽然坦克雷德"君子不言利"，他到了圣地之后一直在暗中影响着他的活动的却正是"阿堵物"。

所以，当坦克雷德怀着虔敬和期待扬帆启程的时候，与他同行的两样东西——船名中暗含的"火炮"之意和信用书所指向的金钱和资本流通，却正象征着他想竭力逃避的西方进步。因此，他的"新十字军"未尝没有他本人并未意识到的"旧"十字军的侵略意味。[1]

而随坦克雷德而来的这两样东西，却牢牢地吸引了年轻的黎巴嫩埃米尔法克尔丁。法克尔丁一心梦想着法国人的贷款和英国人的毛瑟枪。他相信"王子没了贷款就什么也不是"(209)，让坦克雷德惊呼"现代自由主义的毒药甚至渗透到了沙漠之中！"(258)；而坦克雷德在朝圣途中被阿拉伯部落绑架的事情，也是法克尔丁一手策划、怂恿阿玛莱克实施的，为的是分得一笔赎金去购买他所向往的英国枪，以实现他统一黎巴嫩、统治叙利亚乃至征服世界的辉煌梦想。

法克尔丁是坦克雷德的一个有趣的对照：坦克雷德的祖先是征服耶路撒冷的十字军骑士，他却来向东方的古老宗教朝圣；法克尔丁的祖先是曾经远征欧洲的"先知的旗手"(208)，他却竭力向西方强大的物质影响力靠拢。法克尔丁可谓是一个最适应现代化的务实派。他的人生哲学是"成功是检验行动的唯一标准"(220)，而他的方法论是"只要灵活变通，一切都可以实现"(220)。对他来说，连宗教信仰和民族情感都是可以为他的政治野心所用的工具，只怕它们派不上用场：

> 如果我的人都是基督徒，或者都是穆斯林，都是犹太或者都是异教徒，那就好办了。十字架，星月，弓或者一块古老的石头，什么都行。我就把它放在国土中央的最高的山上，然后就能一战而得大马士革和阿勒颇。但我偏就没有这个巨大的支持。我只能宣传民族，而我的人又彼此憎恶更甚于他们憎恨土耳其人，所以这主意也不那么诱人。(266)

当别人批评他为了成功而放弃了尊严的时候，他会毫不在意地说："自尊是一种过去时代的迷信，是十字军的东西，现在已经不合时宜了。"(209)与坦克雷德光明正大地对信仰的执着追求相对，法克尔丁极其活跃地想象并灵活地实践着他的诡计。他可以自豪地宣称："诡计就是生命。"(209)他"十岁就得到了政治阴谋中各种奥妙的秘传"，又一直"生活在翻天覆地的阴谋的中心"(220)，所以他早就学会了在政治中如何以最务实的态度纵横捭阖、左右逢源：

> 装聋作哑，装神弄鬼，与互相争斗的不同势力同时密谈，准备采纳任何意见却没有任何执着，视所有的人为工具，做所有的事必有明

---

[1] 事实上，历史上的坦克雷德在攻占耶路撒冷后，虽然本人对投降的穆斯林总督款待有加，却未能阻止手下的血腥屠城。("Tancred", *Microsoft ® Encarta ®* 2006 [DVD]. Redmond, WA: Microsoft Corporation, 2005.)

确而迂回的目的，这些都是他的政治造诣；他在将这些看作取得成功的最好手段的同时，也在行使的过程中得到了兴奋和愉悦。置身于迷宫般的策略的中心乃是他的无上幸福。他从来不乏诡计。（220）

可是叙事人又说他"尽管肆无忌惮又足智多谋，却没有道义的勇气。一旦坏了事儿，他没了主意，就会像孩子一样嚎啕大哭，然后会做出任何不顾廉耻的事情来逃脱眼前的灾难"（221）。

不过，法克尔丁虽然"不顾廉耻"，他最看重的却不是实际利益本身，而是成功的过程，这使他与一般的功利主义者很不一样。叙事人说他"不但把阴谋看作成功的手段，也在行使阴谋的过程中得到兴奋和愉悦"（220）；又几次说到他像孩子一样，例如说他求从小一起长大的夏娃帮他向贝索借钱，"好像一个讨玩具的孩子快要哭出来了"（212），又说他"把事情搞砸了，弄得叙利亚差点被英法联军占领，他在夏娃面前哭得像个小男孩，好像谁把他的玩具弄破了或者打了他"（224）。这样的描写使他的阴谋诡计减少了一些令人厌恶的功利色彩，而多了一些天真气，更像一个大孩子的想象力游戏。于是，法克尔丁与坦克雷德的联合就少了一些道义上的障碍。

法克尔丁的孩子气表明，尽管他看上去像是三部曲中屡见不鲜的实用精神在东方的泛滥，他却与此前所出现的功利派人物有一个明显的不同之处，就是他既务实，又浪漫。他既毫无原则地追求实际的利益，又渴望在这样的追求中实现"美"。例如，在将一桩令人眼花缭乱的走私枪支计划告诉夏娃的父亲，也是他的养父亚当·贝索，并请他转告夏娃时，他得意地说："你瞧，怎么样？现在明白什么是政治了吧？把这事告诉沙伦的玫瑰吧。她会说这美极了。"（183）叙事人则告诉读者法克尔丁"喜欢美的事物，往往将一切都理想化"（221），也就是说这种"美"与他的浪漫想象紧紧联系在一起。

法克尔丁不仅有着求美的浪漫想象，也有浪漫主义者特有的那种放浪形骸的处世态度，但同时他又有"一眼就看到了一切，看透了所有人"（219）的深刻的洞察力，这都是严肃拘谨的坦克雷德所没有的。他尽管债台高筑，却毫不在意，甚至为此兴奋，乃至"心怀感激"（381），这不仅是因为他认定自己"天生懒惰，要不是每天早上想起自己在破产的境地，我就永远也无法出人头地"（303），更是因为与债主打交道的过程使他深谙人性，知道如何利用人的弱点。他发现"连放高利贷的也有他们的弱点；有些很虚荣，有些很容易嫉妒；法克尔丁知道如何挑逗他们的自恋，或者何时给他们一个拿竞争对手做祭品的机会"（382）。他为此还作了一段莎士比亚式的独白：

> "没有了我的债务，我会变成什么人?"他有时候会大声地说,"这些从来不会抛弃我的亲爱的人生伴侣们啊!我对人性的一切了解都来自他们:正是在处理自己的事务的时候我探测了人心的深处,发现了人性的一切复杂,发展了我自己的力量,并掌握了别人的资源。哪种谈判的便宜之策我不知道?何种程度的忍耐超出了我的计算?哪种面容的变化逃过了我的观察?"(383)

在了解狄思累利生平的读者看来,法克尔丁的这段"债颂"完全可以读作狄思累利的"夫子自道"。从早年投资南美矿业股票失败开始,狄思累利毕生为债务困扰。他在1829年就想通过当议员来逃避债务人的逼迫(Bradford, 30);他于1830年至1831年间的东方之旅就是仿效拜伦1809年在同样处境中的行为(Bradford, 30);1836年他投机法国铁路,结果血本无归,加上挥霍和参加选举所费资财,有一段时间他每天面临着受债权人起诉而被捕的危险。当皮尔邀请他参加保守党聚会的时候,他甚至怕出门被捕而不敢赴宴(Bradford, 86)。但终究还是在这一年进了一回债务人拘留所,幸好得到了他的纨绔好友多塞伯爵(Count d'Orsay)的及时营救才免入债务人监狱(Bradford, 86)。可是,在给朋友的信中,狄思累利却对自己的债务没有丝毫的内疚,因为债务是当时的纨绔绅士形象的一部分,他心目中的英雄拜伦和多塞伯爵都是如此,所以他不但不害怕债务,甚至喜欢他的债务(Bradford, 88)。这是一种与资产阶级的谨慎、节俭的道德观念截然相反的、放浪形骸的生活态度。

法克尔丁自信对人性看得很透,这一点同样是狄思累利年轻时代的得意之处。狄思累利在1833年的一则日记中说:"我有一种万无一失的本能。我可以一眼看穿一个人物。没有人瞒得过我。"(Bradford, 67)因此,法克尔丁比小说开始时出现的天才厨师利安德更多地带上了作者自己早年的影子。法克尔丁不但浪漫,而且深刻,他清楚地看到人性的复杂之处,看到人之为人根本上不在于物质——即便是在放高利贷的人那里,精神的满足也要高于金钱的获取。这与功利主义将人完全看作机械的经济人的观点完全不同;而比起坦克雷德的将人完全置于神治之下的机械的宗教信念,法克尔丁的观点既更深刻,也更灵活。

叙事人说法克尔丁"有着奇妙的想像力和强烈的感受力。他的心受着自己的品味的控制,一旦他的趣味得到满足,他能够产生深刻情感和真诚行动"(384),换言之,法克尔丁的本质决定了他有可能由求"美"而求"善"。叙事人更具体地说:"抽象的道德价值对于他没有魅力,而且他会喜欢光彩照人却道德堕落的人物。但是英雄人物、高尚原则和至尊的责任中所具有的美德,一旦能够抓住他

的迅捷而细腻的理解力，就会对他产生不可抵挡的超验魔力。"（384）

正因为法克尔丁的想象力和感受力，这个"看上去反复无常、世俗透顶、全无价值的家伙"在见到了成为阶下囚的坦克雷德之后，居然就成了"有着骄傲的灵魂和崇高的渴望、坚定的目标和直上九霄的雄心"的坦克雷德的信徒（384）。叙事人告诉我们，如果加以细察，我们可以在这件"似乎不可能的事情"中辨认出隐藏其中的可能性：

> 坦克雷德从一开始就对他的敏感的性格产生了充满魅力的影响。在这荒野的中心，在他的牺牲品的身上，年轻的埃米尔忽然看到了他自己曾经非常朦胧地，而且现在看来是非常徒劳地想要实现的那种英雄性格。坦克雷德的相貌和勇气，他的沉思而安详的举止，他在不幸环境中的高尚风度，他前一天晚上偶尔说出的几个字所表现出他对待公共事业的宽大眼界，完全俘虏了法克尔丁。法克尔丁似乎终于找到了自己一直憧憬着的那个朋友，找到他迅疾而多变的脾性所经常需要的那种指挥若定的精神控制。（264）

于是，他迅速地成了坦克雷德的朋友，"渴望紧紧拥抱这个人，与他一起去征服世界"（264）。当坦克雷德批评法克尔丁身为上帝恩宠的阿拉伯人却"让自己的生命消耗在统治几个山民部落的阴谋上"（270）的时候，这位年轻的埃米尔对伟大的想象顿时被点燃了：

> 埃米尔猛地从榻上站起来，把水烟管抛到帐篷的一角。"听我说，"他说，"这局棋就在我们手中，只要我们动起来就行。我们联合起来可以改变整个世界的面貌，将帝国带回东方。你一定要将葡萄牙人的计划放大了做，放弃一个资源耗竭的小地方去换取一个面积庞大、物产丰富的帝国。让英格兰女王召集一支大舰队，让她收拾好全部的金银细软和宝贝兵器，由所有的大臣和头领们护送着，将她的帝国首都从伦敦转到德里。那里有一个现成的大帝国，有一支第一流的军队，一笔巨大的岁收。同时，我可以和穆罕默德·阿里协商。他可以占有巴格达和美索不达米亚，将贝都因骑兵放出去攻打波斯。叙利亚和小亚细亚就交给我好了。而阿富汗只有波斯和阿拉伯才能搞定。我们奉印度女皇为我们的宗主，为她守护累范特[1]沿海。如果她想要亚历山大港也可以，就像她现在占了马耳他一样。一切都好商量。这是一个前所

---

[1] Levant，地中海东部地区。

未有的伟大帝国。还有，她可以摆脱议会的麻烦！而且这事十分可行，因为其中唯一困难的部分，也就是征服印度，这是连亚历山大都束手无策的难题，却早已经完成了！"（270-271）

法克尔丁完全误解了坦克雷德的意思。坦克雷德的目的是要推广一种信仰的原则，但他的眼界却触动了法克尔丁沿着另一条满足权力野心的思路去驰骋他的想象。而法克尔丁的世界计划与日后狄思累利的帝国方略颇为相近。法克尔丁的这幅世界图景固然幼稚，却有以天下为棋局的气魄，显示出浪漫之美，同时不乏现实眼光。因此萨义德在《东方学》中称《坦克雷德》"不仅是东方天空中戏耍的一只云雀，而且是将实际力量施加于实际领土之上的一次敏锐的政治管理实践"（萨义德，218）。

而坦克雷德则在法克尔丁身上看到了他的在天下恢复"神治下的平等"所需要的政治力量。于是两个年轻人一拍即合，开始共同做做"在天使的引导下征服世界"的梦（434）。

在坦克雷德的心目中，恢复神权统治就是要复兴阿拉伯民族，让他们重新征服世界：他相信只要有一位新的先知"登上卡梅尔山，说出三个字，就能够把阿拉伯人重新带到格拉纳达，甚至更远"（312）；只要有了信仰，"把马刀一挥，一个上午就可以赢得波斯、亚述和巴比伦"（312）。至于欧洲大国的干涉，在坦克雷德看来根本不成问题："只要万军之主与我同在，那些大国何足惧哉？"（312）于是"亚洲就复兴了，而复兴了的亚洲又会影响欧洲"（312）。在19世纪中期，坦克雷德居然幻想在"万军之主"的保佑下用马刀来推行信仰，狄思累利当然知道没有一个理智的读者会把这当成作者的认真的本意。

但是尽管法克尔丁被坦克雷德的信仰点燃了想象力，准备"用自己的声音和马刀"帮助坦克雷德建立"神治下的平等"的帝国（378），他根本上依然是一个实用主义者。当他邀请坦克雷德去黎巴嫩共商大计的时候，他首先想到的是手段：将黎巴嫩盛产的蚕丝"每欧克[1]六十个比索买进，两百个比索在马赛卖出"，然后"你想怎么搞真正的宗教信仰就怎么搞"（280）。他请坦克雷德去自己的城堡，还有更实惠的盘算。叙事人说法克尔丁"怀着极大的政治快感"向他统治下的那些桀骜不驯的封建领主们和他的"贪婪而轻信的债权人"展示了他的"强大的新盟友，一位英国王子"，来为自己造势，因为"大家都最充分地明白英国王子代表着世界上最富有、最强大的国家的财富和权威"（347），于是"在叙利亚很适宜制造神秘的轻信气氛中，蒙特寇勋爵不知不觉地就成了神秘化的工具"（353）。坦克雷德在

---

[1] oke，土耳其重量单位 = 1.27850 千克。

打猎的时候，用英国造的新式来复枪击落一只老鹰，于是领主们将他的枪传来递去观看，爱不释手，"各式各样的真主伟大的赞词不绝于口"（364），法克尔丁因此狐假虎威般地利用坦克雷德的英国气势大大增加了自己在领主们心目中的份量。

坦克雷德和法克尔丁这两个截然不同的人物于是在"征服世界"这个共同的浪漫理想的联系下走到了一起。狄思累利似乎想通过他们的结合来探索一条既坚持"美好而有力的原则"又灵活务实、顺应并引导现代化进程的精神。可是，这种组合在多大程度上是有可能实现的呢？坦克雷德的精神本质已经在他对沙漠中的希伯来精神的认同中得到了确认，而法克尔丁的精神到底归属哪里？为了进一步说明法克尔丁的那种与坦克雷德很不一样的浪漫精神的本质，狄思累利在两人已经在黎巴嫩摩拳擦掌、准备大干一场的时候，又将他们引导到一个匪夷所思的希腊遗民的国度，并在这里将坦克雷德与法克尔丁的分歧升华为希伯来精神与希腊精神的矛盾。

四、在奥林匹斯山与西奈山之间——亚历山大的征服还是耶稣基督的征服？

希伯来精神与希腊精神之争，或神性与人性之争，是维多利亚时代的一个重要争论。在《坦克雷德》中，狄思累利在他非凡的想象力虚构出来的一个希腊文化的残存地，让浪漫地追求个人伟大的法克尔丁在这里找到他的精神归宿，并让希伯来和希腊两种精神在此直接发生了接触和碰撞，为的是更清楚地看到这两种精神的本质，并检讨其合作的可能。

为了建立他们想象中的帝国，法克尔丁与坦克雷德经由大马士革前往叙利亚北方群山中的神秘国度"安撒雷"（Ansarey）借兵。在那里，他们见到了令人难以置信的事情。在"长着一张典型的希腊脸"（427）的年轻美丽的安撒雷女王的引导下，坦克雷德和法克尔丁带着戴着花环，经过一条秘密的通道，在合唱声中步入了蓝天映衬下、万丈峭壁上的一个殿堂，在殿中看到"用贵重的材料塑造出的各种异常精美的形象，大气磅礴，风度完美，尽管神态安详，却使观者的心中充满敬畏之情"（436）。坦克雷德从最初的陌生和惊讶中恢复过来之后，逐渐认出了"那些他早在幼年时代就长久琢磨过的美丽而著名的形象"（436），其中详加描写的一位"面目威严，长髯飘动，一头高贵的卷发，高踞在象牙王位上，一手擎着霹雳，另一手握着柏杖"（436）的神祇显然是宙斯的形象。这些希腊神像给人造成极大的审美冲击："这是在清澈的天空下、晴朗的大地上的人们所崇拜的男女众神、天才与仙女，还有半人半羊的农牧神（faun）——这是人的天才与激情所能想象、创造的极致，这是千姿百态的美丽自然所能幻化为人形的一切。时而摇曳的美丽光辉洒在神圣的形象之上，柔和了时光的蹂躏，偶尔还仿佛给它们加上一些飘逸的动感。"（437）这突如其来的相遇使坦克雷德的心"充满了惊讶和甜蜜"，"灵魂真的出了窍"（437）。

尽管令人难以置信，狄思累利却给这个在叙利亚群山中与世隔绝的希腊文明的来历作了一个不坏的解释。据女王所说，安撒雷国乃是安条克（Antioch）的遗民。安条克是亚历山大大帝的将领和继承者塞硫斯一世所建，是当时最重要的"希腊化王国"（Hellenistic Kingdoms）之一，极尽繁华[1]。当叙利亚在公元前 64 年被罗马征服之后，安条克城成为罗马帝国的东都，其发达程度不亚于罗马与亚历山大城。后来此地战乱频仍，先后被波斯、阿拉伯、拜占庭、塞尔柱土耳其、十字军和埃及人占领，加上地震不断，终于没落[2]。按照女王的说法，"当人民不再献祭，愤怒的众神抛弃了大地的时候，一切就都结束了，只剩下少数有信仰的人带着这些神圣的偶像逃入了大山，并一直珍藏着它们"（438）。

而且坦克雷德与安条克也有前世渊源。历史上十字军曾经夺取过安条克，并以此为都建国[3]，而十字军骑士坦克雷德就曾统治此地多年[4]。因此，当 19 世纪的坦克雷德来到安条克的遗民中间的时候，就跟他此前来到耶路撒冷一样，又一次重复了祖先的旅程。

于是，坦克雷德神奇的圣地之旅在回溯到了西方文明的一个源头希伯来文明之后，又重游了另一个源头——希腊文明。更为神奇的是，坦克雷德上一次在耶路撒冷边上的"伊甸园"里见到了夏娃，而这一次则在希腊人的神殿里知道了希腊人的女王与殿中供奉的一位女神同名——"阿丝塔特（Astarte）"（439）。

阿丝塔特这个名字象征着基督教的对立面。阿丝塔特本是地中海沿岸地区一个极其古老的女神，执掌着"爱与丰饶"，在埃及人、赫梯人与迦南人中间受到崇拜。在圣经《旧约》中，她曾以"亚斯她录"（Ashtoreth）的名字屡屡出现[5]，与男神巴力（Baal）一样，成为异教信仰的代名词[6]。后来被希腊-罗马的神话体系

---

[1] "Greek Art and Architechture." *Microsoft® Encarta® 2006* [DVD]. Redmond, WA: Microsoft Corporation, 2005.

[2] "Antakya." *Microsoft® Encarta® 2006* [DVD]. Redmond, WA: Microsoft Corporation, 2005.

[3] "Antioch." Encyclopædia Britannica, from *Encyclopædia Britannica Ultimate Reference Suite 2005 DVD*.

[4] "Tancred", *Microsoft® Encarta® 2006* [DVD]. Redmond, WA: Microsoft Corporation, 2005.

[5] 如"以色列人又行耶和华眼中看为恶的事，去事奉诸巴力和亚斯她录（士 10：6），"并离弃耶和华，去侍奉巴力和亚斯她录"（士 2：13），"撒母耳对以色列全家说，你们若一心归顺耶和华，就要把外邦的神和亚斯她录从你们中间除掉，专心归向耶和华"（撒上 7：3）等等。

[6] "Astarte." Encyclopædia Britannica, from *Encyclopædia Britannica Ultimate Reference Suite 2005 DVD*.

吸收而得了希腊名字"阿丝塔特"，并化成了数位女神，包括月神塞勒涅(Selene)，狩猎女神阿耳忒弥斯(Artemis)和爱神与美神阿佛洛狄忒(Aphrodite)[1]。因此，这个名字不仅与夏娃一样象征着西方文化的又一个源头，而且是一个与希伯来文明相对立的源头。所以，当阿丝塔特告诉坦克雷德自己与"叙利亚的女神，我们这里的维纳斯"(439)同名的时候，她就暗示了一种不同于严肃、内省的犹太-基督教的异教文化信息。

与一露面就高谈种族与信仰的夏娃不同，阿丝塔特女王的出场形象是一个既大胆又羞涩的怀春少女。她正和贴身侍女一起在走廊里"细细地偷窥"(427)刚刚在宫中客房里安顿下来的坦克雷德和法克尔丁，突然法克尔丁站起身来，把她俩吓了一大跳，转身便逃。逃到安全处，她告诉侍女："要是心跳得这么快，我可永远也无法接见他们。"(428)可是当侍女说只要定下了明天接见的时间，客人就会满足的时候，阿丝塔特的回答却是惊人的坦白："可是这样我却不能满足了。见了一面，就老想着再见一面，而我又不能老是装作从那走廊里路过。"(428)因此，这位希腊女王从一开始就表现出对个人的世俗幸福的强烈兴趣。

阿丝塔特的这种入世精神与神殿里供奉的神像的情况是一致的，因为叙事人说那些神像"并不比真人高大多少"(438)；而且当坦克雷德说这些居住在奥林匹斯山上的众神是"诗人之神"的时候，女王却说："不，他们是人间的神。这些神爱人，也受着人的热爱。"(435)这就是说，在阿丝塔特所代表的希腊子民的眼里，他们的神不是像希伯来的神明那样令人匍匐在地、无比畏惧的，而是贴近此岸世界的。而人热爱这些异教神灵的时候，他们崇拜的不是神圣的天命律法，而是神秘的生命本能。

因此不难理解的是，追求神圣律法的坦克雷德虽然受到了感动，但依然在考虑用让阿丝塔特皈依犹太-基督教信仰，而有着强烈的生命冲动的法克尔丁则牢牢地被阿丝塔特与她的希腊神灵所吸引，"不知不觉地着了迷，向阿丝塔特交出了他的精神"(444)。在他看来，阿丝塔特的宗教比夏娃和坦克雷德的宗教更为优美：

> 夏娃与坦克雷德向他讲过众神；阿丝塔特则将众神展示给他。他所熟悉的那些西奈山和加略山的神祇的形象在黎巴嫩的修女院里都有祭奉。这些形象毫无美感和优雅，一个个简陋、悲哀、无精打采，其中被赋予力量的则凶恶而不庄严，乖张而不崇高。可是这些希腊的形体如此对称，脸上有着超凡的美丽，宁静却充满了情感，他久久望着，

---

[1] "Astarte." *Microsoft® Encarta®* 2006 [DVD]. Redmond, WA: Microsoft Corporation, 2005.

满怀神圣的喜悦。女王说了，在西奈山和加略山之外，还有奥林匹亚山。说得太好了。（444-445）

法克尔丁不仅被希腊文明的优美所吸引，更为它曾经的宏伟壮丽而激动：

> 这些神灵不是山民的神灵，它们曾属于一个伟大的世界、一些伟大的民族和伟大的个人。他们是亚历山大和恺撒的神灵。在这些神灵的神圣统治下，亚细亚曾经强大富饶豪华快乐。这些神灵让海岸和原野上宏伟的城市星罗棋布，让大地中间的海洋里金色的巨舟熙熙攘攘，让现在已经化做荒野沙漠的地方人丁万亿、摩肩接踵。难怪安撒雷要信仰这样的神祇。（445）

简而言之，希腊文明中展示的人间的，而非天上的美丽和伟大深深吸引了法克尔丁，大大地激发了他的想象力。所以，当女王告诉他们，安撒雷神庙中的神像"就是那个处处楼台的、有着圣林和美丽神殿的雄伟壮丽的安条克所残留的一切"（437）的时候，他会像坦克雷德那样高声哀叹："啊，不幸的亚洲，你真的沉沦了吗？"（437）他认为当代世界的不幸就在于抛弃了希腊人对美和伟大的信仰（445），因此当坦克雷德继续向他宣传"从阿拉伯的怀抱出发，去扫除腐朽不堪的鞑靼制度的残余"以恢复"早已气若游丝的信仰"（440）的时候，一直对坦克雷德敬重有加的他会"以一种罕见的挑剔口吻"问道："如果回归我们今天早上看到的那些美丽的神祇，情况又会怎样？"（441）

回归这些希腊的"美丽的神祇"，或"亲希腊主义"（philhellenism）是 19 世纪精神活动的一个重要方向。在整个 19 世纪，宣传和颂扬古希腊的哲学、文学、神话、艺术、宗教和政治的诗文数不胜数，古希腊所有重要作家和许多次要作家的作品都被重新翻译，充斥坊间，呼应着浪漫主义精神对理性化、机械化的世界观和人类观的反抗。[1]对希腊的崇拜尤以第二代浪漫主义者为甚。浪漫主义雪莱在《希腊》序中写道，"我们都是希腊人"，因为文明的一切都是模仿"完美"的希腊（张旭春，192）；拜伦在《恰尔德·哈罗德游记》中为"美丽的希腊"悲叹，济慈在希腊古瓮上看到美的永恒，都让人深深感到这一代浪漫主义者对希腊之美的感情。而希腊的美是人间的美，因为"全部希腊文明的出发点和对象是人"（蒋承勇，20），"他们颂神是因为神体现了人的欲望"（蒋承勇，36）。在《坦克雷德》

---

[1] "Victorian Hellenism: Introduction." *Nineteenth-Century Literary Criticism*. Ed. Denise Evans, Daniel G. Marowski. Vol. 68. Gale Group, Inc., 1998. eNotes.com. 2006. 17 Oct, 2007 <http://www.enotes.com/nineteenth-century-criticism/victorian-hellenism>.

中，阿丝塔特女王一开始就在大胆地偷窥坦克雷德的行为中表现了人的欲望；而法克尔丁在美丽的神像前的喜悦，他对让世界充满"宏伟的城市"、"金色巨舟"和"人丁万亿"的神灵的崇拜，对繁华消逝的痛心疾首，尤其是他"不知不觉地着了迷，向阿丝塔特交出了他的精神"（444），都表明了他对于希腊的充分认同，也表明了希腊文明对人的欲望的满足，这与在文明的废墟中感到天地之大美，而在让法克尔丁激动不已的东西面前却比较平静的坦克雷德有着明显的区别。两种同样富于想象的精神的分歧也更趋明显：希腊精神在人的个性张扬中追求美和伟大，而希伯来精神在神的普遍秩序中追求善和崇高。两个人对他们共同的征服世界的梦想也有很不一样的出发点：亚历山大和凯撒让法克尔丁激动不已，而在坦克雷德看来，"恺撒和亚历山大的征服与基督的征服相比又算得了什么！"（440）

　　这种分歧在最表现个人欲望的爱情中表现得最为清晰。法克尔丁对阿丝塔特的爱情使他对坦克雷德充满嫉妒，以至在阿丝塔特面前以一大通谎言诬陷坦克雷德来安撒雷的真正目的是为了得到一个犹太女人夏娃的爱情；而阿丝塔特对坦克雷德的爱情则使她轻信了法克尔丁的谎言，于是她那张"最完美、最温柔、最可爱的脸"因为嫉妒而"突然变得坚硬，几近扭曲了，人的天性中所有恶劣的情感都似乎突然在那里集中"（475），顿时杀气腾腾，必欲置落到她手里的夏娃于死地；而一旦她发现自己错了，当坦克雷德对一切心灰意冷，决心回到沙漠中去的时候，她又完全撇开自己作为女王的责任，要用她的国家作为礼物献给情郎，只要他愿意留下来（478）。因此，在法克尔丁和阿丝塔特的爱情中，我们读到的是为个人的爱情幸福可以不顾一切；另一方面，坦克雷德的爱情却始终与他的责任相连，一旦发现心仪的爱人与他的朝圣理想不合，便立刻撤退；而叙事人虽然数次暗示夏娃对坦克雷德有着强烈好感，她却从未对坦克雷德有过任何的表示，而是完全按照家族的安排，毫无怨言地准备去嫁给自己那位喜欢装腔作势地摆出一副法国派头的堂兄（结果在出嫁途中阴错阳差地被劫到了安撒雷），也就是说，在希伯来文化中，个人的欲望必须置于理想和责任这些更大的考虑之后，或者可以被牺牲。

　　希腊精神满足了此岸的人性欲望，同时也释放了人性中的破坏力量，这种精神与文艺复兴、启蒙运动和功利主义的进步路线相一致，其核心是人欲，尽管它反抗功利主义的机械理性；希伯来精神在追求彼岸的永恒和崇高中压抑了现实的人性，在天地的无限面前，顺应天命带来的是安详宁静，而追求进步则显得浅薄、浮躁。其间的进退取舍，正是 19 世纪英国面临的重大选择。同在浪漫主义的潮流中，一方面是"自由派"的拜伦、雪莱、济慈崇尚"南方"的"喜剧"的（巴特勒, 189)希腊文化, 另一方面则是华兹华斯和柯勒律治崇尚"北方"的"仰望高山或上帝"(巴特勒, 188)的希伯来-基督教文化。蒂莫西·韦伯(Timothy Webb)指出在华兹华斯和柯勒律治看来,"北方"的希伯来-基督教比远比"南方"的希腊异教更具无限感、因而更有吸引力:

> 华兹华斯觉得"北方"阴沉的幻梦要比希腊的"游乐园"更让他感到自在。他重新打造的"牧歌"部分地是对他眼中的"南方"丰饶的异教的批评。柯勒律治批评希腊的想象力在与希伯来《圣经》相比时显示出来的局限性。柯勒律治在《圣经》中找到的不仅是希腊神话中所缺乏的真理和道德基础, 还有一种更优秀、更令人满意的表达方式。华兹华斯对"异教的神人同性论(anthropomorphitism)"感到厌恶, 柯勒律治则指出希腊人"将思想变成有限之物, 再将这些有限之物化为人形"——这种对外形的重视导致了那种吸引了雪莱和济慈的优美雕塑, 但在柯勒律治看来却有着破坏性的局限, 远不如基督教的暗示来得开放。因此柯勒律治认为哥特式建筑高于希腊式或希罗式建筑, 并且与施莱格尔一样崇拜哥特式教堂的崇高, 因为在这样的教堂里"一切卓越都不在人的目光之内"。(Webb, 167)

华兹华斯和柯勒律治从"北方"的立场出发对"南方"的批评很好地表现了两种传统的区别。在他们看来, 希腊文化的异教性质本质上是人文的, 是局限于大地而远离无限的, 因此缺乏希伯来精神的崇高感。

这种对欧洲文化传统中希腊精神和希伯来精神的"南"、"北"之分是斯塔尔夫人(Madame de Staël, 1766-1817)在《论德国》中率先提出的观点, 而斯塔尔夫人是赞赏"北方"的德国传统的, 认为德国的浪漫传统在当今已成为最有活力、最富有想象的思想力量(巴特勒, 187)。《论德国》在1820年代在英国出版后反响巨大, 拜伦与卡莱尔都极为推崇, 而狄思累利在1824年详读此书, 做了大量的笔记, 由此开始深受德国浪漫主义影响(Richmond, 35), 并对希腊和希伯来的对立深有感受。里士满(Charles Richmond)在"狄思累利的教育"("Disraeli's Education")一文中认为, 狄思累利为自己此前的荒唐生活感到后悔, 希望以德国浪漫主义中的崇高感来净化心灵, 这种情况是尼采在拜伦和爱伦·坡身上都看到过的(Richmond, 35)。事实上, 狄思累利一直狂热地崇拜拜伦, 到了亦步亦趋的地步[1], 拜伦以放

---

[1] 狄思累利从仿效拜伦的发型、服饰到模仿他的文风, 到精确地重走拜伦的大陆之旅(Bradford, 10, 28), 直到将拜伦忠实的威尼斯仆人蒂塔("Tita" Falcieri)弄到自己身边, 并为他养老送终(Blake, 52, 254-256)。

浪形骸而惊世骇俗，狄思累利早年以特立独行的纨绔风格来树立反对平庸的姿态，甚至和他的纨绔好友布韦尔-李顿同逛窑子（Bradford, 50），也是在对拜伦风度的模仿。这种行为显然是希腊精神，确切地说是酒神精神的表现。这种精神虽然张扬了个体的生命本能，却没有更高的超越个体的原则来支撑和安慰，从而产生了内心的不安，因此狄思累利才会像拜伦一样去崇高感中寻求净化，并与拜伦一样"试图掩饰断裂的灵魂"，"以飞入超验的纯洁之中来逃避和忘却"（Richmond, 35）。

正是狄思累利的净化自身的欲望，带着狄思累利青年时代的影子的法克尔丁才会在纯洁的坦克雷德身上找到"迅疾而多变的脾性所经常需要的那种指挥若定的精神控制"，认定坦克雷德是"自己一直憧憬着的那个朋友"（264）。但是法克尔丁在他的精神找到了希腊故乡之后对坦克雷德的背叛表明，想象人间的伟大与想象天国的崇高是很难相融合的两种精神，因为一个在对"宏伟的城市"和"金色的巨舟"的想象中流连忘返，另一个在沙漠和星辰之间想象无限。所以，当法克尔丁发现自己将夏娃陷于绝境的时候，又通过一通谎言带着夏娃逃之夭夭，从此与坦克雷德再未谋面；而坦克雷德在发现真相之后相信这个世界过于肮脏，"我被人在卑劣阴谋中当了枪使，自己还全不知道。我必须回到沙漠中去，恢复思想的纯洁"（479）。正巧土耳其人来攻打安撒雷，于是坦克雷德一马当先地向土耳其人冲锋，并在击溃敌人之后飞奔而走，马不停蹄地逃回了那片"我本来不该离开的沙漠"（487）。

坦克雷德与法克尔丁的分手说明狄思累利在当时的历史条件下无法想象希伯来精神与希腊精神、神性与人性、秩序与自由、道德与审美这些矛盾关系的和谐统一，简而言之，他无法想象一种理想的信仰状况。因此，当坦克雷德精疲力竭地回到沙漠，在大谢赫的帐篷中对阿玛莱克说："到底什么是满足，什么是生活，什么又是人！大谢赫，我活得越久，想得越多，就……"话说到一半就倒头睡着了的时候（491），狄思累利非常诚实地将自己的混乱与失语状态坦白在读者面前。当坦克雷德再次回到夏娃的"伊甸园"中时，夏娃十分清醒地看到了他的幻灭，"当初你想的只是神圣的事业，星星、天使和我们奇异的神赋的国度。现在是一片混杂：诡计、政治、操纵、流产的阴谋和人的手腕"，因此她悲叹道："你不再相信阿拉伯了"（499）。可是坦克雷德在拯救信仰的"新十字军"失败之后，却不愿意正视现实，而是通过向夏娃求爱，向爱情中逃避：

你就是我的阿拉伯，阿拉伯的天使，守护我的生命和精神的天使。
不要跟我说动摇的信仰，我的信仰十分强烈。不要对我说离开神圣的

> 道路，你就是我的道路，而你无比神圣。(499)

当坦克雷德将夏娃看作他的"阿拉伯天使"和他的神圣道路的时候，他已经放弃了自己当初承诺的社会责任，而将两个人的世界当作最后的归宿。换言之，他放弃了公共世界里的责任，而退而寻求私人领域内的爱情，这与资产阶级的道德已经没有多少区别。

曾经有评论认为狄思累利在《坦克雷德》的结尾重搬前两部小说中象征性婚姻的套路："坦克雷德与夏娃之间的爱情与此后可能的婚姻象征着东西方之间的结合。"(Levine, 77)可是这样的评论者却没有看到夏娃在小说中留下的最后一句话是："欧洲的儿子，基督的儿子，快走吧，从我这里跑走吧！"(500)说明将东方的古老智慧与西方的物质文明完美结合起来的梦想彻底失败了。

不仅如此，西方文明的扩张趋势一定要征服东方而后快。就在当坦克雷德顽固地坚持放弃自己的身份和责任，说自己"没有亲属，没有国家"，要在爱情的世界里忘却一切的时候，突然一大群他的家人和随从闹哄哄地来找他了，原来是"贝勒蒙公爵夫妇到了耶路撒冷"(501)。小说就此突然结束。这个被布莱克斥为"永垂不朽的虎头蛇尾"(Blake, 205)的结束其实很有意味，因为它说明坦克雷德无处可逃，地球上并没有与世隔绝的精神圣地。其实早在公爵夫妇到达之前，随他而来的布雷斯上校已经在和英国领事一起为即将到来的圣诞节准备"耶路撒冷有史以来的第一块圣诞布丁"了(495)，也就是说，即便坦克雷德愿意抛弃他的英国身份，强大的英国文化也会继续不屈不挠地跟踪而至，向圣地渗透。于是他的"新十字军"变成了一场与历史上的，而非他想象中的"旧十字军"无异的、西方对东方的真正的征服，也是腾飞跃进的物质现代化对稳定安详的传统精神生活的征服。这是对他的初衷的莫大嘲弄。

但是，坦克雷德的失败并非《坦克雷德》的失败，因为主人公的历险结局也许在小说开头利安德的颇有喜剧色彩的厨房梦中就可以预料了。小说结束前，当坦克雷德在"伊甸园"中再遇夏娃的时候，他发现这正是一个"仲夏夜"，而他们的第一次见面也是在仲夏(499)，暗示着他在圣地度过的一年只是一场浪漫而离奇的幻梦，正如迫克在《仲夏夜之梦》结束的时候对观众所说：

> 这种种幻景的显现，
> 不过是梦中的妄念；
> 这一段无聊的情节，
> 真同诞梦一样无力。(莎士比亚, 153)

但是，坦克雷德的梦却是有意义的。就在他像堂吉诃德那样横冲直撞的时候，现实世界的真面目却被他撞破了，于是读者在他的梦游中看到了他所处的那个世界庸俗、功利、缺乏崇高原则和纯洁理想，在迷失方向的忙碌中进步；而在他的梦中，西奈山与奥林匹斯山奇妙地穿越了历史，准备再次为受其滋养的欧洲文明贡献它们的精华。尽管最终他没有找到希伯来精神与希腊精神的平衡点，而他背后的作者似乎也在人性与神性、进步与保守之间游移不定，这种矛盾却给我们展示了一段活生生的历史截面，让我们看到历史进程中进退两难的情感结构。正如弗里德里克·詹姆逊所说的那样，这是"用一副不完整的牌给未来算命"（詹姆逊，1997, xvii）。

结　语

　　《坦克雷德》给"青年英格兰"三部曲画上了一个令人深思的句号。由以上分析可见，这三部小说在空间上一部比一部开阔，在时间上一部比一部古老，在精神上一部比一部深邃，但是都统一在"现代化进程中的精神问题"这个主题中，因此《坦克雷德》虽然将舞台搬到了东方，却不仅没有游离主题，实在是这个主题的高潮。

　　同时，以上分析表明了"青年英格兰"三部曲在具有强烈的当代政治色彩的同时，也具有超越当下实用目的浓厚的文学性。三部曲尽管由于作者的敏感的政治角色和独特的种族身份而一再被读作具有明确目的的宣传，而作者本人也坦言其宣传目的，但实际上它们的丰富性却远远超越了小说化的宣传册。这些小说既深刻地表现了英国社会弘扬"进步的"唯理性主义和功利精神所造成的损害，又充分认识到现代化进程无可抗拒的巨大力量及其改善社会的潜力；既对退回想象中的黄金时代的思想表现出同情，又深知在历史中退步的虚妄，始终与这种倾向保持着反讽距离；既尖刻地批判了现实中的贵族阶级，又认同贵族制度；既崇拜想象力，又嘲弄脱离现实的想象力。这样的小说显然并没有遭遇欧文·豪（Irving Howe）在《政治与小说》（*Politics and the Novel*, 1957）中所警告的那种"意识形态的装甲纵队的大举入侵"（Howe, 20）。

　　于是一方面我们在小说中看到了宣扬理性、进步的维多利亚时代的一个栩栩如生的功利者画廊：从《康宁思比》中"英格兰最会算账"的蒙贸斯侯爵，"号服鲜艳"的玩弄数据的党棍文人利戈比，还有泰德波尔与泰泼尔这一对通过设计竞选口号来追求"每年一千二"的政客，到《西比尔》中"披上爱尔维修的金刚甲"的马尼伯爵和他的赤膊上阵的列祖列宗，以及所有那些通过最功利的手段钻进贵族光环中去的"琥珀里的苍蝇"们，再到《坦克雷德》中用温柔乡勾引想去朝圣的儿子的贝勒蒙公爵夫妇、擅长"和稀泥"的主教和梦想建造耶路撒冷铁路的女香客和女赌徒伯蒂夫人；与此相应的，是一个由于统治阶级缺乏神圣和伟大的责任感、鄙视想象力所造成的"社会瓦解的时代"：《康宁思比》中向贵族发出挑战的大资本家密尔班克和《西比尔》中的令人震惊的苦难民生和声势浩大的宪章运动都是这种状况的表现；同时，依稀留存的古老历史都带上了梦幻般的色彩，令人神往，如《康宁思比》中北方森林里充满中世纪气息的公爵领地和莱尔先生的庄园，如《西比尔》中的西比尔在星光下的拱门中神秘地显现的修道院废墟与虽然被玷污却依然神圣的威士敏斯特大教堂，更不用说坦克雷德的圣地之行中的所见了。这些古老的地方和热爱它们的人们都表现出与强调理性的功利主义时代截然不同感觉，神秘而温暖，并给人启示。

但另一方面，我们却看到小说中的许多形象都是矛盾的：曼彻斯特纺织厂里的机器既像东方神话中的恶魔，又像膀大腰圆的工人在为幸福而勤奋劳作；密尔班克的无污染工厂和工人新村都令人羡慕，他对数据的根深蒂固的兴趣和工厂对自然的排斥却令人怀疑；热情善良的亨利勋爵痛恨功利主义，但他对围城和恢复"围着五朔柱跳舞"的兴趣却显得可笑；西比尔的圣洁激发了艾格蒙特的责任感，但她的形象却十分僵硬；因为强烈的嫉妒和过度的理性显得狭隘、丑陋的社会主义者墨利却时时表现出他的睿智和活力乃至忠诚与善良；受尽苦难的工人在反抗中爆发出毁灭一切的力量；坦克雷德的父母对儿子和百姓都充满爱心和责任感，表现出传统伦理的动人之处，却同时十分功利务实，为了达到现实目的甚至可以毫无顾忌地做有违自己的道德准则的事情；沙漠中的阿玛莱克大谢赫似乎在无尽的历史中虔诚地感受着天命，这却不妨碍他为钱去绑架坦克雷德，或者在给诗人赏钱的时候在巨大的钱袋里面"掏了半天，掏出一个最小的硬币"；坦克雷德有着毫不功利的浪漫想象力，却一再在现实中发生误会，到处瞎碰瞎撞。他的希伯来精神厚重却刻板，而法克尔丁象征的希腊精神灵活却轻薄。

可是，尽管诸如此类的矛盾形象充斥着整个三部曲，使它们显示出雷蒙·威廉斯所说的那种正在"活生生的现场"中的历史的混乱和复杂，这些矛盾却并不意味着狄思累利将历史的糊涂账甩给了读者。三部曲的作者尽管始终保持着微妙的反讽，却始终有一个清晰的思路：人民的幸福仰赖于具有伟大想象力和责任感的领袖。希多尼亚对康宁思比的教导和西比尔对艾格蒙特的启示都表现了这一点，而坦克雷德早已明白了这一点，尽管他的朝圣之旅并没有帮助他达到那种完美的想象力。

正是这样一种精英主义理想，使得狄思累利在批评贵族的时候始终怀着矛盾的心态：蒙贸斯侯爵精于算账却有着"苏拉式的大气"；挑战贵族的密尔班克并不反对贵族制度，还娶了逃亡的西班牙贵族小姐，并将女儿伊迪丝培养成上流名媛；而且不管狄思累利怎样揭露、挖苦艾格蒙特和坦克雷德的祖先，他的主人公却始终是贵族，引得米尔恩斯嘲笑："为什么狄思累利先生总是这么喜欢公爵？"（Stewart, 223）而切斯特顿（G. K. Chesterton）也指责狄思累利要为"出现这种专拍绅士马屁的作品"负主要责任[1]。的确，狄思累利的小说中表现出明显的反民主倾向，而他对下层人民的带着同情的鄙视是非常值得警惕的；而且他在《坦克雷德》中多少有所表现的帝国思想也与他的精英领导世界的贵族精神一脉相承。但是从英国社会的尊重权威的传统和英国当时以及此后很长时间里贵族依然占据政治领导地位的状况来看，他盼望理想贵族的统治对维护社会的稳定发展是有益的；而他的追求超越的贵族精神对当时主流的平庸实惠的功利主义精神是有力的冲击。事实上，正是狄思累利的这种在高瞻远瞩的领袖的领导下实现社会和谐、人民幸福的极富想象力的"托利民主"思想为古老的托利党输入了新鲜的血液，使之在格拉斯通的自由党解体之后继续保持着旺盛的活力，直至今日。

尽管狄思累利在"青年英格兰"三部曲中是"用一副不完整的牌给未来算命"，他却敏锐地把握住了在历史巨变中受困于进退之间的人对精神指引的渴求。也许正是他力图在现实与想象之间取得平衡的努力，使他赢得了 F. R. 利维斯所赞誉的那种对文明和时代趋势的"聪慧绝顶"、"至为成熟"的关怀和领悟，从而具有了"足可以流传后世"的价值（利维斯, 3）。

---

[1] Chesterton, G.K. "On Smart Novelists and the Smart Set", *Christian Ethereal Library*, April 17, 1996. May 12, 2004 <http://www.cse.dmu.ac.uk/~mward/gkc/books/heretics/ch15.html>.

参考文献

一、英文部分

Altick, Richard D. *Victorian People and Ideas*. New York and London: W. W. Norton and Company, 1973.

Bivona, Daniel. "Disraeli's Political Trilogy and the Antinomic Structure of Imperial Desire". *NCLC,* Vol. 79. Detroit: Gale Research, 1986.

Blake, Robert. *Disraeli*. New York: St. Martin, 1967.

Bloom, Harold. ed. *The Critical Cosmos Series—Victorian Fiction.* New York: Chelsea House Publishers, 1989.

Bloomfield, Paul. "Benjamin Disraeli". *British Writers*, Vol. IV, Ed., Ian Scott-Kilvert. New York: Charles Scribner's Sons, 1981.

Bourke, Richard. *Romantic Discourse and Political Modernity.* New York: St. Martin's Press, 1993.

Bradford, Sarah. *Disraeli*. New York: Stein and Day, 1983.

Brandes, George. *Lord Beaconsfield: A Study.* trans. Mrs. George Sturge, Charles Scribner's Sons, 1880, quoted in *NCLC*, Vol. 2. Detroit: Gale Research, 1982.

Brantlinger, Patrick. *The Spirit of Reform, British Literature and Politics, 1832-1867.* Cambridge: Harvard University Press, 1977.

Braun, Thom. *Disraeli the Novelist.* London: George Allen & Unwin, 1981.

Briggs, Asa. *The Age of Improvement.* London: Longmans, 1959.

Burgess, Miranda. *British Fiction and the Production of Social Order 1740-1830.* Cambridge: Cambridge University Press, 2000.

Burrow, J. W. *A Liberal Descent, Victorian Historians and the English Past.* Cambridge: Cambridge University Press, 1981.

Cazamian, Louis. *The Social Novel in England 1830-1850—Dickens, Disraeli, Mrs. Gaskell, Kingsley.* trans., Martin Fido. London: Routledge, 1973.

Cecil, David. *Early Victorian Novelists—Essays in Revaluation*. London: Constable & Co, Ltd., 1934.

Childers, Joseph W. *Novel Possibilities, Fiction and the Formation of Early Victorian Culture*. Philadelphia: University of Pennsylvania Press, 1995.

Clark, G. Kitson. *The Making of Victorian England*. Cambridge: MA Harvard University Press, 1962.

Crick, Bernard. *Essays on Politics and Literature*. Edinburgh: Edinburgh University Press, 1989.

Cronin, Richard. *Romantic Victorians: English Literature, 1824-1840*. New York: Palgrave, 2002.

David, Deirdre. ed. *The Cambridge Companion to the Victorian Novel*. Cambridge: Cambridge University Press, 2001.

Davis, Philip. *The Oxford English Literary History, Volume 8. 1830-1880——The Victorians*. Oxford: Oxford University Press, 2002.

Eagleton, Mary. *Attitudes to Class in the English Novel*. London: Thames and Hudson Ltd., 1979.

Endelman, Todd M. "A Hebrew to the end: the emergence of Disraeli's Jewishness". *The Self-Fashioning of Disraeli, 1818-1851*. Charles Richmond and Paul Smith, ed. Cambridge: Cambridge University Press, 1998.

Evans, R. J. *The Victorian Age, 1815-1914*. London: E. Arnold. 1958.

Feuchtwanger, Edgar. *Disraeli*. London: E. Arnold, 2000.

Flavin, Michael. *Benjamin Disraeli—The Novel as Political Discourse*. Brighton: Sussex Acdemic Press, 2005.

Gilmour, Robin. *The Idea of the Gentleman in the Victorian Novel*. London: George Allen & Unwin, 1981.

-----. *The Novel in the Victorian Age—A Modern Introduction*. London: Edward Arnold (Publishers) Ltd., 1986.

-----. *The Victorian Period: The Intellectual and Cultural Context, 1830-1890*. London: Longman, 1994.

Girouard, Mark. *The Return to Camelot*. London: Yale University Press, 1981.

Hanne, Michael. *The Power of the Story—Fiction and Political Change*. Providence, RI: Berghahn Books, 1994.

Harvie, Christopher. *The Centre of Things—Political Fiction in Britain from Disraeli *to the Present.* Cambridge, MA: Unwin Hyman Inc., 1991.

Himmelfarb, Gertrude. "Disraeli's grand tour: Benjamin Disraeli and the Holy Land. (book reviews)". *The New Republic,* Vol. 189, Sept. 12, 1983.

Holloway, John. *The Victorian Sage.* New York: Macmillan, 1953.

Houghton, Walter. *The Victorian Frame of Mind 1830-1870.* New Haven: Yale University Press, 1957.

Howe, Irving. *Politics and the Novel.* New York: Horizon Press, 1957.

James, Louis. "The Nineteenth-Century Social Novel in England". *Encyclopedia of Literature and Criticism,* ed., Martin Coyle. London: Routledge, 1991.

Jenkins, T. A. *Disraeli and Victorian Conservatism.* London: Macmillan Press Ltd., 1996.

Jerman, B. R. *The Young Disraeli.* Princeton: Princeton University Press, 1960.

Keen, Suzanne. *Victorian Renovations of the Novel: Narrative Annexes and the Boundaries of Representation.* Cambridge: Cambridge University Press, 1998.

Kirk, Russell. *The Conservative Mind, from Burke to Santayana.* Chicago: Henry Regnery Co., 1953.

Lerner, Laurence. ed. *The Victorians.* New York: Holmes & Meier Publishers, Inc., 1978.

Levine, Richard A. "Disraeli's Tancred and 'The Great Asian Mystery' ". *Nineteenth Century Fiction,* Vol. 22, No. 1, June, 1967.

Lewis, Pericles. *Modernism, Nationalism and the Novel.* Cambridge: Cambridge University Press, 2000.

Martin, Robert Bernard. A *Companion to Victorian Literature.* New York: Charles Scribner's Sons, 1955.

Maurois, Andre. *Disraeli—A Picture of the Victorian Age.* trans., Hamish Miles. New York: Time Incorporated, 1965.

McClelland, Keith. *Defining the Victorian Nation—Class, Race, Gender and the Reform Act of 1867.* Cambridge: Cambridge University Press, 2000.

McCord, Norman. *British History, 1815-1906.* Oxford: Oxford University Press, 1991.

McDowell, R. B. *British Conservatism, 1832-1914.* London: Faber and Faber, 1959.

McWilliam, Rohan. *Popular Politics in Nineteenth-Century England.* London: Routledge, 1998.

Monypenny, Flavelle. *The Life of Benjamin Disraeli, Earl of Beaconsfield.* New York:

Russell & Russell, 1968.

-----. *The Life of Benjamin Disraeli, Earl of Beaconsfield*, Vol. II. London: John Murry, 1912.

Morrow, John. *Young England, the New Generation—A Selection of Primary Texts*. London: Leicester University Press, 1999.

Neff, Emery. *Carlyle and Mill: An Introduction to Victorian Thought*. New York: Columbia University Press, 1926.

O'Kell, Robert. "Disraeli's *Coningsby:* Political Manifesto or Psychological Romance?" *NCLC,* Vol. 79. Detroit: Gale Research, 1986.

-----. "Two Nations, or One? Disraeli's Allegorical Romance". *NCLC,* Vol. 79. Detroit: Gale Research, 1986.

-----. rev. "*Disraeli the Novelist* by Thom Braun and *Disraeli's Fiction* by Daniel R. Schwarz". *Victorian Studies,* Spring 1983, Vol. 26, Issue 3.

O'Gorman, Francis. ed. *The Victorian Novel*. Oxford: Blackwell Publishing, 2002.

Perkin, Harold. *The Origins of Modern English Society*. London: Routledge, 2002.

Richmond, Charles. ed. *The Self-Fashioning of Disraeli, 1818-1851*. Cambridge: Cambridge University Press, 1998.

Schwarz, Daniel R. *Disraeli's Fiction*. London: Macmillan, 1979.

Skilton, David. *The English Novel: Defoe to the Victorians*. London: David & Charles, 1977.

Smith, Sheila M. "Willenhall and Wodgate: Disraeli's Use of Blue Book Evidence". *The Review of English Studies,* New Series, Vol. 13, No. 52, Nov., 1962.

-----. "Blue Books and Victorian Novelists". *The Review of English Studies,* New Series, Vol. 21, No. 81, Feb., 1970.

Speare, Morris Edmund. *The Political Novel—Its Development in England and America*. Oxford: Oxford University Press, 1924.

Stewart, R. W. ed. *Disraeli's Novels Reviewed, 1826-1968*. Metuchen: The Scarecrow Press, 1975.

Thompson, F. M. L. *English Landed Society in the Nineteenth Century*. London: Routlegde, 1963.

Tillotson, Kathleen. *Novels of the Eighteen-Forties*. Oxford: Clarendon Press, 1954.

Tucker, Albert. "Disraeli and the Natural Aristocracy". *The Canadian Journal of Economics and Political Science*. Vol. XXVIII, February 1962, No. 1.

Webb, Timothy. "Romantic Hellenism". 剑桥文学指南：英国浪漫主义. 上海：上海外语教育出版社，2001.

Weintraub, Stanley. *Disraeli, A Biography.* New York: Duntton Books, 1993.

Wilding, Michael. *Political Fictions.* London: Routledge & Kegan Paul, 1980.

Williams, Ioan. *The Realist Novel in England.* Basingstoke: University of Pittsburgh Press, 1975.

Williams, Raymond. *Marxism and Literature.* Oxford: Oxford University Press, 1977.

Young, Kenneth. "Thomas Babington Macaulay". *British Writers,* Ian Scott-Kilvert, ed., Vol. IV. New York: Charles Scribner's Sons, 1981.

Yates, Nigel. "Pugin and the medieval dream", cited in G Marsden., ed. *Victorian Values: Personalities and Perspectives in Nineteenth-century Society.* London: Longman, 1990.

二、中文部分

A. L. 勒·凯内. 卡莱尔. 段忠桥. 北京：中国社会科学出版社，1987.

阿萨·勃里格斯. 英国社会史. 陈叔平等译. 北京：中国人民大学出版社，1991.

爱德华·萨义德. 东方学. 王宇根译. 北京：生活·读书·新知三联书店，1999.

艾恺. 世界范围内的反现代化思潮——论文化守成主义. 贵阳：贵州人民出版社，1991.

艾瑞克·霍布斯鲍姆. 革命的年代. 王章辉等译. 南京：江苏人民出版社，1999.

成保良. 论社会主义、共产主义用语含义的演变与发展. 当代经济研究，2004, (9).

陈平原. 中国小说叙事模式的转变. 北京：北京大学出版社，2003.

程巍. 纨绔子的两重性——析艾伦·摩尔斯《纨绔子》，兼谈反资产阶级意识的起源. 世界文学，1999, (1).

董小燕. 西方文明：精神与制度的变迁. 上海：学林出版社，2003.

恩格斯. 英国工人阶级状况. 北京：人民出版社，1956.

高继海. 英国小说史. 北京：中国社会科学出版社，2003.

顾晓鸣. 反犹主义解析. 上海：三联书店，1996.

郭少棠. 民族国家与国际秩序：西方政治现代化的路. 北京：首都师范大学出版社，1998.

弗里德里希·沃特金斯. 西方政治传统——现代自由主义发展研究. 黄辉、杨健译. 长春：吉林人民出版社，2001.

弗雷德里克·詹姆逊. 政治无意识. 王逢振译. 北京：中国社会科学出版社，1999.

-----. 时间的种子. 王逢振译. 桂林：漓江出版社，1997.

F. R. 利维斯. 伟大的传统. 袁伟译. 北京：生活·读书·新知三联书店，2002.

梁启超. 译印政治小说序. 饮冰室文集点校 6. 昆明：云南教育出版社，2001.

刘文荣. 19 世纪英国小说史. 北京：中国社会科学出版社，2002.

刘玉安，楚成亚，杨丽华. 西方政治思想通史. 济南：山东大学出版社，2003.

史蒂文·卢克斯. 个人主义. 阎克文译. 南京：江苏人民出版社，2001.

罗素. 西方哲学史及其与从古代到现代的政治、社会情况的联系(下卷). 北京：
     商务印书馆，1976.

洛维特. 世界历史与救赎历史：历史哲学的神学前提. 李秋零，田薇译. 北京：
     生活·读书·新知三联书店，2002.

马克思、恩格斯. 共产党宣言. 北京：人民出版社，1978.

马克思恩格斯全集(第 8 卷). 北京：人民出版社，1961.

马克思恩格斯全集(第 3 卷). 北京：人民出版社，2002.

马克斯·韦伯. 韦伯文集. 韩水法编. 北京：中国广播电视出版社，1999.

玛里琳·巴特勒. 浪漫派、叛逆者及反动派. 黄梅，陆建德译. 沈阳：辽宁教育
     出版社，1998.

马啸原. 西方政治思想史纲. 北京：高等教育出版社，1997.

迈克尔·佩罗曼. 资本主义的诞生：对古典政治经济学的一种解释. 裴达鹰译.
     桂林：广西师范大学出版社，2001.

米歇尔·维诺克. 法国资产阶级大革命：一七八九年风云录. 侯贵信，孙昆山等
     译. 北京：世界知识出版社，1989.

萨克雷. 名利场. 杨必译. 北京：人民文学出版社，1990.

威廉·萨克雷. 势利鬼文集——出自一个自家人笔下. 周永启译. 天津：百花文
     艺出版社，2000.

莎士比亚. 仲夏夜之梦. 朱生豪译，武汉：湖北教育出版社，1999.

塞缪尔·斯迈尔斯. 自己拯救自己. 刘曙光等译. 北京：北京燕山出版社，1999.

斯科特·戈登. 控制国家：西方宪政的历史(现代政治译丛). 应奇等译. 南京：江
     苏人民出版社，2001.

托克维尔. 旧制度与大革命. 冯棠译. 北京：商务印书馆，1992.

托马斯·卡莱尔. 文明的忧思. 宁小银译. 北京：中国档案出版社，1999.

-----. 论英雄、英雄崇拜和历史上的英雄业绩. 周祖达译. 北京：商务印书馆，2005.

雷蒙·威廉斯. 文化与社会. 吴松江，张文定译. 北京：北京大学出版社，1991.

雅克·巴尔赞. 从黎明到衰落：西方文化生活五百年. 林华译. 北京：世界知识
　　出版社，2002.

阎照祥. 英国政党政治史. 北京：中国社会科学出版社，1993.

-----. 英国史. 北京：人民出版社，2003.

约翰·伯瑞. 进步的观念. 范祥涛译. 上海：上海三联书店，2005.

约翰·密尔. 论自由. 许宝骙译. 北京：商务印书馆，2005.

张凤阳. 现代性的谱系. 南京：南京大学出版社，2004.

张旭春. 政治的审美化与审美的政治化. 北京：人民出版社，2004.

周辅成. 西方伦理学名著选辑(下卷). 北京：商务印书馆，1996.

周作人. 贵族的与平民的. 见：自己的园地. 长沙：岳麓出版社，1987.

附录一　狄思累利的小说作品

Vivian Grey, 1826

The Young Duke, 1831

Contarini Fleming: A Psychological Autobiography, 1832

The Wondrous Tale of Alroy, 1832

A Year at Hartlebury; or the Election, 1834 (与 Sara D'israeli 合著)

Henrietta Temple: A Love Story, 1836

Venetia; or the Poet's Daughter, 1837

Coningsby; or the New Generation, 1844

Sybil; or the Two Nations, 1845

Tancred; or the New Crusade, 1847

Lothair, 1870

Endymion, 1880

Falconet, 1881 (未完成)

附录二　狄思累利年表

1804　12 月 21 日出生于伦敦。

1825　与著名出版商约翰・马雷(John Murray)合办《代议报》(*The Representative*)创刊。该报仅发行数月。

1826　狄思累利的小说处女作《维维安・格雷》(*Vivian Grey*)出版。

1832　第一次在怀康比(Wycombe)选区作为独立的激进派人士参加议员补缺选举。

1834　结识前托利党政府的大法官林德赫斯特勋爵。林德赫斯特成为狄思累利的恩主。

1835　在连续三次以激进派独立候选人身份竞选议员失利之后，加入了托利党。他在陶敦(Taunton)选区参加补缺选举再次失败。但是从此成为正式的托利党候选人。出版《为英格兰宪法辩》(*A Vindication of the English Constitution in a Letter to a Noble and Learned Lord by Disraeli the Younger*)

1836　在《泰晤士报》上刊登 19 封公开信讽刺墨尔本勋爵领导的的辉格政府。

1837　在维多利亚女王登基后举行的大选中首次在梅德斯通(Maidstone)选区当选为议员。

1839　7 月在"济贫法"辩论中表达了对宪章派的深切同情。8 月与玛丽・安・温德姆・刘易斯结婚。

1840　狄思累利是下院中仅有的五个反对严惩宪章运动领袖的议员之一。

1841　保守党大选胜利，上台执政。罗伯特・皮尔成为首相，狄思累利也在大选中再次当选议员。

1842　"青年英格兰"团体在议会中出现。

1844　《康宁思比》出版。

1845　《西比尔》出版。在下院中发言攻击皮尔首相违背了保守党的真正原则。

1846　与本廷克勋爵(Lord Bentinck)一起领导下院保守党团中的农业利益保护派(Protectionist)反对皮尔撤销"谷物法"，并导致了皮尔的下台和保守党的分裂以及自由党上台。

1847　《坦克雷德》出版。狄思累利开始成为残余保守党的前座议员。支持自由党政府撤销妨碍犹太人行使权利的法律。

1848　真正成为下院的反对党领袖。

1852　二月在罗素主持的自由党政府辞职后成为保守党德比政府的财政大臣。十二月狄思累利的第一份预算报告在下院受到格拉斯通的挑战，由此开始两人的长期对峙。狄思累利的预算案没有通过，德比政府辞职。格拉斯通在继任的自由党政府中担任财政大臣。

1853　创办《出版》(*The Press*)周报。这份报纸持续了五年。

1858　德比再次成为首相，狄思累利重任财政大臣。

1859　德比政府提出的改革案未获通过，再次下台。

1866　罗素政府因改革案失利而辞职。德比再次组阁，狄思累利再次担任财政大臣。

1867　提出"第二次改革法案"并获通过。使所有成年男性户主都获得选举权。

1868　2 月，在德比因病辞职后接任首相，"总算爬上了这根滑溜溜的杆子的顶端"。12 月自由党在大选中获胜。狄思累利辞职。格拉斯通第一次担任首相。

1872　玛丽·安去世。

1874　保守党赢得大选，狄思累利再度成为首相。

1875-　狄思累利的第二届政府通过了大量社会福利立法，被称为"下水道
1880　政府"。

1875-　在罗斯柴尔德家族的鼎立帮助下冒险以个人名义买下苏伊士运河的大
1876　半股票，使英国获得通往印度的便捷通道。

1876　被维多利亚女王封为比肯斯菲尔德伯爵(the Earl of Beaconsfield)。

1877　推动议会奉维多利亚女王为印度女皇。

1878　出席柏林会议，维护了英国在东方的最大利益，为英国赢回了"光荣的和平"。

1880　保守党在大选中失败。狄思累利成为上院中的反对党领袖。

19 April,　狄思累利去世。
1881

致 谢

　　我的博士论文马拉松跑近了终点，雅典中心广场已经遥遥在望，我却日益感到不安。在旷日持久的奔跑中支撑和激励过我的一份份厚爱与感动，都到了清点的时候。债台高筑的我不胜惶恐，不知如何能报答这许多的温暖。只能先打一张厚颜的白条，道一声"谢谢"。

　　感谢我的导师殷企平先生。这篇博士论文的写作就是在先生的研究基础上进行的。先生不以弟子愚钝，期以厚望，将我引向一个极有意义的领域，为我指点迷津、提供资料，并在非常繁重的工作压力下为我仔细审阅文稿，不但为我澄清思路，修改结构，而且为我推敲字句。虽朽木难雕，却举重若轻，循循善诱，使每一次交流，都让弟子拨云见日，如坐春风；也感谢先生以自己的厚重品格和责任情怀在这个骚动的时代给骚动的我们带来从容和镇定：先生隔周悉心组织的博士生读书会是我在马拉松期间最愉快的休息，能与师友们坐而论道，不但每每颇有心得，而且一扫疲乏与孤独。云松书舍的周末和紫金港的夜晚，将永远留存在我记忆中的一个温暖的角落里。也感谢我的师母孙逸芳老师，因为师母的亲切鼓励和安慰一再减轻了我的紧张情绪。

　　感谢陆建德博士，因为他在英国文学研究中的细读方法和人文关怀让我获益良多，成为我的写作指导；感谢虞建华教授、张德明教授和吴笛教授对我的论文开题报告提出的一针见血的中肯意见，这些意见在论文写作过程中对我经常有所警示和启示。

　　感谢早已毕业的同窗胡强博士，因为他在我写作最艰苦的时候数次从遥远的湖南打电话来鼓励。他发来的短信一直留在我的手机里，无声地为我输送着勇气；感谢刚毕业的同窗杨世真博士，因为与世真关于浪漫主义的讨论给我的思考带来了重要的启示；感谢郭国良老师、高奋老师，谢志宇、陈艳华、陈文娟、许淑芳、隋红升、洪铮、何畅、籍小红、孙艳萍等一并同窗，因为来自他们的鼓励和交流带给我的都是美好与光明。

感谢我的杭州师范大学的同事们，他们尽量减轻我的工作负担，给了我最大可能的支持。

感谢我的岳父、岳母，在漫长的日子里为支持我的事业毫无怨言地倾尽全力，并承受着我带给他们的压力；感谢我的妻子孔颖，当别人小鸟依人的时候，她却甘愿陪着我长跑，跑得伊人憔悴，却只要求我在功德圆满之后每天给她讲一个故事；感谢我的可爱的儿子管乐，从小学一年级到小学六年级陪着我一起成长，经常来偷看我完成了多少字数，并快乐地去向外公外婆汇报。

感谢所有在我的论文写作过程中关心和帮助过我的人们。我的论文虽然不足挂齿，却沉甸甸地凝结着来自你们的真诚和情义。感谢你们！我爱你们！

管南异

2007 年 11 月 22 日凌晨

杭州武林路家中

图书在版编目(CIP)数据

进退之间：本杰明·狄思累利的"青年英格兰"三
部曲研究 / 管南异著. —杭州：浙江大学出版社，
2010.8
ISBN 978-7-308-07855-9

I. ①进⋯ II. ①管⋯ III. ①小说—文学研究—英国
—近代 IV. ①I561.074

中国版本图书馆 CIP 数据核字(2010)第 146887 号

进退之间：本杰明·狄思累利的"青年英格兰"三部曲研究
管南异 著

责任编辑	张颖琪
封面设计	俞亚彤
出版发行	浙江大学出版社
	(杭州天目山路 148 号 邮政编码 310007)
	(网址: http://www.zjupress.com)
排 版	杭州中大图文设计有限公司
印 刷	德清县第二印刷厂
开 本	710mm×1000mm 1/16
印 张	14.25
字 数	262 千
版 印 次	2010 年 8 月第 1 版 2010 年 8 月第 1 次印刷
书 号	ISBN 978-7-308-07855-9
定 价	30.00 元

浙江大学出版社发行部邮购电话 (0571)88925591